鏖战川陕

宋金逐鹿 ②

许韬 著

The War between SONG and JIN Dynasties Part II

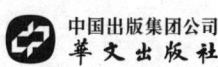
中国出版集团公司
华文出版社

图书在版编目（CIP）数据

鏖战川陕 / 许韬著. -- 北京：华文出版社，2022.6
ISBN 978-7-5075-5628-5

Ⅰ.①鏖… Ⅱ.①许… Ⅲ.①历史小说-中国-当代 Ⅳ.①I247.5

中国版本图书馆CIP数据核字(2022)第069440号

鏖战川陕

作　　者：	许　韬
责任编辑：	闫丽娜
出版发行：	华文出版社
地　　址：	北京市西城区广外大街305号8区2号楼
邮政编码：	100055
网　　址：	http://www.hwcbs.cn
电　　话：	总编室 010-58336239　发行部 010-58336202
	责任编辑 010-58336279
经　　销：	新华书店
印　　刷：	三河市航远印刷有限公司
制　　版：	北京禾风雅艺文化发展有限公司
开　　本：	710mm×1000mm　1/16
印　　张：	25.25
字　　数：	300千字
版　　次：	2022年6月第1版
印　　次：	2022年6月第1次印刷
标准书号：	ISBN 978-7-5075-5628-5
定　　价：	70.00元

版权所有，侵权必究

一	黄天荡	01
二	功亏一篑	21
三	牛头山	39
四	楚州之围	61
五	陈兵陕西	79
六	富平大战	97
七	秦桧南归	113
八	缩头湖大捷	133
九	平定李成	157
十	力挽危局	187

目录

十一	初战和尚原	213
十二	吴玠论战	231
十三	再战和尚原	253
十四	吕秦相争	273
十五	大意失金州	297
十六	饶风关大战	321
十七	潭毒山之盟	343
十八	金使初至	375

一　黄天荡

越州府衙，赵构君臣的暂驻地，一场激烈的廷辩正在进行中。

此次廷辩缘于一个好消息：韩世忠在长江阻击金军，数战告捷，并且将十万金军全部赶进了建康东北的一处死水湾——黄天荡。

韩世忠捷报初至，赵构阅后十分欣喜，对群臣道："金人南下以来，诸军都望风奔溃，韩世忠也不例外，去年一退淮阳，再退沭阳，三退盐城，竟无一战，而全军溃散。今年他见杜充兵败，便退守江阴，朕以为他又要远遁避战，不料他几个月以来大造舰船，精心备战，如今竟然断敌归路。虽然未有大捷，却也屡屡得手，令金军损兵折将，来年倘若继续治理军务，训练士卒，金人再南下时，或许可求一次大胜！"

群臣纷纷贺喜，只有吕颐浩神情严峻，若有所思，赵构便问道："吕卿有何事要奏？"

吕颐浩道："陛下，如今已是四月，天气越来越暖和，而金军被困于大江南岸，身上穿的还是冬衣，如此捂下去，必生疾病。且金军虽号称十万，但能战者不过五六万，其余都是些裹挟北去的平民百姓。韩世忠军队只有八千余人，就能在大江之上挡住数万金军精锐北归之路，倘若我江南大军趁敌穷蹙，合兵北上，与韩世忠夹击困于南岸之金军，或可全胜。臣请陛下御驾亲征！"

王绹也兴奋起来道,"金军被困于黄天荡,十万余人,一日下来,要消耗多少粮草!且金人南下数月,掳掠甚多,一个个归心似箭,军无斗志,此时乘隙而攻,定可重创敌军!"

　　范宗尹竟一时忘了朝堂礼仪,径自走到都堂正中,半是奏对,半是自言自语,道:"兀术率领的这路金军,乃是金国精锐中精锐。一旦覆没,不仅江北挞懒、陕西娄室,甚至北面的粘罕和银可术都将无力南侵,而且辽国在大漠势力尚存,对金人有灭国之恨,听闻金国大败,岂有不乘虚进攻的道理?河北、河南、山东原本我大宋故土,百姓无不痛恨金人,只是慑于金军铁骑淫威,不敢反抗而已,一旦听闻王师大胜,必将蜂起割据,以待我大军北伐。如此看来,以一战而鼎定天下,非此而何?"

　　范宗尹说完这番话,朝堂里顿时热闹起来,群臣议论纷纷,有些人甚至还喜极而泣,伏在地上,拜完了赵构,又往北连连跪拜二帝。

　　赵构也意识到了形势的微妙,呼吸不由得急促起来,倘若将这支深入江南的金军主力一举歼灭,其功绝不亚于延续晋朝正朔百年的淝水之战,甚至更胜一筹!

　　"今日朝堂,倒颇像宣和年间从辽国手里得了幽云十六州时的景象呢。"一个冷冷的声音发出来,与朝堂内众人的高亢情绪颇不相宜,众人循声望去,说话的正是赵鼎。

　　赵鼎是群臣中唯一坐着的人,一副泰山崩于前而不动声色的沉稳气度,众人见了,颇为惭愧,便也陆续坐了下来。

　　吕颐浩听了这句话,心里颇为光火,当年道君皇帝与金国海上结盟,夹攻辽国,收复幽云十六州,以为百世奇功,后来才证明这不过是千古奇耻的开端而已。如今赵鼎把群臣要歼灭金军主力于黄天荡的想法比同于道君皇帝收复幽云,让人既震恐,又极不舒服。在吕颐浩看来,这根本就是胡乱比方。

原本吕颐浩颇为欣赏赵鼎的沉稳劲,但此时见他端坐于凳上,一副天下昏昏唯我独醒的样子,不禁心生反感,便道:"元镇何出此言?"

赵鼎道:"两个月前,周望因太湖一战重创金军,得意忘形,不以斥堠为信,专信道听途说,以为金人已经从临安、秀州退兵,急令张俊和辛企宗派兵赶去,争收复之功,结果二将率兵兴冲冲去收复失地,差点与金军劲旅碰个正着,多亏二人见机得快,赶紧躲到山上,才避免了一场无备之仗。今日韩世忠报捷,敌军穷蹙,似乎可以一战而胜,但万一所报不实,圣驾亲征时突遇敌军冲突,交战不利,如何是好?"

吕颐浩顿时语塞,他有九成把握这是一次千载难逢的机会,但赵鼎偏偏拿那一分风险说事,而这一分风险又事关皇上安危,吕颐浩知道照这样争论下去,赵鼎一人就能把满朝文武辩得落花流水。

但吕颐浩无论如何也不愿与这样的机会失之交臂,便字斟句酌道:"元镇言之有理,但之所以请皇上亲征,并非要皇上以九五之尊,亲冒矢石与金军交战,乃是因为江南诸军,各自为战已久,如今要围堵金军主力,须得同进共退,相互配合,不如此绝无成功之理!试问号令诸军,威慑众将,舍皇上其谁?如今兀术主力被困黄天荡,又正值春尽夏至,金军备感不适,铁骑亦无从驰骋,此时还不瓮中捉鳖,更待何时?"

众臣听了纷纷点头,赵鼎却丝毫不为所动,仿佛一开始就打定主意唱反调似的,慢条斯理地道:"御驾亲征,岂是小事!自古道:'兵马未动,粮草先行。'如今不要说粮草辎重,就连皇上的驻跸之地都不太平,前日就有个叫王念经的妖人,在信州作乱,一时间聚集数万人，不到半月就蔓延到了饶州，如不及时翦除，还不知要闹到何种地步；杜充军败，麾下众将大都成了流寇，四处作乱，这边还未收拾干净，前面王燮手下的溃军又在各地劫掠。吕相，如今不是太平盛世，乃是江山社稷存亡之秋也！东南半壁，尚在我手，只因皇上坐镇在此，使得巨盗妖孽不敢有觊觎之心，倘若贪天之功，一着不慎，满盘皆输，到时谁能收拾残局？"

吕颐浩见他强逞三寸不烂之舌，专拣皇上在意的事来说，不禁深疑其心，对赵鼎之前的敬慕之意瞬间荡然无存，当下冷笑一声道："如今正是君臣一体，勠力杀敌之际，元镇却尽说讨巧中听的话，倒显得满朝文武当中，就你一人牵挂皇上安危似的，此非为臣之道也。"

赵鼎涵养再好，也经不起这般讥讽，脸上顿时红出一片，声音也不似先前沉稳，道："吕相，这是哪里话！赵鼎今日若要随波逐流，大可跟着众人一道起哄，之所以坚称不宜贸然进兵者，全是为了祖宗的江山社稷！"

赵构见两名相处甚为融洽的重臣莫名其妙地动了肝火，便打圆场道："二位爱卿不必争了，亲征也罢，留守也罢，无非是两害相权取其轻、两利相权取其重而已。朕看韩世忠所奏，不似有伪，此等战机，倘若眼睁睁地误了，今后朕还如何勉励众将奋勇杀敌？只是江南刚被金军蹂躏，人心动荡，不要顾此失彼才好。"

吕颐浩见赵构有出征之意，不禁大喜，便看也不看赵鼎一眼，道："陛下所虑极是！臣请陛下先下诏亲征，以激励人心、鼓舞士气，并责令江南诸将并力进军，绝不可坐视韩世忠以区区八千人独挡金军十万之众！"

众臣纷纷附和，范宗尹道："往年将士见了金军逃之不及，如今人人皆敢力战，此乃上天见皇上励精图治，刻意眷顾我大宋，愿陛下修德养性，不负天意，则上天必不辜负大宋。"见赵鼎脸色难看，便加了一句："元镇所论，亦是谋国之言。"

赵构嘉纳其言，乃下诏亲征，并命尚书省以黄榜将韩世忠捷报奏折发布朝廷内外。

宋廷调兵遣将之际，黄天荡内的金军正陷入一片混乱，走在前面的船只左转右转一两天之后，终于发现无路可走，立即慌里慌张地开始掉头。恐慌像瘟疫一样蔓延开来，后面的船只看情形不对，也跟着掉头。水湾狭窄，有些船只横在水面上，堵住了通道，叫骂声不绝，有些船只之间甚至发生了械斗。

兀术得知大军误进了死水港，不禁大惊失色，又听说前军有人械斗，便立即传令，所有船只一律不得掉头，后军改前军，马上驶出死水港。

韩常率部最后一个跟着进了黄天荡，此时突然得令要回头杀出去，知道事情有变，便命部下掉转船头驶回江面，刚到出口，便被眼前的景象惊呆了。

宋军上百艘大船围成扇形，活像一只张开的血盆大口，将出口紧紧堵住。韩常手下辽东军号称打仗不怕死，可是见了这阵仗，也都吓得裹足不前。

韩常命人擂起战鼓，令前军奋勇上前，于是排在最前面的十几艘战船驶出黄天荡，向宋军大船冲去。

宋军阵中成队驶出几艘大船，船头上各立着一名健硕的士兵，手持一根带铁链的长钩，由两名持盾牌的士兵保护，双方靠近时，这些士兵掷出长钩，分别挂住金军战船的头尾，然后同时发力猛拽，只听"哗啦"一声，偌大的船只竟然像条死鱼般翻了个身，倒扣在江面上，许多金军士兵连喊都来不及，就沉入水底喂了鱼虾。

金军还没看懂宋军的战法，已经稀里糊涂被打翻了十几艘船，宋军之前吃了韩常的亏，因此下起手来尤其狠，掉落水中的金军士兵都不予施救，会游泳的一律用箭射杀，金军见了，无不胆寒，无论战鼓擂得多响，再也不敢向前划了。

韩常无奈，只得停止进攻，并派人飞报兀术。兀术听了前方战况，也没了主意，倘若是陆上作战，再困难的情形，他好歹都能想出些对策，但在水上，却无计可施，一筹莫展。

天黑了下来，宋军并不进攻，只是胸有成竹地守在江面上。兀术远远听到宋军那边传来欢声笑语，而自己这边数万人一片死寂，不由得心中郁闷，晚饭也没心思吃，只是立在船头四处张望。

清踪过来，递给他一杯清茶，兀术看清踪面色平静，完全不在意目前处境，便沉声道："若宋军攻来，我军不能抵挡，你当如何自处？"

黑暗中只听清踪幽幽地道："此处虽是死水港，但芦苇连天，景致极美，真到那一刻，清踪当自沉于此，就此与江风清水做伴，亦无不可。"

兀术听她说得如此轻松，不禁吃惊，道："你是南朝子民，回去也就罢了，何须葬身于此？"

清踪发出一声轻笑，道："我都成了番军首领的女人，天下之大，哪里还有我的容身之地？"

兀术傲然道："南军纵然占着优势，但想就此吃掉我数万雄师，却还没修炼出那么好的爪牙！"

清踪不语，过了一会儿，指着芦苇荡深处道："那边似乎有人家。"

兀术仔细看了看，除了一团漆黑，什么都看不到，但知道清踪说话稳当，便问："何出此言？"

清踪道："家父极爱郊游打猎，以前经常带我深入芦苇荡射野鸭，无论多偏僻的芦苇荡深处,竟然都住有人家,大约是水土丰茂之故吧,且出入十分方便,只需一叶扁舟足矣。"

兀术眯着眼看了半天,虽然知道清踪不打诳语,但仍难以相信会有人住在此地。

正说着,传令兵过来禀报:粮草清点完毕,够大军三十日之用。

兀术心里一震,阴沉着脸道:"传我帅令,明日饱飨将士,重金募选勇士在前开路,全军随后突围!"

次日,金军各部挑选的一千名死士分乘二十艘战船趁着西风大起,直冲宋军船阵而去。宋军早已准备好金军要做困兽之斗,不待两边靠近,便箭如雨下,射得金军抬不起头来。金军借着顺风,也射箭回击,两边互有损伤。

双方甫一接近,宋军使出老法子,又拽翻了金军领头的几艘船。但随后船上的金军有了防备,专门派人防备铁钩,并有神箭手专射宋军持铁链的健卒,射翻几个人后,宋军没人再敢立在船头。金军乘机靠近宋军大船,搭起云梯,往宋军船上爬。

宋军早料到了这一招,不给金军贴身肉搏的机会,只见令旗一挥,一声号响,宋军大船一齐向后退,搭了半截的云梯连着上面的金军全都掉入水中,几十名已经爬到宋军船上的金军士兵,立刻被团团围住。即便是以一敌十的勇士,也经不起这般围攻,很快便被剁成肉酱,宋军将他们头颅割下来,抛向江中。

金军得了死命令,不敢回头,继续划船追击宋军。宋军大船扬起风帆,疾驶而去。金军紧追不舍,韩常在后面督战,刚察觉不妙,只见两翼的宋军大船突然合拢,立即将那追击的十几艘金军船只退路截断。

兀术站在楼橹上远远地观战,不觉心头发凉,知道这一千名死士已无生还之理，正在犹豫大军要不要继续突围时，韩常的传令兵已到，告知宋军严阵以待，找不到破绽，再攻下去只会徒增伤亡。

兀术便令暂停进攻，全军退入黄天荡。宋军船大吃水深，怕进了黄天荡搁浅，也不追击，只是严丝合缝地围在外面。

如此被围了十来日，金军无计可施，粮草日渐消耗。兀术急得心里冒烟，但在诸将与大军面前，不得不做出神闲气定的模样，一面暗中派人到处探路，一面又派出使者请求韩世忠让道。

韩世忠回射了一封书信到金军使者的船上，使者带回来呈给兀术。兀术打开看时，只有短短一行字：还我两宫，复我疆土，则可以相全！

兀术无可奈何，看这口气，韩世忠定是见胜券在握，摆起谱来，此事兀术本来也没做指望，不过徒增一分烦恼罢了。

出去探路的士兵回来报告道："昨晚巡哨的士兵发现，黄天荡的芦苇深处隐隐有灯火，似乎有一个小村庄。"

兀术惊讶道："果不出清踪所料！本帅即刻亲自去探访一下，或可找到脱困之路亦未可知。"他便准备带二百名全副武装的亲兵过去看看，并让清踪一道同去。

清踪看了看后面跟着的两百名如狼似虎的士兵，对兀术道："殿下这般阵势去见十几户乡野村民，意欲何为呢？"

兀术道："本帅不是张扬之人，但此等乡野之民，不见我军容威仪，恐怕不能服帖恭顺。"

清踪道："殿下可曾听过项羽的故事？当年项羽垓下被围，穷途末路，最后凭借英勇，杀出重围。至阴陵时，见一岔道口，正犹豫不决间，一乡间老农经过，项羽便粗声问道：'老头，这哪条路是大路？'老农瞅了他一眼，指了指左边，于是项羽率军直奔左路而去，结果陷入大泽，被汉军追上，兵败自刎。"

兀术不禁心中一凛，他是极聪明之人，立即领会清踪所指，心中却有几分不服气，道："项羽有勇无谋不假，后人以讹传讹，编排出个老农来败坏他，却是十分可笑！"

话虽如此，兀术还是听了清踪的话，将那两百名亲兵留下了，只带了随从二十余人一道前往，临走又听韩常的建议，命随从带了一千两银子。

一行人顺着极窄的水道行驶了大半日，到岸后，见一条羊肠小道，在密密芦苇丛中延伸到不知何处。众人下马步行，又走了大半日，路才宽敞起来。随即见一大片空地，蓦然映入眼帘的是十几个大草垛，中间点缀着二三十间农舍，都是泥墙茅顶。虽然农舍简陋，却修葺一新，丝毫不觉穷困。村子里头，鸡鸣狗吠之声相闻，几股炊烟从农舍中袅袅升起，仿佛外头的刀光剑影与这儿毫不相干。

众人看着这世外桃源直发愣，深一脚浅一脚往里走，不知不觉间，竟发现十几步外好几个孩童围观这群不速之客，眼神中只有好奇，一点不见恐惧。

兀术见了此情此景，暗暗庆幸听了清踪建议，倘若数百士兵涌入这么个小村庄，煞风景不说，这些村民远远听到动静，只怕早就逃到芦苇荡深处去了。

几个村民簇拥着一位老者迎了过来，那老者大概由于长年劳作之故，面色黧黑，满脸皱纹，但身子骨还颇硬朗，既不拄拐，也不需人搀扶，步履沉稳地走到离访客几步远，略施了个礼，也并不搭话，只是用探询的目光看着兀术等人。

兀术还礼，一字一顿道："本帅领兵自北方而来，不料大军误闯芦苇荡，打扰之处，还望海涵。"

那老者道:"此处不是什么芦苇荡,而是黄天荡,方圆几十里,只有一个出入口。将军兵马受困,尚能从容四处探访,非有安邦定国之才不能如此,他日前途不可限量。"

兀术听了,心中暗喜,一则此地名黄天荡,正暗合大金的国号,冥冥之中,似乎昭示大金国运不应就此衰败;二则听这位老者说话腔调,绝非本地人,倒更像北地口音,对兀术一行也没有什么敌意。

清踪也听出老者非本地人,便问道:"老伯是何方人氏?何以在此居住?"

那老者看了一眼清踪,淡然道:"举家三千里,只为鸡犬宁。姑娘既然听出我不是本地人,就不必穷究我从何处来了。"

清踪赔礼道:"老伯不愿讲,小女子岂敢穷究?不知老伯今年高寿,这个问得问不得?"

老者含笑道:"百无一用之人,却吃了二百七八十石米,可谓古今一幸民尔。"

清踪动脑子算了算,道:"老伯真是寿星,再过两三年就八十岁了吧!"

那老者略微一怔,打量了一下清踪,道:"姑娘好算功。老汉今年七十六,吃七十七岁的饭了。"

兀术在一旁听在耳里,心里已经有了主意,便命随从取出带来的一千两银子,尽数奉在老者和几个村民面前,道:"我大军十余万人被困于黄天荡,如今粮草不继,军心动摇,出口处敌军逼迫甚紧,不得突围。再过数日,只恐军心涣散,诸将无力约束士卒,一旦溃散,则是玉石俱焚,好好一处黄天荡,也必将毁于兵火。本帅虽是粗莽之人,但也知道仁义之师,吊民伐罪,岂能伤及无辜?还请老先生为我十万大军指一条生路!"

几个村民哪里见过这么多白花花的银子，眼睛都有些发直。那老者听完兀术的话，微微一哂道："吊何处之民，伐何人之罪？"

兀术装作没听见，只是躬身请求道："请老先生指一条生路！"

那老者沉默了片刻，道："此事须看天意。"说罢，缓缓转身，领着几个村民回去了。

兀术皱着眉头看他们走远，转头看清踪若有所思的样子，便问她："这老者是何意思？"

清踪想了想，道："天无绝人之路，这老伯既然说是天意，似乎没把话说死。"

兀术听了大喜，便命人将银两放在地上，等村民自己来取。旁边随从道："殿下不需要花这么多银两，我等上前将刀架在他们脖子上，谅他们不敢不说！"

兀术斥道："蠢东西！你懂得什么！"而后他恭恭敬敬地朝着老者背影施了个礼，才带着众人返回。

黄天荡内的金军已经被围了快二十天，宋军众将有些沉不住气，想率兵进去主动攻击，韩世忠摇头道："番军虽然被困，且不习水战，但若要强攻的话，我军却无必胜把握，毕竟我军只有不到八千人。前日番军突围，被我军截断后路，那一千多人明知已无生还可能，却仍拼死力战，竟无一人投降，为围歼这一千瓮中之鳖，都死伤了我几百将士，何况黄天荡中还有敌军十万余众！"

众将便不再言语，十几天前的那场恶战，他们还记忆犹新，金军的强悍敢战，宋军将士都为之震撼。虽然宋军最终全歼了这股金军，但战后清扫战场，竟无一人欢呼，就像打了败仗一样。

只有梁红玉不以为然，道："番军上次突围，选的都是十里挑一的敢死之士，又是置于死地，所以战斗力才那么强。之前我军与番军打了数次,也不过如此。韩常的辽东军号称虎狼之师,只是趁我不备,占了些便宜,后面再交手,他们也无还手之力了。"

众将听夫人如此说,便都看着韩世忠。韩世忠沉吟片刻,道:"攻守之势,还是大有不同。金军被我围困于此,明知十分凶险,却再也不敢强行突围,知道只要一出江面,则必败无疑。倘若我军贸然进入黄天荡,此处水面狭窄,大船运行不畅,金军亦可在两岸设弓箭手攻击我军。这样一来,我军相当于三面受敌,岂不正中番军下怀?我料番军再熬数日,粮草即将告罄,到时不战自乱,我军方可趁势进攻。入荡之事,不必再议!"

众将都钦服,便专心在江面防守,韩世忠又派海鳅快船上下游弋,随时通报敌情。

宋军在江面守株待兔,黄天荡内的金军已是人心浮动,粮草不足,强敌虎伺,进退无门,茫茫芦苇荡就像一片死海,很快就要将这十万余人生埋其中。

出去探路的小船陆续回来,都没有找到其他出口,如海、阿里、韩常等人来禀报:"粮草精打细算,也只够大军十日之用了。"

"殿下,如今之计,只能是强行突围了!"韩常道,"我辽东军愿打先锋,每日派出十拨船队,轮流攻打,死不回头。连续攻打三日,让南军疲于应战,如海、阿里再接着攻打。如此下来,十日之内,南军必然疲惫不堪。殿下再率大军总攻,到时生擒韩世忠,又有何难!"

兀术见他于困顿之中,尚有如此胆识豪情,不禁大为赞赏。如海、阿里等人也不甘示弱,纷纷请战。

众将七嘴八舌商议了半天,最后兀术道:"命韩常、如海、阿里分别为前、中、后军统帅。明日一早,韩常前军分作十队,每队攻一个时辰,昼夜不息,连攻三日,其他诸军好生歇息,静养精神。三日后,如海中军如法炮制,再攻三日,然后阿里后军再攻三日。第十日,本帅将亲率大军发起总攻,务必一战全歼南军,生擒韩世忠!"

诸将听了,都起身欢呼,将腰中刀剑拔出来,发疯般地四处乱斫,乒乓作响。

正闹得不可开交,随从过来禀报兀术道:"前日芦苇荡中的村民求见。"

兀术猛一激灵,急命诸将肃静,叫随从将村民带进来。

进来的正是前几日陪那老者出来的其中一位村民,他进了船舱,看到两边坐着一群凶神恶煞的将领,个个形容丑陋、面目狰狞,眼睛直勾勾地看着他,像是要吃人的模样,这村民没见过这阵仗,紧张得有点说不出话来。

兀术知他心里害怕,赶紧让人叫清踪出来,这村民见了清踪,果然平静下来,脸色也恢复正常。

兀术叫人给他搬来椅子,这村民却不敢坐,兀术也不勉强,和颜悦色地问道:"老太公身体可安好?"

村民道:"劳大帅惦记,太公安好。"

兀术又问:"冬粮足否?"

村民道:"劳大帅惦记,冬粮足。"

兀术再问:"春耕在即,种子足否?"

村民回道:"劳大帅惦记,种子也足。"

舱中诸将面面相觑,不知道主帅黄鼠狼给鸡拜年是何用意,只有清踪知道兀术是在作爱民仁义之态,以取得村民信任,不过却有点画虎不成反类犬。

"前几日,大帅问老太公可否为大军指一条生路,老太公说是要看天意,不知今日天意如何?"清踪插嘴问道。

这句话才是兀术真正想问的，见清踪问出来，便看着村民，听他如何回答。

那村民老老实实答道："前几日大帅走后，太公便命我等几个沿着河道寻觅，一连找了三四日，昨日傍晚才找着白鹭嘴故道，就在离此十来里水路处。因芦苇极丰茂，将此水道遮得严严实实，再加上多年不用，已被淤实，大帅若派人挖通此水道，则可直通大江。"

旁边翻译将村民的话解释给众将听，诸将还未听完，便已经炸开了锅，喊喊叫叫，吓得村民不敢说话了。

兀术把眼睛一瞪，手略一挥，诸将便都坐下，鸦雀无声。他自己心中的激动丝毫不亚于诸将，此时拼命按捺住心跳，问道："这白鹭嘴故道有多长？"

村民道："二十余里，出口直通上游。"

兀术还不敢信实，道："只怕多年淤积，已经板结成土，难以挖掘了吧？"

村民道："我等开始也是这么想，就用船桨试了试，不过一顿饭工夫，就挖出几丈深，里面都是些软泥，极易挖掘。"

兀术终于长舒了一口气，他已经认准这是一个千载难逢的机会，真可谓天不灭金，倘若这样的机会都葬送了，那只能怪自己昏聩无能。

诸将也都借着翻译听懂了村民的话，互相交换着兴奋的眼神，但见兀术绷着脸，谁都不敢像先前那样大喊大叫，于是正襟危坐，目不转睛地看着兀术，准备听他发令。

兀术命人取出一千两银子，村民看了看银子，有几分舍不得，但仍说道："小人不敢要这银子，老太公交代了，之所以告知大军逃生之路，全是为了黄天荡中二百余口老幼的身家性命。银两前日大帅已经给了，若再敢领赏，老太公会重重责罚。"

兀术暗暗叹息，便亲自将村民送出船舱，施礼而别，回舱后立即与诸将合议至深夜。

次日，宋军在围困金军近二十日后，终于等来了金军的强行突围。韩世忠一大早听到外面鼓角声和呐喊声四起，笑着对梁红玉道："番军终于打熬不住，出来送死了！"说罢披衣起身看舱外，远远地三十来艘金军战船列开阵势压了过来。

韩世忠披挂出舱，见各部早已严阵以待，孙世询隔着几艘船见了韩世忠，笑嘻嘻地喊道："大哥，番军没粮了！"

韩世忠点点头，挥动令旗，命各军不得出击，静等金军船队过来。

转眼间，金军船队离宋军只有一箭之遥，却不像以往那样发力前冲，而是停了下来，只把鼓擂得震天响，与宋军隔水对峙。

韩世忠自觉稳操胜券，坐在楼橹上一边饮酒，一边观战。宋军也不进攻，两边隔空呐喊，倒像是在比赛谁嗓门大一样。

双方对峙了小半个时辰，金军开始向前移动。等两边船队接近时，金军船上万箭齐发，一时压得宋军伸不出头来。宋军也不示弱，持弓弩回射。双方对射了一顿饭工夫，才逐渐停歇下来。

韩世忠将令旗一挥，宋军大船如同小山般向金军船队压过去，双方这时才算真正交上了手。宋军居高临下，往金军船上猛掷铁爪，金军吃过亏后，摸出了一些门道，都手持盾牌小心防范，有的铁爪钩在船舷上，便用刀将连着铁爪的绳索砍断。金军将云梯搭在宋军大船边上，但也没有不顾一切地冒死往上爬，只是停在半路上持长枪与宋军互相攻击。

双方又战了约一个时辰，战况虽然激烈，死伤却并不多。金军逐渐往后退，宋军赶了一阵，也没有穷追不舍，仍然回到原地。

韩世忠正要回舱，只听又是一阵大哗，一支三十艘船组成的金军船队又从黄天荡里杀了出来，严永吉脑子转得快，冲着韩世忠大喊道："大哥，番军想用车轮战法拖垮我们！"

韩世忠也醒悟过来，冷笑道："番军班门弄斧，敢在我面前使诈，岂不知你韩七爷乃是使诈的祖宗！"当下挥动令旗，令各军从容应对，不得出击。

金军仍然和上次一样，攻得极猛，但却并不真下死力。双方你来我往攻打了一阵，又各自收兵，紧接着金军第三队也如法炮制，攻了上来。

如此轮番数次，到太阳快落山时，金军已经攻了五次，第六队攻上来的时候，双方都已经变得懒洋洋的了。金军船队驶到离宋军一箭远时，照例鼓噪呐喊，宋军大船迫近了一些，金军也不在意。直到宋军船上突然射出一阵密集的箭雨，势头之猛，远胜于前几次进攻，压得金军伏在船上动弹不得。

片刻后，箭雨停歇下来，金军抬头一看，几十艘海鳅快船正像过江猛龙般从两翼包抄，要截断其退路。正面的宋军大船也排成一列，扬起风帆，如同泰山压顶般直撞过来。

金军见此阵势，早已魂飞魄散，没有丝毫抵抗的意志，发出一声喊叫，便拼命地往后划船逃命。在宋军合围前总算划出去了七八艘，剩下的二十余艘船全成了瓮中之鳖，这些被围金军与十几日前的敢死之士相差甚远，稍稍抵抗后便束手就擒。

经此重击，金军躲在黄天荡再也不敢出来了，此时天已全黑，宋军退回原处，庆功之声此起彼伏，与黄天荡内一片死寂如冰火两重天。

诸将到韩世忠舱中庆贺，李选道："如此极好！今日咬一口，明日咬一口，我军伤亡极小，番军却被我咬得遍体鳞伤，终有不支倒下的那一日！"

诸将都志得意满，喜气洋洋。韩世忠心里却总不踏实，觉得这盖世奇功未免来得太过轻易，但无论他如何推算，也想不出金军还能有什么脱困之道。

帐下文士许靖上前贺喜道："大帅成就此功，一举鼎定大宋中兴基业，与古之名将并列青史，不亦快哉！"

韩世忠识字不多，只能勉强读完《三字经》，但古时名将却如数家珍，便问道："依先生看，我若将这几万番军逼死在黄天荡，可与哪位名将并列？"

许靖道："非卫青、郭子仪不能比！其他诸辈，纵令伏尸百万，流血漂橹，不过一时之胜，岂能与安邦定国的卫长平、郭汾阳相提并论？"

韩世忠平生最仰慕卫青，听许靖如此说，心中十分受用，笑容不由自主地堆到了脸上。

晚上，黄天荡里安静异常，韩世忠这边既知金军要用车轮战术，便也约束士卒好生歇息，以备来日再战。

韩世忠和夫人沉沉睡到日上三竿，直到一缕阳光照到韩世忠的脸上，他才猛然惊醒，发现已是半上午，外面依旧安安静静，预想的金军车轮战并没有发生。

他有几分纳闷，但也不太往心里去。他知道金军绝不甘心坐以待毙，在粮尽前会拼死一搏，但他已经准备好了，大不了与兀术在这片江面同归于尽。

梁红玉帮他披挂好，递过长枪，韩世忠精神抖擞地步出船舱，看众将士都自信满满，守住各处要道，心里更是豪情万丈。他登上楼橹，极目远眺，黄天荡内莽莽苍苍，显得深不可测，近两人高的芦苇将金军船只尽数遮住，只有蒸腾起来的雾气时隐时现。

他的表情突然凝固了，紧接着一股凉意从心底泛上来，直达咽喉，让他忍不住咳了几声。他定睛细看，黄天荡上空一片清朗明净，一只白鹭从江面掠过，直飞芦苇荡深处，身姿优雅，从容不迫。

他转头一眼看到水贼出身的李选正皱着眉头眺望，神情既疑惑又焦急，与寻常满不在乎的样子判若两人，见韩世忠正看着他，便踩着船板飞快地跑过来，路上接连撞翻了两名士兵，却看也不看他们一眼。

"大哥，情形有点不对！"李选喘着粗气道。

"有何不对，快说！"韩世忠沉着嗓子道。

李选指着黄天荡上空，道："平时金军十多万人马困在芦苇荡内，即便不生火造饭，芦苇荡上空仍然隐隐有一团雾气。金军还有几万匹战马，即使天气不太热，但马骚味仍引得蚊虫一团团在上空盘旋，但现在这些突然都不见了！大哥你闻闻，平常哪怕不刮风，对面也会飘来一阵阵马骚味，今天却什么也闻不到！"

韩世忠脸色铁青，死死地盯着芦苇荡深处，隔着几艘船隐隐传来孙世询的笑骂声："番狗是不是钻到泥里做王八去了？"旁边一阵哄笑。

韩世忠往后做了个手势，楼橹上的士兵立即擂起战鼓，韩世忠二话不说，从大船绲到一艘海鳅快船上，向黄天荡内进发。

李选也连忙登上海鳅船，紧随其后。其他诸将见了，都吃了一惊，但主帅直奔敌阵，下属岂有不死跟的道理？便也纷纷登上快船。一时间，二十多艘海鳅船如离弦之箭般直向黄天荡驶去。

芦苇荡内一片寂静，但大军驻扎过后的痕迹十分明显。丢弃的锅碗家什、衣物器具随处可见，几艘破船歪在岸边，两岸的芦苇都踩踏砍伐一净，要么做了马料，要么被当作柴烧，岸上好几处灶眼里冒着青烟，显然昨天还有人在此埋锅造饭。

诸将也意识到了情况诡异，一开始还担心此地有埋伏，不敢快划,这时赶着船夫拼命划船往里走,迫不及待地想知道到底发生了什么。

终于,在黄天荡深处,船队停了下来,呈现在他们面前的是一条宽阔的水道,往西北方向一直延伸到大江。这河道毫无疑问是刚挖出来的,新鲜的软泥堆在两岸,上面甚至还有泥螺在蠕动,断剑、断刀和裂开的船桨稀稀拉拉扔在泥堆旁,显然金军为了挖通河道,什么都使上了。

韩世忠呆呆地看着这条水道,脑子一片空白,这份功败垂成的苦涩让他心如刀绞、面如死灰,从心底发出一声失望至极的叹息。然而,片刻过后,一种强烈的愤怒与羞辱感从心中升腾上来,他黯淡的眼神里透出冰冷的寒光,恶狠狠地狞笑了一声,从牙缝里只吐出一个字:"追!"

说罢,他大手一挥,命船夫向新河道驶去,回头对孙世询和严文吉道:"你二人马上回去率领大船溯水追击,追上番军前,一刻也不许停歇!"

孙、严二人领命,掉转船头疾驶而去,韩世忠自己带着二十来艘海鳅快船沿着新河道奋起直追,远远望去,就像一条长蛇在芦苇荡中出没。

二　功亏一篑

兀术的南征大军终于逃出生天,当他亲自断后,率领最后一批船队驶出黄天荡时,看着宽阔的江面,眼睛居然有几分湿润,几日前,他还以为永远看不到这景色了。

带着死里逃生的后怕与庆幸,金军立即整队往西向建康进发。建康府仍在金军手中,在那里,他们可以补充急需的粮草,如果运气足够好的话,还能在韩世忠赶上之前,全军渡江北归。

黄天荡离建康只有七十里,虽然逆风,还下着零星小雨,但金军仍然只用一天便到达了建康江面,此时,天刚大亮,兀术命令韩常率部去与建康守将会合,征收粮草,又命各部沿江布阵,一边休整,一边备战。

虽然内心极其渴望韩世忠越晚发现自己行踪越好,但兀术仍然命令将士严加防范。果然,黄昏时分,江面上远远地出现了一列帆影,紧接着密集的鼓声隐隐约约地传来,金军将士都起身瞭望,脸上神情既无奈,又畏惧。

韩常的传令兵从建康赶回,向兀术报告了最新情况:建康周边遭遇兵火之后,百姓逃散,加上寒冬刚过,春耕在即,正是青黄不接之际,因此极难筹粮,估计能为几万大军筹足十来日的粮草就顶天了;另外,据江西和浙江来的探报,宋朝的几路大军有向建康一带合围的迹象，其中张俊率军已抵达临安，刘光世大军也东进至宁国路，离建康不过数日路程，另外一支从杜充溃散大军中独立成军的部队，正驻扎在宜兴，也有北进之势。

兀术听了探报，沉吟不语，他知道虽然逃离了必死之地黄天荡，但他的大军还远远没有摆脱困境，倘若再被韩世忠困在建康江面十来日，等待数万金军的仍将是溃败的噩运。

仿佛是为了加重他的这一忧虑，江面巡逻的探子来报：除了从下游赶上来的韩世忠部队外，建康上游也发现有一支宋军船队，至少有两三百艘大小船只。

随着情报陆续汇集，兀术逐渐摸清了形势。自己被困黄天荡二十天的时间里，宋军在小心翼翼地合围，惮于过去几年金军积累的威名，宋军才不敢冒进，否则兀术大军才从黄天荡逃出来，就发现钻进一张天罗地网。

但再过十来天，宋军一旦发现这支大军内无粮草、外无救援，确已龙困浅滩，必会坚定地推进，到时他的这支大金国精锐只能做无济于事的困兽之斗，全军覆没是迟早的事。

阿里、如海等心腹部将也都得知了探报，意识到形势严峻，阿里道："殿下，如今只有与韩世忠决一死战，方可扭转战局，不如就按之前议定的车轮战法，韩世忠部与我军众寡悬殊，谅他坚持不了太久。"

如海道："在黄天荡可用车轮战法，但在建康江面却不可！建康江面开阔，四通八达，我军与韩世忠一交战，大江上下，南北各地看得清清楚楚，几轮交战下来，不分胜负，南军见战局胶着，确定我军受困，岂有不趁势进攻之理？如此一来，反而引得南军加快合围，于我军十分不利。如今之计，只能与韩世忠拼死一战，务求全胜，战局才有转机。"

诸将听了,都觉得有道理,只是如今之势,想一战而全胜韩世忠,无异于痴人说梦。但这番话哪里敢说出来,只得低头不语。

兀术没这忌讳,直接道:"过去一个多月,我军与韩世忠在大江之上激战数次,除了韩常趁其轻敌略有小胜,其他无一胜绩,南军在江上行船如我军铁骑在平原驰骋,实在难以与之争锋,但今日之危局,没有一场大胜绝难化解。来日若别无他法,本帅将亲率死士冲击韩世忠大船,无论死伤多少,必须一战而定胜负!"

诸将见主帅发话,都起身表示愿打头阵。

旁边一偏将突然道:"此事只可智取,若一味强攻,只恐自寻死路,正中南军下怀。"

兀术一愣,转过头去找这个胆大如斗的家伙,看看是谁竟敢如此说话。

旁边阿里赶紧请罪道:"此乃末将帐下裨将乌里突,为人最是憨直,打仗极不怕死,说话从来都是直来直去,请殿下恕其无知唐突之罪!"

"这正是我女真勇士风骨,何罪之有?"兀术淡然一笑,看着敦实健壮的乌里突道,"你有何破敌良策?"

乌里突起身,老老实实道:"禀殿下,没有。"

除了阿里急得一头汗外,其他人都忍不住偷笑,兀术看他确是个不要心眼的实在人,便道:"来日冲阵,你陪在本帅身边吧。"

这可是极大的恩宠,众人都暗暗羡慕,不料乌里突道:"殿下,平原旷野,末将肚子里有二十种冲阵之法,但大江之上如何冲阵,末将却一个法子都没有……"

阿里不待他说完,喝道:"乌里突,你懂得什么?还不闭嘴!"

兀术心中一沉,连乌里突这样的勇士心里都没底,这仗还如何打？见乌里突还站着，便道："若你是我，该当如何？"

别人若是听到这暗藏机锋的话，哪里还敢接嘴，乌里突却听不出来，道："我若是大帅，先抓几个南人问问破敌之法。"

阿里见乌里突傻乎乎地蹬鼻子上脸，气得就要上前揪他出去，被兀术用手势止住，问道："你舍得此人吗？"

阿里脸色煞白，不知如何回答，兀术道："若你舍得，让他留我帐下统领亲兵如何？"

阿里出乎意料，愣了一会儿才道："这如何舍不得，能做殿下的亲兵统领，乃是前世修来的福分！"

兀术的亲兵统领一直空缺，这个位置虽无千户之名，却比千户还要尊贵，被乌里突稀里糊涂得了，众将也并不眼红，一则乌里突以敢战闻名，人又忠朴，从不争功；二则乌里突得了这个美差，却神情自若，毫无矜喜之态，让人不得不服。

兀术道："乌里突所言极是。今日就在建康府各处张出黄榜，以重金寻求破敌之策。前日能兵不血刃突出黄天荡，若无几个当地村民指路，哪能如此顺利？如今要克制韩世忠的战船，恐怕也需要南人指点。"

众将听了，恍然大悟，方知乌里突这个亲兵统领也非平白捡得。兀术又命各部准备与韩世忠决一死战，众将都凛然听命。

黄榜张出去两日，没有动静，到第三日，亲兵才来禀报，有一书生揭榜求见。

兀术大喜，命人引进堂内，只见一儒生打扮的中年人，在亲兵带领下，昂然而入。

兀术请他入座，这儒生也不客气，大模大样地坐下。兀术问道："先生有何良策，可令我大军安然渡江北归？"

这儒生朗声道:"大帅,若要渡江北归,其实不难。只需修一封降书给我大宋皇帝,言明两国息兵,送还二帝,还我旧疆。我大宋皇帝宽厚仁慈,定会下旨给在外领兵大将,放大帅一条生路。"

两边亲兵听了,手都按到刀柄上,只待兀术一个眼色,便将这个不知死活的儒生拖出去剁成肉泥。

兀术心头掠过一团怒火,随即平静下来,打量了一下这个儒生,见他目光清亮,举止沉稳,不像是个不省事的妄人,看样子就是来杀身成仁的。

兀术用目光示意亲兵退后,含笑道:"倘若你家皇帝收了我的降书,却不愿放我数万将士一条生路,反令在外大将加紧进攻,此计岂不是要落空?"

那儒生准备好了引颈受戮,见兀术不愠不恼,认真问上来,一时愣在当地,不知如何作答。

兀术暗自冷笑,心想清踪那样神仙一般的贞烈女子都成了我的枕边人,何况你这一腐儒?便道:"先生所献计策虽不可行,但既然辛苦入我营中,总不至于让先生空手而归。"说罢,命人取出五十两银子赏给他。

那儒生捧着银子,不太敢相信,下意识地揭开包银子的布瞅了一眼,满腹狐疑,像提线木偶般由着兀术亲兵领了出去。

旁边侍从道:"殿下,这书生十分无礼,殿下不杀他已是格外开恩了,为何还要赏他银子?"

"满城的人都看着他揭榜献计,我若将他杀了,谁还敢来献计?他固然没献什么计,但我依旧赏他,才能引出那些真有妙计在胸之人。"兀术笑道。

侍从细想了想,无不佩服。正如兀术所料,这儒生回去后,接下来一日，竟有十几人揭榜献策，兀术一一询问，大多是纸上谈兵，有些更是妄谈，也有两三人提了些中肯建议，兀术命人一一记下。

两日后，兀术刚接连问了七八个人，正口干舌燥，亲兵过来禀报，又有一人揭榜献策。

兀术让亲兵带他进来，兀术一眼看去，便有几分不喜，此人四十上下年纪，矮小精悍，獐眉鼠目，皮肤大概是长年风吹日晒的缘故，又粗糙又黑，一双手却奇大无比，伸出来足有半个蒲扇大小，脚也生得又长又阔，看上去倒跟他小腿一般长。

这人进来后，不像其他人要么畏畏缩缩，要么故作从容，却把眼珠四下里骨碌一转，便将周遭情形尽收眼底似的，然后恭恭敬敬向兀术施了个礼，坐在凳上。

这必是个奸猾之徒，兀术心里嘀咕着，随口问道："先生有何妙计可助我大军北渡长江？"

这人不似其他人直接回答，而是反问道："敢问大帅军中共有多少艘船？其中车头船多少？桨船多少？板船多少？脚船多少？水哨马船多少？铁鹞船多少？海鳅船多少？……"

兀术与侍从面面相觑，兀术一改刚才的轻慢态度，客气道："我军自北而来，未习舟楫，实在分不清这许多种类，还请先生不吝赐教。"

那人皱着眉头不说话，想了想，问道："大帅在江上与韩世忠交战，因何而不利？"

兀术见他问得有板有眼，更加不敢小觑，道："我军将士生于北地，平原骑射，天下无敌。然而一旦上了船，波涛一晃，个个都头晕眼花，站都站不稳，更何谈对阵杀敌！另外，韩世忠那边都是大海船，我军仰攻，实难与之争锋。"

那人点点头，道："还请大帅将各类船只数目告知在下，在下才好做盘算。"

兀术为难道："不瞒先生,本帅帐上并无精通船舶之人,只知道大船、中船和小船,其他一概不知。"

那人想了想,道："大帅军中能载三十至五十人的船有多少,可否清点一下告知在下?"

兀术连忙派人去清点,又命人端上香茶,兀术一面陪那人喝茶,一面问:"先生贵姓?哪里人?做何营生?"

那人道："在下姓王,原是福建人,因为生得手大脚大,别人都叫我王大脚,自小便跟着族人出海,已经快三十年了。"

兀术心道:难怪此人对水上之事了如指掌!隐隐觉得数万大军的命运,竟掌握在这么一个人手里,不免有几分诡异。

"先生要能载三五十人的船做什么?"兀术又问。

王大脚道："大帅帐下的大船再大,也大不过韩世忠的海船,且韩世忠的大海船都改造成战舰使用,大帅的大船只怕不是对手。小船又不堪用,海船轻轻一碰就翻了。只有能载三五十人的中船,既灵活,又经撞,只需略加改造,就可与韩世忠海船相抗。"

兀术听他说得在理,心里更加欢喜,接着问道:"请问先生该如何改造?"

王大脚胸有成竹,道："大帅首先要将船上风帆全部取下来,或者干脆将桅杆统统卸下,在船两侧挖孔置桨,桨手藏于舱内,敌人攻击不着,并在船舱底部铺上厚厚一层土,这样行船时就不会颠簸,即便不常坐船之人也可稳立于船上。与敌交战时,须挑无风天气,海船无风则不动,而大帅的船却机动自如,这样就抢占了先机。"

兀术茅塞顿开,一时竟忘了说话,只是浮想联翩,脑中满是水上对阵情景。

"仅仅如此，还不足以击败韩世忠的海船。"王大脚的声音将兀术拉了回来，兀术听到这番话，赶紧道："请先生赐教！"

王大脚道："韩世忠的海船风帆极大，为了让帆吃饱风，也为了防虫蛀，还在上面涂了层油脂，因此极易着火。大帅要破韩世忠的海船，必须用火攻，一旦船帆着火，海船就成了活棺材，只有挨打的份。"

兀术皱眉道："只是风帆极高，又在敌船上，点火不易。"

"大帅可用火箭点火，在各艘战船上置一火盆，用破布缠在箭镞上，饱蘸油脂，等离得稍近后，点燃箭镞，直射对方船帆，万箭齐发之下，上百艘大船瞬间就会燃起大火。到那时，就不是胜负之事了，是要生擒韩世忠还是只要他人头，全在大帅一念之间！"王大脚说道，脸上浮现出一丝莫名的凶狠神情。

兀术凝视前方，脸色微微发白，他已经全身心地沉浸到大战的规划布局中去了。

"在下再给大帅献一条妙计，则此战必胜！"王大脚见兀术已完全被折服，想着马上到手的重赏，又兴奋又得意，接着道，"大帅这边几百艘船一起杀过去，船上都有火盆，烟焰四起，韩世忠见了必定生疑，倘若他见机行事，赶紧撤下风帆，则火攻威力大减。因此，大帅的这几百艘船务必要极快，使韩世忠的水军来不及应对！"

兀术连连点头，道："请先生指点。"

"建康府西南有一处沙洲，名叫白鹭洲，大帅可命人在沙洲上挖一条新河，最好挑个夜晚，趁韩世忠不备，这几百艘船从新河穿过去，迂回到韩世忠水军的上游。如此一来，借着水流之势，船夫拼命划船，速度极快，又是去韩世忠意想不到的方向，此战没有不胜的道理！"

兀术已经完全听明白了，狂喜之余，不由得打了个冷战，没料到攻守之势竟在这一瞬间倒转过来了，时乎？运乎？

一名侍从从外面急忙赶来，道："禀报殿下，刚才清点完毕，军中能乘坐三五十人的船只共有二百三十余艘！"

"好！"兀术拍案而起，"传我帅令，立即召集诸将商议进军事宜！"一转头见王大脚已经起身，恭立一旁，小心翼翼地看着他。

兀术手一挥，两名侍从抬出一张矮几，上面堆着白晃晃的一千两银子。

王大脚跪下向兀术磕了个头，从怀里掏出一大块粗布，在地面铺开，将银子码在布上，左一缠，右一绕，瞬间便扎了一个结结实实的包裹，像匹健驴似的稳稳当当挎在肩上，然后向兀术施了个礼，一溜烟地走了。

侍从们看得都瞠目结舌，兀术也不胜骇异，感慨道："南朝奇人异士极多，这王大脚心思缜密，极善谋划，原本是个难得的人才，却混迹于市井之间，反为我所用，岂不可叹！"

兀术当下毫不迟疑，立即按王大脚所授之法改造战船，赶制火箭，完工后偷偷地在一处隐蔽的水湾操练了几次，同时大力征发民夫，在白鹭洲上悄悄挖了一条新河，直通上游。为了迷惑韩世忠，金军在江面做积极备战状，仿佛马上就要进行一次大规模正面强攻。

一切准备就绪后，兀术与诸将便焦急地等待着晴天无风的日子，在这几天的时间里，兀术收到了几个月前分兵南下的另一支部队兵败的噩耗。

这支部队由拨离速和耶律马五率领，几个月前率军先于兀术主力自黄州渡江，直扑江西洪州，几乎将孟太后一行数百人一锅端掉，在湖南、江西横冲直撞了几个月之后，听说兀术北撤，便也撤兵，顺利渡江北归。

然而，部队行至河南宝丰宋村附近时，遭到一支乡兵组成的宋军袭击。金军本已疲惫不堪，下马卸甲，准备晚饭，遭此突袭，被杀得溃不成军。拨离速仅率数百人逃出重围，但耶律马五没那么幸运，和几十名金军被重重包围。耶律马五持刀不降，大喝道："谁敢与我决战？"宋军主将手持铁枪，亲自出马与耶律马五对阵。双方骑马对冲，电光石火间，宋将用枪杆将耶律马五撞下马来，宋军一拥而上，生擒了他。其他金军除两三人逃脱外，被杀了个精光。

兀术一边看拨离速的急信，一边听送信士兵讲述战事经过，脸上如同蒙了一层寒霜，半晌才道："前年，耶律马五率区区五百骑长途奔袭扬州，九千南朝守军为之夺气，不战而溃，耶律马五只差一步便生擒赵构。如此悍将，南军主将何人，能用一招将他撞下马来？"

"只听说此人名叫牛皋，原是一名弓箭手，力大无穷，极善射猎。"

兀术听了沉吟不语，把信看了三四遍，问道："战后收集散兵溃卒，得了多少人？"

送信士兵道："本来聚了万余人，不料那牛皋以数千乡兵，竟敢尾随追击，又在鲁山邓家桥附近袭击我军。我军新败，一时不及整军，结果又被击溃，再收集散亡时，才得了五千余人，撤往太原……"

二万精锐竟被数千乡兵打得只剩五千人！兀术不禁大怒，张口就要骂拨离速无能，话到嘴边，却生生吞了下去，想到自己正面临着一场生死决战，对手占着天时地利，倘若此战不能成功，大金国五六万精锐将被困死在长江南岸，而他身为主帅，将成为大金的千古罪人！

兀术心头压着千斤重担，勉强安慰了送信士兵几句，叫人安排他下去歇息。拿着信又读了一遍，抬头看时，诸将正眼巴巴地瞅着自己。兀术知道宝丰之败与耶律马五被俘让他们颇受打击，大战在即，士气尤其重要，但如何鼓舞士气，让将士恢复到马家渡之战时的冲天豪情，他也无计可施。

偏偏老天爷也不体恤，一连数日都是江风劲吹，有时甚至还飘点细雨，兀术表面不动声色，实则心急如焚。正没奈何处，侍从禀道："有一道士求见，说是来助一臂之力。"

兀术原本没有跟这类人纠缠的心情，但此刻觉得听听也无妨，便命人引他进来。

不一会儿，只见一道士翩翩而至，头戴五岳冠，身穿青蓝袍，手托仙钵，脚登云鞋，倒是一副仙风道骨的样子，见了兀术两眼朝天也不跪拜。兀术懒得跟他计较，等他坐下后，直接问道："道长如何助我一臂之力啊？"

这道士甩甩衣袖，摆足了派头，才道："取纸笔来。"

兀术心头火起，有心将他投到江里去喂鱼，想想还是忍住了，命人取来纸笔搁在他面前。这道士提笔写了一行字，然后搁了笔，拈着须并不言语。

侍从呈上纸，兀术接过来一看，只见上面赫然写着：谋事在人，成事在天。

兀术满肚子心事，正在于此，一见了这八个字，不由得大惊失色，站起身来，郑重其事道："不知道长何处悟道登仙？今日造访，有失远迎，请勿见怪！"

这道士轻松一击而中，颇觉意外，脸上堆起矜持的笑容，道："贫道法号元妙，原是东方青龙七宿之亢金龙托生，为助梁王称帝，降于人间，不料梁王并无英主之相，以至五代更迭，十国分裂，最后让赵匡胤得了天下，传位八世而止，算来已有二百二十一年矣。"

兀术不禁又大吃一惊，早年在上京时，一个从南方来的云游和尚给兀术看相，便说过他是天上亢金龙托生，当时只作闲话听听而已，并不当真。如今突然从一道士嘴里说出"亢金龙"三字，虽然驴唇不对马嘴，但却让正感茫然无措的兀术颇觉应验，仿佛感到了上天的垂怜。

"若能得道长襄助得胜，必有重谢！"兀术行礼道。

元妙问："敢问大帅所求何事？"

"只需风停雨歇，炎日高照，其他不敢奢求。"兀术道。

元妙微笑道："贫道虽无通天彻地的大本事，但呼风唤雨、移山倒海这类雕虫小技却还不在话下。请大帅备两名童女，一定要形貌端丽，与我日夜相处，以通阴阳；黄金五十两，白银二百两，以敬鬼神。至于符咒、宝剑、宝镜、印章等法器，我自有准备，来日即可做法。"

兀术立即命人将元妙所需备好，又专门腾出一间雅室，供元妙做法。

元妙在他的雅室里折腾了两日，晚间也不停歇，到第三日时，脸色萎顿苍白，人也瘦了一圈，一大早便命人告知兀术道："我已打通阴阳，敬告鬼神，今日大帅可以一战。"

兀术往外一看，果然天空一碧如洗，燥热异常，一丝风都没有，不禁大喜过望，火速点兵。正忙乱间，元妙又差人过来道："须得备白马一匹，尽放其血而祭天地，还须挑一美妇，活剔其心以祭鬼神，临战前务必做完这两件事，可保全胜。"

事到如今，兀术只能言听计从，咬牙挑出一匹神骏无比的白马，又从军中挑出一名面如桃花的美女，这美女当初跟清踪一起被兀术选中，今日突然被叫过来，一顿梳妆打扮后，随着大军一起溯流北上。她四周一看，就她一名女子，心中惶恐不安，浑身瑟瑟发抖，眼中含泪，目光无助地四处巡睃，有知道内情的金军见了这副情景，都摇头叹息。

二百三十余艘船很快便悄无声息地划到了韩世忠水军的上游，宋军看起来毫无察觉，因为正面的金军大船、小船正在频繁调动，看样子马上就要发起一次空前规模的进攻。

此时,南方的天气显示出多变的特性,昨日还春寒料峭,今日却热不可耐,金军穿着厚厚的衣甲,个个汗流浃背。兀术见船阵已经列好,立即命人将白马与那名女子牵出来,刀斧手早已等待多时,可怜那名女子恐惧得连哭喊的意识都没有了,只在嘴里喃喃自语般地说些什么,像是祈求,又像是申诉。

转眼间,一人一马已经倒在血泊中,白马成了血马,腿还在微微抽搐,而那名女子的眼睛还半睁着,能看见自己血淋淋的心盛放在玉盘中……

江面上一片寂静,元妙恶毒的主意有没有感动天地鬼神谁也不知道,但的确让金军将士心中发毛,韩常上来道:"殿下,南方天气多变,事不宜迟,趁着此刻天热无风,赶紧进攻吧!"

兀术点点头,对众将士大声道:"今日只有死战一条路!本帅立誓:有后退半步者,立即斩于江中!谁能生擒韩世忠或斩其首级,立即升为千户!如违此誓,天地共诛之!"说罢,从腰间取出匕首,当着众将士的面,狠狠地在额头上划了一道又深又长的口子,鲜血喷涌而出,顺着脸颊和头发直往下淌,模样十分恐怖。在众将士的惊骇声中,兀术一挥手,二百三十余艘战船借着水流,箭一般向下游驶去。

与此同时,韩世忠与诸将正密切关注着对岸,他们有一种极其强烈的预感:金军要在最近发动一场前所未有的攻势。因此,韩世忠严令手下将士高度戒备,以瓦解金军的正面强攻。

谁也没料到金军的攻势从上游而来。当上游方向升起一团烟雾时,韩世忠与众将还颇为迷惑,都在猜测这是岸上何处飘来的,直到金军的船阵隐约可见时,宋军仍未反应过来,还在七嘴八舌地说这必是援军到了。

很快韩世忠和手下诸将察觉到了不对劲，从上游快速推进的这支船队明显摆开的是冲锋阵形，而且只可能冲自己船队而来，但他们无论如何也想不到金军故技重施，又挖了一条新河道绕到了上游。

金军船队终于驶得近了些，每条船上都烟雾缭绕。韩世忠虽然还未完全摸清金军的意图，但已经传令各部准备迎敌，战鼓也开始擂起，宋军将士纷纷立在船舷，张弓搭箭，准备给冲过来的金军船队一阵箭雨。

直到金军船队驶到两三箭地之外，韩世忠才看到船中间熊熊燃烧的火盆，还有金军士兵手中饱蘸油脂的火箭，而且他还意外地看到，虽然大江之上风平浪静，但金军的战船却稳当得有些反常，使得金军将士站在船上，稳如磐石。

刹那间，韩世忠心中明白大势已去，饶是他身经百战，此刻头脑中竟一片空白，直到他听到李选绝望的叫声："大哥，糟了！番军要用火攻！"

韩世忠猛地清醒过来，急挥令旗，命令船队顺流而下，躲避金军。但已经太迟了，宋军大船都紧挨在一起，光分开掉头就要半天，急切间哪里挪得动！

第一批火箭射到了宋军大船的帆篷上，立即点燃了十几艘船。紧接着一批又一批的火箭接连射过来，宋军开始还试图救火，然而火势一起来，便都慌了神，只撑了一会儿便阵形大乱，士兵们到处逃散。

韩世忠的大海船都连在一起，就像一片大营盘，许多士兵的家属都在大船上，此刻烟炎张天，妇女小孩的哭喊声到处可闻，景象十分凄惨。

金军见一击成功，士气大振，憋了一个多月的邪火疯狂地爆发出来，"休叫走了韩世忠！""得韩世忠人头者，赏银万两！""活捉梁红玉！"各种喊叫声此起彼伏，震天动地。

开战还不到一顿饭工夫，宋军战局已经不可收拾，严永吉隔着两艘船冲韩世忠喊道："大哥，你快上海鳅船，我和老孙先抵挡一阵，再与你会合！"说罢也来不及等韩世忠发话，便急急忙忙率领上百名亲兵登上了海鳅船，那边孙世询已经率领几艘海鳅船与金军短兵相接。

韩世忠在百余名亲兵护卫下，登上海鳅快船，顺着江流直往下游走，十几艘着了火的大船也终于掉过头来，跟着一起顺流而下。

金军发现了韩世忠的去向，三十来艘战船冲破孙世询和严永吉的阻挡，紧追不舍。

韩世忠手下亲兵疯了一般地划船，然而金军的战船竟然越追越近，回头细看，原来那船身上挖了一排孔，船夫坐在舱里，二三十支桨整齐一致地往前划，又快又稳。再看后面，跟来的十几艘大船也被赶来的金军分割包围了，船上宋军都在拼命抵挡，但被歼灭不过是迟早的事。

"想不到今日死在这里！"韩世忠脑海中浮现出这样的念头，他挺直长枪，准备与越来越近的金军决一死战，梁红玉手持宝剑站在他身后。

正值危急之时，下游依稀传来锣鼓声，只见一支船队溯江而来，船上士兵全都头裹红巾，虽然逆水行舟，但仍迅疾如风。

原来这是长芦崇福禅院僧人普伦等得知韩世忠正与金军大战，率乡民千余人驾轻舟前来助战，此时金军竟已经追击了七十余里，见宋军救援赶到，不知虚实，且自己船上桨手划了这大半天，已经累得手足颤抖，上气不接下气，再战下去恐于己不利，便停止了追赶。

韩世忠在乡民的护卫下，弃船登岸，一行人沿江步行许久，直到确信离追兵远了，才敢停下稍事歇息。

韩世忠脸色阴沉，一声不吭，原本以为要立一桩比肩于淝水之战或者赤壁大战的奇功，到头来却落得一场惨败，这让他沮丧愤怒到了极点。

两天后，他退至镇江，收集溃兵，才得了两千余人，更让他心痛不已的是：严永吉和孙世询都已力战殉国。

这边兀术终于翻过身来，命令士卒穷追猛打，对于淹水的宋军士兵也一律不放过，一直杀到黄昏已尽、天色全黑为止。

趁着夜色，金军得胜而还，兀术心里终于长舒了一口气，此次在绝境中逆转大败韩世忠，江南战局立刻大为改观，那些蠢蠢欲动的宋军部队听说后，吓得裹足不前，使得他可以从容调兵。他甚至有了派兵久驻建康的打算，占领这座江南重镇，相当于在南朝的腹地打入一根楔子，让赵构的小朝廷再也难以翻身。

当他率领船队返回时，正碰上前来接应的船队，江上一片沸腾，金军将士都为死里逃生而欣喜若狂，但兀术却感到这次欢庆与马家渡大战之后的欢庆颇为不同，马家渡之战过后，金军将士个个都嫌杀得不过瘾，急欲再战；而此战过后，将士们都疲惫不堪，一日都不想再耽搁，恨不得当天就能渡江北归。

北岸的挞懒一直千方百计想支援困在南岸的兀术大军，却始终不得其法，正无可奈何间，突然见兀术将韩世忠杀得大败，不禁又惊又喜，还有几分困惑和嫉妒，便派人送来书信，询问兀术何时渡江北归。

兀术并不着急答复他，只是不停地派人打探宋廷几支大军的去向。果然不出他所料，刘光世大军得知韩世忠大败，吓得从宁国路不知退到何处去了，张俊在临安府也丝毫没有了进军迹象，至于上游的那支宋军船队,听闻金军大胜,也逃得不见踪影。

兀术断定,至少在将来相当长的一段时间里,没有宋军再敢来捋他的虎须。

心头的大石头一放下,兀术立刻想到了清踪,便飞快地赶到清踪的船舱,一见到那个妙色生香的美丽身影,便一把抱住。他奇怪地发现她的眼神里透着凝重和忧伤。

"你们把满儿怎样了?"清踪突然问道。

"哪个满儿?"兀术奇道,猛地想起是那个被剔心祭天的年轻女子,不禁大为扫兴,坐起身来,并不回答。

清踪也不追问,一滴晶莹的泪珠从她眼角淌出来,将睫毛沾湿了。

三　牛头山

韩世忠败北的消息火速传到了驻跸越州的赵构君臣耳中，赵构失望之余，赶紧命令刘光世与张俊谨慎进军。赵构自然是多虑了，二人早就按兵不动，刘光世更是离着金军好几百里，听到韩世忠败讯，仍然又退了五十里。

只有一支军队，虽然人数最少，装备最简易，但从宜兴出发后，便坚决地向建康方向推进，这支军队的主将便是岳飞。

得知韩世忠痛失好局，岳飞与麾下诸将都十分惋惜，王贵道："岳帅，番军刚刚大获全胜，士气正旺，我军人少，只怕打不过，不如先退还宜兴，观望一阵再做打算。"

其他人也都附和，因为他们这次面对的不是金军后勤或辎重部队，而是正儿八经的王牌精锐。

岳飞却摇头道："你们方才所说，都是常理，但今日情形却有所不同。你们没听观战的乡民和渔民说的吗？金军沿着大江一路追击韩世忠近百里！仗打完后，还得清扫战场，再逆流而上，才能回到建康，这中间至少需要五六日。倘若我军先一步在其必经之路设伏，金军刚获大胜，必然骄逸，我军可趁机挫其锐气。"

诸将互相看了看，觉得这主意听上去有些冒险，但细一想，却又颇为稳妥。

岳飞道："你们议一议，倘若我军设伏，何处为佳？"

诸将议论了半天，说不出个所以然来，便问岳飞，岳飞叹道："正好再去白云寺抽支签。"

马家渡大战前，杜充在白云寺抽签一事，军中尽人皆知，此时听岳飞提起来，都恍然大悟，原来岳飞是要在牛头山设伏。

岳飞道："牛头山乃绝佳用兵之地，可惜杜相当时没看出来，金军一渡江，便慌了手脚，舍去地利，贸然与金军决战，以致一败涂地。"

杜充降金的消息早就传开了，但岳飞念着旧日知遇之恩，私底下仍一直称他为杜相。

傅庆道："要是金军不往牛头山去，我们岂不是白白设伏了？"

岳飞看了他一眼，道："你是不知建康周边地势才有此疑问。牛头山位于建康东南，南接翠屏山、北连祖屏山，因山顶南北双峰似牛角而得名，地势险峻，只有双峰之间，才有小道穿过。番军打败了韩世忠，必分水陆两路进入建康休整，水路且不去管他，但陆路必经牛头山不可。此处山路狭窄，骑兵无用武之地，我军设伏，可居高临下，便于杀敌。牛头山各处山泉极多，几千人驻扎其上，不用担心水源，且林木丰茂，不缺柴薪，也利于隐藏。如此天设之地，不用岂不可惜？"

傅庆与众将都钦服，汤怀道："我是说当初驻扎建康时，大哥有事没事便去山上溜达，还以为大哥爱看风景，原来竟是看地形去了。"

岳飞笑道："既然众位兄弟别无他议，那就即刻启程，务必抢在番军两三日前到达牛头山，筑垒设防，以逸待劳。"

众将不再多言，各自领命而去，于是一支五千人的队伍浩浩荡荡直奔建康而去。这支队伍甲胄都不齐全，有些甚至还是金军的穿戴，乍看上去就像一支杂牌溃军，然而队伍行进有序，号令严明，一路秋毫无犯。久遭兵火荼毒的江南百姓，遇见这样一支子弟兵，既好奇，又欢喜，纷纷送水送粮，岳飞严令各部专心行军，不得私自接受百姓任何物资，士卒们都知道岳飞的铁规矩，无一人敢收百姓半点东西，连一口水都不敢喝。

三日后，岳飞率部抵达牛头山。众将士四下一看，果然山势险峻，易守难攻，更加信心十足，便夜以继日地开始筑垒。当地百姓也来帮忙，不到两日，便用乱石檑木筑了一道十几里长的简易城垒，横跨牛头山南北，只在当中让出一条道来，专等金军通过。

这边兀术打败韩世忠后，兵分两路，一路由自己亲率主力乘坐几百艘大小船只溯江而上，另一路由如海率领一万余名金军自陆路向建康挺进。兀术临行前特意叮嘱如海，沿路行军要大壮声势，使得各路宋军难辨虚实，不敢轻举妄动。

如海带着这一万多人走了两日，一路轻松无事，连个宋军的影子都没见到，中间路过两个州郡，如海放话不去攻打，但须得慰劳大军。州郡守官哪敢怠慢，尽力将吃穿用度一并送来，只为图个平安。

第三日，大军便已离建康不远，前方探马来报，说有一路宋军在牛头山筑垒设伏，不知有多少人马。

如海觉得意外，不敢像几个月前那样小觑，便带着几十名亲兵，骑着快马亲自过来看阵，从东面登上牛头山北峰的半山腰，便能清晰看到宋军的城垒。如海仔仔细细看了一会儿，心里不觉敲起鼓来，按理说宋廷的几支大军他心里都有数，临阵一看便有了个七八分，但面前这支军队是什么来头他却毫无头绪。

旁边一起看阵的副将洛乌道："孛堇，此处南军主将深得守御之法，你看他筑的石垒，全是我方难行之处，而自己踏脚处却平坦得多，各主垒之间犬牙交错，互为倚护，我方攻其一垒，势必多面受敌。而且，此人将部队掩藏在林木之中，让我军窥不清其虚实，我军虚实他却居高临下尽收眼底——南军何时出了如此将才，以前怎么不曾听说过？"

如海皱着眉头不吱声，洛乌十几岁便跟随太祖攻打固若金汤的黄龙府，极懂攻防之道，他都赞叹这城垒建得好，可知来者不善。

"前方南军主将何人？"如海问道。

众人都答不上来，只有一名传令兵道："前向有一支南军趁我后军不备，连下溧阳、广德两城，挡路的就是这支南军，领军主将不知是谁，只听说原是杜充麾下裨将。"

如海听了，放松了些，心想谅杜充手下一员裨将能有多大本事！便道："今日天色已晚，且先扎营歇息，明日再做理会。"

洛乌道："孛堇，须得提防南军趁天黑劫营。"

如海点头道："你提醒得是，命各部不得在平地扎营，务必择险要处驻扎。"

众将听了，都有些傻眼，前方牛头山才是险要处，牛头山以东，虽然不是一马平川，但地势平缓，顶多有几个小土包，上哪里去找险要处扎营？但既然主帅有令，众将只得勉强找些"险要处"扎下营盘，如此一折腾，反而弄得各营盘间隔甚远，互不照应。

岳飞在半山腰处将金军动静看得一清二楚，对手下诸将道："番军还挺机警，不过我军已经先占了地利，此地往东五十里，再无险要地形，番军既然不愿退后，那我们今晚就去劫他的营！"

王贵道："番军有所防范，只怕劫营不利。"

岳飞摇摇头道："敌众我寡，须得想方设法消磨番军锐气，趁黑劫营乃是不二之选，只是如何确保劫营成功，还需仔细谋划。"

于是岳飞召集众将商议劫营一事，傅庆当年做强盗时，习惯了摸黑搞事，一听要去劫营，便嚷嚷着打头阵，岳飞正色道："此事非同小可，切莫拿它当偷鸡摸狗，等闲视之！几个月前我军趁番军后军松懈，连打了几次胜仗，将士中颇有骄兵之气，以为金军不过如此，浑忘了马家渡之败。如今山前扎营的乃是金军精锐，以区区数万人马，纵横大江南北，韩世忠之忠勇敢战，天下皆知，却也落得大败，仅以身免，我等岂能不警醒！"

傅庆见岳飞说得郑重其事，便收了嬉皮笑脸，认真道："岳帅教训得是！末将以为，若要黑夜劫营成功，其实只需做到一件事即可。"

众将知道他鬼点子多，都饶有兴趣地把脸凑过来，岳飞脸上掠过一丝微笑，示意他说下去。

傅庆道："大晚上的，伸手不见五指，又是两军对垒，你死我活，谁不害怕！番军刚刚被韩世忠拖了四十来日，虽然侥幸大胜，但已身心俱疲，即使他们防备甚严，也必有百密一疏的时候，只要找准他们疏忽的那一刻，我军暴起一击，这仗就赢了。"

众将听他说得有理，都连连点头。傅庆却犹豫起来，看着岳飞道："末将下面要说些盗贼里的行话，只怕岳帅要见怪。"

岳飞忍不住笑道："你这厮！只管讲来。"

傅庆便道："这盗贼入户，可不能冒冒失失，其中大有讲究，专门撬锁入户的叫'吃恰子'，根据不同的门锁配相应的钥匙，这种人须是能工巧匠，寻常盗贼哪有这样的本事，不过是选时机而已。大白天动手的叫'白日闯'，也叫'白日鬼'，行家里手是绝对不干的；拂晓时分入户的叫'踏早青'，黄昏天即将黑时入户的叫'跑灯花'，这两个时间，常人都不防备，此时入户，可谓出其不意，往往得手。"

众将开始还笑，听到后面，都敛了笑容，若有所思。只听傅庆接着道："我军劫番军的营，不必半夜去，就选在黄昏或拂晓时分，此时番军都不太防备，或可一击而中。"

岳飞看了看外面，太阳即将落山，余晖映在牛头山双峰，一片金黄，他低头凝思了片刻，断然道："马上挑一百精壮士卒，天一黑立即动手！"

离牛头山不远，金军正抢在天黑前列寨扎营，他们都是多年的老兵，知道今晚宋军多半会过来劫营，却也不慌不忙，各司其职，设鹿角的、挖陷坑的、巡逻的，显得井然有序。

早春的白天还并不长，刚才夕阳还照在牛头山双峰上，转眼便隐到山后去了，又过了一会儿，天地间便拉起了一道黑幕，隔几步远就已经看不见人，金军将士都脚步匆匆，想在天断黑前各归其位。

营盘外远远地响起一声奇怪的鸟叫，金军将士并没在意，紧接着这怪鸟又叫了一声，离得近了些，当金军将士第三次听到怪鸟叫时，这只鸟似乎就在营盘外，近在咫尺。

才有人觉得奇怪，只听一阵杂乱的脚步声响起，紧接着便听到惨叫声连连，被砍翻了几十人之后，金军才如梦初醒，一起发喊："南军劫营来了！"

天刚刚断黑，一时还没能适应黑暗的金军被杀得人仰马翻，完全迷失了方向。恐惧使得他们不在原地固守，开始像无头苍蝇般在刚刚扎起的营寨中四处乱窜，这样又使得其他固守的士兵恐慌起来，很快，整个营地陷入一片混乱。

谁也没有注意到那只怪鸟又叫了几声，到最后一声的时候，离营盘已经有了一箭远的距离，劫营的宋军全身而退，而金军营中仍是一片大呼小叫，狼奔豕突。

金军营地还在乱成一团，傅庆已经带着人回来了，一个人都没折损。岳飞大喜，命人搬出几坛好酒，慰劳劫营将士。傅庆在帐中远远听到金军营地闹个不停,笑得前仰后合,道:"这一乱起码到半夜,甚至通宵不息,天快亮时才会慢慢停歇,我再带人去杀一阵。番军刚松口气,不会料到我军一夜劫两次营,又得自相残杀一阵,这就叫才'跑灯花',再'踏早青',一夜收成两次,快活快活!"

果然那边金军营中闹了大半夜,直到黎明时分,大概是累了,或许因为终于熬到快天亮,人心安定了些,闹腾声渐渐止歇下来。而傅庆等人恰在此时,又摸到了金军营外,发一声喊,冲进去砍翻了几十人,金军惊魂稍定,又经此一吓,顿时乱得更凶,而宋军却又悄悄地溜了回去。

直到天色大亮,金军才彻底停歇下来。如海在中军,一夜未眠,让亲兵紧守营帐,方保无事。这时带着亲兵四处巡视,只见金军将士个个汗流浃背、疲惫不堪,无精打采地或坐或躺,地上死伤者少说有好几百人,轻伤者更是不计其数。

如海原本打算天亮便率军去攻打牛头山,一见部队如此狼狈,只好作罢。他远远眺望着形同牛角的两座山峰,颇感困惑,昨夜明明有所防范,仍被宋军劫营成功,这到底是巧合还是宋军主将计谋多变,他一时还判断不准。

洛乌上前来,叫了声"孛堇",却不说话了,满脸狐疑。

如海不耐烦道:"何事吞吞吐吐?"

洛乌这才悄声道:"刚才清扫战场,发现几百具尸体,全是我军将士,竟无一人是南军。"

竟有这种事?如海觉得一阵从未有过的恐惧掠过心头,太湖之战,败得虽惨,好歹知道是如何败的,但昨晚这场仗,却是败得稀里糊涂,连敌人影子都没见到。

如海望着前方的牛头山,皱眉沉吟不语。洛乌知他心意,道:"孛堇，前方南军主将极善攻守，又占着地利，以逸待劳。我军与韩世忠久战之后，本就十分疲惫，将士们南征数月，做梦都想着回家，无心恋战，倘若强行攻打，攻不下来不说，伤亡必定还十分惨重。依末将看，不如避开这股南军，仍旧回水路与殿下的主力会合，可保万无一失。"

洛乌在如海麾下多年，名为僚属，私底下如同兄弟，如海也不忌讳，道："我女真从来都是迎敌硬战，决不退缩，如此避而不战，固然省事，就怕殿下会责怪。"

洛乌道："前向韩世忠挡路，我军数战不利，殿下不还是委曲求全，愿以重金向韩世忠买路吗？昔日我太祖起兵之前，也曾忍辱负重，向辽国称臣纳贡。两军对阵，局势变幻莫测，也未必只有硬战一条路，无非是见机行事而已。"

如海听了，豁然开朗，道："既然如此，那就仍然改道水路。"转而一想，又忿然道："南军昨天劫营两次，折腾一夜，害我将士死伤惨重，倘若一声不吭就此退兵，岂不示我大金无人！"

洛乌道："这个好说。孛堇率主力去与殿下会合，给末将留两千轻骑即可。我在此大张旗鼓，与南军相抗，却并不真去攻打，只与之虚耗，耗到南军粮草将尽，舍去地利出来交战时，我这两千轻骑，可战可走，南军却被白白地拖在牛头山多日，无所作为，也算报了一箭之仇。"

虽然还不足以解恨，但也算挽回一些面子，如海便不再犹豫，立即派出探马，打听兀术大军行程，并传令军中，转道水路与主力会合。

这边兀术也不省心，原来他率大队人马沿江行进时，有一伙几百人的盗贼盯上了金军船上的财物，一路紧跟，最终在一处水浅处，趁金军不备，冲了出来，杀死一二百名金军士兵，抢走了十几船财货，然后便销声匿迹了。

阴沟里翻船，叫兀术如何不气！盛怒之后，他也意识到手下将士们确已归心似箭，再拖下去还不知道会出什么乱子，但又心有不甘，踌躇不决时，突然想起元妙来，心想让他占一卦测测吉凶也无妨。

元妙一进来，倒吓了兀术一跳，初次见面时他还生得面如冠玉、双颊饱满，十多日不见，竟瘦成了一根麻秆，双目晦暗无神，脸颊凹下去两个洞，像是生了一场大病。

"道长别来无恙？"兀术问候道。

元妙略有些尴尬地笑笑，道："还好还好，谢大帅挂牵！不过是最近练功过于急切，欲速则不达而已。大帅叫贫道过来，不知有何吩咐？"

兀术道："想请道长占一卦，测测我大军何时北归为佳？"

元妙一听是这等事，立马来了精神，一手抬须，一手掐指，摇头晃脑地自言自语了一会儿，才道："此事须得求问元始天尊，待我回雅室，焚香沐浴后，占上一卦，并发功与天尊通话，明日一早奉上天尊旨意。"

兀术听他说得如此郑重，不敢怠慢，赏了他些银两器物，让他自回雅室发功。

次日一早，元妙派人送来一张折起来的黄纸，上面写有"天尊旨意"，又说因昨夜发功劳累，大伤元神，不得不静卧休养。

兀术打开黄纸，只见上面写着两行字：若能乘风归，何日不佳期？

兀术看了，似懂非懂，正在琢磨，旁边已任亲兵统领的乌里突不识汉字，便问："殿下，那道士写的是什么？"

兀术便逐字给他翻译了一遍，乌里突道："这不是'越快越好'

的意思吗？我军在江南征战了半年，将士们已经浑身长虱，燥热难安，当然越快回去越好，还用得着他来说？"

兀术恍然大悟，暗叹自己空有一肚子谋略，事到临头，反不如一个大老粗。当下不再犹豫，立即给对岸的元帅左监军挞懒回信，约定北归日期，并通令全军，准备北渡长江。将士们听说终于可以回家，一片欢腾。

如海赶到江边与兀术会合时，还有些忐忑不安，担心兀术怪罪。兀术听如海讲了牛头山战事，沉吟半晌后，不仅没有责怪他，反而褒奖他能够见机行事，并对他留一支部队牵制宋军颇为赞赏。如海退下后，暗自惭愧，也领会到主帅去意已定，无心留在江南。

在金军分批次渡江北归时，兀术日日夜夜都跟清踪厮混在一起，清踪一反先前的矜持，热烈得像一团火，连体壮如牛的兀术都有些招架不住。两人像一对久别重逢的恩爱小夫妻，肆意地燃烧着身体里的欲火，甚至在亲兵面前都不忌讳。

每次燃烧过后，兀术抚摸着她玉石般的身体，那清凉光滑的肌肤中透出一种无法言说的意味，像眷恋，又像决绝，她眼中的火焰也随之熄灭，像两潭深不可测的秋水。

这是一个什么样的女子！兀术每次都忍不住在心中暗暗感叹道。

几日不到，已经有一小半人马从建康城北的静安镇顺利渡江北去，与宋军在牛头山相持数日的洛乌也赶过来与大军会合，说是牛头山上的宋军一夜之间突然不知去向，如海如实向兀术禀报，兀术略觉纳闷，也没太放在心上。

北撤在即，留在建康城内的金军开始了最后的疯狂劫掠，一些城内市民和周边乡民不堪凌虐，又看到金军在撤退，胆气壮了起来，纷纷聚集几百上千人的队伍，占据险要，以图自保，有时甚至还伺机围堵袭击小股金军。许多离开部队四处劫掠的金军士兵都有去无回,次数多了,再也没人敢肆意劫掠了。

纷纷乱乱中,金军终于撤得只剩一万余人,兀术照例亲自断后,此时已是五月份。从去年十一月份马家渡大战算起,他率领的这支大军在江南足足征战了半年,虽然未能生擒赵构,彻底灭了宋朝,但深入敌方腹地,屡战告捷,打得南军落花流水,也算是威震大江南北,青史留名。

再过两日,兀术便要在亲兵们的护送下,乘船北归,他想趁着天气清凉,带清踪再去十里秦淮泛舟悠游一番,毕竟这一去,何时再来,恐无定期。

侍从回来禀报,清踪不在自己房间。兀术道:"叫她好生留意,如今兵荒马乱,她一个女孩家四处乱跑,不怕出事?"

于是几个侍从分头去找清踪,一个多时辰后,陆陆续续空手而回。兀术觉得不对劲,赶紧亲自去清踪房间察看,进门便见屋里收拾得极其整洁,像是刻意为之,再看桌上,留着一只清踪经常佩戴的手镯,更让他心慌的是,手镯旁还有一绺黑发,他抢上去抓起黑发揉了揉,不是清踪的还能是谁的?

他立刻意识到自己永远失去了这个神奇美丽的女子,他的心一阵紧缩,一股夹杂着痛苦、愤怒、怜惜和牵挂的复杂情绪像潮水般涌上来,又缓缓退下去,什么也不留下,让他整个胸腔变得空空荡荡。

他一人呆坐在房间,也不知过了多久,偶一抬眼,见乌里突在门口看着自己脸色,欲进还退的样子,便用嘶哑的嗓音问道:"何事?"

"殿下,"乌里突赶紧走进来,神情有些紧张,"静安那边刚传来消息,有一股宋军趁乱袭击了我渡江大军。"

兀术不胜其烦,皱眉道:"折损了多少人?"

乌里突犹豫了一下，道："三……"

"又折损了三百人！指挥渡江的主将是何人？马上叫他过来见我！"兀术像头狂暴的狮子一样"腾"地站起来，使劲擂了一下桌子，怒吼道。

乌里突却不动身，过了一会儿才嗫嚅道："殿下，是三千人……"

兀术像被人兜头浇了一瓢冷水，浑身一颤，登时冷静下来，他定了定神，重新坐下，道："叫送信的人过来见我。"

乌里突往外一招手，一个浑身带着刺鼻汗臭味的士兵进来，行完礼后，道："大帅，这股南军大约四五千人，全都手执长枪，打仗极不怕死，与寻常南军颇不相同，我军猝不及防，死伤惨重。"

兀术道："四五千人并不多，我军将士都是百战之身，纵使南军突然袭击，我军亦能站稳脚跟，从容反击，如何就猝不及防了？"

送信士兵道："大帅有所不知，这伙南军甚是狡猾，前面过来的人都穿着我军服饰，直到离得几十步远了，我军才发觉不对，但已经来不及了。这伙宋军占据四角，挡住我军突围路线，趁乱拼命挤压，我军前面挤后面，结果后面的人都掉到江里去了，南军又拿长枪拼命捅刺，几个回合下来，中枪落水的人不计其数。"

兀术听了，大为惊讶，心想这南军主将深谙用兵之道，绝非等闲之辈。

送信士兵接着道："我军好不容易撕开一道口子，沿江往北且战且退，一路故意将钱缗银两扔在地上，不料南军中竟无一人俯身拾取，只顾向前猛冲，逼得我军无路可退，万幸如海孛堇率军及时增援，南军这才退去。"

"这可是几个月前连下溧阳和广德两城，前几日又在牛头山设伏阻击如海的那支南军？"兀术问道。

"正是。"

"主将何人？"兀术终于上了心，厉声问道。

"听说此人原是杜充手下一名裨将，叫岳飞。"

"岳飞？"兀术不觉站起身来，眼睛直直地看着前方，似乎有几分不相信。

乌里突见状，问道："殿下认得此人？"

兀术缓缓地摇了摇头："当年在御前与众元帅议论南下用兵方略时，听银可术提到过此人，不想今日竟在此不期而遇。"猛地想起斡离不当时的话，不禁黯然叹息：斡离不啊斡离不，你最担心南朝会有一批战将在兵火中脱颖而出，不幸被你言中了！

乌里突见兀术入定般沉思，便在一旁提醒道："殿下，我军留在江南的人马已经不多了，这个岳飞神出鬼没，还是小心为上，不能再让他得手，请殿下即刻启程，赶往静安上船渡江，殿下的三千亲兵都是以一当十的精锐，只要严加防范，可保殿下毫发无损。"

兀术起身，将桌上的手镯和头发抓起来，揣到怀里，然后回头深深地看了一眼房间四周，大踏步出门而去。

两日后，兀术终于在亲兵护送下乘坐最后一批船到达江北。挞懒早已等候多时，见兀术在亲兵簇拥下走下跳板，便笑逐颜开地迎上去，准备将早已打好腹稿的褒扬之词送上去，嘴张到半开，却合不拢了，只是瞪着眼睛"哼啊"不已。

昔日那个神采英拔、眉清目秀的四太子已经踪影全无，站在面前的是一个胡子拉碴、满脸风霜的男人，一道褐红色刀疤深深地印在额头上，与他钢铸般的冷漠表情搭配在一起，让人有几分望而生畏，唯一让他依稀显出当年风采的是他端正的五官。

"四太子为我大金国征战，屡破强敌，真是辛苦了！"挞懒勉强挤出些干巴巴的慰问话。

　　兀术知道自己模样吓人，只能装作不以为意。挞懒是当今皇上的亲弟弟，论辈分还是他长辈，兀术便恭敬地行了晚辈之礼。两人携手入帐，挞懒已经备好酒席，为他接风庆功。

　　酒过三巡，挞懒细问兀术是如何与韩世忠交战时反败为胜的，兀术告诉了他来龙去脉，挞懒听得嗟呀不已，叹道："四太子不是外人，不瞒你说，当时韩世忠在江上连战连捷，我军一筹莫展之际，我都以为大金气数已尽了！"

　　兀术感慨过后，内心后怕不已，他隐隐觉得，身后的这条大江，他再也过不去了，而那个在他生命中留下极深烙印的女子，也被永远地隔绝在水一方。

　　挞懒见兀术意兴阑珊，没精打采，只道他久战后疲乏，又劝了两杯酒后，便请兀术率军进六合休整。

　　兀术大军休养了七八日，挞懒经常派人过来送吃送喝，但并不过来打搅。直到第十日，挞懒才带着一拨人过来看望兀术，兀术出来迎接时，挞懒一见到他，便喜道："四太子果然丰神俊朗，难怪皇上如此钟爱！上回见四太子憔悴不堪，我回去还叹息许久，不曾想数日不见，那个人见人爱的美人儿又回来了！"

　　兀术只是矜持一笑，他心中有数，自己的样貌再也回不到从前了，但他也不以为意，正要说几句话应付，突然看见挞懒身后立着一人，长得相貌清雅，须髯若神，似乎有几分面熟。

　　这人见兀术看他，微笑着从容施礼道："下官韩企先，见过四太子。"

　　挞懒也一迭声地道："我倒忘了！韩相受皇上之托，前来劳军。"

　　兀术早就听说了刘彦宗病亡后，由韩企先接其相位。韩企先原是辽国旧臣，博通经史，知晓古今，大金国的典章制度大都出于其手，据说他第一次去上京觐见吴乞买时，吴乞买惊讶道："朕曾经梦见过此人，今日果然见到了！"立即擢为尚书左丞相。韩企先为人正直无私，选拔官员时，专以培植奖励后进为己任，又善甄别人物，一时台省多君子，朝廷为此气象一新，在朝野上下有"贤相"之称，无论吴乞买，还是粘罕等人，都雅敬重之。

这等人物，兀术自然愿意结交，连忙施礼道："原来竟是韩相！晚辈方才只觉面善，却没认出来，冒犯之处，还请海涵！韩相博古通今，察远照迩，我大金国能得而为相，实乃朝廷之幸，社稷之福！如今不辞辛劳，远涉江湖，播皇恩于万里之外，三军将士，莫不欢欣鼓舞！兀术是个粗人，如有不得当之处，还请韩相不吝赐教。"

兀术这番雅词说下来，把挞懒听得发愣：你都是粗人了，那我算什么？

韩企先久闻兀术虽悍勇好战，却又十分爱慕风雅，今日一见果然，不由得微微一笑，谦逊道："四太子过誉了。韩某原本敌国之臣，百无一用一书生耳，蒙皇上抬爱，委以重任，唯有竭精尽虑，死而后已，方能报皇恩于万一！四太子乃天潢贵胄，不惜万金之躯，亲率十万虎狼之师，身先士卒，为国驱驰，韩某这点微末功劳，较之四太子之伟业，直如米粒之珠较之日月星辰，何足道哉！"

兀术听他言辞恳切，应对典雅，十分欢喜，脸上露出多日来难得的笑容，两人执手寒暄，亲热得像是多年的老友一般，把挞懒晾在一旁。

挞懒说不来这些雅词美句，插不上话，有些尴尬，韩企先一转身，挽起他的胳膊，真诚地道："监军转战山东，连下重镇，南军望风披靡，抱头鼠窜，遂使孔孟之乡，归于天朝正朔，天下士子，莫不景仰膜拜，以至大军所到之处，南朝守将纷纷偃旗息鼓，献城出迎。古人云：百战百胜，非善之善也；不战而屈人之兵，善之善者也！监军用兵，颇得当年太祖之精髓呢！"

一席话说下来，挞懒听得浑身舒坦，乐得合不拢嘴，三人手挽手，来到早已备好的宴席上。

韩企先对兀术如何击败韩世忠颇感兴趣，兀术说了其中曲折，韩企先连连叹息，道："也是上天眷顾我大金，我听当地人讲，这大江四五月间原是多风的时节，偏偏却给出我大军一日晴朗无风，岂非天意乎！"

兀术便跟二人讲了元妙之事，挞懒听得饶有兴趣，大为惊叹，韩企先却敛了笑容，脸色严肃起来，等到兀术讲完时，他已是满脸严肃。

兀术刚才见韩企先口吐莲花，八面玲珑，还道此人极会周旋，是个灵通之人。这时见他和悦的脸上突然变了颜色，不禁颇感奇怪，正要问起，只听韩企先道："四太子可知那昏德公父子是如何丢了天下的吗？"

宋朝钦徽二宗靖康年间城破被俘，天下皆知，金军将士口口相传，兀术身为围城主帅斡离不的亲弟弟，对攻城细节自然无不知晓，这时见韩企先问起，便一笑道："韩相若有这份兴致，兀术愿画一幅围城图，详述双方攻防大战……"

韩企先像变了个人，一反先前的谦恭多礼，不客气地打断道："韩某乃一介书生，临战之事，既不擅长，亦无兴趣。韩某只想提醒四太子一句：东京城破，乃是昏德公父子听信奸佞妖道的胡言乱语，洞开城门，以乌合之众对抗我大金精锐，使得城高池深的东京为我大军轻松攻占！"

当年东京被金军围城一月有余，钦宗及宰相何粟、孙博等人病急乱投医，竟然听信了一个叫郭京的骗子的胡话，让他带着七千七百七十七名无赖混混组成的"北斗神兵"，大开城门，与金军交战，结果被金军仅用二百铁骑冲得七零八落，金军趁势登上城墙，一举拿下东京。

　　如此侥幸拿下东京城，粘罕与斡离不等金军主将都感到莫名其妙，城破后方才得知究竟，对宋廷更添一分蔑视。如今韩企先拿郭京与元妙比，分明是在劝阻兀术不要走昏德公父子的老路。

　　兀术素来心高气傲，听明白韩企先的意思后，一阵燥热从腹内升起，直冲上来，将脸色憋得通红，要不是看在韩企先钦差大臣的身份上，早就发作了，当下冷冷地道："韩相言重了！莫说元妙并非郭京那样的骗子，就算是，本帅又岂是昏德公父子那样的昏聩之辈！"

　　韩企先并不在意兀术的脸色，仍旧语重心长地道："殿下，自古听信妖邪之言的误国之君数不胜数，秦皇汉武，都是一代雄主，也迷信方士，敬奉鬼神，结果都反被丹药所害。故圣人云：未知事人，焉知事鬼？殿下说那元妙料事如神，他不过是故作模棱两可之语，设圈套诓殿下罢了！殿下当时万千心事，全系于一战，难免心神不定，元妙正是钻了这个空子，诓了殿下不算，还让殿下对其礼敬有加，这等妖道，倘若留在军中，终有一日会坏了殿下的大事，到时悔之晚矣！"

　　挞懒是极富心机之人，听了韩企先这番话，已知这不是小事，方才还对元妙赞赏有加，这时便三缄其口，只是随声附和，两边都不得罪。

　　兀术贵为太祖之子，又深得当今皇上宠信，他并不怕有人借此在皇上面前进他的谗言，只是他虽然心底里认为韩企先说得有道理，但又觉得元妙并非什么妖人，倒是韩企先有些小题大做。

韩企先见兀术低眉不语，便继续道："殿下前番于万难之中，之所以能反败为胜，实赖殿下运筹帷幄，众将士舍命奋战，与那元妙无半分干系。那元妙借着邪术，贪天之功为己功，长此以往，众将士皆以邪术为能，万一碰到狼子野心之徒，摆弄邪术，登高一呼，应者无数，自古天下大乱，多源于此，请殿下三思。"

韩企先一片赤诚，所说都是药石之言，虽然逆耳，却是极有益于理政治军。兀术心中颇为感动，脸色也缓和下来，甚至还微微点了点头。

韩企先见兀术听得进去，大为欣慰，用极其诚恳的语气道："我大金国雄师一路南征，所下城池何以百计，不杀戮则不能立威。南人虽然畏服，但心底里还当我大军是外夷番邦，并不真心归顺，因此光靠一个'杀'不足以成事，还须辅以仁政。孔孟之道，乃先师至圣治国理政之道，通行万古，我大金贵为天朝上国，如何不能用？而圣人不语怪力乱神，乃因知道鬼神之事，终归虚妄。如今殿下听信一个妖道的鬼话，干什么剜妇人心祭天的惨酷之事，韩某恐南朝士子不但不敬我大金，反而会颇多失望，甚至鄙薄于我，殿下不可不深以为戒。"

兀术心中一震，似乎突然明白了清踪何以离他而去。毫无疑问，清踪是迷恋他的，两人之间生死对决过后，也消除了隔阂，但如今想来，自从那名叫满儿的女子被剜心祭天之后，清踪突然性情大变，或许从那时起，她就已经决定了要离开，难道她在内心深处已经看低了自己？

韩企先一脸诚恳，但说话分量却一点都没有减轻，挞懒在一旁听了，都觉得过于尖锐，再看兀术时，纹丝不动，脸上神情半是痛苦沮丧，半是瞋目愤怒，也不知他究竟在想些什么。

挞懒便以长辈口气打圆场道:"韩相一片苦心,都是为了我大金的社稷江山,四太子你不要见怪。"

兀术并不说话,站起身来,面向韩企先恭恭敬敬行了个大礼,慌得韩企先赶紧爬起来回礼,嘴里连连道:"罪过,罪过!韩某哪里受得起!殿下快不要折杀我了!"

两人谦让了半天,才各自坐下。兀术道:"兀术一时糊涂,幸得韩相直言相告,方知日前举动甚是荒唐,不胜惭愧之至!只是事到如今,如何处置才合适,还请韩相指点。"

韩企先抚须微笑道:"殿下何不效西门豹治邺故事?"

兀术道:"兀术学识浅陋,请韩相详述之。"

韩企先娓娓道来:"战国时,魏文侯任命西门豹为邺令,西门豹赴任后,了解到邺郡之所以穷,乃是因为当地三老等权贵与一巫婆作乱,每年收敛钱财,从民间找一处女,给当地的河神娶妻,以至百姓家有女儿的都逃离邺郡。西门豹便在当年给河神娶亲之时,亲赴河岸,果见一老巫婆带着十来名女弟子,会同邺郡的三老、官属、缙绅正给河神娶亲。西门豹便要求看看河神的新娘子,看完后假意道:'这女子容貌不好,恐怕会得罪河神,不如请大巫亲自下河通报河神,我们后日再挑一名好女子敬献。'说罢,命人将巫婆投入水中去给河神报信,然后假装等了半天,又道:'大巫怎么去这么久?让他手下弟子去催一催吧?'于是又接连将巫婆手下的三名弟子投入河中。又等了许久,不见动静,便又将那三老投入河中,继续等待,旁边的官属、缙绅吓得面如土色,叩头不止,把额头都叩破了,满地是血,西门豹这才说道:'河神今日不在家,此事以后再说罢。'旁边围观的奸吏愚民都胆战心惊,再也没人敢提河神娶亲的事了,邺郡得以大治。"

兀术平素最爱听这些快意恩仇之事,听韩企先讲完,忍不住拍案而起,连呼"痛快"!

挞懒也听得入神,心中暗叹:汉人果然多饱学之士,这韩企先更是汉人中的翘楚,难怪皇上那么重用他。

兀术心里有了主意,便命人去叫元妙过来,又传令下去:今日元妙法师在江边作法,请众将士一同观看。

元妙正同两名女子赤身裸体在床上滚来滚去,听说兀术召他,喜道:"噫!又可得些黄白之物,好事,好事!"

他兴冲冲随着来人到江边,只见岸边已经聚集了好几千人,元妙愈发兴奋起来,看来要做一桩大事,可以好好捞上一笔。

他趾高气扬来到兀术等人面前,兀术此时心态已变,再看元妙那副模样,只觉滑稽可笑,一想到被此人愚弄数次,心中不禁杀机顿起,便皮笑肉不笑道:"道长形容晦暗,是不是与那两名女子厮混过多啊?"

兀术一向优礼有加,元妙没料到他说出这样一句没头没尾的话来,愣了一下,勉强笑道:"打通阴阳乃道家至高之术,极耗元神,贫道若无二百来年修炼的不坏之身,也不敢轻易尝试。"

旁边韩企先一哂道:"道长既然活了二百多年,云游四方,身前事自当无所不知,敢问辽帝传于几代而终?西夏又始于何人称帝?宋朝一百六十二年,哪个皇帝有神武之名,哪个皇帝有虚矫之事?"

元妙原本就一江湖骗子,道听途说了一些稗闻野史,于正经学问却是一窍不通,哪里知晓这些事,张口结舌答不上来。

兀术与挞懒和韩企先相视一笑,兀术慢悠悠道:"今日有一事,还得劳烦道长做法。"

元妙觉得气氛不太对头,但此刻也只能硬着头皮道:"殿下请讲,贫道无不尽力。"

"道长之前说过，腾云驾雾、移山倒海于道长而言，不过是雕虫小技，不知道长去不去得水下？"兀术阴恻恻地问道。

元妙脸色灰白，额头上渗出密密的汗珠，道袍被汗水湿透，像刚从水里捞起来一样，哼哼唧唧半天说不出一句话来。

乌里突在旁边爆雷般喝道："殿下问你话呢！"

元妙吓得浑身一哆嗦，小声问道："敢问殿下要贫道去水下做什么？"

兀术慢条斯理道："我大金将士此次在大江之上，与南军数度交战，颇有死伤，更有不少人沉入江中，我身为三军统帅，如何不痛心疾首！本帅听说这海中有海龙王，湖中有湖龙王，甚至井中还有井龙王，料来这大江之中，必有江龙王。因此，想请道长下水走一趟，求那江龙王传令水族，勿食我大金将士尸骨，让其自然身归泥土，魂归故国，不知可否？"

元妙平日里巧舌如簧，此刻却吓得语不成句，啰唆了半天，也说不出像样的话来，兀术不耐烦地指指江面："道长请吧！"

元妙带着哭腔求饶，不敢下水，乌里突上前，一只手像拎草垛子般将他提起，夹在腋下，走到江边，不管他杀猪般地号叫，往江中一扔，只听得元妙惨叫一声，接着就是他在水中扑腾的声音，良久才平息下来。

岸边围观的几千将士个个都目瞪口呆，兀术传令道：今后有敢在军中自称得道妖言惑众者，与此例同！

众将士议论纷纷，慢慢散去，兀术等人继续喝酒，过了半晌，挞懒忍不住问乌里突："那道士死了吗？"

乌里突道："死了，挺着肚子在江面上漂着呢。"

韩企先向来是君子远庖厨，见不得杀戮之事，虽然元妙死不足惜，但眼见一大活人在眼皮底下成了江上一具浮尸，心里还是不太舒服，闭目叹了口气。

兀术杀元妙如同捏死一只臭虫，终究解不了心头之恨，脑中不知怎的时时浮起清踪影子，让他显得郁郁寡欢。

挞懒见状，便殷勤劝酒，三人也不谈军国大事，只说些闲话。

四　楚州之围

大军又休整了十余日，兀术见手下将士逐渐恢复了体力，养得精神完足，心情也跟着舒畅了不少，便与挞懒商议北归之事。

挞懒长叹一口气道："四太子来江北已久，应该也有所耳闻了，我大军南征以来，说是一路横扫，但也未必有风传的那般顺利。如今四太子自江南俘获极多，这几百船的财货无论如何是走不了陆路的，只能沿淮水入运河北上，只是淮水与运河交汇处，有一座城，名叫楚州，这座城还在南军手里，不拿下此城，我大军终难北上。"

兀术休养了一个月，心气又恢复如前，接口道："听说楚州守军十分顽强，我军久攻不下，不知是何缘故？"

挞懒见兀术颇不以为意，便道："四太子可知前年我大军南下，以五百骑突袭扬州，几乎生擒赵构一事？"

兀术点点头，此战可彪炳大金国战史，他如何不知，只是一想到当时的主将马五前不久刚被宋军生擒，难免有些煞风景。

挞懒道："当年粘罕敢派五百骑去取扬州，乃是因为徐州被我军突袭得手，使得淮南门户大开，我军得以长驱直入。徐州守将名叫王复，虽然我军骤至城下，但他仍组织城内军民极力抵抗，城破后王复被杀，仍有不少守军巷战不止，使得我军南下铁骑略有凝滞，不然的话，赵构恐怕已被我轻骑在龙床上活捉。"

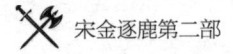

兀术微笑道："左监军到底想讲什么？不妨明言。"

挞懒道："如今这楚州守将赵立，便是王复手下悍将，城破之时，率军与我大军巷战，被击晕过去，不料晚上冷雨一淋，复又苏醒过来，找到王复尸首，徒手掩埋了他，潜出城去，重新招募乡兵，以图复仇。我大军退却之时，经过徐州，他率军一直尾随，趁我军不备，突然大举进攻，伤我士卒数千人，截获辎重财物无数，害得我军原本是凯旋，最后却落了个仓皇撤退。"

兀术脸上的笑容消失了，此人战法，倒和数次袭击自己大军的岳飞颇为相像，看来也是个难缠的主，便问："他是如何从徐州跑到楚州的？"

挞懒道："此事说来与杜充有关，杜充归降之前，命赵立率军驰援楚州，当时我正率大军围攻楚州，守军已然不支，正与我军商议献城投降，不料这赵立一来，与我外围守军一连交战七次，七战七捷，愣是率领三千余人冲进城内与守军会合，守军看援军已到，便打消了投降的念头。赵立与我军交战时，被流矢射中面颊，无法言语，他就脸上带着这支箭，用手指挥，率军杀进城去……"

旁边乌里突听了，颇感惊讶："要说我女真健儿以一当十，带伤作战，不是稀奇事，但南军中竟有如此不怕死的将领，确实罕见！"

挞懒道："这个赵立不但不怕死，还极为悍勇，骑射与马槊功夫丝毫不逊我女真勇士，经常带着十来骑出城挑战我军，次次都是他赢。有一次他仅带五六骑出城挑战，我悄悄在两翼埋下两三百伏兵，突然包抄其后路，不料赵立左冲右突，如入无人之境，竟然生生杀透十来重包围，安然回城。"

兀术听到此处，已经彻底收了轻慢之心，沉吟道："南军今非昔比，悍勇之将有层出不穷之势，确实不可小觑，来日可召集众将共商攻城之略。"

挞懒喜道:"有四太子数万精锐相助,赵立固然强悍,也难挡我两路精锐夹击,楚州指日可下!"

兀术道:"我先修一封书信给赵立,请他让出一条道来,容我大军借水道北归,如他应允,我也不去攻他,且看他识相不识相。"

挞懒道:"先前我让刘豫派赵立的故人葛进入城招降,许以高官厚禄,不料赵立连书信都不屑开启,直接将葛进拉出去斩首。刘豫后来不死心,又派赵立的多年好友、沂州举人刘偲去面见赵立,赵立竟然不顾旧情,命人用油布缠在刘偲身上,活活将其烧死在闹市中!此人臭硬无比,四太子还是不要自取其辱的好。"

兀术不悦道:"刘豫算是什么东西,岂能及我大军声威之万一!"

挞懒不以为然,但也不再劝阻,有心让兀术碰碰赵立这枚硬钉子。

果然,三日后,少了两只耳朵的副使回来,告诉兀术,送信正使已被赵立处死,并枭首示众,至于兀术的书信,赵立连看都没看就撕了个粉碎。

兀术大怒,立即召集众将商议进军之策,韩常献策道:"楚州与承州、扬州全在南军手中,自南而北,连成一片,三地互相呼应,牵制我军,这恐怕是左监军难以攻下楚州的最大原因。末将以为,还是采用我军攻城的老办法,先清理外围,拿下承州和扬州,将楚州变成一座孤城,到时攻取便是早晚的事了。"

众将也赞同此打法,阿里道:"倘若我军与左监军所部在楚州城下会合,兵力无法展开,我军攻城器械也不多,一时难收功效。楚州被围困日久,城中粮草柴薪只能靠城外补充,不如派出轻骑,日夜扫荡楚州周边,只要见着身负粮米柴薪之人,格杀勿论,不出一月,城中守军必然困顿挨饿。"

如海道："如此打法，万无一失，就是慢了些，还需提防南军救援。"

兀术一路南下过来，对江北地理颇为熟悉，便道："扫荡楚州周边，说来容易，没有上万精骑如何做得来？倘若南军行踪隐秘，我军岂不是劳而无功？"

韩常道："殿下所虑极是。依末将看，与其说是扫荡楚州周边，不如说是扫荡楚州以南。楚州以北州县，皆为我军所占，东西两面并无重镇拱护，唯有南面与承州相接，承州也在南军手里，与楚州唇齿相依，因此极力救助。且楚州与承州之间隔着樊梁、新开、白马三个大湖，物产丰饶，极易取食。我军宜将数千骑兵散落其中，往来如风，必可切断楚州补给。"

众将听了韩常分析，都无异议，纷纷点头。兀术喜道："南军固然有名将辈出之势，哪里又比得上我大金猛将如云！"

当下计议已定，便派人去通报挞懒，让他分一部人马过来，夹攻扬州，拿下扬州后，再攻承州，如此各个击破，则楚州唾手可得。

挞懒听了兀术的用兵方案，正合心意，便分兵与兀术南北夹击扬州。

此时的扬州，被兵火洗劫数次后，早已没了当年的繁华，十分萧条破落，人口也只有鼎盛时的三四成，驻守扬州的是镇抚使郭仲威，听说两路金军来攻，赶紧向镇守承州的薛庆求援。

薛庆是个直性汉子，听说扬州告急，便急忙率两千将士前来救援，一路险阻，到达扬州时已是八月初。

薛庆前脚刚到，金军两路人马便后脚杀到，远远只见烟尘大起，不知有多少人马围了过来。郭仲威原本火急火燎，这时突然镇定得出奇，摆了几桌丰盛的酒席，宴请薛庆。

薛庆大为光火，怒道："我昼夜兼程，就是为了赶在金军前面，今日所幸先来一步，你我合军，正该趁番军远道而来，立足未稳，杀他个措手不及，如何还有心思喝酒？"

郭仲威口中诺诺，但却并不敢起身。薛庆二话不说，起身率领下面的三百骑兵开城门直奔烟尘处而去，在城下回头对郭仲威叫道："我当先锋，你随后接应！"说罢，三百人绝尘而去。

扬州守军都为薛庆气概所震撼，都看着郭仲威，只等他一声令下，便准备出城应战。郭仲威拈着胡须，身着青衫，一副文士装扮，沉着脸琢磨了片刻，竟然命人将城门关闭。

过了半个多时辰，只见薛庆败退下来，三百人也只剩了一百来人，后面金军的大队骑兵紧追不舍，城头守军一拥而上，准备打开城门将薛庆等人迎进来。不料，郭仲威大喝一声："休得打开城门，违令者斩！"

薛庆万没想到郭仲威能干出这种事来，只得急转马头，想往斜刺里杀出，忙乱之中，前后骑相撞，不慎掉下马来，城上守军眼睁睁看着他被追上来的金军骑兵擒住。

当晚，郭仲威趁着金军尚未合围，带领人马溜出南门，奔兴化而去。

次日，薛庆的战马沿着旧路独自跑回承州，承州军民识得此马，都大惊失色道："不好了！战马空着回来，薛太尉肯定殉难了！"

几天后，只见南方烟尘滚滚，刚刚拿下扬州的两路金军合兵一处，浩浩荡荡杀了过来。兵马钤辖王林率众匆忙出城迎战，哪里抵挡得住，几个回合下来，死伤过半，便率余众杀出一条血路，向东奔去。金军顺势占领城门，一拥而入，承州就此失陷。

至此，不到半个月，楚州便真正成了一座孤城。

有兀术相助，挞懒打起仗来顺利了许多，两人率军将楚州围住。挞懒只管日夜攻城，兀术则派骑兵在楚州周边扫荡，见人就砍，十几天下来，再也不见有人进出楚州城，楚州的粮草柴薪日益枯竭。

挞懒愈发放了心，便不再亲自去城下督战，只是待在中军大帐休息，他已经算定攻下楚州是迟早的事了。

帐下的随军转运使秦桧道："监军数月来都在军中督战，何以今日有闲在帐中饮酒？"

当年金军攻入东京时，秦桧正任宋朝御史中丞。金人谋立张邦昌为帝，逼迫宋朝文武官员数百人签名，百官震恐，许多人签名时泪如雨下，饮泣悲叹，但无人敢作声。唯有秦桧等数人站起来，慷慨陈词，力保赵氏，被粘罕下令拘送至军前当了囚犯，只有夫人王氏与几名仆役随行，辗转流徙数年，如今在挞懒帐下任事。

女真人素来敬重英雄，秦桧冒死抗命，女真贵族反倒高看他一眼，并没有太为难他。到挞懒帐下任事后，秦桧做事严谨，从无差错，其妻王氏还与挞懒之妻相处甚厚，因此颇得挞懒信任，见秦桧问起，便笑道："中丞有所不知，这楚州一下，则天下太平矣！"

秦桧颇为惊讶，问其缘故。

挞懒道："我大金皇帝并无吞并南朝之意，毕竟南朝风土人情、礼仪制度与北地大不相同，治理颇为不易。前向之所以掠走昏德公父子，乃是因为这对父子身为国君，却屡屡食言，我大金国皇帝震怒，才决意扫平赵氏，另以异姓代之。不想那张邦昌烂泥扶不上墙，反而被赵构得了皇位，我大金皇帝才不得已屡次兴兵，意图扫平残宋，如今中原、山东已尽归我大金，正是另立藩属之时，这藩国一立，岂不是兵火两息，天下太平？"

挞懒说完，不等秦桧答话，问道："我这番言辞还文雅否？"

秦桧含笑道:"言辞之要,在于言之有物、条理清晰,否则即使说出一朵花来,又有何益?监军文辞雅逸自不必说,关键还是把事情讲得头头是道,这才是大学问。"

挞懒满脸堆欢,欣然纳之。

秦桧问:"监军方才说要另立藩属,不知我大金国皇帝属意何人?"

挞懒将声音略微压低了些,道:"以资历声望来看,原本有三人可立为藩邦之主,一是被四太子招降的杜充,二是被娄室招降的折可求,再就是归降于我东路大军的刘豫。这杜充原是南朝丞相,资望最高,但却见恶于大元帅粘罕,听说在云中被大元帅一顿奚落;至于折可求乃武将出身,皇上以为,藩邦之主还是立文臣为好。因此,这藩邦之主的位置就落在刘豫头上了。"

刘豫此人,秦桧在徽、钦二朝任官时见过几次面,只记得他是农家出身,谨小慎微,见人三分笑。他被徽宗拜为殿中侍御史,数次上书讲礼制局的事,徽宗不以为然,道:"刘豫乃一种田人出身,懂得什么礼制?"没想到这么一个人,竟然堂而皇之地要做皇帝了,真是世事难料,造化无常。

"若果如此,实乃天下苍生之福!"秦桧言不由衷地赞道,极想把心里憋了许久的话说出来,但又怕万一不成,反而坏事。

挞懒却是个心细如发之人,见秦桧脸上阴晴不定,便道:"中丞是否有事相求?"

秦桧一听这话,趁势跪在地上,泪如雨下,泣不成声。

挞懒吃了一惊,连忙扶起秦桧道:"中丞不必行此大礼,有何难处,尽管说来。"

秦桧定定神,暗暗咬了咬牙,开口道:"秦桧自随大军北迁以来,承蒙监军抬爱,并未受多少苦,然而桑梓之地,没齿难忘,且父母娇儿皆在南朝，无一日不思之念之。前向大军遭袭，本想趁乱逃往南方，但又恐有负监军垂怜之意，终不敢不辞而别。今日听监军说到天下将定，兵火将息，秦桧自思既然如此，则南归南，北归北，方可长保太平。秦桧本是南朝之人，倘若南归，亦不算拂逆大金皇帝之圣意，还请监军恩准！"

挞懒见秦桧敢面陈此事，倒也敬佩他明人不做暗事，沉吟道："中丞一定要回的话，我若留你，岂不是不谙人情世故？只是我得提醒你，辽国为我大金所灭，余党在西边大漠重新立国，有些辽国旧臣思念故国，不惜冒死投奔，结果一片忠心，反被当成了敌国奸细，十有八九都枉送了性命。中丞一心归国，就不怕南朝君臣反而疑心你是我大金国的奸细？到时只怕你浑身是嘴都说不清呢！"

秦桧慨然道："死生有命，富贵在天。监军既然准我南归，已是天大的恩惠了，至于秦桧南归后是死是活，岂敢劳监军牵挂。"

挞懒道："中丞既然去意已决，那就等到楚州攻下后再回吧，不然，兵马往来冲突，恐怕反为所伤。"

秦桧得了这句话，拼命按捺住满心欢喜，屏气敛容，恭恭敬敬给挞懒行了个大礼。

在越州喘息略定的宋廷刚刚经历了一波人事震荡。

吕颐浩与赵鼎因在御驾亲征一事上意见相左，关系恶化，两人势同水火，吕颐浩便采用自己一贯的霹雳手腕，直接参了赵鼎一本，革了他的御史中丞，将他调为翰林学士的闲职。

此事发生在其他人身上，也就忍气吞声接受了，然而赵鼎却并非温吞之辈，竟然抗命不受，待在家里不出门。吕颐浩知道赵鼎在朝廷颇有声望，也不想把事情闹得太大，便改授他为吏部尚书，不料赵鼎对这个实权职位也拒不接受。

僵持之际，赵构命人探问其意，赵鼎道："自古言路通畅，则政治清明；言路阻塞，则人亡政息。陛下固然诚心纳谏，奈何宰相却拒谏于前；陛下有眷待台臣之意，而宰相却有贬斥言官之威。长此以往，臣恐天听蒙蔽，大厦将倾矣！"然后给赵构上了十来篇奏章，指责吕颐浩的种种过失。

赵鼎为文浑然天成，剖事极其明晰，这十来篇奏章更是写得无懈可击，他这一带头，之前被吕颐浩革了职的大小官员，不管有理没理，纷纷进言。赵构知道这里面泥沙俱下，但对如此多的人不满吕颐浩颇感惊讶，也多少体会到当初朱胜非对吕颐浩的评语：练事而粗暴，太易得罪人。不然何以至此？

于是吕颐浩被罢相，赵构念他有勤王之功，仍然给了他一个体面的官位。吕颐浩就此离开朝廷中枢，范宗尹、赵鼎等人入阁拜相。

新任宰辅们首先面临的第一个军国难题便是楚州之围。

赵立的告急文书到达朝廷，赵构急召众宰执与掌军将领商议，赵鼎道："楚州非救不可！楚州一丢，则两淮尽失，金军南下几乎毫无屏障，且赵立在楚州坚守近一年，大挫金军锐气，也使得各地勤王之师极受鼓舞，倘若楚州被金军攻占，只会重创刚刚聚拢起来的人心士气。请陛下下诏，调集各路大军渡江北上，救援楚州！"

范宗尹等人都表示赞同，只有从驻地赶来的张俊沉吟不语。

张俊因为明州城下建功，一时在朝野声望暴涨，有能战之名。赵构对他也深为信任，便垂询他的意见。

张俊这才道："列位宰执所言都有道理，只是楚州已成一座孤城，此时再去救援，正好成全了金军最擅长的'围点打援'战术。当年臣随种师中北上救援太原，另有两路大军策应，总共十来万人，可谓声势浩大，最后却全军覆没，种帅以身殉国，河北兵力为之一空，金人趁势南下，直取东京。这不过是四五年前的事，如何能轻易忘记！"

赵鼎、范宗尹等人顿时语塞。太原之战，乃是宋军的噩梦。宋朝最后的精锐，被葬送一空，靖康之耻，实源于太原解围战之惨败。这段往事，在座的都再清楚不过了。

赵鼎忍不住咳了几声，道："此一时，彼一时也，当今形势毕竟不比太原围城。此时并非秋高马肥之际，兀术大军在江南数败于我，手下将士归乡心切，无心恋战，且楚州四面河汊湖泊众多，与太原周边一马平川大不相同，金军骑兵难以纵横。倘若我几路大军齐头并进，加之楚州守将赵立英勇善战，金军两头应战，分身乏术，楚州之围必解。"

这话在张俊耳里听来，都是不识军务的迂阔之论，便不咸不淡地道："当今形势较之靖康年间，只能更为凶险。靖康年间，我大宋仍据有河北大部，河南、山东全境，一旦战事不利，还可往南退。如今朝廷都已经退到江南了，倘若兵败，还能退到哪里去？难道再让皇上出海避敌吗？兀术虽然数败于我，但那都是屡胜之后偶有失败，比之我军屡败之后偶尝胜绩，岂止是天壤之别？黄天荡一战，虽然开始数败于韩世忠，但最终仍然全胜而归，这样的雄师劲旅岂能小视！且江北挞懒，颇有谋略，几个月便横扫山东全境，这两人合军一处，更加不好对付，我军劳师远征，如同深入虎穴，光着膀子与猛虎搏斗，哪里能讨得到好处？"

赵鼎哑口无言，这才领悟到之前吕颐浩被自己一通高论驳得张口结舌的无奈与窝火，只得费劲地咽了口唾沫，语重心长道："张太尉，如今国家危亡，我等身为朝廷大臣，只能奋不顾身，为国驱驰。倘若此行凶险，赵鼎愿陪在军中，与众将士一同出征，不知可否？"

赵鼎说出这样慷慨的话来，张俊便也庄重答道："此事还请皇上定夺。如今韩世忠新败，刘光世远在江西，皇上身边只有我这一支大军扈卫，万一出战不利，金军势必南下，谁来保护皇上？"

赵鼎终于无话可说，回头看赵构，也在皱眉沉思，显然拿不定主意。

范宗尹插话道："张太尉所说，不无道理。既然如此，不如将岳飞、郭仲威及海州镇抚使李彦先等部并入刘光世大军，命其即刻渡江救援楚州。"

赵鼎见说不动张俊，便接着范宗尹的话道："兀术大军在江南纵横数月，刘光世率数万大军，竟无一战，实属情理难容。请陛下即刻发旨，令其务必发兵驰援楚州。"

赵构原本踌躇不决，心中烦闷，这时听两位重臣提到刘光世的奸猾，更是气不打一处来，道："就按两位宰执所言，加封岳飞为泰州镇抚使，与郭仲威和李彦先部一起并入刘光世大军，朕即刻便下诏书，督促刘光世渡江作战。"

说罢，当着众大臣的面，亲笔写了封诏书，前面还殷切慰问了几句，后面就不客气了，道："宜速前渡大江，以身督战，务使诸镇用命，亟解楚州之围！"

赵鼎道："臣也马上拟好枢密院札，连同皇上手诏一起，火速送往刘光世，令其出兵救援。另外，金军将陆路堵死后，楚州粮草日尽，可命两浙转运使李承造从海道先运一批粮食过去，以解燃眉之急。"

就这样，远在江西的刘光世十日不到，便先后接到金牌递来的五道皇上手诏，十九道枢密院札。刘光世一看这架势，知道这次再也躲不过去，便整顿军马，派遣部将王德和郦琼率上万人渡江，自己仍然驻屯镇江，声称主帅应当持重，不能以身犯险。

岳飞、李彦先也率部先后向楚州靠拢，宋军的楚州解围之战总算开始缓慢地推进。

楚州城外，金军两路人马分工明确，一步步挤压楚州周边。兀术派人告知挞懒，再过数日，两军即可合兵楚州城下，趁守军疲惫，突然发动总攻，毕其功于一役。

然而就在这节骨眼上，大金国皇帝吴乞买的特使完颜洪伊从上京千里迢迢赶过来，给全力准备一场大战的兀术和挞懒捎来一个惊人的消息。

吴乞买的圣旨只有寥寥数语，命兀术在接到圣旨五日内，挑选二万名精锐士卒，赴陕西支援娄室。

在接风宴上，兀术、挞懒和完颜洪伊叫其他人避开，三人原来在军中共过事，便也不避讳。兀术先问道："娄室虽以一支孤军力抗南朝陕西五路大军，但捷报频传，鲜有败绩，如今楚州战事正酣，怎么却让我中路大军去支援？而且还这般紧急？"

完颜洪伊将杯中江南米酒一饮而尽，咂咂舌头："这南人酿的酒香味绵长，就是太淡太软！"见兀术和挞懒目不转睛地看着自己，毫无饮酒之意，便道："二位大帅远离朝廷，有些事不太知晓，我只说一件事，请二位大帅评判。前不久，上京被掳过去的南人过什么中元节，有个南朝来的和尚做了一个圆灯笼，用长竿挑着，夜晚顶在外面，恰巧被皇上远远看到了，大为惊讶，说这简直跟天上的星一模一样。然而，片刻之后，皇上却派人将那挑着灯笼的和尚给扑杀了，说那是南人作乱的信号。"

说到这里，完颜洪伊打住了，意味深长地瞅着二人。

兀术和挞懒都微微一怔，吴乞买贵为大金皇帝，对于几个掳掠来的南人，自然是生杀予夺，惟其所欲。然而，以如此牵强的理由去杀人，似乎颇不寻常，细想起来，吴乞买也并非嗜杀之主。

完颜洪伊点到为止，并不在这个话题上多说，接着方才兀术的问题答道："娄室固然用兵如神，但陕西最近两年，我军屡进屡退，所得城池，不出数月，又落入南军之手。皇上以为，娄室以往所向辄克，如今却在陕西劳而无功，淹延未定，是倦于兵事，爱惜己身。"

兀术和挞懒又是一怔，娄室忠勇，天下皆知，且在陕西多有战功，如今战事进展稍不如意，竟然惹得皇上说这么重的话！

完颜洪伊见二人都面色凝重，沉思不语，重重叹了口气道："皇上心中不安哪！"

兀术点点头，道："皇上以前的确不是这样，不知何事搅得皇上心中不安？"

完颜洪伊道："其一，赵构的小朝廷已经挺了快四年了，原本以为灭它不费吹灰之力，不料几度南征，赵构的小朝廷却有越来越稳当之势，还能腾出手来反咬几口。其二，南朝往陕西派了个叫张浚的宰执，这人也不知使了什么法子，竟然将陕西五路大军调教得服服帖帖，如今已经聚集了十来万人，接连打了几次胜仗，夺回了长安、鄜州、延州等重地，其他州县见状也蠢蠢欲动，看样子过不了多久，就要大举反攻。娄室再能战，终究兵少，万一战败，则南军可一路北上，直抵山西，一下子就深入我大金国腹地，西夏、辽国残余趁机死灰复燃，如此则形势危矣！叫皇上如何不心烦？"

兀术比其他人对吴乞买更多一层敬爱，慨然道："主上忧惧如此，还不都是因为我们这些做臣子的办事不尽心！请特使回去禀告皇上，兀术即日起便整顿兵马，三日内就能率二万女真健儿开赴陕西！"

旁边挞懒无话可说，兀术对他道："监军不必过于担心，我虽然带走了两万精锐，但仍有几万敢战之士留在淮东，监军尽可以调用。"

挞懒知道此事无法抗拒，便道："四太子发兵陕西时，务必不要动静太大,使南军知晓我军行踪,乘虚进攻。"

兀术点头道:"楚州之战正到紧要关头,我军突然分兵西进,只会给大江两岸的南军壮胆,增援楚州,以致生变。我会率大军晚间出发,请监军在此时大举攻城,以迷惑南军。"

挞懒道:"前几天刚下过一场雨,大军西进时,不会扬起烟尘,正适合军队潜行,等南军终于摸清我军动向时,楚州城已为我所有。"

完颜洪伊不比其他宗室,对军中之事并无兴趣,听二人商议调兵之事,并不插嘴,等二人讲完了,才开口道:"皇上的意思,娄室已不适合担任西路军主帅了。"

兀术和挞懒又吃了一惊,兀术自恃极得吴乞买宠信,不耐烦道:"特使还是一次把话说完罢,我二人好依照圣意调兵遣将!"

满朝权贵,也就兀术敢这样跟皇上的特使说话,完颜洪伊自然知晓其中缘由,并不见怪,微笑道:"四太子急于为主上分忧,我岂不知?我与四太子和监军交情甚厚,才敢冒昧多说两句,免得误会了皇上的意思,毕竟天意难测啊!"

挞懒问道:"娄室乃我大金国公认的战神,他都不适合担任西路军主帅,还有谁能胜任?"

完颜洪伊道:"皇上以为,陕西战事之所以胶着不前,乃是未能做到恩威并济,使南朝人不能钦心归服,结果辛苦打下的城池,稍一松懈,又归南人所有。皇上还说了,陕西乃兵家必争之地,得川陕则得天下,因此,皇上便依众将所请,专门选派了一位德高望重、秉性仁厚的宗室前去陕西主持军政,此人便是讹里朵。"

兀术和挞懒似有所悟,皇上见攻取江南颇不容易,便想调兵主攻陕西,直取四川,然后顺江而下,攻占荆襄,赵宋朝廷龟缩于东南一隅,不攻自破。如此用兵,不仅利于收缩战线,集中兵力,还可确保大金国的后方无虞。

"皇上高瞻远瞩，臣等不及万一！"兀术自江南而回，已知渡江灭宋几无可能，正想着回去如何复命，不料皇上圣烛高照，指出一条明路，还任命自己兄长讹里朵为主帅，可谓托付深重，信任有加。

挞懒也跟着赞颂皇上，心里却凉凉的，自己在楚州这边苦战，却成了给讹里朵兄弟打下手。

完颜洪伊看二人已然领会皇上意思，表情却一阴一晴，心头掠过一丝置身事外的轻松感，道："旨意我已经传到了，皇上那边我也可以复命了。"

于是兀术和挞懒二人将手下诸将唤进来，将圣旨讲了一遍，众将都诧异，但也无不遵旨。

众将陪着饮了几杯酒，各自退下，完颜洪伊连日来赶路辛苦，不胜酒力，也起身告辞回去歇息。

挞懒送到帐外，便回去布置军务了。完颜洪伊因曾在兀术军中任事，兀术便亲自送他回去，半路上突然意识到刚才完颜洪伊卖关子，没准是秉承了皇上的旨意，要探在外的诸位掌兵大将的反应呢，便客气道："兀术刚才心急，言语中如有冲撞，请特使多多包涵！"

完颜洪伊一笑道："四太子何需自疑！不瞒你说，临行的时候，皇上特意跟我讲：若其他掌兵大将都如兀术儿一般忠心，朕何虑之有？"

完颜洪伊极懂分寸，这话只能私底下跟兀术讲，倘若让挞懒听到，只怕他脸色要更加阴沉一些。

三日后，兀术如期率领二万精锐铁骑远赴陕西作战，然而，楚州城内的守军却丝毫没有觉得压力减轻，反而迎来了金军一轮又一轮更猛烈的攻击。

楚州的困境日益加重，粮草柴薪逐渐枯竭，挞懒侦知有几路宋军渡江驰援，不想功亏一篑，更加集中重兵日夜猛攻，然而无论他如何发力，守军就像有神功护体一般，总能化解险情。

忽一日，手下众将兴冲冲进帐禀报：在楚州东南发现几处地道，直通城内，估计是过去攻城时留下的，年深日久，入口处都长满了野草，无人知晓，还是几个士兵安装攻城炮具时偶然发现的。

挞懒不信有这样的好事，亲自去察看了一番，果然如众将所说，几处地道都有半人深，虽然有些地段坍塌了，但比重新挖掘仍然要省力得多。

挞懒大喜，当即亲自点将，命麾下猛将纥古烈挑五百勇士从隧道入城。纥古烈是挞懒侄儿，作战英勇，曾经在战场上用身体为挞懒挡过箭，两人情同父子，挞懒有心让他成就军功，便把这项差使交给了他。为避免守军察觉，又加派人马攻城，力图将守军兵力全部吸引到城墙上来。

一切布置完毕之后，挞懒志在必得，心想：如此出其不意地进攻，守军再顽强，也抵挡不住，今日必能拿下楚州！他甚至都让人备好了十几坛酒，准备为从地道攻入城内的勇士庆功。

挞懒心气高昂，亲自到城下督战，过了两顿饭工夫，估摸着纥古烈等人已经潜入城内，他的心跳开始加速，等着城墙上的守军突然乱起来。没过多久，只见一大群守军拥上城墙，紧接着押上来一批金军俘虏，大约一二百人，领头正是纥古烈，满身尘土血污，显然是苦战后被俘。

金军的攻势不由得缓了下来，很多金军士兵都认识纥古烈，知道他是主帅挞懒的爱将和侄儿，不明白他是如何被俘的，彼此议论纷纷。

守军当着上万攻城金军的面,将纥古烈等人的头砍了下来,用竹竿挑在城头上,鲜血顺着城墙淌了下来,看着十分恐怖。

挞懒在城下目眦欲裂,愣了片刻,咬牙传令全军猛攻,有敢回头者,阵前问斩。然后走到大鼓前,夺过鼓槌,拼命擂了起来。

主帅发狠,金军将士哪敢退缩,都蜂拥而上,战至酣处,只见城墙下方燃起一条火龙,火越烧越旺,炙烤着攻城的金军士兵,城墙上伸出无数根钩镰枪,将缘梯攻城的金军士兵拽下来,掉入火中活活烧死,其状惨不忍睹。

挞懒还在发狠擂鼓,挞懒的女婿、副将鹘拔鲁上前劝道:"大帅,守军知道我军要借地道攻城,早已在出口处埋伏好了,方才又不停往城下扔檑木干柴,就是等着我军被激怒后蜂拥攻城,好用火攻。今日攻城不利,不能再战了,否则伤亡太大,有损士气!"

挞懒也意识到中计,痛恨不已,将鼓槌掷在地上,恶狠狠地瞪着前方的楚州城,像疯了一样大喊道:"我挞懒今日对长生天、对安出虎水的神灵、对完颜氏祖先发誓,不拿下此城,誓不为人!"

鼓声停歇,金铎响起,持续了一整天的攻城终于结束了。城内城外,此刻安静得如同坟场,只偶尔传来伤员的哀号与树林中野兽低沉的咆哮,乌云突然堆满了天空,浇下一阵雨水,将城墙下的大火淋熄,浓烟裹着湿气滚滚而上,冲上半空,又被晚风吹散,将楚州城笼罩在一片肃杀凄凉的雾霭之中。

五　陈兵陕西

秦州虽然地处西北，却是一块风水宝地，正好位于黄河与长江分界处，夏无酷暑，冬无严寒，相传伏羲氏便出生于此，因此有"羲皇故地"之称，知枢密院事兼川陕宣抚使张浚的治所就选在秦州。

此时的秦州府衙，洋溢着一片喜庆、紧张与兴奋的气氛。过去一个月，张浚坐镇秦州，发布讨金檄文，命永兴军路经略使吴玠收复长安，环庆路经略使赵哲收复麟州、延州，二将不辱使命，顺利将这几处重镇从金军手中夺回。

初战告捷，让张浚原本颇高的人望更是如日中天，秦州周边士绅，无不以见一面张宣抚为荣，求见的门帖堆成了一座小山。张浚军务政务缠身，自然无法分身见他们，但却也舍不得就此扔掉这些门帖，只是让人码好堆在书房一角，偶尔还抽几张看看上面的谀辞，以求一乐。

这日，奉命去成都祭拜武侯祠的甄援回来复命，张浚素来仰慕诸葛亮，便专门腾出时间来见甄援。一个多月未见，甄援较之以往又胖了一圈，脸上也养得白白净净，张浚还来不及皱眉，甄援便抢先道："多谢相公成就下官这趟差使，终于去孔明祠堂去祭拜了一回，算是了却多年来一桩心愿！下官也将相公的祭词当着地方官员和士绅的面念了，大家无不感动，有人还泪流满面。临走时，当地一名老进士拉着下官的手说:"愿宣抚承诸葛丞相遗志,驱逐金虏,兴复大宋,则四川士绅百姓,弃孔明而拜相公矣!"

一番话捧得张浚眉开眼笑,连连摆手道:"张浚何德何能,敢跟武侯相提并论!"

甄援深知张浚喜好,从袖中掏出一张纸条,上面密密麻麻写满了字,呈给张浚,笑着道:"下官在武侯祠走了一圈,见了许多好对联,心想相公必定喜欢,因此录了一些好的。"

张浚果然欢喜,拿起纸条细细品味起来,看到其中有一联"能攻心则反侧自消,从古知兵非好战,不审势即宽严皆误,后来治蜀要深思",不禁拍案叫绝。

甄援指着纸条道:"这联也不错——唯德与贤可以服人三顾频烦天下计,如鱼得水昭兹来许一体君臣祭祀同。"

正品得来劲儿,只听堂前一声低沉威严的咳嗽声,甄援身子微微一震,脸上笑容也倏地消失了,张浚却满脸堆欢,招呼道:"彦修来得正好,一起看看这几副好对联。"

刘子羽却一脸严霜,冷冷地看了看甄援,道:"有紧急军情。"

张浚一看刘子羽脸色,立即将那些文人雅趣扔到一边去了,连甄援匆匆辞别都没听见,等着听刘子羽下文。

两人相对坐下,刘子羽却并不说军情,先评论了甄援几句:"此人志大才疏,专以逗口舌为能,相公日理万机,切莫将时间耗费在这种人身上。"

张浚一笑,不置可否,问道:"有何紧急军情?"

"方才我那远房表兄从洛阳过来投奔我,说看到洛阳附近有大队金军人马入驻,而且全部都是精锐骑兵,马匹数量多得吓人。我听了觉得此事非同小可,特地赶来报与相公。"

张浚舒了口气:"我道是娄室不甘心连失城池,又打过来了呢。洛阳建炎初年就已落入金人之手,已经盘踞好几年了,金军人马在附近出没,不算什么稀奇事吧?"

刘子羽道:"我本也是这般想,但我那远房表兄从小便爱骑马,以致摔断了腿,对于马匹之事钻研颇深。据他讲,这些马匹数量极大,足有四万匹以上,且都生得膘肥体壮,一看就是精锐骑兵才能配备;而且他一眼就看出,这些马匹并非产于本地,倒像是北边的种。"

这事听来的确有些蹊跷,张浚低头皱眉思索。

"金军精锐骑军通常一人配备数匹马,以蓄养马力,倘若真如他所说,有四万匹马的话,那么此次到达洛阳的金军骑兵至少有二万人。陕西乃一马平川,极适合骑兵作战,这两万精骑一旦与娄室合兵一处,其实力足以荡平川陕,切不可等闲视之。"刘子羽接着道。

张浚神情凝重,却又有几分快意,道:"看来我军接连收复长安、麟州、延州等重镇,金廷震动,将东路、中路的兵抽调过来了,这不正合吾意吗?金军连续三年自两淮南侵,江南百姓涂炭,朝廷驻跸之地换了十来处,竟无一刻休养生息之机,如今金军精锐西调,两淮必然压力大减,朝廷或可趁此机会在江南立稳脚跟。"

刘子羽道:"相公所言极是!只是压力由此全转到了川陕,倘若川陕不保,金军顺江东下,直取荆襄,则朝廷在东南亦无立足之地。当务之急,还是应当防备这股金军入陕与娄室大军会合。"

张浚点头道:"探马应该就会到了吧,且听听他们如何说再做定夺。"

说话间,玉儿已经悄无声息地过来,端上香茶,见二人神情严肃,忍不住笑道:"这不刚打了胜仗嘛,如何还一副忧愁模样?"

张浚微微一笑:"不过是收复几处失地而已,哪里谈得上胜仗。"

"那也比丢几处城池强得太多，彦修哥，你说是不是？"说罢，便看着刘子羽，眼中尽是笑意。

如此姣好的容颜，桃花迎春般地看着自己，刘子羽心中万千军国大事，顿时化作一江秋水，表面上水波不兴，水下却暗流翻涌。

"你都说是了，谁还能说不是呢？"刘子羽用轻柔的嗓音答道。

"那我要说彦修哥乃是天下第一奇男子，是不是呢？"玉儿含笑说道，语气中既有大胆的表白，又带着一丝少女的天真烂漫。

刘子羽简直想把这句甜得发腻的话含在嘴里，静静品味直到化去，但张浚就在跟前坐着，不能太失体面，便深深地看玉儿一眼，微笑道："这是什么孩子气的话！相公在此端坐，谁还敢自称天下第一奇男子？"

玉儿偷眼看了看张浚，见他正抓一把瓜子，聚精会神地在案上推演进退攻守，便调皮地压低声音道："他做第二也无妨。"

这句话张浚却听到了，抬头问道："什么第二？"见刘子羽和玉儿齐声发笑，知道他俩在说闲话，便也一笑道："我说玉儿啊，你跟大哥一起的时候成天愁眉不展，你彦修哥一来，你就笑逐颜开，这是什么道理，难道你大哥这些年白疼你了？"

玉儿羞红了脸，争辩道："我怎么愁眉不展了？你才愁眉不展呢！打下长安、麟州和延州后，才开心没几天，脸又拉起来了。"

这一下说到张浚心事，脸色竟像变戏法般，又愁眉不展起来。

刘子羽安慰道："相公自来陕西，大力整饬，不到一年工夫，便使陕西军政为之一新。如今陕西五路大军齐集，粮草辎重堆积如山，进可攻，退可守，已经立于不败之地，何须过于忧虑？"

张浚看着刘子羽，顿了半天才说道："彦修，倘若我今秋与金军决战，你觉得曲端会如何说？"

张浚已经多次表达了要与金军决战的意思，刘子羽只是婉言劝止，见他又提起来，不禁暗暗叹了口气，道："去年皇上与相公辞别时，不是约以三年为期反攻吗？如今才过一年，略有小胜，各路大军还需协同操练，此时决战，未有必胜把握，相公倘若一定要与金人决一死战，子羽自当拼死效命，但不敢不尽言利弊得失。"

张浚无奈地摇摇头，道："彦修啊彦修，连你都这样说，我还能指望谁呢？川陕形势还未到决战之时，我如何不知？但如今朝廷悬于东南一隅，随时有倾覆的风险，我担心的是：等到决战之日到来时，东南半壁已非我所有，靖康之祸重演！"

张浚说到此处，禁不住哽咽失声。

刘子羽闭目仰头，脸上神情既有无奈，又有感动，还有几分悲怆。

玉儿看着两个大男人刚才还在说笑，突然间陷入莫名伤感中，一副生无所恋的模样，不禁又是好笑，又是担心，说道："既然你们互相说不通，不如找找其他人，听听他们如何说吧？"

真是一语惊醒梦中人，张浚看着刘子羽道："此话何其在理！我先跟曲端交交底，此人号称知兵，又极傲上，他若同意了，其他人更无话可说。"

"他若不同意呢？"刘子羽问道。

"他若不同意，我自有处分！处分完毕，其他人也无话可说。"张浚沉声道。

刘子羽知道张浚心意已决，长长叹了口气，道："既然相公要与金人决一死战，子羽誓死相从，纵使肝脑涂地，亦在所不惜！"说罢，起身向张浚施了个大礼，以示决绝。

张浚大喜，赶紧将他扶起，嘴里道："好兄弟……有你相助，天大的难关我们也闯得过去！"

"喝茶吧,都凉了。"旁边玉儿带着一丝揶揄口气道。

彭原店之战后,泾原军的原驻地邠州被娄室一把火烧成了白地,因此曲端便率部驻扎到了渭州,渭州与张浚治所相距甚远,替张浚探听曲端对与金军决战看法的重任,毫无悬念地落到了张彬头上。

张彬明白张浚的心意后,十分兴奋,次日一早便带着两名随从往渭州赶,两日便走完了平常四五日的路程。

"曲帅,喜事,喜事!"张彬不等通报,直接闯入曲端的中军大帐,兴高采烈地叫道。

曲端见是张彬,便也不以为忤,一边命侍从上茶,一边笑道:"这兵荒马乱的,金军不杀来就是喜事,还能有什么别的喜事?"

张彬故意卖关子,问道:"以曲帅之见,陕西金军,何时可扫荡一空?"

曲端淡淡地道:"十年吧。"

张彬听了,大为扫兴,道:"朝乾夕惕,只争朝夕!十年未免也太久了!"

曲端冷笑一声道:"文逸在秦州抚司待了不过数月,如何一下子变得孟浪起来了?你是难得的实在人,切莫沾了那些纸上谈兵的腐儒气息!"

张彬不服气道:"那你且说说,为何要十年之久?"

曲端忍不住"扑哧"一声,说道:"文逸,你在我军中也待了几年,没吃过猪肉也看过猪跑了,这打仗用兵,弄不好是要血流成河的,哪能光凭书生意气?"

张彬懒得斗嘴,只是看着曲端,曲端便懒洋洋地靠到椅背上,说道:"陕西乃平原旷野,正是金军铁骑用兵之地,我军多以步兵为主,正面对阵,十次中能赢得两三次便已是大幸,再加上娄室手下将士都是灭了辽国的百战老兵，而我陕西五路大军号称二十万，真正经历过大战的不到两三成，二十万牛羊哪里战得过二三万豺狼虎豹？为今之计，不过是厉兵秣马、守土保疆而已，十年之后，或可与金人决一死战。"

往常曲端论兵，张彬都只是洗耳恭听，但今日听了曲端这番话，却摇头道："曲帅所论，也不过是老生常谈罢了。"

曲端直起身来，问道："文逸，你老老实实给我交底，所为何来？"

张彬见曲端机敏过人，便哈哈一笑，将张浚的意思原原本本告诉了他。

曲端听完，原本一脸的满不在乎换成了凝重严肃："这就是你说的喜事？"

张彬在曲端锐利目光逼视下，不自在地挪挪身子，勉强笑道："曲帅，你以前不是经常叹息陕西诸路兵马各自为战、形同散沙吗？张宣抚一来，大刀阔斧，锐意进取，将无用之人尽皆驱逐，如今陕西各路统帅都是能战之将，也无人再敢抗命不从，这不正是你日夜念叨的'兵合一路'嘛！而且张宣抚重用赵开总管川陕钱粮，赵开之才，你应该是有所耳闻的，此人不到半年，便不伤民力、不惹民怨筹到了十几万大军两年的钱粮之用！今日之势，可谓兵合财备，娄室一支孤军，纵然英勇善战，又怎是我十几万大军的对手？此时还不决战，难道要等到其他诸路金军与娄室会合之后再战吗？"

曲端沉吟半晌，道："兵法云：知己知彼，百战不殆。两军对垒，必须先比较双方实力，这个道理，六岁小儿都懂，只是如何比较，却不是件易事。"

张彬便问："曲帅以为，当如何比较？"

"须看两点：我军之不可胜与敌之可胜。"

"何谓可胜？何谓不可胜？"张彬逼问道。

曲端从容答道："可胜者，乃敌之弱点；不可胜者，乃我之强项。"

张彬又问："方今敌之弱点何在？我之强项何在？"

曲端侃侃而谈："今日敌军之弱点，无非是孤军深入，人数不多，而我军之强项，也只是五路大军合兵一处，人数众多。然而敌军虽少，但士兵训练有素，战斗力极强，且临阵调动，分合极熟，一万人马齐进齐退，相互配合，胜似十万散兵。而我军虽然人数众多，但将帅频繁调动，将不知兵，兵不识将，士兵又大都没见过大阵仗，训习不足，甚至有些不过是才放下锄头把的农夫，纵使五路人马齐集，其战斗力却未必提升多少。文逸，不是说人多就能打胜仗的，你算一算，宋金交战以来，我大宋屡次以数倍之兵与金军对阵，哪一次赢了？"

张彬反被他问得无言以对，沉默了一会儿，说道："那以曲帅之见，该当如何？"

曲端见张彬蔫了下来，便笑着请他喝茶，说道："自从娄室进犯陕西，想来就来，想走就走，我军只能被动迎战，竟奈何他不得，原因何在？娄室率军深入陕西，最大的问题就是粮草，他也无法从山西等地千里运粮过来，只能因粮于我，因此每当麦熟，他就攻过来，顺便收集秋粮，而我军反而次次仓促应战，仗打不赢，粮食也保不住，两头失塌，娄室用的就是'反客为主'的战术。为今之计，首要一点便是扭转这种形势，以我为主，以彼为客！"

张彬听了，不禁微微颔首。

曲端接着说道："如何才能破金军的'反客为主'战术？其实也不难，只需精练士卒，据险而守，让敌人进军时讨不到半点便宜，则我军就已立于不败之地，然后再时时派遣精锐部队袭扰金军。金军所占之地，都非粮仓，加上我军袭扰，春不得耕，秋不得获，也无法取粮于我，就只能远道取粮于河东。如此一来，我军便重新占据主动，金军处于被动，主客之势就此扭转，不过两年，金军必定困顿不堪，此时再趁机进攻，可以一举全歼陕西金军！"

曲端说完，脸上带着一丝自负的微笑，看着张彬。

张彬这才明白曲端开始的十年之议不过是气话，他心里突然掠过一阵深深的遗憾，这样的高论，张浚如能亲耳听到，岂不是大有裨益？

曲端见张彬发呆，便道："文逸可将我这番话原封不动转告张宣抚。"

张彬叹了口气，曲端这番剖析无懈可击，但他却有一丝不好的预感：张浚未必听得进去。

当他紧赶慢赶回到秦州时，张浚的宣抚使治所已经转移到了邠州，原来几处探报得知，一支兵强马壮的金军正汇聚洛阳，很可能是金军中路军主力精锐。

军情紧急，张浚立即传令各路兵马西进迎敌，恰在此时，赵构的诏书也到了。因两淮金军中路与东路军会合，军势大张，赵构深以为虑，担心金军继续南下，令张浚主动出击，牵制金军兵力。

有了朝廷的诏书，张浚更铁了心要与金军决战，于是将各路将领召到邠州，商议进军之事。中军大帐内，只听张浚一人滔滔不绝，众将都心中疑惑，但不敢吱声，口中唯唯而已。

张浚慷慨激昂了半天，刘子羽跟着说了几句，众将终于有了点反应，刘锡、刘锜兄弟和其他几路经略使都是张浚一手提拔上来的，吴玠更是被曲端免职后，由张浚亲自过问破格录用。如今到了给张浚卖命的时候，因此他们心中虽不以为然，但也只能鼓勇响应，于是你一言我一语开始议论进兵之事。

议到半路，张彬风风火火地赶了过来，张浚一见他，立即命他就在中军大帐转达曲端所论。

张彬看看张浚，又看看刘子羽，有点犹豫不决，曲端的话不好听，如此当众讲出来，只怕伤了士气，张浚面子上也不好看。

刘子羽会意，正想着如何打圆场，张浚已经发话："曲端说了些什么，你要一个字不漏地讲出来，如有半分不实，按军法论处！"

张彬无奈，只得硬着头皮将曲端的话全部讲了一遍，说完最后一个字，才骤然发觉整个中军大帐安静得可怕，仿佛一根针掉在地上都能听到。

张浚脸色煞白，也不知是因为愤怒还是担忧，过了半晌，才从牙缝里蹦出这样几句话："你且回去问曲端，倘若这仗胜了，他当如何自处？"

张彬垂头丧气地下去了，张浚用罕有的凌厉目光扫视了一眼帐中诸将，道："大战一触即发，有不听号令、不愿死战者，我张浚即刻奉上黄金千两，送他告老还乡！"

众将齐刷刷站起来，大声道："愿听宣抚号令！"

议事结束，张浚终于对曲端忍无可忍，以彭原店之战失利为借口，即刻下令剥夺了曲端兵权，贬他为海州团练副使，发去万州安置，其帐下统制官张中孚、李彦琪都是曲端心腹，张浚也将他们一并罢官，发去各州羁管。

此时离曲端登坛拜将还不到一年，曲端率军在陕西转战十余年，有名将之称，陕西人倚为靠山，如今临战被贬，在各军中产生了不少的震动。

两日后，熙河经略使刘锡、秦凤经略使孙渥、泾原经略使刘锜各率所部军马，与已经到达邠州的永兴军经略使吴玠、环庆经略使赵哲之部会合，五路大军，共计十八万余人，其中骑兵四万，浩浩荡荡，尘土蔽天。张浚任命刘锡为都统制，统帅五路兵马，又预贷川陕五年民赋，以资军用，一时间，运输粮草金帛的车队民夫，不绝于道，临近前线的几处营地，军需物品堆积如山。

大军行至耀州的富平县，前方探报频传，金军中路军主力已抵富平以东的下邽县，两军相距仅八十里。刘锡星夜赶至邠州，向张浚陈述军情。

"数次探报均证实，驻扎下邽的正是金军中路军统帅兀术，约两万精骑，其兄讹里朵因性情仁厚，颇得人心，因此被金主任命为陕西金军统帅，兀术与娄室分任副帅。讹里朵只带了几千人马过来，与兀术会合，两边加起来还不到三万人。如今娄室大军远在绥德，救援不及，而我军人马众多，若趁势进攻远道而来的兀术大军，可获全胜。兀术一败，则娄室更呈孤军之势，要么坐以待毙，要么远窜山西，则陕西全境有望收复。"刘锡说道，语气中难掩兴奋之意。

张浚端坐在椅上，目光威严地平视着前方，腰杆挺得笔直。来陕西一年多来，他呕心沥血，励精图治，终于将陕西五路兵马捏成了一股绳。如今粮草如山，金帛满库，近二十万大军以泰山压顶之势直扑金军，千古功业，此其时乎！

"相公，刘都统所言，极为重要，不可不虑！"旁边刘子羽见张浚沉吟不语，轻声提醒道。

张浚深吸了口气，从燥热的冥想中回过神来，看了一眼刘锡，缓缓道："我军步骑共计十八万余人，气势如虹，而讹里朵、兀术手下才两万余疲敝之众，我军只需稳打稳扎，列阵而战，可保胜券在握，何故要去突袭？"

刘锡没料到千载难逢的战机就在眼前，张浚却视而不见，反而问出这样一句，不禁发愣，一时答不上来。

刘子羽深知张浚心意，道："金军连年南下，毁我州县，屠我百姓，以至皇上不得不远避海上，此乃奇耻大辱！相公跟他们还有什么仁义好讲？自古兵不厌诈，更何况我军堂堂正正出击，有何不可？"

原来张浚担心的竟是胜之不武，刘锡看似不动声色，心里却忍不住又咯噔了一下。

"我大宋文化昌盛，独步海内，却遭金虏横行肆虐，历经数年，以致社稷江山，岌岌可危！今日我大军云集，正当犁庭扫穴，径入幽燕，建不世之功，奈何妄自菲薄，畏畏缩缩，惹天下人耻笑？后世史家，又当如何评说？"张浚声音低沉，凛若冰霜。

刘子羽听了暗暗叫苦：我的相公哟，这仗还没开打，八字都没一撇，你管后世史家说什么呢！无奈只好稳住心神，劝道："如今两军对峙，战机稍纵即逝，倘若拖延时日，等到娄室与讹里朵、兀术会合，我军便少一分胜算，请相公明断！"

张浚双目炯炯，用不容置疑的语调道："既然如此，马上修书，与金军约日会战！"

按刘锡的想法，趁敌军立足未稳，借着兵力上的巨大优势，直接包围下邽猛攻，哪里还用下什么战书！但张浚威权日重，声望极隆，他这番话到了嘴边却不敢说出来。

刘子羽和刘锡对视了一眼，刘子羽道："请刘都统即刻回营，马上下战书给金军，明日一早务必将战书送抵金营！"

刘锡起身，连水都来不及喝一口，立即换了一匹马，带着几名亲兵赶回富平。

次日一早，刘锡便派人将书信送至金营，足足等了两日，才收到金军回信，信中说愿意一战，战场是选在富平以北的乔山脚下，还是南面的荆原，大金作为天朝上国，礼让一步，任凭宋军挑选。

刘锡一看便傻了眼，明知这是金人的缓兵之计，却又不得不回复，而且这还不太好回复。选哪儿做战场乃是战事胜败之关键，哪个傻子会拿对手指定地点做战场？如此约战选址，岂不是形同儿戏！

好在刘锜机敏，见兄长刘锡犯难，便道："我看突袭金军是不用想了，娄室大军正日夜兼程赶来，如此一来二去，人家说不定突然就杀过来，反而弄得我军措手不及。为今之计，不如专心调兵布阵，静待来日决战。"

"那这封信还回不回？倘若不回，到时张宣抚怪罪下来，如何辩解？"

刘锜一笑道："就将此信快马送给张宣抚，由他处置。"

刘锡心里一琢磨，果然是个好办法，张浚没准还极爱干这种事呢！便立即差人将金军回信送给张浚。

张浚看了来信，果然意气风发，和帐下甄援等人拟了一封回信，花团锦簇般的文字，义正词严，力透纸背。张浚十分满意，差人快马送给刘锡，令他派人再送至金营。

如此又往来了两个回合，突然一日，驻扎在富平的宋军官兵看到东面烟尘滚滚，刘锡率众将立在帐前观望，他们心里都清楚，这一定是娄室的人马赶到了，之前想对兀术人马分而围之的策略就此彻底落空。

就在同一日，张彬也从渭州赶到邠州，在宣抚司见到了张浚，转达了曲端的原话："此战若胜，曲端愿奉上人头。"

张浚气得两眼发黑，怒极反笑道："那就立下军令状，此战若败，我张浚亦愿奉上人头！"说罢，竟真命人拟了一份军令状，盖上自己的宣抚司大印，让张彬送给曲端。

可怜老好人张彬被这两个赌气较劲的人隔着几百里呼来喝去，腿跑细了一圈不说，还平白受了许多窝囊气，一路上只是叹息不已。

金国战神娄室率军赶到，刘锡不敢小视，马上召集诸将商议御敌之策，吴玠因与娄室才交过手，刘锡便首先问他对策，吴玠道："兵以利动，地势不利，则无以退敌。这几日我率部下巡查了富平周边，发现富平地势从北往南，一路走低，北面是乔山，往南是山洪冲出的一片高地，接下来是一片黄土坡，再往下是河流洼地。倘若我军占据高地，依山列阵，金军骑兵便无法驰骋，威力大减，然后我军再分兵扼守其他要冲，则金军进不能胜，退不能守，待其困顿不堪，我军再大举进攻，可保全胜。"

刘锡乃将门之后，对军旅之事耳濡目染，立即判断吴玠之言价值千金，他心底不禁掠过一丝慌乱。

环庆经略使赵哲摇头道："这个主意好是好，只是如今大军已经云集在此，过去十几日，众将士跟几万乡民日夜劳作，才将营寨栅栏全部扎牢，沟堑亦已挖好。倘若再移师乔山，这十几日来辛苦就白费了，况且近二十万人马拔寨起营，可不是小事！弄不好乱成一团糟，反被金军逮住机会突袭，那可如何是好！"

赵哲正说出了刘锡的担忧，他意识到自己面临一个艰难的抉择：要么不辞辛劳，冒着士卒抱怨、军队混乱的风险移师乔山，重新布阵；要么干脆固守此地，加筑营垒，凭借人多势众与金军硬碰硬。

秦凤路提点刑狱公事郭浩道："娄室与兀术都是金军将帅中的佼佼者，两人所率又是精锐，我军与之硬碰胜算不大，不如占据地利，分兵扼守，等敌军打熬不住，露出破绽后，再主动出击。"

郭浩的顶头上司，秦凤经略使孙渥却不以为然，说道："我军选择驻地，不管地势高低，只要能防住金军骑兵便好。如今虽然无山地阻碍金军铁骑，但前面有一大片芦苇地啊！里面全是沼泽泥浆，马一踏入，立即深陷其中无法动弹，只能任我宰杀，可见这地形于我并无不利，何必临战换地，节外生枝？"

刘锡听了，觉得颇有道理，心里又轻松了几分，这才觉得额头上汗津津的，便假装以手支额，借机擦擦汗，掩饰了过去。

吴玠眉头紧锁，在他看来，此战成败之关键，就在于能否遏制住金军铁骑，哪怕多出一分胜算，也应不惜代价占据地利，哪能以营寨栅栏已扎好为辞而置大军于险地！他几次欲言又止，最终还是忍住了，毕竟刚跟曲端大闹一场，曲端罢职，跟他有脱不开的干系，此事传遍了陕西诸军，他不愿给众人留一个不服上的印象。

刘锜默不作声，以他的聪敏，当然知道吴玠所言乃是实战中得出的经验，沼泽地固然能阻碍金军骑兵，但毕竟不如高地可靠。但刘锡所虑，也有道理，近二十万人在强敌眼皮底下调动，其中风险亦不可测。

"我军数倍于敌，阵前又有芦苇沼泽遮蔽，金军骑兵不便驰骋包抄，若临战调动，恐怕将士起疑，反而生出事来——我大军就在此地与金军决战！"刘锡环视众将，见无人有异议，便命各自回营备战。

远在缓德的娄室，得知兀术一支孤军与陕西五路宋军对峙，大为震惊，立即率领部队南下，日夜兼程，终于顺利与兀术中路军主力精锐会合。

讹里朵和兀术听说娄室大军赶到，长吁了一口气，两人带着数十亲兵，出营十几里迎接娄室。双方一见面，都吃了一惊，娄室见讹里朵倒还好，兀术却像变了个人一样，昔日威仪隽秀的四太子虬髯满腮，一脸沧桑，眼神中的清亮明净更是荡然无存。娄室不知端详，只道是战事艰难，把一块美玉生生磨成了顽铁。

讹里朵和兀术见了娄室，也出乎意料。娄室骑战武功，冠绝女真，身体极为壮硕，有人说他是白山黑水密林中的猛虎化身，但今日一见，这头猛虎瘦得只剩一张皮，往日鹰隼般锐利的眼睛也浑浊泛黄，毫无神采，只有他腾空下马的身手，还能依稀看出些当年虎将的身影。

两边相见，一时竟无话可说，还是讹里朵打破尴尬，热情地抱住娄室的肩膀，道："有我大金战神在此，何愁此战不胜！"

娄室知道讹里朵是来接替自己陕西统帅位置的，便谦恭地笑道："大元帅仁德之名天下皆知，如今统帅大军，运筹帷幄，陕西战局定将为之一新！"

讹里朵听了连连摇头，真诚地道："斡里衍，你就不要臊我了，我讹里朵一无所长，只是还有些自知之明，无论战功，还是谋略，我哪里及你一根手指头！之所以能坐上这个统帅位置，不过是忝为太祖第三子的身份罢了，你我不是外人，不必拘于上下之礼，这打仗的事，还是你说了算。古人说得好，上情不通于下则人惑，下情不通于上则君疑。我此次来，不过就是接通上下，让将士们安心，皇上放心罢了。"

娄室听完这番实实在在、毫不矫饰的话，这才明白讹里朵战功平平，却深得皇上倚重，果然是有原因的，原本胸中有三分不平之意，此刻烟消云散，反而觉得有这种人主持大局，让自己安心指挥打仗，胜算更大。他疲惫的脸上露出欣慰的笑容，道："讹里朵，人人都说你是真汉子，我之前尚不全信，今日一见，竟还胜过美人儿四太子呢！"

三人仰天大笑，上马驰回营地，娄室叫帐下诸将去安寨扎营，自己便要去找一处高地窥看宋军营寨。

三人在亲兵护卫下，绕到北面的乔山顶上，鸟瞰宋军大营，聚精会神看了一会儿，娄室微笑着回头看着兀术，道："四太子才率大军纵横江南，于战事必有心得，你且说说，这营寨扎得如何？"

兀术皱着眉头道："宋军人多势众，兵力是我军数倍，而且把营寨扎在一片芦苇荡前，以阻隔我军铁骑，我一时还看不出破绽。"

讹里朵见娄室似有成竹在胸，便道："翰里衍，宋军营寨可有破绽？"

娄室脸上浮起一丝冷笑，道："壁垒不固，千疮百孔，极易攻破。"

讹里朵和兀术都吃了一惊，以娄室之持重深沉，没有十分把握，不会说出这等话来，便齐声问道："愿闻其详？"

娄室用马鞭遥指宋军营寨后方，道："你们不要只看他前面的那片芦苇荡，要看他后面十几万大军的布阵。大军会战，最忌不能协同，你们看南军各大营之间连通不畅，北面几个营地还把壁垒筑在中间，大约是为了防止我军骑兵突进，但如此一来，也阻断了两军联系，一旦战事紧急，互相不能救援，只能各自为战。再看他们前军与后军相隔竟有十余里，一旦前方开始交战，后军无法及时知晓，恐怕仗打完了，后军还来不及参战呢！南军以为凭借这片芦苇荡可以阻拦我铁骑冲突，不惜将十几万大军勉强挤在这片空地上，实在是败笔！"

讹里朵和兀术一边听，一边全神贯注地观阵，听娄室说完，两人有茅塞顿开之感，讹里朵是主帅，自然还是以持重为主，便道："话虽如此，此次南军的确是有备而来，看士气也还高昂，且人数是我军数倍，不然也不敢主动找我军决战，如今两军对峙，不知如何破敌？"

娄室道："大帅说的是。以我浅见，先不要急于出战，慢慢地跟他们耗下去，他们十几万大军原本就是临时拼凑，训习不足，时间一长，难免露出破绽，到时我军抓住机会，火速进攻，打他们一个措手不及。这十几万大军，说起来吓人，但只要前军一败，军心动摇，立即便是兵败如山倒……"

回营路上，娄室从容论战，兀术听得如痴如醉，由衷叹道："听君一席言，胜带十年兵！不知侄儿何时才能修炼到您这份境界！"回头还要请教娄室，却见他脸色蜡黄，额头上滚下黄豆大小的汗珠，坐在马上摇摇晃晃。

讹里朵和兀术吓了一跳，娄室儿子活女上前扶住父亲，向二人解释道："家父自去年底，腹内便长出一肿块，初时也不在意，这肿块却越长越大，压着也不甚疼痛，却让家父胃口大减，日渐消瘦，精力也大不如从前。我等四处寻名医诊治，也开了十几副方子，却不见效，也不知究竟是何病……"

娄室用淡然的口气打断他："不过是一点小病小痛，值得你说这么多？"

活女便皱眉不语，讹里朵知道娄室勇武一生，不服病痛，见他强撑着骑马前行，每颠一下额头青筋便突一下，想起皇上还责怪他"倦于兵而自爱"，不禁十分怜惜他，便竭力用轻松的语调说道："这定是在外行军打仗久了，水土不服所致，等这次战事结束，我陪斡里衍回上京，喝着清甜的雪水，吃着新鲜的烤肉松蘑，这病自然就好了！"

娄室脸上掠过一丝笑容，虽然极力掩饰，但身边的人能真切地感受到他正遭受着极大的痛苦。

六　富平大战

张浚听说娄室与兀术两军会合，不但没有丝毫懊丧，反而更加豪迈振奋，当即修书一封给娄室，又要约日会战，信使出发后，才意识到金军统帅已不是娄室，便另写一封信给讹里朵，派遣使者再过去。

几日后，两拨使者同时返回，传达金人承诺：三日后会战。

宋军这边厉兵秣马，积极备战。然而三日后，金军那边却毫无动静，张浚笑着对幕僚道："不曾想金人号称勇猛，也有怯战的时候！"

帐下幕僚王广道："那就再拟一封信过去，好好讥讽他们一番！"张浚不厌其烦，又拟了一封妙笔生花的战书，派使者送去金营。

次日，使者回来，告知金人答应三日后应战。然而三日过后，金军又唱了一出空城计，一人一骑也不见出来。

甄援出主意道："相公，娄室有金国战神之称，如今在我大军之前，也做起了缩头乌龟，不如效仿古人做法，给他送一套女人衣服过去，看他臊不臊！"

张浚还没来得及答话，早已看不入眼的刘子羽喝道："荒唐！当年官渡之战，曹操坚守不出，袁绍轻狂，派人送曹操女人服饰，结果呢？"

甄援自觉失言，加上原本就有几分惧怕刘子羽，面红耳赤不敢说话了。

王广道:"如今我军粮草金帛极多,不如在军前张出黄榜,有能生擒娄室者,哪怕是一介小兵,也授其节度使,并赏银一万两,绢一万匹!此所谓重赏之下必有勇夫,既能激励士气,亦可动摇敌人军心。"

张浚极为赞赏,立即命人在军前贴出榜文,很快便传遍全军。金军那边也知晓了,也在军前贴出一张榜文,上面写道:有能生擒张浚者,赏驴一头,布一匹。

张浚自取其辱,老大没趣,便悻悻地命人将黄榜撤了。

身在富平前线的刘锡等人,虽然见金军几次爽约避战,倒也没蠢到以为金军胆怯,只是在两军相持之中,才发觉人多也有人多的麻烦:十几万人,六七万匹马,每日的粮草消耗大得惊人。而且偌大一片营地,各军之间通信极不方便,帅令传过去,半天才能得到回音,甚至发生过有使者在营地内迷路的情况。

如此耗下去终归不是办法,于是刘锡与众将商议后,决心向金营发起一次试探性进攻,一则探探金军虚实,二则诱敌出战,趁机进攻。

这一千多先锋骑兵趁着拂晓的微光,悄悄潜出大营,刚绕过沼泽,便被金军游骑发现了行踪,娄室得知宋军派兵偷袭,对左右道:"南军终于熬不住了!"立即传令下去:"先不要阻拦,且让他们深入,务必要全歼这一千人马。"

于是金军并不正面迎敌,却悄悄派轻骑从两翼包抄,断其归路,等到宋军骑兵发现不对劲时,前后左右已经都是金军精锐铁骑,宋军冲杀了一阵,寡不敌众,一半战死,剩下一半全部投降。

娄室片刻也不停歇,马上挑出俘虏中的将校军官,大约有七八人,亲自审问,果然得到两个极其重要的情报:一是宋军大营的北侧外围营寨,乃是宋军征发的支前乡民小寨,并非前军营寨,不堪一击;二是陕西五路大军中,最弱一环乃是右翼赵哲的环庆军,此军战力在五路大军中最差,老弱之兵甚多,经略史赵哲亦非悍将。

娄室得此情报,如获至宝,他脑海里顿时浮现出一幅清晰完整的攻战图,立即告诉讹里朵,不要给宋军丝毫调整的机会,今日就发起总攻。

讹里朵这些日子来见娄室指挥若定,极有方略,早已折服,对他言听计从,听到娄室的总攻建议,二话不说,立即以主帅身份,下令各军准备进攻。娄室率军在右翼,兀术在左翼,自己坐镇中军,命令下达后,几万金军在极短时间内便列成阵势,开始向宋军营寨推进。

刘锡与诸将在营中看到对面烟尘大起,虽然传令列阵迎敌,仍不敢确定金军是否真要进攻,正观望间,只听北面一阵大呼小叫,传令兵过来禀报,说是营寨外乡民被金军袭扰,全赶到军营中来了,乡民在营内四处乱窜,给左翼诸将排兵布阵平添不少麻烦,后军听到喧哗,也有些躁动不安。

筹备已久的大战如此混乱开场,刘锡不禁心慌意乱,之前怎么也没想到会出这样的幺蛾子,如今情况紧急,只得传令诸将不要管乡民,只管专心迎敌。

紧接着更突兀的情况出现了,从沼泽中间突然杀出一支金军骑兵,原来娄室竟派活女率三千精骑,每人背负一袋土,硬是在沼泽地上填出一条路来,三千精骑除几十骑陷在泥淖中外,全部冲入宋营。宋军本以前面这片沼泽地为天堑,不料金军却偏偏从这个方向杀进来,直如神兵天降,惊得宋军不知所措。

金军这一惊一扰一突,立即使营寨中的几路宋军陷入混乱,失去了协同,各自为战,好在人多,一时还能勉强抵挡。

刘锡急得面色苍白，不知出于什么想法，竟命人在中军打出曲端的帅旗，期待以曲端威名多少震慑一下金军。

娄室在沼泽地对面督战，一眼就识破了刘锡的心虚把戏，大声道："南军已然胆寒，孩儿们只管杀过去！"

关键时刻，还是坐镇右翼的泾原军统帅刘锜看到大军越来越被动，毅然决定主动出击扭转战局，他命人擂起大鼓，大旗前指，亲自率领几百亲兵，向对面的兀术大军直冲过去。泾原军原本就是五路大军中最能战的，见主帅舍命向前，立刻跟着猛冲过去，弓箭手紧随阵后，离敌较近时，已经有条不紊地射了两三轮箭，压制住金军。

兀术还从未跟大宋西军正面交过手，也没料到第一次交手便碰到西军中的翘楚，见西军将士弓马娴熟，勇猛无比，颇感意外。两军撞在一起，兀术的精锐骑兵们对泾原军的战斗力之强估计不足，加上被刘锜率军全力一击，竟然在平原野战中处于下风。

泾原军这一发威，其他宋军也大受鼓舞，之前混乱的局面有所缓解，甚至还能组织一些零星反攻。而左翼的兀术一部，始终被泾原军压制，虽然奋力反击，但收效不大，泾原军骑兵开始从侧翼包抄，竟然用金军最擅长的战术去攻其身后。

双方战了近两个时辰，金军右翼突然陷入被动之中，原来金将赤盏晖见兀术情势危急，便率军过来支援，因急于赶到，便没有绕行，而是冒险直接穿越南面那片沼泽地。不料这片沼泽看上去是硬土，实际全是烂泥，马蹄一陷入，顿时无法动弹。如此良机，刘锡岂能错过，令旗一挥，手下的熙河军手持长枪长斧突入沼泽，对着赤盏晖的人马一顿狂砍乱捅，骑兵失去机动，形同肉靶子，金军死伤惨重，战场形势居然有扭转之势。

赤盏晖的轻举妄动扰乱了娄室的计划，两军对阵，比拼的就是耐力与意志,他与宋军激战多次,深知这方面宋军不如金军,目前两军已从早上战至半下午,激战了好几个回合。烈日当空,两边战士都汗透重甲,体力已近极限,正是要分出胜负的时候,但赤盏晖一部完全陷入被动,却极有可能打破战场上的均势。

而此时左翼的兀术一直未能扭转颓势,始终被泾原军压一头,最后竟被泾原军包围,刘锜令士兵高举长枪,堵住金军突围路线,弓箭手对着金军连续几轮劲射,金军中箭者无数,军心动摇。

韩常见宋军不停压缩包围圈,情势危急,便率领部下直扑宋军长枪阵。不料一阵箭雨过来,一支长箭不偏不倚正中韩常左眼,韩常大叫一声,跌落马下。宋军见射落对方骁将,一阵欢呼,有几个人抢上来要取其人头请功。

只见韩常从地上一跃而起,一手拔下长箭,左眼已经成了血窟窿,鲜血长流,他从地上抓起一把土,胡乱塞进那个血窟窿,堵住喷涌而出的血,然后翻身上马,响雷般怒吼一声,双手持刀奋力前冲,其状如疯魔,宋军见了无不变色。

金军士气大振,跟着韩常一阵猛冲,打开一个大缺口,兀术率军成功突围,暂时撤出战场。刘锜知道金军极顽强,虽然暂时落败,但很快便会重新集结反扑,因此丝毫不敢放松,命部下严阵以待。

此时日近黄昏,双方奋战了一整天,仍未分出胜负,战局变幻莫测,一会儿似乎金军要赢了,一会儿宋军又占了优势。只有老狐狸娄室一直牢牢盯着此次大战的取胜之机——环庆军,但他手下的得力干将无一不在苦战,赤盏晖一部更有全军覆没之虞,他不得不拖着病体亲自上阵。

娄室的帅旗出动了,他一马当先,在两千亲兵簇拥下直冲宋军营寨。金军看到娄室帅旗,欢声雷动,他们对主帅崇拜得无以复加,只要主帅出马，便没有打不赢的仗。

娄室率军绕过沼泽地，对在泥淖里挣扎的赤盏晖一部视而不见，直扑环庆军的右路。经过活女率领的三千精骑冲击，环庆军右路死伤甚重，与临近的熙河军之间露出了一道空隙。

战场人喧马嘶，杀声震天，风谲云诡，在别人眼里是一团乱象，然而娄室已经把形势看得清清楚楚：西军王牌泾原军虽占上风，但想要吃掉兀术的左翼军，还没那个实力，兀术虽然不胜，但绊住泾原军当无疑问；秦凤军与永兴军正与金军中军对抗，固营自保，且与环庆军相隔甚远，无法救援；只有正在围攻赤盏晖的熙河军，一旦腾出手来，与相邻的环庆军联手，则宋军的最弱一环将不复存在，大战势必会僵持下去。

娄室明白，自己必须在赤盏晖被彻底击溃前打穿环庆军，一旦金军骑兵出现在环庆军身后，必将导致环庆军的全线溃败，而环庆军一溃，其他诸路宋军也将不战而溃，决定宋金两国命运的富平大战，胜负之机就在此刻。

一阵劲风扫过战场，将一股夹杂着马骚和铁器的味道送入鼻孔，娄室精神一振，几个月来疲惫无力的身躯突然像猛虎附体，精力无穷，他大吼一声，率领亲兵猛攻环庆军支离破碎的右路。

环庆军已经苦战一日，士兵个个累得脸色发白，突然遭受如此猛烈的攻击，只能咬牙迎战。许多老弱兵疲累之余，根本顶不住金军生力军的冲击，有些甚至半跪在地上，挣扎着怎么也站不起来。整个阵势摇摇欲坠，随时都有崩塌的危险。

转眼间，另外几支金军也加入围攻环庆军，而其他各路宋军却各自为战，无人施以援手。赵哲眼看部下支撑不住，他也没有武功胆识身先士卒去拼杀，以鼓舞士气，观望一阵后，竟然掉转马头，向后方奔去。这一奔不要紧，环庆军将士见主帅撤退，顿时斗志全无，纷纷掉头逃跑，娄室趁势率军直插宋军营寨后方。

兀术看到右翼铁骑即将包抄成功，大喜过望，立刻一马当先，率众反攻，被泾原军压制了一整天的金军将士，表现出令人咋舌的坚韧耐久，个个奋勇争先，直冲宋军大阵而去。

刘锡坐镇中军，突然听到士兵大喊："环庆军败了！"只见三万环庆军像山坡上塌方的泥土一样，无法遏制地往后倒，紧接着，他看到后方尘土飞扬，金军铁骑已经包抄到了大军身后。

天色已近黄昏，十几万宋军在夕阳斜照下开始了总崩溃，败退的士兵潮水般地往后涌，崩溃来得太迅速了，以至于双方统帅都来不及做出任何反应。

讹里朵愣了好一会儿，才确信十几万宋军正在土崩瓦解，于是帅旗前指，十几面大鼓一齐擂响，几万金军士气高涨，奋力向前，呐喊声和马蹄声瞬间将这片战场推向沸腾。

天黑了下来，金军停止了追击，重新集结，就地扎营休息。在持续了很久的欢腾过后，几万将士终于平息下来，白天还拥挤着几十万人马的战场被黑幕笼罩，安静得让人不敢相信，只有偶尔不知从哪儿传来的伤员哀号，提醒每个还醒着的人，此地刚刚结束一场空前规模的大会战。

次日拂晓，当天边刚透出一丝亮光时，熟睡中的讹里朵被帐外的喧闹声吵醒，他一个激灵跳起来，浑身一阵紧绷，直到想起昨日的大胜，心情才转为狂喜与庆幸。

他问守在门口的亲兵："外面何事如此喧哗？"

亲兵道："禀大帅，各营将士正在争抢战利品呢。"

讹里朵吃了一惊，娄室西路军与兀术中路军从未一起打过仗，万一因争抢缴获起了争端,闹出事来,他这个主帅难辞其咎,便一骨碌爬起来,脸也来不及擦擦,大步走出帐外。

眼前的情景让他目瞪口呆,左边几百辆大车一字排开,上面满满地堆着尚未启封的军需品和粮草,零落散在地上的盔甲、兵器、布匹不计其数;再往右看,几个临时建立的大粮仓被扒开了,里面全是金灿灿的粮食,还有各种坛坛罐罐,里面尽是腌菜、酱汁还有美酒;远处金军士兵正源源不断地将战利品运来,每个士兵马背上都堆满了私货,这原本是绝对禁止的,但今日却无人去管,因为东西实在太多了……

金军将士个个眉开眼笑,咂舌不已,除了天会四年打下东京,还从来没有哪一次大战有过如此丰盛的缴获。

兀术骑马飞驰过来,一边下马,一边满面春风地道:"听说张浚为这次大战预支了川陕五年的赋税,结果全成了我军的粮饷!"

讹里朵不禁骇然而笑,设身处地,心底里不禁有几分同情张浚。为此一战,不知费了多少心血,寄予了多少厚望,却落得一败涂地,回想起张浚大战前的种种狂妄之举,昨日之败似又早有预兆,为将帅者,岂可不引以为戒!

一念及此,讹里朵慢慢敛去了笑容,脸上恢复了庄重沉稳。恰在此时,帐下文书将连夜赶就的捷报送到面前,讹里朵极快地看了一遍,道:"此战之所以大获全胜,实乃娄室之功,你写我那么多运筹帷幄之事做什么?改了!"

文书一迭声答应着去了,兀术道:"将士们连续辛苦了几个月,终于迎来一场大胜,都在问何时开庆功会呢!"

讹里朵笑道:"今晚就开,大犒三军将士!孩儿们奋勇杀敌,以一当十,个个都该重赏!"接着话锋一转,道,"赤盏晖贸然出击,以致部下将士伤亡惨重，险些误了大事，罪不容赦！"

兀术知道讹里朵虽然性情温和，但军纪极严，对战败者绝不姑息。他有心替赤盏晖求情，又怕这个铁面无私的兄长不悦，便斟酌着道："赤盏晖之前跟着兄长经略山东，身先士卒，攻下州县无数，此次他随我南下，又连立战功。他昨日几乎坏事不假，但也是为了救援我部，倘若因此治他的罪，恐怕失于公允。"

讹里朵绷着脸沉吟不语，兀术又道："当年赤盏晖攻打济州时，列阵城下，对城中守将晓以祸福，于是守将献城投降。赤盏晖进城后，约束士卒，秋毫无犯，附近的曹州、单州等城因此不费一兵一卒，闻风而下。如今陕西五路大军溃败，川陕唾手可得，正需要这种德勇兼备之人，方可使新占之地长治久安，不至于像以前那样屡降屡叛。"

讹里朵情绪缓和了些，道："你有这等见识，也属难得。"

兀术接着道："在江南时，我大军押着南朝官民北渡，天热多疾疫，老弱者死了十之五六，其他南朝官员无人敢作声，只有个叫陈邦光的知府跑来跟我申诉，语多不逊，我一怒之下，要杀此人，还是赤盏晖说此人乃义士，我看赤盏晖此举，不似寻常武将一味嗜杀，还颇有些仁德之风，便依了他。"

讹里朵听了若有所思，原本他也看重赤盏晖，只是不愿废弛军纪，便道："庆功会上，我自有处置。"

兀术道："娄室昨日拖着病体奋战，不知今日如何，我想去看望一下。"

讹里朵道："我正有此意，那就同去吧。"

二人带着亲兵，直奔娄室营中，中军大帐空无一人，守帐的士兵说娄室出去巡营了。二人对视了一眼，颇感意外，便由几个士兵带路，在营中穿梭寻找娄室。

刚走几里路，突见前方一阵尘土飞扬，一队人马飞驰而来，领头的正是娄室，身材虽然瘦削，但灵活矫健，丝毫不输当年。

转眼娄室便到了跟前，他脸色一改之前的焦黄憔悴，竟然透出鲜亮的血色，一双眼睛精光四射，如同猛兽鹰隼，整个人就像脱胎换骨了一般，完全变了个样。

见讹里朵和兀术看着他发呆，娄室笑道："天上的雄鹰逮着了狡兔就会起死回生，林中的猛虎喝了麋鹿的鲜血也会雄风再起。昨日赢了一场震古烁今的大战，便能给我续命十年！怎么，你们不信吗？"

二人又惊又喜，一起向娄室道贺。娄室下马，以下属之礼见了讹里朵，讹里朵仔细打量他，脸上虽然笑容依旧，心却沉到了底下。

当晚，金军就在宋军留下的营寨内大摆庆功宴，上百个大火堆熊熊燃起，数百头牛羊同时开膛破肚，就着大火烤熟。张浚留下的几百坛好酒全犒劳了金军，金军高级将领都聚集在中军大帐外的火堆旁，火堆上的干柴码了两人多高，上百名军士在火堆旁忙碌着烧烤切割牛羊肉，香喷喷的烤肉上还带着血丝，便被这些粗犷豪放的北方壮汉吞进了肚子。

酒过三巡，一声号角响起，主帅讹里朵开始论功行赏，个个都得了极厚的奖赏，奖赏最为丰厚的当属韩常，几乎是其他将领的两三倍之多，但众将都听说了他拔箭血战的事，无不心服口服。

众人都心照不宣地等着娄室受赏，只见十二匹健壮神骏的马被牵了进来，每匹马都配备了最上等的鞍鞯铠甲，旁边还有一辆满载着丝帛金银的大车，人群发出一阵"啧啧"的赞叹声。讹里朵双手平端着酒杯，站在娄室面前，用无比感慨与赞赏的声调道："此次大战，关乎我大金国运，张浚调集二十万兵马，欲毕其功于一役，扬言要扫平陕西、河东，径入幽燕，其狼子野心，骎骎然竟有得逞之势，以至朝廷震恐,不惜万里调兵,以破其奸。昨日一战,幸有将军料敌于先,冲锋在前,我数万之众,以少胜多,大破南军二十余万,使大金国军威,播于四海!如此煌煌战功,虽古之名将,又怎及将军之万一!"

讹里朵将精心准备的说辞讲完,俯身亲自为娄室斟满酒,两人相对一饮而尽,众将发出雷鸣般的欢呼声。其他火堆旁的士卒听说娄室受赏,也都齐声欢呼,整个营寨里的数万人顿时欢声雷动,声震天宇。

娄室安安静静地坐着,他脸上的潮红已然消退,眼珠深陷在眼眶中,显得无神而空洞,讹里朵火热的颂词,数万将士的欢呼,都不能使他脸上露出一丝笑容,他将自己的脸半掩在黑暗中,以免让人看到他的衰老与疲惫。

赏完娄室,讹里朵手一抬,又是一声悠长的号角,众人的声音很快便平息下去了,讹里朵大喝一声:"赤盏晖何在?"

赤盏晖早已心神不宁,这时赶紧起身离席,快步走到讹里朵面前跪下,道:"末将在。"

"你知罪吗?"

"末将知罪,甘愿受罚!"赤盏晖哑声道,自己脱下衣甲,袒露上身,伏在地上。

众人一下安静下来,只听到柴火噼噼啪啪的响声,讹里朵见他前胸后背,新伤旧伤不下十余处,心中颇为不忍,沉声道:"你身为主将,不辨敌情,轻举妄动,险些误了大事,此罪当斩!念你当时救援心切,且昔日多有战功,暂且饶你不死,但杖责不可轻免。"

两名军士上前,对着赤盏晖的光背结结实实打了二十下,赤盏晖咬牙挺着,直到最后一下才忍不住闷哼了一声。

兀术上前,扶起赤盏晖,帮他披好衣裳,又亲自扶他到座位上。

娄室见这俩兄弟相互配合，既树军威，又不失人情，心中赞叹，便也命活女端一杯酒过去敬赤盏晖。

赤盏晖虽然受罚，但心知主帅信任依旧，坐下后神情如常，就像什么事都没发生过一样。

次日，讹里朵又从自己所得中取出一份，差人送给赤盏晖。赤盏晖感动不已，再三推辞不过，才挥泪收下。

讹里朵忙着赏功罚过，并着手筹划如何治理陕西时，张浚刚从巨大的震惊与失落中恢复过来。十几万大军，退到邠州的不过一万余人，几乎全是各路经略使的亲兵部队，护送着主帅一直逃往邠州，其余人都已四散逃逸，不知去向。

昨日还飘飘然地想着立不世之功，比肩周公、郭汾阳，流芳百世，今日却不得不面对如此惊天惨败，不知如何收场。张浚连着两日粒米未进，帐下那帮文士屁都不敢放一个，恨不得都钻到地缝里去。

既然当初力排众议，毅然决然与金军决战，如今这大败亏输的残局，也只能由张浚来收拾，各路将帅汇聚宣抚使治所，等着听张浚下一步安排。

邠州府衙的都堂里，张浚立在堂上，众将立于堂下，两边大眼瞪小眼，个个垂头丧气。张浚打起精神，清清嗓子，用威严低沉的声音问道："我大军数倍于敌，粮草辎重无不齐全，却遭此大败，是何缘由？"

众将面面相觑了一会儿，孙渥道："当时日近黄昏，我军正与番军中军对抗，突然听到喊声四起，说是环庆军跑了，弄得军心动摇。末将拼命弹压，奈何兵败如山倒，实是无能为力。"

众将纷纷附和，赵哲眼看墙倒众人推，面如死灰，像木雕般立着不作声。

张浚还不想拿赵哲开刀，便对其帐下几名将校厉声喝道："朝廷养兵千日，用在一时，尔等领国家俸禄，食百姓膏粱，本该奋力死战，却为何临阵脱逃？"

那几名将校见张浚脸色发青，杀气毕露，都知今日之事非同小可，哪里还顾得上保长官，纷纷道："我等原本死战，只听赵经略将令进退，只是一回头，发现赵经略已不在军中，我等进退失据，故而兵败。"

都堂里又安静下来，张浚用阴冷的目光盯着赵哲，一字一顿道："赵经略，你有何话说？"

这充满杀机的话让都堂里的人脊梁一阵发冷，赵哲环顾左右，无一人站出来替自己说话，便用嘶哑的嗓音道："末将当日也是从清早一直苦战至黄昏，金军突然大举进攻我军，我军孤立无援，实是抵挡不住……"

"所以你就擅离所部，置三万环庆军于不顾，置陕西二十万大军于不顾，置大宋的江山社稷于不顾？"张浚越说越气，最后一句话几乎是咆哮出来的。

赵哲还要争辩，张浚已经将一支令箭掼在地上，四名亲兵从门口进来，一把按住赵哲，将他头盔铠甲扒了个精光。赵哲拼死不跪，使劲昂着头道："我有勤王之功，又是宗室，你凭什么杀我？"

张浚冷笑道："误国误君，罪不容诛！"说罢一挥手，令人将他拖出去。

求生欲让赵哲迸发出奇大的力量，他拼命趴在地上，四名壮汉竟然拖他不动，嘴里声嘶力竭喊道："张浚，谁误国误君？是你！不是你贪天之功，不听曲端之言，硬要与金军决战，如何会有今日之惨败？你才是误国误君的奸臣！"

张浚自为官起，便以史上忠义名臣自勉，听到赵哲当众骂自己"奸臣"，直气得脸色煞白，浑身发抖，一时竟说不出话来。旁边一名亲兵抡起铁椙，狠狠地砸在赵哲嘴上，赵哲惨叫一声，满脸是血，牙齿掉了一地。几名亲兵将他拖到外面，都堂内的人只听到他含混不清地狂呼不止，然后"咔嚓"一声，一切归于寂静。

亲兵将赵哲的人头呈了上来，都堂内的众人低着头，大气都不敢喘一口。过了半晌，他们才敢偷偷抬眼看一看张浚，只见他双目喷火，端正的五官因为愤怒显得有点扭曲，脸色白得吓人。刘锡见赵哲已死，谅来张浚今日不会再杀人了，便上前道："刘锡身为三军统帅，指挥无方，以致溃败，请宣抚降罪。"

刘锜见大哥请罪，便也站出来道："末将作战不力，请宣抚降罪。"其他众将也纷纷跪下请罪。

张浚努力将心情平复下来，端坐在椅上，道："刘锡身为本司都统制，指挥失措，革去都统制一职，其明州观察使、熙河路经略使之职一并革去，贬为海州团练副使，合州安置。其他诸将，先率军各归本路休整，听候调遣！"

众将诺诺而退，张浚身边仅剩十来名亲兵，整个都堂里一片死寂，充满了悲观沮丧的气息。张浚瘫坐在椅上，被巨大的失望和屈辱折磨着，心如死灰，一言不发。刘子羽内心的痛苦与他毫无二致，竟说不出一句安慰的话来，只是呆立在一旁，如同石化了一般。

不知过了多久，二人被外面"轰隆轰隆"的声音惊醒，亲兵们赶紧出去察看，片刻后回来禀报，各路人马正在撤走，个个狼奔豕突，呈败逃之势。

张浚这才意识到方才怒斩赵哲，分明有杀将卸责之疑，众将个个眼睛雪亮，哪能不痛切自危？但此时后悔也来不及了，转眼之间，整个邠州城只剩张浚的两千亲兵，而东边的耀州，几万金军随时都可能杀过来。

张浚心中被悲愤、后悔、失落、愧疚充塞着，几乎有一死了之的冲动。刘子羽过来劝道："相公，各路大军都已撤离，邠州成了前线，金军轻骑从耀州一日一夜便能杀过来，为今之计，只能撤回秦州，再从长计议。"

"彦修，我是不是成了千古笑柄？"张浚有气无力地道。

刘子羽几乎坠下泪来，劝慰道："相公不必自责过切，胜败乃兵家常事，此战虽不胜，毕竟引得金兵从数千里外的江淮调兵，皇上那边的压力大减，我料今年秋冬金军再也难以南下，东南一地，总算有了一次休养生息的机会，朝廷终于可以安顿下来，这不也有相公的功劳吗？"

张浚脸色泛出一丝血色，几乎是用感激的目光看着跟自己荣辱与共的至交好友。刘子羽又道："此战确实败得窝囊，损失也极大，但相公要看到，这不比当年李纲的太原救援战，十万大军归者不过一成，几乎全军覆没。此次富平之战，我军只是被击溃，死伤人数甚至与金军略为相当，实力犹在。回去后我等卧薪尝胆，奋发图强，来日卷土重来，誓要报此一箭之仇！"

刘子羽一席话，像给一个垂死的病人灌了一碗千年老参汤。张浚空洞散乱的眼神逐渐有了神采，冰凉的四肢也暖和起来，他用力吸了几口气，坐直了身子，凝神思索了片刻，"腾"地站起来，道："传令下去，马上整军撤往秦州！"

说罢，他走到堂下，大踏步向门外走去，脚底却被什么东西硌了一下，低头细看，原来竟是赵哲的几颗血糊糊的牙齿，他浑身一哆嗦，头也不回走了出去。

七　秦桧南归

　　秦州距越州四千余里，一路崇山峻岭，沟壑纵横，太平时节快马走完这段路也需一个多月。如今兵荒马乱，道路不通，有些州县为金军所占，只能绕道而行，因此，张浚的败报至少两个月后才能送抵越州，赵构君臣目前日夜牵挂的仍是被金军重重围困的楚州。

　　此时的楚州城已经困守达数月之久，挞懒为彻底切断城中粮草供应，每日派出数百轻骑扫荡楚州周边，只要看见负粮负薪之人，格杀勿论。在如此严防死守下，城中粮食日见紧张，城边上曾经发现过一片野豆和野麦，赵立命守军精心保护，终于等到八成熟，怕被金军发觉，趁着月色全部抢收上来，如今也吃得只剩一丁点儿，而苦苦盼望的救援，也迟迟未到。

　　这日傍晚，攻城的金军已然收兵，赵立正在堂内读兵书，他比寻常人高出大半个头，身体极其强壮，一张棱角分明的方脸，须发浓密，不怒自威，看上去倒和寻常百姓家贴的门神有几分相似。赵立并不识字，替他念书解释的乃是楚州一名员外的女儿，名叫芷儿，她天性聪颖，过目不忘，比寻常得了功名的读书人尤有过之。

　　读到半路，一名亲兵匆匆进来道："启禀镇抚，徐州兵和楚州兵又在东城打起来了！"

　　楚州南北都有湖泊、水滩，只有东面地势开阔，利于排兵列阵，因此金军的主攻方向一直在东城。赵立面色一紧，起身便往外走，亲兵牵过马匹，赵立一跃而上，接过长枪，在亲兵引导下直奔东城而去。

当他赶到时，城墙上已经聚集了上千人，其中数十人正在刀兵相接，听到有人喊："镇抚到了！"械斗的士兵便纷纷住了手，退到一边，只有两人打红了眼，还在玩命斗狠，互不相让。

赵立翻身下马，两三步便抢上城墙，手中长枪只不过微微一颤，便已将两人兵器击落在地，随即他将长枪掷到一边，徒手上前，将两名壮汉如同抓小鸡般拎住，一手一个，狠狠掼在地上。那两人在赵立神威之下，竟毫无抗拒之力，瘫在地上半天爬不起来。

楚州民兵首领万五、石琦、蔚亨等人，皆孔武之将，号称"千人敌"，但对于赵立的天生神力与刀马功夫都自叹弗如，见赵立发怒，带着众人跪在地上请罪，徐州军将士也跟着跪下。

赵立一年前率军突破金军重重包围，如神兵天降，莅临楚州，楚州军民都视其为天神。因此在电光石火间，便平息了几百人的械斗，但他对于徐州兵和楚州兵之间的嫌隙也只能尽力弥合，不能过于弹压。徐州兵强悍，经常惹事，欺负楚州兵，但作战英勇，是守城主力，如今楚州被围，正是用人之际，有些事只能从权处理。

赵立叫来双方几名将领，问道："这次又是因何事打斗？"

众将七嘴八舌说了一通，赵立听下来，知是为了争夺粮草，当下冷冷道："明日徐州军、楚州军各出十名骑兵，随我出城挑战，哪边杀的番军多，哪边就能多分粮草。"

众将互相看了看，石琦道："镇抚已经多次出城挑战番军，虽然次次都得手，但就怕次数多了，番军摸出门道，专门想出法子对付镇抚。番军人多势众，马也跑得快，万一被截断退路，则情势难料。如今满城军民安危，系于镇抚一身，明日末将各挑十名勇士出城搦战即可，何劳镇抚亲去！"

赵立声音依旧是冷冷的，道："听你这话，分明是个明事理的人，为何方才见士卒械斗不去制止，反而在一旁煽风点火？"

石琦跪拜道："镇抚明鉴，我楚州军刚刚守了三日城，将士们一日只能吃一顿饭，晚上饿得头昏眼花，也只能强撑着守夜。按之前定下的规矩，守城将士每日可多分小半升粟麦，但徐州军却派人守着粮仓，愣是不给这小半升粟麦，哪有这样的道理？"

话音刚落，徐州军那边的一员悍将周猛道："你们是守了三日城不假，可是番军攻势一上来，哪里抵挡得住，还得正在休整的徐州军将士上前顶住，几日下来，我徐州军将士反而比你们伤亡更重，你说这粮草该归谁？"

众将又有要吵起来的架势，赵立将手略微一抬，轻声喝道："罢了！"他见众将几乎个个身上带伤，不忍责备他们，只道："明日本抚亲自率二十人出城，你们各挑勇士随我去杀番军，把抢粮食的劲头使在杀番军上面，岂不更好？"

众将都听命，赵立便让他们各自回营，自己又带着亲兵沿着城墙巡视了一遍，才回到堂内。

芷儿见赵立回来，眼巴巴地瞅着他，赵立知她腹中饥饿，但城中粮食贵如黄金，守城将士尚且吃不饱，断不能假公济私，多给身边人口粮，便避开她的目光，让她继续念书。

念了一会儿，只听芷儿的声音微微颤抖，每念几句都要喘一下。赵立叹了口气，从怀中取出一块炊饼，那是他准备明日出城杀敌前吃下补充体力的。芷儿呻吟般地惊呼了一声，接过炊饼，却不急着吃，撕了一小半，剩下的一大半仍旧还给赵立。

赵立看着这个文静秀气的女子站在面前,虽然吃得着急,却也不失分寸,便柔声道:"坐下慢些吃,别噎着了。"说罢,起身倒了一杯茶水搁到她面前。

芷儿吃完了,苍白的脸上显出一丝满足的红晕,额头上还沁出一层细细的汗珠,赵立长年带兵打仗,杀人如麻,早已心如铁石,此刻见了她这般模样,心中却忍不住一颤。

芷儿拿起兵书又要念,赵立又撕下半块炊饼,递给她。芷儿接过来,小心翼翼地将炊饼放入怀中,抬头冲赵立莞尔一笑,赵立道:"明日我要带勇士出城挑战番军,不知兵书里有这些东西没有?"

芷儿一听,脸上颇有焦虑之色,拿起兵书左翻右翻。赵立见她忙乱,便道:"没有就罢了,我这一向听来,这兵书里都是些大而化之的东西,说得都对,但又没什么用处,大概是写书的人从不打仗,打仗的人从不写书的缘故吧。"

芷儿将怀中的那块炊饼掏出来,递给赵立,道:"镇抚还是留着自己吃吧,您明天还要出城杀敌呢。"

赵立推了回去,道:"你身子骨弱,不要饿着,我终归能找到吃的。"

说话间,亲兵神神秘秘地端上来一个瓦罐,揭开盖子,里面还有热汤在翻滚,一股浓烈的肉香味飘了出来,芷儿像着了魔一般,站立不稳,歪在赵立身上,眼睛直直地盯着瓦罐。

"哪里来的肉?"赵立也很惊讶。

亲兵道:"刚才在城门外捕获了一匹马,大概是番军那边的马走失了,跑到了城边上,大家活捉不着,便用箭将它射死,好歹能吃上肉,将士们特意留了一条马后腿给镇抚。"

"大家都有份吧?"赵立道。

亲兵连连点头，赵立才坐下来，先给芷儿盛了一碗，对她道："你将炊饼蘸汤吃，保管极香甜。"

芷儿便依他所说，将一小块炊饼放在汤里蘸了蘸，放到嘴里，几口吃完后，竟然满足地发出一串银铃般的笑声，赵立这样铁打的汉子听了，不由得也面露微笑。

两人风卷残云，很快就将那一瓦罐马肉汤吃得一干二净，恰好各营挑选的勇士到了，在外候命，赵立便起身出去安排明日出城挑战事宜。片刻后回来，赵立正要说话，却见芷儿竟然伏在桌上睡着了，嘴角带着一丝微笑，脸色和之前毫无血色的惨白全然不同，白皙透明，带着娇艳的亮色。

金军西路大军在陕西取得了一场空前绝后的大胜，已经派出十几拨快马向远在上京的金国皇帝报捷，讹里朵更是四面布兵，准备乘胜一举吞下川陕。兀术等人意气风发之时，滞留淮西的挞懒却不得不死啃楚州这块硬骨头，围城已达数月，部队死伤无数，这座摇摇欲坠的危城却始终屹立不倒，让他无可奈何，寝食难安。

往年的九月份，金军已经休整了半年，准备南下了，而今年，由于楚州像楔子一样打在淮河边上，阻断了去年南下金军的北归之路，使得连续征战了一年的金军将士已经断绝了回乡的念头，一座孤城竟然困得数万虎狼之师进退不得，实属奇耻大辱。挞懒的案头已经堆了好几份从上京发来的诏书，语气越来越不好听，更让挞懒处于暴躁当中。

而更让他担心的是，宋朝各路援军在陆续抵达，刘光世麾下猛将王德和郦琼率军到达了离承州不远的邵伯，所幸其他各路宋军并未同时抵达。王德等人害怕孤军深入，未敢北进，而是向西北绕到与承州有重湖之隔的天长军，与金军遥遥相对。

海州镇抚使李彦先率部进抵楚州三阳县的北神镇，眼看就能与楚州守军连成一片，挞懒赶紧派兵前去堵截。经过一场激战，将李彦先的船队遏制于淮河中，李彦先一部顿时成了一支孤军，自身难保。

这日，挞懒正在帐中与众将商议攻城之事，探报进来禀报：承州以东的三墩镇，又出现了一支救援楚州的宋军。

挞懒不胜其烦，帐下将领鹘古里道："大帅不必忧心，前向王德与李彦先来时不也气势汹汹么吗？几战过后，无不陷于困顿。宋军各路援军互不配合，似乎也无统一指挥，来得再多又能怎样？末将愿率两千人马去承州，保管让这路南军不敢再前行一步！"

所谓兵来将挡，水来土掩。挞懒便依了鹘古里，拨了两千人马给他，让他去承州拒敌，并打探清楚这路南军是何人统率。

正忙着调兵遣将，一名传令兵急匆匆地飞跑入帐，禀道："大帅，赵立又率人出城挑战！"

挞懒一跃而起，急问道："确定是赵立本人？"

传令兵道："的确就是赵立，他左右脸颊各有一处疤痕，是当初入城时脸被箭支洞穿所留下的，好几个与其交过手的将士都认出来了。"

挞懒急步出帐，边走边道："此次务必要擒住赵立，死活不论！只要此人一没，楚州指日可下。"

挞懒在亲兵簇拥下，来到前军，果然见楚州城门大开，一员虎将一马当先，缓缓出城，后面跟着二十名骑兵，旁边亲兵道："大帅，前面那员大将便是赵立。"

虽然围困了楚州近一年，但挞懒还是第一次亲眼看见赵立的模样，即使在马上，也能看出此人身形极为高大强壮，与女真勇士相比毫不逊色，再看他持枪姿态，两手不经意间一轮换，一丈多长的大枪竟然像根烧火棍般顺溜，难怪与其交过手的金军将士无不称赞其马槊功夫。

挞懒不禁暗暗称奇，帐下猛将斡里海过来道："大帅，我已派精骑埋伏到了两翼，只要他再出来一点，两翼精骑就包抄后路，这次定然让他回不去！"

挞懒点点头，眼睛盯着赵立，心中只是纳闷：此人率一群乌合之众守城一年多，力拒大金数万雄师，照说必是有勇有谋之辈，却如何值此艰难时节，亲率二十骑出城挑战，以身犯险？

赵立等人出了城门一箭远，便不再前行，列出阵势，与金军大阵遥遥相对。

斡里海亲率二十骑出阵迎战，城上宋军与城下金军齐声呐喊，鼓声震天。挞懒年少时极好弓马，经常带着数十人深入敌阵，并以此为傲，这时也来了兴致，很想看看这赵立到底身手如何。

两边对峙了一阵，斡里海有恃无恐，令二十骑排成一行缓缓逼向赵立等人，赵立仍是顶在前面，后面二十骑稀稀拉拉地跟在后头。等斡里海那边离得将近一箭之地时，赵立一声呼哨，挺枪拍马直冲过去，后面二十人也抖擞精神，列成一个锥子阵形，直冲敌阵。

远远观战的挞懒看得真切，他十几岁便跟随阿骨打南征北战，临阵经验极其丰富，见两边阵形，已情知不妙。斡里海的一字阵经不起赵立的锥子阵一冲，除非斡里海大发神威，在与赵立对阵时一举将其刺落马下。

斡里海原本想杀赵立一个措手不及，不料赵立看似松懈，实则早有防备，突然以锥子阵冲上来，此时要变阵已无可能。斡里海身经百战，并不慌乱，挺起长枪直指迎面冲来的赵立。

两边人马转瞬间已经近在咫尺，城上城下的人都屏住呼吸，等着双方人马交错的那一刻。斡里海在生死对决之际，还有心思将长枪在头上舞了个花。两人相接，斡里海抢先拿住身位，双腿紧紧地夹住马鞍，身体几乎直立起来，手中长枪如蛟龙出水，直朝赵立刺去。赵立似乎慢半拍，勉强闪身躲过，肩甲却被捅飞了，连着胸甲和背甲也被掀开，远远看去，像被斡里海的长枪洞穿了一般。

两边观战的人一阵惊呼，只见电光石火之间，赵立掉转枪头，顺势狠狠地用枪杆砸在斡里海背上，隔着两里远的挞懒都能隐隐听到一声闷响，还来不及吃惊，两边人马已经交错而过。金军的一字阵被拦腰截断，中间二骑经不住连续冲击，被挑落马下，宋军无一人落马。

城上宋军像疯了一般地擂鼓呐喊，斡里海被赵立又粗又沉的枪杆猛击在背上，虽然身披厚甲，却也脸色煞白，胸闷气喘，腹中如翻江倒海，凭借极大的毅力才没呕吐出来，他一边掉转马头，一边用手招呼被冲散的人恢复阵形。

这边赵立一击得手，便按事先安排，令二十人分左右翼转身包抄金军侧后，自己扯下裂开的胸甲和背甲，单枪匹马直取斡里海，冲到半路，干脆将头盔也扯下来，扔在身后，霹雳般暴吼一声，须发大张，状如天神。斡里海纵然神勇，但已然受伤，胸中那口气提不上来，虽然拼尽全力挺枪迎敌，却被赵立撞开枪杆，一枪正中左肩。斡里海肩甲乃镔铁所制，猛烈撞击之下，将赵立的枪头折断，然而余力不减，枪杆重重地戳在自己身上。斡里海遭此重击，壮硕的身躯竟然像个纸人似的飞起，摔在地上，接连几个翻滚，爬不起来了。

赵立有意生擒斡里海，但见两边烟尘大起，知道金军骑兵想截其后路，便顺手牵起斡里海的坐骑，一声呼哨，带着二十人顺势直奔城门而去。

两侧的金军精骑拼命包抄，城上的人早已严阵以待，居高临下一阵箭雨射过去，将他们逼退，顺利将赵立等人迎回城中。

挞懒远远地看到城墙上一片欢腾，守军士气高涨，再看自己这边，一个个相对无语，呆若木鸡，不禁又是忧虑，又是气恼，见满面羞惭的斡里海被搀扶上来，好言安慰了几句，让他下去歇息。

回到帐中，挞懒闷闷不乐，帐中幕僚张近道："大帅其实不必忧虑，楚州一座孤城，却能撑这么久，无非是因为有赵立主持全局，这个道理他自己也明白，但为何却要冒如此大风险亲自出城挑战？依张某看，一定是城中人心浮动，他不得不以此立威，激励士气罢了。"

挞懒细想了一会儿，顿有恍然大悟之感，连连点头称是。恰在此时，亲兵进帐禀报，又从后方运来一批九梢炮，正好做攻城之用。

挞懒大喜，率众将出帐观看，只见这批炮车高大坚固，结实的木架上涂了一层锃亮的油脂，显然都是新造的。众将迫不及待，一拥而上，像小儿打架般各抢了几台炮车，命手下士兵兴高采烈地拖走了。

不一会儿，亲兵回来禀报，这几十架炮车推出去时，城上守军都鸦雀无声，颇有忌惮之意。挞懒听了，咬牙狞笑道："那就赶紧让他们尝尝厉害！"

挞懒心情难得舒畅，叫人端来酒菜，将帐下秦桧等幕僚叫过来陪酒，正把酒言欢，忽然从承州来的探子进来禀报：鹘古里出师不利，在承州三墩三战皆负，目前已被宋军击退十几里，扎营坚守。

挞懒吃了一惊，倘若这支宋军杀到楚州，以城中形势和赵立的果敢，只怕会倾城而出，奋力一战，金军一旦被城内城外宋军夹击，不仅几个月的围城前功尽弃，弄不好还会进退失据，一败涂地。

挞懒再也没了喝酒吃菜的心思，众幕僚见状，都静悄悄地退了下去。挞懒脑中盘算了一会儿，问道："这支南军是何处人马，可曾打探清楚？"

探子道:"将士们与南军交战时,发现这支南军作战不怕死,进退极有纪律,且颇懂利用地形,军中擎着一面大旗,上书一个'岳'字。"

挞懒霍然而惊,道:"原来竟是此人!"当下不敢怠慢,派遣女婿鹘拔鲁率三千人前去支援,又令探马立即去打探王德的动向。

金军已经借着新到的一批炮车营造的声势,开始又一轮攻城,挞懒听到外面喊声震天,似乎比往日更加响亮,心想这炮车果然管用,萎靡的士气顷刻间又高涨起来了。

他走出帐外,在亲兵簇拥下策马来到前线,新运来的炮车已经安装好,与之前的炮车一起,大大小小有上百台,一字排开在城下,声势颇壮。炮手们见主帅莅临观战,便由七八人抬起一块磨盘大小的石块,安在最大的一台炮车上,然后十几人一起用绞车将长臂拉到水平,旁边军官一声号令,这十几人一齐放手。只见几百斤的巨石被长臂缓缓抬起,越来越快,到最高点时,只听"嗖"的一声,巨石被甩向城内,正好砸在城垛上,"轰"的一声巨响,尘土四起,地面似乎都震动了几下,再看城墙上,两个城垛已经不翼而飞。

这炮车威力竟如此之大,若非亲眼所见,实在难以置信。挞懒见城上守军惊慌失措,四处乱跑,不禁大乐。士卒们要讨主帅欢喜,便不停地发炮,有几台炮车为了瞄得更准,向着城墙靠近了好几丈。一时间,只见大大小小的石块不停地砸在城墙上,发出沉闷的巨响,如同平地而起的惊雷,令人心惊胆战。

城上守军架起大弩,随着几声弦响,离城墙最近的几名金军炮手应声而倒,其他人慌慌张张往后撤,金军这一波疯狂进攻才缓了下来。

挞懒观望楚州城良久,见城墙上坑坑洼洼,千疮百孔,有些毁坏严重的地方不及修缮，守军便用拆了民房的砖石木料草草填充。城上守军只要无事，必定或坐或卧，显然是吃不饱，只好尽量节省体力。按理说攻破这样一座城池不过旦夕之间的事，但守军居然从去年冬天撑到今年春夏，眼看着就要入秋了，楚州城却仍可望而不可即。

挞懒心里又烦闷起来，命手下将士一刻不停地攻城，拖垮守军，自己掉转马头回到大帐，坐了没一刻，前几日派出两拨探马接连来报：驻扎在天长军的王德一部已经退兵。

挞懒喜出望外，王德一退兵，刚打了几场胜仗的岳飞便独木难支，断然不敢轻进，只需堵住这支军队的北进之路，便可确保无后顾之忧。

金军的攻势持续了几日，突然一个下午，几名军校在亲兵带领下跑到中军大帐来，说是有重大军情，倒让挞懒吃了一惊，问是何事，领头那名军校犹豫了一下，道："大帅，刚才有士卒禀报，赵立被一炮打死了！"

挞懒不自觉站了起来，盯着那军校厉声道："此事当真？"

那军校被挞懒吓住了，嗫嚅着说不出话来。挞懒自知失态，便缓缓坐下，赏了那军校一杯酒，耐着性子看他喝完，才问："何以知那人是赵立？"

那军校道："末将再三询问过发炮的士卒，觉得那人十有八九便是赵立。其一，虽然隔得远，但赵立身形比其他人高出一头，极好辨认，加上他多次出城挑战，很多士卒都知其面貌；其二，当石炮击倒他时，城墙上一片大乱，哭喊声隐约可闻，然而片刻后，城上守军各自归位，哭喊声也立即止歇，十分诡异；其三，末将跟着大帅南征北战有些年头了，多少能嗅出一些异样，反正就是觉得自从那一刻后，整个守军的气势不一样了……"

挞懒仔仔细细地听完,又琢磨了半响,起身走到帐外,早有亲兵牵过马匹,挞懒一跃而上,直奔前线而去,几名军校和亲兵紧赶慢赶跟在后头。

挞懒来到城外一处坡地,将看了无数遍的楚州城又细细看了个遍。血战过后,城上的守军或坐或卧,金军依旧在不停地用炮车向城内发射石块,守军用硬弩回击,离城楼处不远,十几名守军正冒着矢石修补城墙……一切似乎没有任何变化。

帐下诸将听到消息也赶了过来,跟着观望了半天,意见不一。

挞懒回头看了看,几名军校有些忐忑不安,怕挞懒怪罪他们谎报军情,挞懒却点头道:"此事的确诡异……南朝援军已不足虑,赵立多诈,先继续攻两日城再说,这楚州城被围了近一年,不必急在一时。"

当晚,挞懒在帐中,听到外面一片哗然,只当是守军过来劫营,便传令各军严守阵地,不得自乱。天刚蒙蒙亮,挞懒还躺着,亲兵入帐禀报:昨夜城内一支守军趁黑突围而去。

挞懒愣了片刻,一骨碌爬起来,大喜道:"赵立必定死了!倘若他还活着,哪有让一支守军弃城突围的道理!"

说罢,立即传令全军,自即日起,日夜攻城,不得有片刻歇息。

建炎四年九月下旬,风雨飘摇中的楚州城终于迎来了最后时刻。东城的缺口越来越大,终于无法填补,半边城墙轰然倒塌,金军集中兵力猛攻,守军拼命抵抗,终于不支败退,金军一拥而入。

然而楚州并未就此投降,冲进城内的金军发现城内的每一处巷口都堆满了砖块木石,堵住去路,每过一处巷口都要经过一次激战,有几队金军贪功心切,深入城区,被守军前后堵在巷子内,杀得片甲不留。

沿着楚州城内的一条内河，守军与金军展开了厮杀，守军寸土不让，不少妇女亦加入战团，一旦阵地失守，许多妇女害怕被俘受辱，纷纷投河自尽。

激战两日后，双方都死伤惨重，万五、石琦等人率楚州民兵残部趁乱突围，徐州兵大部早已在城破之时突围，最后被逼迫到城内东南河堤一角的只剩下上百名老弱病残。

金军胜局已定，便停止了攻击，像猫戏耍老鼠般围在外面吆喝。有金兵突然发现其中有一名年轻女子，虽然形体消瘦，面色苍白，但容颜姿色，却是上等。这女子怀里捧着两本书，此地已无路可退，她仍在四处张望，仿佛在等待有人来解救。

金兵立刻开始了争执，都想得到这名女子，有性急的已经抢入人群，不料这些老弱病残都抱了必死之心，竟然将这几名金兵全部杀死。

金兵摆开阵势，以盾护身，挺起长枪乱刺，可怜这些残存的守军连器甲都不齐备，很快便全部战死，最后只剩那名女子站在角落。她最后向四周张望了一下，那个神勇无敌的伟岸身影永远也不会出现了，她向外挪了几步，有眼尖的金兵叫道："不好，她要跳河！"

到手的美人儿怎能就此飞了！一名金兵快步抢过去，几乎在那女子掉落的一瞬间将她抓在手里，一边发出野兽般的狂笑，一边腾出手去掀那女子的衣裙。

那女子突然伸手狠狠地在那金兵眼睛上挠了一下，金兵大叫一声，脚下一个趔趄，失去了重心，和那女子一起跌下河堤，众人往下看时，只见那女子死死地抱住金兵的一只胳膊，这金兵本来就不会水，身上又披着硬甲，连呛了几口水后，竟然和那女子一起沉了下去，再也不见起来。

其他金兵捡起那女子掉落的书,有略微识字的辽地汉兵翻了翻道:"这像是兵书。"众人听了此言,忍不住又朝那名女子沉没之处注视良久。

城破后的第三日,挞懒在亲兵簇拥下进城,进城第一件事,就是命人押来俘虏,叫翻译询问赵立下落。

俘虏们众口一词,都道赵立于数日前被飞石击中头颅,当即身亡,尸体就埋在城东的龙王庙旁边。

挞懒这才信实了赵立身亡的消息,长吁了口气,他继续往城中走,沿途看到死伤枕藉,又听众将汇总伤亡人数,得知士卒因巷战而死者几近三千,不禁愣了半天。他环视着只剩下断壁残垣的楚州城,胜利的喜悦早已荡然无存,胸中只充塞着一种空虚、疲倦和失落的混杂情绪。

再往前走,看到前边围着一堆人,似在观看什么,亲兵走过去询问,片刻后回来禀道:"有一宋将城破后,不忍抛弃妻子,便骑马将妻子用一根大绳绑在身后,想拼命杀出去,不过没有成功,半路双双殒命。"

挞懒听了,策马上前看了一眼,只见那对夫妻浑身是血,女人仍然紧紧用手抠住前面男人的胸甲,俩人紧紧贴在一起,难以分开。

有一名士兵用长枪朝那女人腰上捅了捅,挞懒身旁亲将喝道:"没出息的东西!大帅在此,不怕污了大帅的眼睛嘛!"

"将二人好生葬了吧。"挞懒皱着眉头道。

"大帅,"鹘拔鲁上前狠狠地道,"赵立顽抗我大军,罪在不赦,虽已身死,也该将他尸体挖出来,鞭打三百,挫骨扬灰才是!"

挞懒不置可否,一回头正好看见秦桧,便问:"中丞以为如何?"

秦桧躬身道:"下官以为万万不可。监军乃大金国天潢贵胄,位高权重，威震四方，而赵立虽然声名远播，不过是南朝一镇抚使，且已城破身死，为监军手下败将。倘若监军再以万金之躯干此等鞭尸挫骨之事，不过是使赵立更得忠义之名，而监军却落个心胸狭窄的话柄而已，有何益处？"

挞懒微微颔首，对鹘拔鲁摆手道："不必了。"说罢扬鞭继续前行，秦桧跟在后面，心里只是打鼓，希望挞懒记得当初约定：攻下楚州后放他南归。

楚州城虽然被攻下，挞懒的心情却未见好，秦桧便也不敢提南归之事，生怕他轻飘飘地来一句"日后再说"或"从长计议"，那就万事皆休了，无奈只好鞍前马后地殷勤服侍挞懒，虽然脸上平静如水，心里却百般煎熬。

转眼便到了十月上旬，离楚州城破已有半个多月，挞懒一直都在整顿军备，犒劳士卒，几百船财货已顺利运往北方。皇上的诏书也到了，对他颇多嘉奖，再看帐下将士，虽然谈不上士气如虹，但半个月来养得精神完足，连年征战的疲惫消退不少，挞懒的心情也随之好了起来。

"秋意渐浓，树叶渐黄，中丞思乡之意也渐浓了吧？"这日，楚州城外的孙村，金军大营所在地，挞懒似乎不经意地对秦桧道。

秦桧心里"突"地跳了一下，赶紧收摄心神，起身答道："月明人尽望，秋思落谁家。秦桧并非圣贤，乃一凡夫俗子耳，睹月思乡，悲秋念故，正是人之常情，秦桧岂能免俗？只是秦桧纵然归心似箭，却仍在监军帐下任事，监军不开金口，秦桧便是吃了熊心豹胆，又怎敢南下半步。"

挞懒忍不住看了秦桧一眼，不知他如此珠圆玉润的应对，到底几分出自真诚，几分出自修饰。但听他这话，心里毕竟舒服，便道："我女真人千金一诺,只要话出了口,就是身任其责,虽死无憾。前向我既已答应放中丞南归,岂有事到临头反悔之理?中丞可趁着秋高气爽,带着家眷南归。"

秦桧终于等来了这句话,激动得浑身哆嗦,几乎要哭出来,深深地给挞懒行了个大礼,告辞而出。

回到帐中,妻子王氏见他脸色灰白,便问何故,得知挞懒终于开口放人时,喜不自禁,赶紧叫来仆人兴儿,以及之前跟随秦桧北上的亲信翁顺和高益恭,让他们马上收拾东西启程。

秦桧却呆坐着不动身,王氏奇道:"相公在北方这几年,无一日不念叨着要南归,如今好日子终于来了,如何又不着急了?"

秦桧指了指帐外,道:"天已过晌午,此时收拾,得半下午才能出发,走不了多远便天黑了。"

王氏道:"能走多远是多远!万一监军反悔,又来留你,你如何回话?"

秦桧叹气道:"我所虑者,正是此事!监军倒不至于反悔,就怕帐下有幕僚多嘴,说我知晓大军实情,恐为敌国所用,监军即便有重诺之心,怕也不愿授人以柄。我们几个人走得再远,轻骑片刻就能追上,早走一刻晚走一刻有何分别?"

王氏登时没了主意,看着秦桧发愣。

秦桧思之再三,最后道:"今日不用启程,明日一早,我去向监军与众将正式辞行。若能脱身,则此行无忧;若监军强留,那也是天意如此,你我再从长计议。"

王氏无话可说,只得遵从。当晚主仆数人就挤在帐中休息,一有风吹草动,便疑神疑鬼,以为事情有变。

好不容易挨到天亮,秦桧洗漱完毕,便整装前往挞懒中军大帐。

挞懒在帐中听说秦桧过来辞行，笑着对身边众人道："我说什么来着？中丞果然是诚信君子！"

秦桧入帐，向挞懒恭恭敬敬行了跪拜父母之礼，挞懒惊讶道："中丞何故行此大礼？"

秦桧道："监军待我以赤诚，犹如再生父母，秦桧此去，不知何日才能再见，只有行此大礼，才能略表秦桧感激眷恋之意。"说罢，两行热泪滚滚而下。

挞懒十分感动，亲自下来扶起秦桧，好好宽慰了几句，又命人奉上一包金银作为盘缠。

秦桧又一一与众将和幕僚们辞别，才依依不舍地离开了。

回到帐中，王氏等人早已备好行装，见秦桧面带喜色回来，怀里还掏出一包金银，显然事情进展顺利，都兴奋不已。他们片刻也不耽搁，挑担的挑担，推车的推车，没多久便赶到河边，以重金买了一艘小船，一路往南而去。

约莫行了两三日，一路上几乎不见人烟，也不知到了何处地界，但应该早已远离金军地盘。第四日午间，几个人正觉得水面宽阔了些，突然从岸边树丛驶出两艘快船，上面有人吆喝叫他们停下，秦桧一听这是南方汉话，心里一阵激动，站起来连连拱手，嘴里喊道："我乃大宋朝臣秦桧！"

两艘快船驶近，从上面跳下来几名宋军士兵，用怀疑的目光上下打量他们，其中一个头领模样的问道："你们从哪里来，要到哪里去？"

秦桧道："我乃大宋御使中丞秦桧，靖康年间被金军随二帝掳去北方，今日才得以归还，要去行在拜见当今皇上，还请诸位军爷相助。"

这几名士兵都是当地乡民,听得似懂非懂,见秦桧等人穿着打扮上有金人痕迹,便喝道:"你们莫不是金人奸细,想来诳我们?"

秦桧知道跟他们说不清,见这些乡兵眼睛在自己行李上睃来睃去,其中一人更是目光粘在王氏身上,不觉暗暗心惊,便打起精神,摆出御史中丞的派头,正色道:"我乃朝廷命官,当年跟着道君皇帝和渊圣皇帝一起北狩,此番南下,二帝有密信托我转达当今皇上,此乃天大之事,绝不可延误!你们军中有无士人,快带我去见他,你们不认得我,他们必然认得我!"

乡兵们听秦桧如此说,被唬住了,不敢怠慢,于是让他们上了快船,沿河行驶了半个时辰,到了一处水寨,领头的乡兵叫道:"王参议在哪里?快让他来认认这个'玉狮忠臣'!"

这水寨中确有一名芝麻大小的文官,秀才出身,叫王安道,原是当地的酒监,现在军中任参议。王安道被乡兵们叫到秦桧跟前,秦桧跟他说了自己身份,王安道倒也机灵,故作惊讶道:"原来竟是中丞!中丞远道而来,辛苦辛苦!"说罢长揖及地。

众乡兵见了,便都信了他,也客客气气地对待秦桧等人。

秦桧这才问王安道:"此地是何处,主官何人?"

王安道回答:"此地乃涟水军,统制官丁祀奉两浙安抚使刘光世之命在此驻扎,防备金军,丁统制的水寨便在前面,待会儿让快船送中丞去见他。"

歇息一阵后,秦桧等人乘船到了一处大水寨,见到了丁祀,丁祀正卧病在床,弄明白其身份后,很是恭敬客气。丁祀麾下众将见了,也争相来套近乎,晚上还设宴款待秦桧等人。

酒过三巡,众人都有些醉意。秦桧突然一眼瞥到丁祀的副将刘靖,只有他眼神犀利,毫无醉态,不禁心中起疑,又偷偷观察了一会儿,见他不停地打量自己堆在一旁的行李，甚至还借起身如厕的机会，用脚尖踢了踢。此后他又借故出去数趟，回来后不再喝酒，只是低头盘算，眼神飘忽，也不直视秦桧，一副心怀鬼胎的样子。

秦桧看看四周，天色已黑，自己房间周围毫无防护，此处人生地不熟，倘若刘靖起了歹心，今夜必将命丧于此。当下不再犹豫，趁着众将都在，看着刘靖道："刘将军，我方才看了你半天了，你一直在打量我的行李，又出去数趟，是不是想今晚趁黑谋财害命？"

刘靖没料到秦桧当着众人直面相斥，有点猝不及防，本就心虚，一下失了方寸，脸涨成猪肝色，结结巴巴道："中丞哪里话，我刘靖哪有这样的胆子？"

秦桧更断定他不怀好意，冷笑一声道："我乃朝廷大臣，刘将军可知谋害朝廷大臣乃是族诛的大罪？我秦桧自靖康年间随二帝北狩，历经艰险，九死一生，什么没见过？今日我就放话在此，倘若今晚秦桧有所不测，凶手便是你刘靖！"

刘靖被这一通斥责下来，像被当众扒光了衣服，又羞又恼，想要狡辩，又无秦桧那样一张利嘴，竟然闷头说不出话来，过了半天才赌咒道："我若有此心，天打雷劈，来世变作猪狗！"

秦桧便不再理他，与众将把盏言欢，嬉笑自若，回头再看刘靖，已经悄悄离席了。

当晚主仆数人又风声鹤唳地熬了一宿，直到天色泛白，四周人声渐起，才敢踏踏实实睡一会儿。

次日，秦桧一刻也不想多待，便以要转达二帝旨意为由，请丁祀派人护送至行在越州。丁祀建议他乘船走海道，又命水寨参议王安道和冯由义二人护送，秦桧见这二人都是读书人出身，且面相和善，断不至于半路见财起意，干出谋财害命的勾当来，便欣然应允。

行了十多日，终于听船夫道："中丞，前方便是钱塘江入海口，再往南行三两日，便可至越州，中丞终于可以见到当今圣上了！"

　　秦桧激动不已，站起身来，哆哆嗦嗦地朝着越州方向行君臣大礼，想想又不对，转过身来，朝着北面向二帝也跪拜了一番。

　　此时已至深秋，江南气候与北方迥异，因为近海，岸边林木竟无一丝萧瑟之意，仍是郁郁葱葱、生机盎然，海风迎面拂来，只不过略有凉意，然而天高云淡，极目千里，南北却是毫无二致。秦桧立在船头，无心欣赏这难得一见的深秋海景，历经劫难，居然还能举家生还，让他在庆幸之余，胸中涌起一股豪情壮志，他暗暗发誓要在新朝廷施展平生抱负，成为一个响当当的人物。

八　缩头湖大捷

建炎四年十月,赵构迎来了他登基四年来最为失望的一个月。

富平大战的奏折终于送到了行在,其惨败程度甚至超过了赵构的最坏估计,至于张浚先前夸口的什么"径入幽燕""捣敌巢穴",都成了笑柄。陕西形势因此极度恶化,甚至四川都有可能不保,一旦川陕沦陷,荆襄势必危急,东南也将震动,则大宋近二百年江山,就要断送在他手中。

紧接着,作为东南抗金中流砥柱的楚州城,终因援尽粮绝而陷落,赵立以身殉国,东南门户再次被洞开,刚刚饱受蹂躏的江南百姓,眼看又要遭受一次灾难。

楚州沦陷、赵立殉难的消息传到行在,赵构为此辍朝两日,并给赵立上谥号"忠烈",赠奉国节度使,开府仪同三司,以彰其节。

形势逆转得太快了!几个月前,当韩世忠将金军堵在黄天荡时,当陕西接连传来收复长安、延安府等失地的消息时,赵构欢喜得夜不能寐,以为皇天不负有心人,大宋中兴有望。不料转眼间,接连遭到两次重挫,稍稍好转的形势又变得凶险诡谲。

正所谓虎落平阳被犬欺,龙游浅水遭虾戏。官军一败再败,朝廷威望大损,使得之前蠢蠢欲动的游寇和割据势力愈发嚣张,其中以李成尤甚。

李成两度受封，两度叛变，生性反复无常，但此人也并非一无是处。他勇猛强悍，号令甚严，每次临阵，必身先士卒，加上总是自命有割据之象，也颇懂施恩于人。在外行军，士卒未吃饭，自己绝不先吃；诸将中有生病者，亲自去探望；赶上雨天，也不带雨具，浑身湿透仍不以为意，因此军队颇有战斗力，寻常官军不是其对手。

李成趁金军南侵，据江淮十余州，拥众数十万，自号"李天王"，有席卷东南之意。罢相后，担任建康路安抚使的吕颐浩，几次发兵征讨李成，都铩羽而归，不但没有剿灭李成，反而让其势力进一步膨胀，不得已请求朝廷增兵。

赵构接到奏报，忧急攻心，叹气道："颐浩奋不顾身，为国讨贼，但还是老毛病，性子太急！如今官军新败，金兵还在北面虎视眈眈，朝廷不得不将大部兵力集中在两淮，以拱卫东南，他手下才不到一万人，就如此轻进，焉得不败？"

范宗尹道："吕颐浩的意思，是想得韩世忠兵马为助，共同剿灭李成。"

赵构摇头道："李成固然强悍，但以韩世忠提全军与吕颐浩会合，对付他自是绰绰有余，此所谓杀鸡用牛刀也。况且金人尚在江北，韩世忠正面御敌，岂能为一李成，说走就走。"

上任不久的签书枢密院事李回建议道："李成敢拥众跨江作乱，就是趁金人南侵，朝廷不能分兵，无暇旁顾。倘若陛下亲御六师，将行在东移，直逼李成巢穴，李成必定闻风丧胆。"

这个馊主意一出口，范宗尹暗暗摇头，皇上连韩世忠都不愿派过去，你倒好，让皇上自己顶上去，未免也太迂阔了。

赵构看了一眼李回："朕日夜所思者，就是社稷危亡之时，御驾亲征，挽狂澜于既倒。待金人稍稍北撤后，朕将遣韩世忠先行，朕统大军随后，先招安其部众，允许改过自新，朕料其部众多胁从者，一旦军心涣散，生擒李成也未必是难事。"说完，转脸看着范宗尹。

范宗尹会意，道："如今金军大兵压境，皇上不宜轻易移跸，神武前军统制王䕫正在浙东统军，手下有万余人，何不遣他去策应吕颐浩？"

李回也意识到自己说了蠢话，连声附和道："此乃万全之策，甚好，甚好！"

赵构便让李回去拟旨，等他退下后，问范宗尹："赵鼎还在行在否？"

前向赵构想升神武副军都统制辛企宗为节度使。赵鼎却认为，封赏升迁，朝廷自有制度。辛企宗虽然忠心耿耿，但并没有军功，骤升节度使，恐难以服人，因此坚决不同意。赵构身为皇帝，原本是想以此笼络身边的扈卫大将，不料碰上赵鼎这么个认死理的，竟然无法可施，心中颇不乐意，便趁着楚州失守，赵鼎请求去职的机会，将他贬为平江知府，命其出京奉祠。

范宗尹见皇上问起，便答道："赵鼎已于前日赴平江上任去了。"

赵构闷闷不乐，虽然免了赵鼎的相位，但他加封辛企宗的想法还是落空了，因为参知政事谢克家一句话提醒了他："辛企宗毕竟无大功，陛下强行加封，这样一来，使赵鼎得忠直之名，辛企宗得封赏之利，而陛下却负谤于天下后世，实在是得不偿失，还请陛下三思！"赵构只好作罢。

"有赵鼎在，朕今日断不会闻此书生之论！"赵构叹道，赵鼎虽然不懂变通，但其多谋善断、远见卓识岂是李回之辈能比的。

范宗尹道："赵鼎刚罢职，立即再召似有不妥，陛下要用他，过一向再召他回来就是了。今有一贤士刚乘一叶扁舟南归，当初靖康之难时，此人因仗义执言，力保赵氏，被金人掳往北方，辗转数年，终于觅得机会逃回，陛下求贤若渴，要不要见他一见？"

"这等忠义之士，如何不见！"赵构喜道，"此是何人？"

"原御史中丞秦桧。"

赵构惊讶道："原来竟是此人！靖康时，大臣随二帝北狩者不下数十人，如何就他得以南归？"

范宗尹听了，跪下道："陛下如有此一问，则秦桧百口莫辩矣！"

赵构一愣，道："卿何出此言？"

范宗尹道："自靖康之难始，士大夫与读书人流散北方者极多，以臣所知，这些人大都心向大宋，只要有机会，都有南归之意。如今秦桧南归，倘若陛下见疑于他，不仅会冷了秦桧的心，更重要的是冷了成百上千滞留北方的士人之心！秦桧能全身而退，举家南归，自有其机缘巧合，臣以为不必深究，而应待之以诚，这才是招贤纳士之举。"

赵构点头道："卿所言极是，朕对所谓驾驭之术嗤之以鼻，但与群臣相处还算融洽，无非就是一个字：诚。以后但凡南归之士人，都不得质问其来由，以为成例。"

范宗尹含笑拜道："陛下有如此心胸，何愁天下不定！"

在范宗尹的举荐下，秦桧在到达越州两日后，便受到了赵构的接见。

君臣见面，互相不失礼仪地打量了几眼，秦桧见赵构虽然年轻，但气质沉静、举止稳重，更兼长身玉立、双目有神，颇有帝王之相，心下暗想：此长命天子也。

"秦爱卿关山万里，心系故国，今日举家南归，实乃朝廷之幸！一路还顺利否？"等秦桧行完跪拜大礼，赵构问候道。

"托皇上洪福，一路有惊无险。"秦桧简单答道。

赵构见秦桧进退有度，应对从容，心想不愧是先帝旧臣，又看他面目端正，更是看重，便接着道："卿在北国，可曾有二帝及朕母后消息？"

秦桧早知皇上有此一问，他在北方时，一直得到金国权贵垂青，因此知晓很多二帝与皇上生母的消息，便一一道来。赵构听到二帝虽然富贵远不如从前，但也活得过去，只是感叹，又听生母韦后见重于金国权贵，心情很是复杂，既欣慰母亲安好，又觉得颇为羞辱。

秦桧见赵构眉头紧锁，欲言又止，猜到他牵挂皇后，又害怕问起，便道："皇后被送入浣衣院，境遇不是太好，但听说从不失皇后尊仪。"

秦桧只有短短几句话说到赵构的发妻邢氏，赵构却登时脸色煞白，此时他才意识到内心深处真正牵挂的人是谁。

秦桧没有多说，赵构也不再问，"浣衣院"三字已经说明了一切。

沉默良久，赵构问道："卿在金营长达数年，阅人无数，以为金人如何？"

秦桧从容道："金人也是人，与我大宋臣民无异，若论忠朴诚信，尤有胜之。"

这句话被秦桧平平淡淡说来，着实让赵构吃了一惊。在宋朝君臣心目中，都把金人当作青面獠牙的怪物，虎狼之邦，化外之民，岂能与诗书礼乐之邦的大宋臣民相比？

但听秦桧如此说，赵构反而对他多生出一层信任，他听了太多臣子们对金人咬牙切齿的控诉，而这些人绝大部分又几乎没见过金人的面，如今一个跟金人混了几年的人回来，却对金人有如此评语，意外之余，似乎又更合情理。

话虽如此,赵构还是忍不住道:"金人屡次南下,所过之处,寸草不生,我大宋子民何辜,竟至遭此荼毒?"

秦桧听赵构语气中似有不悦,便深深一躬道:"陛下仁慈,乃生民之幸!然而秦桧过去数年来一直在军中,所见与他人略为不同。金军一到,官军便望风而溃,溃散时便大肆劫掠一通,然后才轮到金军劫掠。金军走后,尾随袭扰的官军竟又来劫掠,凡此三遍,百姓哪里还有活路!臣不是为金人说话,只是我朝败军之祸,实不亚于金军。"

赵构哑口无言,目前让他大伤脑筋的李成不就如此吗?所到之处,壮年男丁全部充军,女子拘入军营服役,财货劫掠一空,其祸之烈,较之金军实在是有过之而无不及。而且不要说李成这种游寇,就是张俊、韩世忠这样的掌兵大将,纵其部下劫掠之事也时有耳闻,只不过朝廷迫于形势,不得不睁只眼闭只眼罢了。

秦桧见赵构皱眉不语,便也不多说话,静待其发问。

半晌过后,赵构接着问道:"宋金两国交兵,已历数年,生灵涂炭,卿自北方来,自是深知金国底细,可有息兵退敌之策?"

秦桧早已成竹在胸,道:"臣愧无退敌之策,但若论息兵罢战之策,却有数条。"

赵构见秦桧直言快语,毫不矫饰,心中颇为嘉许,便含笑点头道:"卿快讲来。"

秦桧道:"如欲天下无事,须是南自南,北自北。"

赵构听到这个新奇的建议,不由得跟着念了一遍:"南自南,北自北……"似有所悟,但又不尽得其意,便看着秦桧道:"何谓南自南,北自北?"

秦桧道:"臣在北方,数度听说陛下遣使讲和,然而金国置之不理。究其原因,议者以为无非是金国自视兵力雄厚,灭大宋如拾草芥,不费吹灰之力，因而不屑讲和，这只说中了其一，却没说到其二。"

"其二为何？"

秦桧道："自道君皇帝背弃辽邦，与金国海上结盟，我朝进退失据，屡屡犯错，其大者有三，一为既与金国结盟，却又暗通辽国天祚帝，还让人拿到铁证，使金国朝野震怒；二为拿下幽燕几座空城之后，招纳"叛亡人"时反复无常，不仅冷了幽燕军民之心，也给了金军南侵口实；三为一旦金军兵临城下，其所提条件无不应允，一旦解除兵危，又全部反悔，如此反复，使得金国认为我朝毫无信用可言。陛下自登基以来，已派出十几拨使者求和，为何杳无音讯？除了金国轻视我朝以外，难道就没有被骗得多了，根本不再信任我朝的缘故？"

赵构被他说得脸上红一阵，白一阵，心中懊恼，却又无话可说。

秦桧像没看到赵构脸色一样，接着道："今日之所以提'南自南，北自北'，乃是为了示信于人，凡原籍在河东、河北、山东、山西等地的在南官绅士民，都须返归原地，南人在北者亦然。如此一来，双方守土安民，井水不犯河水，互不侵扰。"

赵构心里一动，倘若双方真做到南人自南，北人自北，金军还真没了南下的借口。只不过如今刘光世、张俊、韩世忠麾下诸军，大部分都是北方人，倘若都叫他们回原籍，岂不等同于举国投降？

秦桧知道赵构所虑，便道："陛下可下令各州县停止招纳北方流民，至于已经在南方的，先遣送一些金国惦记的人过去便可。"

"何谓'金国惦记的人'？"秦桧奇计迭出，赵构有点跟不上。

秦桧微微一笑道："比如之前出使金国的资政殿大学士宇文虚中，被扣押在金国，他原本中原人氏，陛下不如将其一家数十口全部送至金国，既使其家人团聚，又向金国表明'南自南，北自北'之意，岂不两全其美。"

这个主意倒是取巧，却也有点阴损，赵构微微颔首，未予置评，转入另一个话题："金人立刘豫为帝，窃据中原，僭盗神器，惑乱人心，朕深以为虑，不知卿有何良策？"

秦桧干脆地答道："刘豫不足为虑。"

赵构不禁一愣，金人扶植同为汉人的刘豫，且占据中原，以汉治汉，直接挑战赵氏正统，可谓用心险恶，这天大的事，秦桧竟不以为然。

秦桧见赵构疑惑，便道："臣过去几年一直在金国左监军挞懒帐中任事，深知此事来龙去脉。金国皇帝原无侵占大宋国土之意，大宋典章繁复，治理不易。金人有文字才没几年，占得了天下，却治不了天下，因此才有立藩属的举动，之前张邦昌便是先例。此次立藩，各方将领推了三人，一是折可求，二是杜充，三是刘豫。折可求背后是娄室、撒离喝等人，杜充乃兀术所荐，而刘豫乃挞懒推举。三方相持不下，最后金国大元帅粘罕手下通事高庆裔建议粘罕抢先推举刘豫，勿使恩归他人，粘罕资历最老、军功最高，他一推举，其他人便无话可说，金主也准奏，刘豫就这样当上了皇帝。金国各派掌权人物互相制衡，彼此不服，最后反而让资历最低、人望最差的刘豫上位，实属一大败笔。"

赵构听得入神，心中隐隐有几分快意：他对杜充信任有加，一路将他提拔到宰相的高位，此人却恩将仇报，起了不臣之心，如今一脚踏空，里外不是人，岂不是报应！便问秦桧："金国上下如何看待此事？"

秦桧道："臣在挞懒军中时，知军张涣押送粮草过来，与臣说起一事：金国的万户托卜嘉带兵北归，路过淮南，二人在舟中饮酒，提到刘豫做皇帝一事，托卜嘉叹道：'我乃辽国之大臣，渤海之大姓，昔日大金招纳我时，许诺开国辽东，过去数年，我披坚执锐，辛苦征战，可谓出生入死，连个郡都没捞到。刘豫不过是山东的一个郡守，势孤而降，却做起了皇帝，天底下哪有这样的道理？我不负大金，大金负我多矣！'"

赵构惊讶道："果有此事？"

"此事千真万确，臣亲耳听张浼所讲。"

赵构长舒了口气，原来刘豫这个草包上位，不仅可以成为一道阻挡金人兵威的屏障，还让金国上下怨声四起，反倒是件好事！连日来被富平之败、楚州陷落和游寇作乱搅得头晕目眩的赵构，此时突然觉得心里有一种难得的轻松安适。

秦桧见赵构脸色和悦，知道赵构满意自己的奏对，便趁热打铁道："陛下可修国书给正在江北的金国左监军挞懒，言明求和之意，挞懒虽然攻下楚州，但部下损失也不小，且挞懒不比其他金国权贵一味好战，倘若陛下亲致国书，表达诚意，或可令其今岁不再南下，两边相安无事。"

赵构当前最担心的就是金军再次南下，让新朝得不到丝毫喘息之机，使李成、孔彦舟、张用等游寇得渔翁之利，趁机坐大，但以一国之尊，致国书给敌国一将，实为不妥，便沉吟道："刘光世目前就率军在江北，可令其秉承朝廷旨意，修和书给挞懒，且看看挞懒如何回复。"

秦桧不再多言，躬身行礼，口中只道："陛下圣明！"

赵构看了一眼外面，日已西落，这次御前对答，不知不觉持续了快两个时辰。赵构面带微笑，看着秦桧道："卿来得正是时候，朕既得知二帝及皇太后音讯，又得一佳士能臣，喜不自胜，可知上天不负我大宋，方今国家用人之际，卿且勉之！"

秦桧得了皇上这样的考语，激动得跪在地上，连连谢恩。

率军驻扎在江北与挞懒遥遥相对的刘光世，突然收到诏书，他不识字，以为皇上来催他进军。不料让人一念，原来从挞懒营中脱身南归的秦桧与众宰执拟了一封和书，皇上让刘光世按照和书的意思，以他本人的名义，修书给挞懒。倘若挞懒知晓利害，退师而还，不复侵略，则东南军民可获一年休养生息。

刘光世自然照办，十余日间，先后修了五封书信过去，挞懒那边毫无动静。

此时的挞懒正满心嫉妒与焦躁，富平大战的消息传来，金国朝野大为振奋，此战规模之大，战果之丰，堪称前无古人，后无来者。讹里朵、娄室、兀术等人也因此声名远播，无人不称颂，而挞懒辛辛苦苦打下楚州的功绩，却没人提了。更不用说富平一战下来，参战的金军将士个个大发横财，而挞懒这边损兵折将打下楚州，除了一座空城，什么也没捞到。

刘光世的求和书信接连送到，挞懒听翻译解释完就知道是出自秦桧手笔，但大金国东西两线俱获大胜，宋朝此时来求和，不过自取其辱罢了。

刘光世虽然也在江北，但离挞懒大军足足有数百里，真正挡住挞懒南下的，仍是岳飞一支孤军。

楚州陷落后，岳飞独木难支，只有数千人马，还缺衣少食，写信向刘光世求援。刘光世杳无音信，眼见金军势大，岳飞便率军从承州后撤到通州、泰州。

由此两淮地区宋朝的正规军已经被涤荡一空。时间也到了十一月，挞懒开始着手准备大举南侵，然而盘踞在楚州与承州之间湖泊地带的一伙盗贼却绊住了金军的铁蹄。

挞懒一开始根本没把这伙盗贼放在眼里，吃了几次大亏之后，才意识到不击溃这伙盗贼，金军休想安安稳稳地南下。

探报接连带来消息，这伙人虽然不是宋朝正规军，却也并非盗贼。领军人物乃是之前杜充封的遥郡刺史张荣，人数接近上万，这支军队在鼍潭湖建了一处大水寨，有大小船只数百艘，并用茭草和湖泥修筑起一座"茭城"，方圆数里，如同一座城池，易守难攻。

鼍潭湖和樊梁湖、白马湖、新开湖三个大湖泊相连，绵亘三百余里，金军不善水战，舟船又不多，挞懒看着这茫茫湖水，心里直犯愁。

正无计可施时，两淮地区突然来了一场罕见的大霜冻，几百里的湖面上一夜之间结了厚厚一层冰。如此严寒天气，对于金兵却是司空见惯，挞懒立即命令大军涉冰进发，直捣张荣水寨。张荣不提防天气骤寒，金军突至，抵挡不住，便放一把火将水寨烧个精光，率军南撤到通州、泰州附近。

镇守通、泰两州的岳飞面临抉择，是死守通、泰两州，人在城在，还是让城别走，再寻战机。

岳飞率众将沿着泰州城走了一圈，回帐后，只是皱眉不语。

王贵道："岳帅，泰州城墙矮小，不利坚守。城外又是一片开阔地，一览无余，亦不利我军突袭。城内府库粮草所剩无几，百姓家中也无存粮。前几日，有将士饿得不行，把金军那边的俘虏杀了吃肉，还有从死尸上割肉吃的，如此下去，怕不用金军进攻，将士就都饿死了。"

张显也道："我前日巡街，见有将士在卖妻鬻子，十分愤怒，要拿那人问罪。后来才知原来是粮草没了，他想给妻儿一条活路，万不得已才如此。"

傅庆大怒道:"刘光世那个老杀才,把我们顶在前面,咱们三番五次向他讨要些粮草,他却装聋作哑。我傅庆不是怕死之辈,只要岳帅说一个'守'字,绝不退后半步,只是请岳帅想想这支队伍拉起来有多不容易,不要如此轻易就葬送了!"

众将七嘴八舌地议论,岳飞并不作声。过去数月,他眼看着楚州城陷落,城中军民玉石俱焚,其行可泣,其状可悯,自己是做赵立第二,为国死节,还是率军南撤,保存实力?对于把忠义报国刻在心里的他来说,实是痛苦抉择。

汤怀心地仁厚,见岳飞如此,深知他举棋难定,便道:"守还是不守,大伙还是听岳帅发话。岳帅说守,我们就守;岳帅说撤,我们就撤,不讲半分价钱!此事不易决断,需岳帅斟酌定夺,我们还是退下各守本职罢。"

众将听了,便停了议论,岳飞道:"你们先退下,我自有主张。"

探马来报,有一支溃散的部队就在北面,人数不少,约有上万,但不知是何方人马,领军人物是谁。看情形,像是之前盘踞在楚州和承州之间几处湖泊的盗贼,不知是敌是友。

无论如何,以目前形势,泰州是绝对守不住的,多留一天便多一天风险。岳飞不再犹豫,传令下去,带上全城愿意南归的百姓,立即撤退。

岳飞撤退的消息传到刘光世军中,刘光世深知前线实情,倒也没说什么,他临阵决战并不擅长,但避战自保是行家里手,严令各军不得轻进,凭险据守。

但朝廷那边也得有所交代,手下悍将王德解楚州之围时,与金军数度交战,对金军虚实略知几分,献计道:"金军中除女真人、渤海人以及辽地汉人外,还有不少被迫从军的河北、山东汉人,叫作剃头签军。他们原是我大宋子民，被迫南下，人心不稳，但又不敢轻易逃离，因为这些人都被剃了头，又是一身金军装扮，一旦逃出来，被我军民逮着，就被疑为奸细，百口莫辩，往往被活活打死。倘若能想出办法招降这些人，虽然不能伤了金军筋骨，却也能让他们不得安生。"

刘光世点头道："往年此时金军都已休整了一轮，今年却有些例外，一是黄天荡受阻于韩世忠，苦战方得脱身；二是楚州受阻于赵立，围了一年才拿下，如此连年征战，不得歇息，铁人也打熬不住。"

刘光世与众将一商议，想出了一个新奇的点子，命人铸造金、银、铜三色的钱币，上有"招纳信宝"四字，四处撒放，并传令军中，有持此三色钱的金军来降，一律不得加以伤害，违者严惩。

刘光世好用的脑袋转了转，觉得如此一纸命令下去，将士们未必放在心上，便命数人化装成金兵，持三色钱来降，又命另外数人假装将他们打死，然后将打人者抓起来，悄悄用几个死囚替代，斩首示众。如此一折腾，果然三色钱声名鹊起，再也无人敢轻视。

不到十来天，竟然陆续有上千名签军来降。刘光世大喜，将归降的金军编成"奇兵"和"赤心"两军，指派帐下将官任统领，又命帐下文士拟了封奏折，快马送给朝廷报功。

赵构听说还有这种破敌之法，自是高兴，下诏勉励了一番，刘光世又一次成功摆脱迁延不进的罪名。

稳住阵脚之后，刘光世把矛头对准了扬州镇抚使郭仲威，承州败退下来的守军早已将郭仲威坑死薛庆之事告诉了刘光世。刘光世虽然滑头，却并非奸恶之辈，反而极讲义气，因此诸将也为他卖命。听说郭仲威把薛庆叫来扬州增援，不去接应人家倒也罢了，薛庆败退到城下，他还闭门不纳，眼看着人家落马被擒，这让刘光世大为震怒。

郭仲威与李成是旧相识，本想去九江投奔李成，南下时被另一支宋军堵住，这才作罢。然后又与北面的刘豫交往甚密，郭仲威驻兵淮上，从不与诸军往来，也不过来拜谒，顾望之心，昭然若揭。刘光世深知此刻不先下手为强，日后终为祸患，更何况郭仲威手下还有几千兵马，无法不让人眼馋，便一边奏报朝廷，一边与众将商议擒拿郭仲威之事。

等到朝廷的诏书下来，授其"见机行事"之权时，刘光世早已做好了准备，立即命人修书一封给郭仲威，告诉他手下大将王德将北上迎敌，路过淮上，要与郭仲威会晤，商议配合进军事宜。

郭仲威算计一世，哪里又算得过刘光世这只老狐狸？心里虽然有所防备，但料想一时半会儿无人奈何得了他，便于约定之日，率兵到淮上来见王德。

两军相近，郭仲威见王德军队人数不多，更加轻慢。直到王德离自己不远时，见王德虎背熊腰，如同一座铁塔，又久闻王德有悍勇之名，心里才有几分发虚。刚想着让亲兵护卫在旁时，王德已经拍马上前，只一交错，便揪住郭仲威的胳膊，略一使劲，将其胳膊生生扭断。郭仲威惨叫一声，毫无还手之力，被王德抓住腰带，拎过来架在马上，动弹不得。

王德策马立在郭仲威军前，从怀里掏出圣旨，高高举起，大喝道："郭仲威阴谋作乱，奉旨擒拿，其他人皆无罪！"

众将见王德神威凛凛，又有圣旨在手，再看郭仲威已然像条死狗一般被王德按在马背上，知道大势已去，便都跪下投降。

王德押送郭仲威回来路上，当地百姓听说擒了郭仲威，纷纷来到军前，控诉郭仲威劫掠之苦，王德便顺水推舟，将郭仲威当众斩首。

刘光世收降了上千名签军，又斩了郭仲威，吞并了其部队，兵不血刃便连立数功，心安理得在原地驻守。岳飞带着部队和泰州百姓南渡长江，驻守江阴，以失守泰州停职待罪，最后与挞懒大军正面相对的，只剩下张荣的七八千人。

岳飞前脚率部撤离泰州，张荣后脚便进城驻守下来。张荣自梁山泊起兵，一直在野外作战，从未占据过城池，见泰州城墙坚固，远胜用茭草和泥巴糊起来的茭城，以为可守，不料挞懒大军压境，这支部队刚刚拿下了固若金汤的楚州城，哪里把泰州放在眼里。几通猛攻下来，张荣支撑不住，便率军撤往泰州东部的缩头湖，仍旧修筑水寨，凭借湖泊天险防御。

挞懒顺利攻下泰州，进城一看，城中空空荡荡，连个鬼影都没有，好不容易在城角找到几名老弱，一问才知，能走的先前都跟着岳飞走了。不能走的都让后进城的盗贼杀死腌起来做了军粮。

挞懒吓了一跳，这张荣果然死硬强悍！此时已是隆冬，南方冬天虽然不比北方，却也湿冷难耐，挞懒见手下将士连年征战后，颇有疲态，泰州又连通江淮，乃是南下的门户，便有意长久经营，以此为南征基地。

此时已是正月，挞懒军中的辽地汉军与签军都有过大年的习惯，行军辛苦，好不容易在泰州安顿下来，便认认真真过起节来。女真人和渤海人也乐得清闲，一时间军中竟有难得的轻松气氛。

挞懒在汉地待得久了，手下文士幕僚中汉人也不少，之前秦桧在时，更是每年必过来拜年，因此也习以为常，不加干涉。

大年初一，挞懒在帐中居然还隐约听到有爆竹声，也没在意，听了一会儿，觉得这爆竹声有些古怪，紧接着亲兵急步入帐，道："那伙盗贼刚才趁乱劫了不少军粮，剩下拿不走的，还放了一把火。"

挞懒大惊，赶紧起身到帐外，果然看见东南方向一团黑烟升起，气得咬牙道："马上派出探马，摸清这伙盗贼的去处，来日务必剿灭干净！"

数日后，探马纷纷来报，这伙盗贼又在泰州东面的缩头湖建了一座水寨，负隅顽抗。

挞懒听了，不胜其烦，道："若在平地，我早将这伙盗贼杀得片甲不留，只是一到水上，大军铁骑无法驰骋，却如何是好？"

鹘拔鲁道："大帅不必焦急，去年韩世忠将四太子堵在大江之上，最后不也被我女真健儿杀得全军覆没？我军虽不习水战，但缩头湖毕竟不比大江，韩世忠更非这伙盗贼可比，目前军中大小船只有上百艘，这伙盗贼两败于我，早已不堪一击，倘若乘胜追杀，可将其一举歼灭！"

挞懒听他说得有理，再加上这伙盗贼不除，南征便是空谈，便传令准备进军。他心中有些纳闷，寻常盗贼都是见了金军便躲开，顶多偷抢些财物，便逃之夭夭。这伙盗贼却胆大包天，再三主动进犯，颇为蹊跷。

这个念头只在挞懒脑海里略微转了转，便过去了。他更多的心思在计算时间，现已近三月，往年这时候金军都已经南征完毕开始往回走，今年由于楚州坚守十个月，完全打乱了行军部署。倘若再被这伙盗贼拖上一两个月，到时进退不得，今年南下就此泡汤不算，搞不好还会被宋军趁机反攻。

挞懒知道手下将士最不愿干的就是剿灭水贼，既无半分油水，胜算还不大。天寒地冻的，不小心就浑身湿透，还没看到水贼影子，就已经只剩半条命了，但既然要以泰州作为南征基地，就得务保周边清静。

兵贵神速，趁着这伙盗贼立足未稳，乘胜一路穷追过去，才能彻底剿灭，免留后患。挞懒将能收集到的船只全部用上，有二百余艘，又从各营挑了上万精兵，亲自率军，登船直向缩头湖驶去。

挞懒大军动向，张荣掌握得一清二楚。得知金军倾巢而来，张荣一边叫手下兄弟登上仅剩的一百来艘小船准备应战，一边与众将紧急商议应对之策，帐下跟了他多年的兄弟贾虎道："大哥，番军势头太猛，连赵立都不是他们的对手，咱们还是像前两次一样，且战且退，不要硬拼的好。"

张荣起身来回踱步，他身材健壮，手脚分外大，面皮脖颈却生得白皙细嫩，如同女人一般，浑不像个水里来、火里去的带兵之将。冬日里别人恨不得抱着火炉取暖，他却能只穿一条小裤下湖捕鱼，雪练似的身体与冰雪融为一体，热气腾腾，见者无不咂舌称奇。

张荣长年与江河湖汊打交道，加上天生好水，极习水性，也极知深浅，别人眼中只是茫茫一片湖水，东南西北都分不清，他却早已洞察何处水深，何处水浅，何处是活水道，何处是烂泥坑，几乎分毫不差。

"前几天我乘小船在这缩头湖中四处看了，此处河港湖汊纵横交错，地形极其复杂，像是一处用兵之地。先看看番军如何进军，倘若番军大船甚多，又与我军数度交战后，摸清了一些水战的门路，那咱们就三十六计——走为上。"张荣停住脚步，看着窗外的湖面道。

张荣的另一名拜把子兄弟孟威道："听大哥意思，是想跟番军较量一番？"

张荣未置可否，道："不可不战，也不可硬拼，先观察一下番军的排兵布阵，再做决断。"

说话间，探子进来禀报：金军船队已自北面的白涂河入湖，离水寨不到十里地。张荣立即与手下诸将登上小船，每艘船上有二十来人，其他人登岸在陆路接应。

驶出水寨四五里地，远远看到对面金军船队遮天蔽日而来，贾虎在一旁道:"大哥,番军这次至少来了两三百艘船,恐怕有上万人,我们船上只有两三千人,还打不打?"

张荣立在船头,凝神看了一会儿前方,突然大吼一声:"打!"

贾虎等人吓了一跳,还以为张荣怒他怕死,正要分辩几句,张荣指着金军船队,急速道:"番军就前面几艘大船,后面都是小船,不足为惧,你们听我号令,同进同退,务必将番军带到湖汊里面去!"

众将得令,各率手下士卒奋勇前进,离金军船队还有半里时,突然一起掉头,向东撤去。

挞懒在大船上,看这阵势,判断这正是盗贼主力,只要将他们歼灭,其他人就会一哄而散,眼见双方离得只有半里远,又欺负对方只有小船,便下令全力追赶。

赶了半个多时辰,挞懒见前面湖汊纵横,有些犹豫,鹘拔鲁在一旁道:"前面水都干了,这伙盗贼无路可走,只能上岸,一旦到了岸上,就是我大金勇士的天下了!"

挞懒便不再迟疑,令全军穷追不舍。缩头湖并不大,很快张荣的两三千人便被逼到了岸边,只见这伙人连滚带爬弃船上岸,到了岸上,却不离去,只在岸边叫骂。

挞懒见这伙盗贼如同泼皮一般,既不敢战,却又不走,嘴里污言秽语。他也是百战之身,多少有些警觉,站在船头只是眺望,只见芦苇荡中又钻出来几千盗贼,个个破衣烂衫,蓬头垢面,跑出来跟着一起骂。

鹘拔鲁道:"大帅,这伙盗贼全部在此,正好聚歼一处,末将愿率本部两千人打头阵!"

挞懒打量这伙盗贼,器甲都不甚齐备,只要离了水,便如同平地赶猢狲,断无不胜之理,便点头道:"你带人直攻那些从小船逃上岸的两三千人,只要击溃他们,其他人不足为虑。"

鹘拔鲁领命而去,率领手下两千人靠近岸边,涉水登陆。这两千人才走了没多远,便挪不动脚步了,烂乎乎的泥浆没至大腿,有几个还没到腰间,惊慌失措地挣扎,结果越陷越深。

眼见盗贼从四面围了上来,船上的其他金军下船去救援,无一幸免也全部陷于烂泥当中。

挞懒心里一惊,还没想好如何应对,只见盗贼阵中出来上千人,都手执一丈多长的长枪,隔着老远猛刺陷入泥中的金军,不费吹灰之力便将离岸稍近的几百人全部捅死,只听到惨叫连连,湖面顿时被金军鲜血染得通红。其余金军见势不好,急欲逃走,却陷在烂泥里挪不动脚,阵形大乱,完全成了砧板上的肉。

挞懒大惊,急令船队后退。然而进来容易出去难,金军方才追赶盗贼的时候一路畅通,撤退的时候才发现处处是浅滩烂泥。撤不到两里路,已有七八成的船只搁浅不能动弹,而盗贼人数却越来越多,从四面八方杀过来。

挞懒见盗贼在泥地里穿梭自如,自己这边人马却寸步难行,这才领悟到枯水后的湖底何处可走、何处不可走原来大有讲究。他看着在泥地里四处挣扎的金军,惊恐地意识到形势比自己预料的要凶险百倍。

张荣带着人马将几千金军全部逼入泥潭,一旦金军踩上硬地,也不与之硬拼,便往后撤退。左转右转,刚踩上硬地的金军不知深浅,又陷入泥坑。张荣便率军回身捅刺,几个回合下来,直杀得金军哭爹喊娘,人也越战越少。

挞懒见状,情知再不逃跑,缩头湖便是自己的葬身之地,连女婿鹘拔鲁也顾不上了,带着两千余人,且战且退,终于沿着原路到了宽阔的湖面,丝毫也不敢逗留,往泰州方向逃去。

这边张荣切菜砍瓜般地杀了大半日，直杀得湖水暗红，泥浆都成了血浆，剩下的金军已经毫无斗志。张荣也杀得累了，便传令下去，只要金军愿投降，便不再杀戮，于是陷在烂泥中的金军全部做了俘虏。

天已黄昏，张荣命人围住战场，不让走脱一人。断黑后，又点起火把，将俘虏们一个个拖出泥潭，聚集于一处。

次日，清点俘虏，张荣得知挞懒女婿、万户鹘拔鲁亦在其中，喜出望外，又听说金军战死者有悍将忒里，其他战死或被俘的千户以上将官竟达十余人，更是乐得合不拢嘴。

接着，更多的战果报了上来：俘获金军大小船只一百五十余艘，盔甲器具不计其数，杀死金军至少四千余人，俘获三千人，也就说，挞懒的精锐主力经此一战，几乎全部报销！张荣不由得愣在当地，简直不敢相信建炎以来江淮战场的第一场空前大胜竟出于自己之手！

面对出乎意料的大胜，张荣和众将都有些不知所措，他们并非官军，立下如此赫赫战功，却无从报知朝廷。贾虎想得多，道："大哥，咱们得抢先把这功劳报上去才好，否则夜长梦多，就怕有人虚报战功，到时你一嘴我一嘴就说不清了，弟兄们岂不是白白流血了！"

张荣深以为然，想了想道："听说刘光世率大军在镇江驻扎，何不去投奔他？刘光世三代将门之后，位高权重，且有善待士卒之名，断不会跟我们去抢这功劳。"

众人都听说过刘光世大名，纷纷点头称好。张荣见事关重大，连庆功宴也不办了，传令整顿兵马，押送俘虏和辎重即刻赶往镇江，又找军中稍通文墨之人写了报捷信，令人提前送往镇江。

驻军镇江的刘光世对刚刚发生的缩头湖大捷一无所知，他的情报还停留在金军占了通州、泰州，正积极准备南侵。泰州是江南门户，金军铁骑旦夕之间便能过来，因此，他每天往北派出三四拨探马，打探金军消息。

这日，他正坐在帐中与诸将议事，亲兵进来禀报：遥郡刺史张荣遣使求见。

"遥郡刺史张荣？"刘光世从未听说过，再看众将，也都摇头，便问亲兵："可知所为何来？"

亲兵道："说是大败金军，特意前来报捷。"

刘光世与众将相视而笑，道："我刘某纵然是员福将，却也不敢想中这样大的彩头！且让他进来吧。"

亲兵便出帐将张荣使者领了进来，众人见他衣甲破烂，军容不整，愈发不以为然，使者递上书信。刘光世不识字，但一眼也看出信上的字颇为潦草，便让帐下文士念给他听，听到信里说杀死金军四千余人，俘虏三千余人时，与众将呵呵大笑。

刘光世让亲兵拿出一锭五两重的银子赏给使者，道："尔等乡民，知道为国尽忠杀敌，亦有可取之处，转告你家刺史，我知道了。"

那使者见刘光世等人如此轻视，脸涨得通红，道："我奉刺史之命，就在太尉军中等候，明日刺史便率军押送俘虏前来，太尉一看便知是真是假。"

刘光世好奇地打量了一下使者，看着众将说："天底下竟有如此较真之人！"

王德对使者道："既然你们大败金军，你且将战事经过讲来听听。"

使者便跟众人讲述缩头湖一战经过，大概是因为紧张，说得磕磕巴巴，前言不搭后语。众人听了都发笑，然而接着往下讲时，笑声慢慢止歇了，等到使者讲完，大帐中安静得像没有人一样。

半晌过后，刘光世沉吟道："听起来，这仗必是打过了，应当不假……只是杀敌四千,俘虏三千,倘若再算上溺水而亡、败退走失和伤重不治的,岂不有上万人!且都是金军精锐!自金军南侵以来,还从未有过如此大胜,实是难以置信……"

帐下王德、郦琼都是身经百战的悍将,战事是真是假,一听便知,两人都觉得使者说的毫无破绽,但又无法相信,瞪着眼睛你看看我,我看看你,说不出话来。

使者胸有成竹,见众人神情困惑,不禁又是得意,又是解气,站在一旁含笑不语。

次日一早,便有两拨探马来报,张荣带着人马押送金国俘虏在路上,晌午之前便能赶到。刘光世问探马目测俘虏有多少,探马都道:"少说有好几百。"

刘光世喜笑颜开,能生俘金军好几百,也是莫大的战功!既能不费一兵一卒令金军退兵,又能收编一支军队,天底下的好事让他这个古今第一福将占全了!于是命人好生款待使者,并令全军整队,迎接张荣等人。

过了半晌,前方果然出现一支人马,远远望去,穿得破破烂烂,但众人都不敢轻慢。刘光世带着众将迎上前去,张荣远远地下马跪拜。刘光世赶紧上前,扶起张荣,见他长身玉立,气度不凡,根本不像个水贼模样,心里更加欢喜,便文绉绉道:"张刺史为国杀敌,功莫大焉!这次听说俘获了几百名金兵,实是建炎以来罕有的战功,刘某定当奏报朝廷,为你请功!"

张荣诧异道:"禀报大帅,我们俘获了三千金兵精锐,不是几百,不信请看。"说罢,转身指着队伍后面。

刘光世往后一看,只见百十名金军将官被推出来,虽然满身淤泥,狼狈不堪,但甲胄鲜明,一看装束便知不是普通士卒,特别前面一人，腰间还束着根金腰带，头盔上也插着长长的翎毛，显然地位极为尊贵。张荣特意嘱咐将士不要扒去这些俘虏的衣甲，就是为了显示其身份。

刘光世大惊，再得知此人就是挞懒女婿、金军万户鹘拔鲁时，更是惊得下巴都快掉到地上，策马往后接着看，这百十名将官后面，才是普通金军士卒，被绳子串在一起，一眼望不到头，三千俘虏绝不是诳语。

大军营寨前顿时热闹起来，王德、郦琼等人争相拜会张荣，表达仰慕之情，两边将士称兄道弟，亲热得像一家人。时近响午，刘光世传令为张荣等人接风洗尘，宴席务必极其丰厚，于是手下将士把军中几百头牛羊全部牵出来，当场宰杀，又架起上百口大锅，将宰好的牛羊切成大块扔进锅内，点火煮了起来，一时间香味四溢，数十里外都能闻到。

席间，刘光世问起战事，张荣详细叙述了一番，刘光世与众将听得目瞪口呆，几次骇然失笑。吃喝到半路，接连有探马来报，告知缩头湖东面发现无数金军尸体，有说上万的，有说三四千的，刘光世更加确信不疑，起身亲自为张荣斟酒，褒奖的话更是说了一箩筐。

两日后，刘光世的报捷奏章刚刚发出，探马又送来消息，金军败退后，放弃了泰州，直接奔楚州去了。

平白无故又得收复城池之功，刘光世如何不喜！张荣道："大帅，番军遭此重创，我谅他们再无力南下，大帅可率军往北进发，乘胜占据通州、泰州，成逼逐之势，番军进退两难，只会继续北撤，我军可趁机收复大片失地。"

刘光世再持重谨慎，也看出这桃子已经熟透了，岂有不摘之理？便命王德、郦琼各率一支军队先行开往通、泰两州，自己率主力随后进发，走到半路，又收到探报：金军竟然放弃辛苦打下的楚州，渡河撤到淮北去了，淮南重地，就此光复！

刘光世被接踵而至的好运气冲得晕晕乎乎，连日里亲自督着帐下文士写了好几篇报捷奏章，快马报至行在越州。

九　平定李成

隆冬时节的江南，仍旧风柔雨细，清婉缥缈，一眼望去，似与春天无甚分别，然而"春逼芙蓉枕，寒销竹叶杯"，只有待久了的人，才能体会到这江南冬日温柔外表下的刺骨寒气。

在冷冷清清中过年的赵构，算是深刻体会了这一点，临时作为宫殿使用的越州府衙，也只是稀稀落落地挂了几个红灯笼，贴了几副春联，放了几挂鞭炮，不仅没有增添节日气氛，反而更显落寞。宫门之外，刚刚遭遇兵火的越州百姓，勉强打起精神，张灯结彩，访亲拜友。然而谈话之间，无不伤感死者，忧患来日，整座城市沉浸在一片压抑之中。

赵构登基已经整整四年，几乎无一日安宁，金兵几度南下，搅得天翻地覆，各地游寇、盗贼此起彼伏，有燎原之势。赵构夜夜仰观天象，时时勤政自勉，然而上天偏偏要跟他作对似的，让他的中兴之梦遥不可及。

贵妃吴氏见赵构愁眉不展，知他又是忧心诸事不顺，便道："臣妾前日与几个宫人便装去街市游玩，偶尔听到有人议论，说是大宋过去几年兵祸连连，生民涂炭，是因为年号没起好。"

赵构皱眉道："此乃乡野愚民的无知妄议，如何当得真！"

吴贵妃道："官家，臣妾看那几人，都像是读书人，谈起国家多

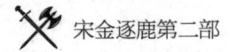

难,个个都流泪叹气呢。"

"哦!"赵构这才上了心,"他们是如何说的?"

"听其中一个年长者说,'炎'字是两火,因此多生盗贼,多生兵火。"

赵构摇头道:"这也是胡言乱语。炎者,威也,当年立建炎为年号,就是寓意重树我大宋威仪,不料却被如此曲解!"

吴贵妃道:"朝廷自然是这个意思,可底下人如何想,朝廷却不能个个耳提面命啊,官家!"

吴贵妃生于诗书之家,颇通经史,赵构不能忽视其言,之前苗、刘之变时,就听朱胜非讲过苗傅改建炎年号之议,理由是"炎"为两火,易生盗贼,当时只当笑话听,如今看来,持此看法者不在少数。

次日朝会上,赵构提起年号一事,出乎意料得到群臣热烈响应,这才意识到建炎年号已与朝野属望实不相宜,更改年号多多少少能提振一下人心士气。

众臣商议后,最终建议用"绍兴"年号,寓"绍祚中兴"之意,赵构听了,也觉得强过"建炎",加之自己登基满四年,帝位已相当巩固,"建炎"确已不太适合,便依允了。

数日后,宰执们将中书舍人席益拟好的改元诏书呈上来,赵构看了前面几句,觉得文采斐然,再往后读,脸色难看起来,诏书后面写道:"上苍怀悔过之心,群策竭定倾之力。六师奏凯,九扈成功,爰举宗祈,聿修大报……"

赵构将诏书掷在案上,对内侍道:"今国步多艰,中原隔绝,江淮之地,盗寇蜂起,陕西才遭富平大败,淮南更有楚州之难,哪里来的'六师奏凯,九扈成功'?这是把朕当傻子吗?"

范宗尹等人知晓了赵构的意思后,便又草拟了另一篇诏书,调子谦和了许多,赵构才准诏告中外。

于是，赵构登基后的第五年，成了绍兴元年。改元后赵构君臣做的第一件事，便是于行宫北门外遥拜二帝，并定为成例。

数日后，赵构在行宫中收到了刘光世的紧急文书，赵构的心"怦怦"直跳，竭力保持镇定，打开书信看时，却是一个天大的好消息：刘光世帐下裨将张荣率军在泰州以东的缩头湖大败金军，杀敌四千余人，俘敌三千余人，被杀者中有金军悍将完颜忒里，被俘者中有金军东路军主帅左监军挞懒之婿、万户鹘拔鲁……

赵构不动声色地看完，又给范宗尹、李回等宰执看，君臣看完后，都默不作声。

"如今众将骄矜自满，略有小胜，便夸大其词，以求封赏于朝廷，臣以为此风不可长！可派大臣亲往核查战况，如有矫饰，宜严加申诉，以儆效尤。"李回打破沉默道。

范宗尹把报捷奏章又看了一遍，刘光世爱虚报战功是出了名的，但让人不明白的是，平常将领虚报战功，总是雷声大、雨点小，多含糊其词，什么"杀敌无数""伏尸遍野"等等，但刘光世此次的奏章却报得有鼻子有眼，把杀敌数、俘虏数、缴获数报得有零有整，而且战况描述也十分详细，交战地点一清二楚，倒像是巴不得朝廷去核查似的。

见赵构看着自己，范宗尹便道："陛下，臣以为此奏折可先留中不发，过几日看看其他奏报如何，再作处置。"

赵构深知刘光世虽无深谋大略，却一点不蠢，即便虚报战功，也没必要如此夸大，给自己找麻烦，但东路金军精锐被刘光世帐下一名从未听说过的偏将几乎全歼于缩头湖，他无论如何也不敢相信有这样的好运气。

又过数日，刘光世第二份奏折送来，说是金军惨败后，已经撤离泰州；又过了几日，刘光世的报捷奏折又到，金军已放弃辛苦攻下的楚州，全部渡过淮河北撤了，楚州乃至江淮大部由此光复。

紧接着，韩世忠、张俊、王燮等人的奏折也先后送到，都证实了刘光世所报不虚。

半个月后，刘光世将数千金国俘虏送至行在，最终证实了宋军在江淮重地取得了一场空前大捷。

真是忽如一夜春风来，千树万树梨花开！被愁云惨雾笼罩多时的越州行宫顿时一扫阴霾，喜庆的气氛蔓延到每一个角落，赵构终于确信淮南取得了一场空前大捷后，喜滋滋地回到后宫，一把搂住吴贵妃，当着内侍们的面又亲又捏，把吴贵妃羞得满面通红，道："官家这是怎么了，从未见你如此高兴过！"

赵构叹道："前日娘子偶尔说起市井之中议论建炎年号之事，朕便与群臣商议，改元绍兴，这才过了几日，竟然就来了一场大捷，'绍祚中兴'，岂非天意！"

吴贵妃也喜出望外，转身去了后宫，片刻后走出来，却是盛装打扮，盈盈拜倒在赵构面前，贺道："官家日夜操劳，就是为了中兴大宋，如今前方报捷，正是上天见官家忧心国事，勤勉治国，要再延帝祚二百年呢！"

赵构听了，又是欢喜又是感动，将吴贵妃搀扶起来，道："娘子这些年来跟朕一起四处颠簸，屡次遇险，你我生死夫妻，要贺便贺，何须如此繁文缛礼！"

吴贵妃道："臣妾是真心高兴呢！"说罢，面色突然沉郁下来，轻声道："要是旉儿尚在，该有多好！"

赵旉是赵构唯一的儿子，苗刘之变后突染疾病，休养之际，宫人不慎踢翻火炉，赵旉受惊后日夜啼哭，就此不治身亡，年仅三岁，赵构心痛不已，一怒之下将宫人给杀了。自那以后，也不知怎的，明明身强体健，房事却总是不顺，几个嫔妃竟无一人再有喜。

吴贵妃的话戳到了赵构心中的隐痛，他心往下一沉，满肚子的欢喜顿时冰消雾散，呆呆地坐在榻上只是发愣。

次日早朝过后，内侍照例奉上一叠奏章，赵构也没心情去看，坐着烦闷不已，直到中午，才开始翻阅奏章，见到其中有越州上虞县丞娄宗亮的一份奏折，不禁略感奇怪，如今军国大事频繁，一个小小的县丞能有何事值得上奏？

打开才看了两行，赵构便觉浑身发紧，原来这娄宗亮马上就要告老还乡了，便豁出去斗胆进言宗社大计，说到太祖赵匡胤为了天下久安，不惜将江山传与其弟，而不传与其子；仁宗皇帝无后，便召宗室子弟入宫，继而承继大统，接着又道："今有天下者，独陛下一人而已。恭惟陛下克己忧勤，备尝艰难，春秋鼎盛，自当则百斯男。属者椒寝未繁，前星不耀，孤立无助，有识寒心，天其或者深为陛下追念祖宗仁心长虑之所及乎？"

此等宗社大计，既关皇统更替，又涉宫闱禁事，平日里即便连宰执们也不敢轻易谈起，何况一个小小的县丞！但今日赵构却被戳中心事，不禁百感交集，特别读到"前星不耀，孤立无助"几个字时，几乎掉下泪来，坐在龙椅上叹息不已。

恰好范宗尹进来奏事，见赵构满脸悲戚，便问是何事。赵构将娄宗亮的奏章递给他，范宗尹仔仔细细看完，也十分感叹，自责道："宗社之事，大统承继，原本是宰执之责，臣等各怀私意，只怕犯忌讳，不敢为国直言，如今却被一个小小的县丞捅破这层窗户纸。臣等尸位素餐，忝居高位，实在是惭愧！"

赵构知道范宗尹当年在翰林院时便有博闻强记之名，便问："太祖当年传位于其弟太宗，其意到底如何？"

范宗尹面有难色，欲言又止。

赵构道："卿只管照实奏来，不必有因言获罪之虑。"

范宗尹便道："臣当年在翰林院时，经史都读遍了，又不愿看那些阴阳占卜的杂书，便翻看本朝各代皇帝起居录，看到太祖驾崩时，臣将所能找到的记录反复研读，仔细比对，对此事心中已有定论。"

赵构喜道："此事朕心中亦有疑惑，卿既然下过功夫，正好说来听听——太祖为何舍其子而立其弟？"

范宗尹道："以臣所知，太祖并未传位于其弟太宗。"

赵构吃了一惊，道："卿不会也信'斧声烛影'之说吧？"

范宗尹道："斧声烛影，皆无稽之谈。然而自古大位父死子继，乃天经地义，偶有兄终弟及，也是因为担忧幼主临朝的无奈之举。当年太祖驾崩时，其子秦王德芳已然成年，且有贤德之名，立他名正言顺。太宗皇帝固然英明神武，但以当时的情势，太祖舍其子而立其弟，似乎说不过去。"

赵构听了，连连点头。

范宗尹又道："实则太祖驾崩时，孝章皇后陪侍在侧，便派遣内侍都知王继恩召秦王德芳入殿，王继恩却不听命，直接跑到开封府去召当时身为晋王的太宗皇帝，半路上遇到医官程德玄。二人素来要好，王继恩便以实相告，于是二人便结伴前往晋王府，告知了晋王。晋王大惊，犹豫不敢行，王继恩催促道：'再拖下去，恐怕大位为他人所得矣！'晋王惊醒，车马都不及备，便与二人踏雪步行到宫门。王继恩让晋王稍候，自己先去通报，程德玄道：'都什么时候了，还讲这些繁礼？'于是三人直入宫门。"

赵构听到此处，忍不住心怦怦跳，只听范宗尹继续道："孝章皇后见王继恩回来，便问：'德芳来了吗？'王继恩指着身后道：'晋王来了。'孝章皇后一见晋王,知大局已定,无可挽回,便流泪拜道:'我们母子的性命,全在官家一念之间。'晋王也流泪道:'娘娘不必忧虑,我来就是要共保富贵的。'"

范宗尹娓娓道来,语调平平淡淡,但当时的风云诡谲、危机四伏,非在其位者不能体会,赵构脸色发白,听完久久不能作声。

过了半晌,赵构才叹息道:"天命所归,如之奈何!只是太祖披坚执锐,临难不顾,遂创立大宋百年基业,然而其子孙却散落民间,不得富贵,深为可悯!"

范宗尹拜道:"陛下有此一念,便是我大宋之福!娄宗亮虽然不过一县丞,却是告老之人,见多世面,其所言臣以为颇有道理。既然如此,何不寻访太祖后人,择其贤者养于宫中,陛下青春鼎盛,将来必多子嗣,万一子嗣不旺,皇统还得有人继承。太祖白手起家,创建大宋,陛下还大位于其后人,正所谓'继统不继嗣',既合乎古制,又顺应人心,岂不是千古美谈!"

范宗尹此言一出,赵构终于下定了决心,点头道:"来日派人四处寻访太祖后人,此事切勿大肆张扬,以免为奸人所乘。"

君臣又感叹了一番,范宗尹才想起自己有事要奏,便道:"陛下,得胜湖一战,金军东路军主力尽丧,江淮暂时得以保全,趁着金军北撤之机,臣请下诏,征讨大江南北游寇盗贼,江南一旦肃清,朝廷的根基便能巩固,将来抵御金虏也好,北复中原也罢,都有了依托,否则都是空谈。"

此论正合赵构之意,却忍不住问道:"张荣不是在缩头湖打败的金军吗?如何又成了得胜湖之战了?"

范宗尹笑道:"张荣出乎意料在缩头湖大败金军,当地军民都欢欣鼓舞,不再叫那湖为缩头湖,而是更名为得胜湖。张荣因功出任泰州镇抚使后，也在公文中称之为得胜湖，臣以为亦无不可，便也跟着改口了。"

赵构忍不住从御座上起身，来回走了几步，道："这名字改得好！多来几场这样的大胜，何愁中原不复！"然后克制住内心的兴奋，重新坐下来道："荡平游寇一事，宜从速推进，务必抢在来年金军再度南下之前，一举扫平江南，如此则国事可期！"

范宗尹道："刘光世正率军剿灭巨寇邵青，邵青拥舟数千艘，而朝廷舟师尚无法与之抗衡。如今他还只是在江淮一带流窜，就怕他被刘光世一逼，转入海道，侵入两浙。去年以来，朝廷又是屯田营田、兴修水利，又是招抚流民、减免税赋，可谓沥尽心血，而浙西正当收成之时，朝廷米粮全赖于此，倘若被邵青一扰，弄得颗粒无收，恐怕会动摇国本。因此臣以为，投鼠忌器，邵青还应以抚为主，邵青若降，其舟师改编后可为我所用，一旦金军、伪齐南下，可以其舟师屏蔽大江，则东南可保万全。"

赵构点头道："卿所虑甚当，那就下诏给刘光世，命他招安邵青，不必逼之过甚。"

范宗尹道："李成、张用、曹成等人，屡叛屡降，臣以为朝廷若不施以雷霆之威，此辈断不知悔改，还请皇上派遣得力大将，趁金人大败北撤之际，集重兵一举荡平这几个为害已久的游寇，其他人见朝廷天威若此，也就顺势归降了。"

赵构仍旧点头，却若有所思，并不说话。

退下前，范宗尹又提醒道："张浚兵败富平的奏折呈上来多日了，陛下还未批复，此事不论如何，还须给个定论才好。"

赵构脸色阴沉下来，良久方道："朕自有计较。"

数日后，神武右军都统制、两镇节度使张俊被赵构一纸诏书从驻地召至行在,歇息一晚后,张俊入宫觐见赵构。

见到张俊高大威猛的身躯进来,赵构脸上露出微笑,从龙椅上起身,亲自下殿迎接自己的心腹爱将。张俊却不敢失礼,赶紧跪下,规规矩矩行完君臣大礼,才由赵构扶起来。

赵构命人赐座,张俊恭恭敬敬推辞不过,便把半边屁股挂在椅沿上,上身仍然直挺着。

赵构看在眼里,心中甚是满意,他对张俊较其他诸将更为信赖倚重,又担心他不知进退,恃宠而骄,今日观之,张俊还把持得住。

简短问候几句后,赵构似乎漫不经心地道:"朕上次让卿读一读《郭子仪传》,战事频仍,也不知卿读过否?"

张俊道:"启禀陛下,臣不过是略通文墨,但在帐下文士辅助下,已经读过三四遍了。"

"哦!"赵构微笑道,"有何心得?"

"郭子仪以军功受封汾阳王,肃宗特地赏赐他一所豪宅,叫汾阳王府,府邸极为奢华。有次郭子仪外出办事,见一泥瓦匠正在砌墙,便叮嘱道:'好好干,修结实点。'那泥瓦匠道:'京城达官贵人的宅子,都是我修的,这么多年来,只见易主,不见墙坏。'郭子仪听后默然不语,随后便向皇帝请求告老还乡——此事令臣极为叹服。"

赵构忍俊不禁,道:"这是你帐下文士说的吧?此事乃野史稗闻,未必实有其事,只不过传的人多了,倒成真的了。唐末张籍路过郭子仪旧宅,便有诗云:'汾阳旧宅今为寺,犹有当年歌舞楼。四十年来车马散,古槐深巷暮蝉愁。'却是说尽沧桑。郭子仪一生,权倾天下而朝廷不忌,功盖一代而主上不疑,卿当效之。"

张俊知道皇上在警敕自己,大气不敢出,忙不迭地点头。

赵构转而问道:"郭子仪精通战事,乃古之名将翘楚,卿亦是我朝良将,可有惺惺相惜之处?"

张俊回道:"臣岂敢跟郭子仪比!只是上次读到郭子仪逼退叛将怀恩一战,深有所感。怀恩派前锋杀至奉天,兵临城下,郭子仪麾下诸将都请求出城迎敌,郭子仪道:'敌军远道而来,孤军深入,最想要的就是速战速决。倘若我军出城迎战,正中其下怀,且对方已无退路,一旦决战,必定以死相拼,如此则胜负不可逆料。'因此下令:敢言战者斩!坚守多日,敌军果然不战自退。金人年年南侵,我军也应以此法应敌,不可与之硬战,而应占据地利,与之周旋,令其疲惫,而后再寻觅时机一举歼之,张荣得胜湖之战,便用此法,使得江淮战局为之一新。"

赵构听到此处,突然想起富平之败,实缘于张浚急于立功,贸然与金军决战,以致大败。面前这个张俊于诗文一窍不通,谈起战事来却一点即透,可见当年太祖称:之乎者也,助得了甚事!虽是戏言,却一语中的。

"江淮一带的金军都已北撤,以卿之见,下一步该当如何?"赵构问。

张俊深知赵构心意,起身奏道:"如今江西、湖南、湖北盗匪横行,前向金军南侵,朝廷自顾不暇,这些游寇盗贼趁机坐大,虽然朝廷划出数郡,开藩封疆,将李成、孔彦舟等人封为镇抚使,但他们眼中却毫无朝廷,照样洗劫州县,称王称霸。如今金军北撤,正好借此千载难逢之机,平定各地游寇、盗贼,以固国本!"

赵构示意张俊坐下,点头道:"卿身为武将,却有宰相谋略,如今各路贼寇甚众,卿打算如何着手剿灭?"

张俊道:"江南诸路盗贼之中,孔彦舟据武陵、张用据襄汉,都是一时之患,然而比起李成,却不值一提。李成目前占据了江、淮、湖、湘十余州，连兵数万，横跨大江，与伪齐连成一片，有席卷东南之意，而且臣还听说，这厮造出各种符谶蛊惑人心，如今还围困江州，此人不除，必将成为我大宋心腹之患！"

赵构咬牙冷笑一声，俊秀的脸上透出杀气，道："朕一直有望于李成，故多方迁就，如今看来，此人竟铁了心要当反贼！朕就封卿为江淮路招讨使，除韩世忠、刘光世外，其余诸将都受卿节制，务必一举荡平李成！"停了停，又森然道："诏令诸军，但凡能将李成斩首或生俘者，立即加封节度使，赐银万两，钱万缗！"

张俊凛然受命，赵构又道："去年韩世忠以区区八千之众，几乎陷十万金军于死地，而刘光世手下将领张荣更有得胜湖大捷，使得江淮金军仓皇北撤，前不久又降服了几路盗贼。现今几位大将之中，唯独卿自明州之战后，再未立功，朕有倚重之意，卿也要有奋进之心呀！"

张俊被敲打得心头一震，赶紧跪下道："臣此去，必要扫平李成，以报圣恩！"

张俊退下后，带上任命诏书，也不歇息，直接赶往驻地，点兵去解江州之围，路上又命驻扎在宜兴的岳飞立即南下，约定于二月间在鄱阳会师。

大军次第开拨，一路穿过连绵起伏的天目山、黄山、怀玉山。时值二月，江南春早，只见竹林成片，苍松挺拔，山涧流水潺潺，饮之如甘泉，林中花香鸟语，闻之令人止步，众军被这春色迷住，像见了一名江南绝色女子一般，只是张嘴发呆，然而峰回路转，一片巍峨群山扑面而来，恰似巨灵金刚，令人望而生畏，却又胸襟大开，豪情陡生。

张俊本是行伍出身，也不喜读书，胸中并无半分文人墨客的雅兴，但见了这等美景，却也不由得叹道："如此锦绣江山，难怪官家日夜牵挂！"

途经祁门东山寺,张俊入寺拜佛,一抬头看见壁上有一段题词,墨迹黑亮,显然是刚题不久。那字虽不甚工整,却极为苍劲,倒似刀凿斧削出来一般,张俊忍不住驻足浏览了一遍,只见上面写道:余自江阴军提兵起发,前赴饶郡,与张招讨会合……

张俊见提到自己,不禁大奇,道:"此何许人也?"看下面落款,写着:绍兴改元仲春十有四日,河朔岳飞题。心道:原来是他!便接着往下看,见其中有"凿山开地,创立廊庑,三山环耸,势凌碧落,万木森郁,密掩烟霭,胜景潇洒,实为可爱"等句,不觉十分诧异。他早闻岳飞之名,知其谋勇兼备,是个打仗的好手,不料竟如此文采斐然,较之朝廷那些文臣似乎也差不到哪儿去。

正自沉吟,麾下大将杨沂中上前道:"刚才寺中方丈道:前日有一位岳将军领军经过此地,沿路秋毫无犯,地方士绅与百姓交口称赞……"

话未说完,只见一名老僧带着几名年轻僧人,急步而来,见了张俊便双手合十道:"总算把张招讨盼来了!这几日老僧一直在寻思:岳将军乃招讨帐下一员将领,就已如此军纪严明,爱民如子,还不知道张招讨是何许人呢!今日一见,果然如同天神下凡!"说罢,带着众僧合十行礼。

张俊料想他必是此寺方丈,心中暗叫"惭愧",赶紧回礼道:"大师过奖了,张俊不过一莽撞武夫,哪里当得起如此谬赞!"

说罢,转头对杨沂中道:"传我将令,好生约束士卒,不得有任何扰民之举,违令者斩。"

杨沂中会意,转身急步出了寺门。

那几个僧人见张俊身材高大、面相威武,又顶着两镇节度使、江南招讨使的光鲜头衔,加上把其属将岳飞军纪严明的帽子戴到了张俊头上，言语间直把张俊夸上了天，张俊敷衍了几句，便借口军情紧急，走出了寺门。

二月初，张俊率军与等候在鄱阳的岳飞会师，岳飞手下将士军容齐整，营寨扎得有章有法，张俊嘴里不说，心里暗暗点头：此人果然深得治军之妙。

岳飞率手下前来拜见张俊，张俊见岳飞生得威武端正，身材魁梧却毫不显笨重，肩宽臂圆，一看就是善射之人。二人聊了几句，岳飞不卑不亢，应答干脆利落，张俊不禁暗暗称奇：此人日后必成名将！

次日诸将在张俊中军大帐议战，张俊已然得知岳飞过去几日一直在勘探地形、询问乡民路径，便打量着岳飞道："岳镇抚先来二日，对周边情形应有考察，不知有何方略破敌？"

岳飞谦逊道："不敢。江西丘陵遍布，湖泊纵横，不利行军作战，末将以为先要占据险要，以逸待劳，便先有了三分胜算。"

张俊点头道："依你之见，我军该占据何处险要？"

岳飞胸有成竹，道："末将以为应当火速进军洪州，洪州地处豫章腹地，东南地势平坦，西北多为丘陵，赣江纵贯南北，正所谓'襟三江而带五湖'，乃绝佳用兵之地，我军一旦占领洪州，便能在东南平原地带从容驻守，而贼军不得不隔江在山上扎寨，我军可在平原地带轻松调动，军需补给十分方便，而贼军挤在山上，颇多不便。若是数千贼寇，藏到山里倒不好剿灭，但此次是双方大军对垒，贼军数万人在山间行动困难，互相隔绝，如同一盘散沙，只要觅到一丝空隙，我军可将其一举击溃。"

杨沂中接口道："方才得到探报，李成手下悍将马进已率军抵达筠州，筠州离洪州不过百里，贼军已在我前，我军若不火速进军，恐为贼军占了先机。"

张俊眯着眼睛听完，心中已经有了数，便问其他将领："你们有何要说的？"

诸将都摇头，张俊起身喝道："那还等什么，马上进军洪州！"

张俊率大军紧赶慢赶，总算抢在马进之前到达洪州，于是他带着诸将沿赣江、抚河察看地形，果然是一块形胜之地，便命士卒就在洪州城内驻扎。

不到一日，马进也率大军浩浩荡荡赶至洪州，见官军已经占了先机，只好命部下隔江在西山扎营，与官军遥遥相对。

洪州物产丰饶，张俊见府库中粮草充足，喜道："这已经有一半胜算了！"传令下去，无论贼军如何挑衅，官军不得登城，违令者军法从事。于是一连十余日，整个洪州城人影都不见一个，就像座空城一般。

马进在西山驻扎了二十来日，不见官军一点动静，数万人马，各据山头，联络颇不顺畅，且山路崎岖，粮草运输困难，便命人写了封战书，气气派派地用大书牒封好，差人送至张俊军中。张俊得书后，笑道："贼军已经耐不住了。"也命人写了应战书，含糊其词，用语谦卑，且用纤小的细书状写就，马进得到张俊回信，与众将商议，众将都有轻慢之意。

马进只当张俊奈何他不得，便懈怠起来。西山野兽颇多，手下将士经常围猎，打来许多野兔、野猪和獐子，都先来孝敬马进。马进初时还板起脸来责备，到后来觉得靠山吃山，亦无不可，况且前有赣江天险防护，官军无法突袭，便也放下心来，只图口腹之快了。

这边张俊像熬鹰般将马进熬了近一个月，觉得时机已到，便召集岳飞、杨沂中、王燮、陈思恭等诸将商议进军之策。

帐下诸将，都是跟金军打过硬仗的人，再加上过去一个月，见贼军营寨不牢，军纪不严，如今更有懈怠之相，都主张两路夹击，急攻猛打，一举歼灭马进的数万之众。

张俊道："本帅还真没把这马进放在眼里，但也切防阴沟里翻船，万一交战不利，反被贼军困于对岸，前有重山，后有大江，岂不是陷于绝境！急攻猛打是好，只是倘若贼军顽抗，纵然胜了，我军死伤也重，此事不可不虑。"

岳飞道："招讨所虑极是。若要确保一击而中，只能出其不意。末将近日观察对岸，觉得这马进虽有勇猛之名，却毫无谋略。末将策马沿江上溯数十里，眺望对岸，不见贼军一人一骑，可见这马进是个顾头不顾腚的莽夫。听当地乡民讲，赣江上流有一渡口，叫生米渡，此渡口地势平坦，可渡骑兵，只要我军有三千精骑渡过河去，突然出现在贼军右翼，贼军必然大乱。"

张俊沉吟道："这计策固然是好，只是以三千精骑突袭贼军数万之众，终归是险中求胜，何人能担此重任？"

岳飞起身慨然道："末将愿为前锋，不破贼军，愿提头来见！"

张俊见岳飞谋勇兼具，由他突前再合适不过，大喜道："那就有劳岳镇抚！明日一早，本帅为镇抚设酒壮行！"

旁边杨沂中也是猛将，不甘心岳飞独占功劳，起身道："岳镇抚从贼军右翼突袭，贼军阵脚必乱，末将愿领军夹击其左翼，绝不让走脱了一个贼兵！"

张俊抚掌大乐，道："有你二员虎将，莫说是区区一个马进，就是兀术、挞懒率精锐过来，也叫他有来无回！"

安排好两翼兵力，张俊又命陈思恭、王燮明日起率水师大张旗鼓，正面佯攻赣江对面的贼军，以掩盖岳飞、杨沂中两军的渡江行动。

岳飞回营，连夜开始准备启程。次日一早，张俊率众将过来为他壮行，却见营地已空无一人，正在纳闷，一名留守的小校过来拜道："岳镇抚说了，趁着天黑拔营行军，以免让对面的贼军看出动静，有所防备，招讨的酒请为他留着，打完胜仗后他回来再喝。"

张俊惊讶道："数千人马，半夜开拔竟然半点动静都没有，连我这个主帅都瞒过去了，岳镇抚治军果然极有纪律！"

杨沂中道："岳镇抚行军迅速，我们这边也要快些行动才好，免得他从上流杀过来，我们未做准备。"

张俊笑道："你提醒的是，这个岳飞还真能干出来！"便立即命诸将按计划分头行事。

陈思恭和王燮带着水军在江面热热闹闹地准备进攻时，杨沂中悄悄率领本部人马向下游潜去，准备配合从北面攻下来的岳飞，夹击贼军左翼。

马进在山上见官军终于准备大举进攻，马上令部队在江边结成阵势，阻止官军过江，两边相持了一日，官军始终不敢攻过来。马进得意道："我道张俊有多大本事，今日看来，也不过如此，明州之战多半是讹传。"

当晚，对岸的官军大船小船列满江面，灯火通明。马进不敢大意，令部队紧盯官军动向，以防对方乘夜进攻，挨了一晚，官军战船只在江面游弋，并不过来。

天刚拂晓，马进坐在半山腰的一张太师椅上观战，大江上突然刮起一阵罕见的旋风。这风卷起一股奇怪的味道送到马进鼻孔里，马进忍不住一个哆嗦，突然坐立不安起来，这才模模糊糊意识到对面官军逡巡不进，似乎并非出于胆怯，再又想到自己两翼毫无防备，万一官军攻过来，如何是好……

容不得他多想，空气中那股奇怪的马骚味与汗腥味越来越重，紧接着右翼传来一阵喧哗，马进赶紧踩上马背观望，只见大队官军骑兵正在横扫右翼，自己两翼空虚，这些骑兵觅得空当，轻松杀入阵中，正切菜砍瓜般地往中军突进。

与此同时，江对岸的官军一反常态，几百艘战船如离弦之箭般疾驶过来，鼓声、呐喊声响彻大江。

马进还想稳住部队，但右翼已成溃散之势，士卒毫无斗志，四处逃散，岸边结成阵势的部队人心浮动，前方官军如狼似虎正扑过来，后面又是喊杀声震天，不知出了何事，原本紧密的阵形也变得松松垮垮。

旁边部将催道："马帅，再不走就迟了！"

马进眼见尚未交战，便已兵败如山倒，心中好不懊恼，无奈又不想死于乱军当中，只得跨上马匹，带着残部向南逃去。

主帅这一跑，贼军更无斗志，一个个丢盔弃甲，狼狈逃窜。

马进带着三千亲兵逃到山下，往后看时，溃兵像蚂蚁般直往山下涌，官军正从右翼和前方合围，正在庆幸还有路可逃，只听前方一阵呐喊，一支伏兵从坡后草丛中杀出，为首的一员大将，长髯星目，威风凛凛，一看就不好惹，马进自命悍勇，此时却也无心恋战，掉转马头，觅出一道空隙，向东奔去。

张俊率大军已经渡河，与岳飞、杨沂中合兵一处，对马进穷追不舍，沿路降者无数，张俊只命小部人马押送俘虏，其余人继续追击。

岳飞率部一马当先，连追了二十五里，直追至河渡土桥。这座桥年久失修，经不起这么多人马一齐踏上，才过去不到一百来人，便突然从中崩塌，马进见无路可退，只得率军回头，匆匆列好阵势，准备与岳飞死战。

马进命部将张万上前迎战，张万鼓勇直取岳飞，刚冲了十几步，只见岳飞张弓搭箭,轻舒猿臂,冷不防一箭正中张万面门。可怜张万都来不及哼一声便跌落马下,其他贼兵见对方主将骑射功夫如此了得,都连声呐喊,却不敢上前。

岳飞马不停蹄,带着部下直冲马进的军阵。马进匆匆忙忙布的军阵哪里经得起这样的冲击,像稻草一般,望风而倒。马进见到对方阵中的"岳"字旗,自忖不是岳飞对手,便又掉转马头,向西北直奔筠州而去。

这一战可谓顺风顺水,张俊率大队人马上来,马进已然大败退走。张俊见天色已晚,便命士兵一边造饭歇息,一边清扫战场。

断后的陈思恭率部过来会合,入中军大帐禀告道:"这一战马进元气大伤,但实力尚存,应趁其大败立足未稳之际,乘胜追击。"

张俊道:"这是自然。我料那马进逃往筠州去了,他这次吃了大亏,定然学了些乖,再想出其不意恐怕不易,明日只管从容进军,到了筠州再相机行事。"

次日,大军吃完早饭,张俊却又传令下来,多歇息两日。诸将不解,到大帐来见张俊,王燮道:"兵贵神速,马进刚吃了败仗,正好趁他喘息未定,一鼓作气聚而歼之,招讨却为何按兵不动?"

诸将中只有岳飞沉吟不语,杨沂中也跟着若有所悟,张俊笑道:"马进前日败得稀里糊涂,心中不服,此刻正咬牙切齿,想报仇雪恨,必定将手下将士逼得甚紧,此时去攻他,岂不是啃硬骨头?如今他形势尴尬,进不能取胜,退又不甘心,只能坐等我军去打他,不妨再熬他两日,待他锐气消磨得差不多了,我军士气正旺,必定一战而胜。"

众将叹服,于是大军从从容容走了三四日,才到筠州外围。探马数次来报,马进已经在筠河边严阵以待好几日了。

众将都笑道:"马进只怕腿都站抽筋了。"

临近筠河时，张俊立在马镫上观阵，只见贼军倾巢而出，阵势延绵十几里，声势十分浩大，马进沿河列阵，显然是想与官军背水一战。

张俊看了一会儿，对诸将道："马进敢如此列阵，倒还算有几分匹夫之勇，你们有何破敌良策？"

杨沂中指着筠河东面那座山道："马进前日驻军山上，吃了大亏，这次学乖了些，背靠筠河，旁倚大山，使我军不能从侧后袭击，咱们不如给他来个将计就计。"

张俊看看杨沂中，又打量着前方山势地形，道："讲来听听。"

杨沂中道："招讨在正面亲率大军进攻，马进必不敢轻视，定然全力迎战。末将率本部骑兵迂回到山那头，约定正午时分，同时发力猛攻。马进吃过败仗，毕竟心存畏惧，突然又两头受敌，必定惊慌失措，我军可趁势一举将其歼灭。"

张俊听到一半，嘴角已经露出笑容，道："此计甚妙，马进此番若能活着逃走，就算他祖上积了大德！"

计议已定，张俊便摆开大阵，令各军缓缓向前推进，一时间战鼓如雷，旗帜如海。马进在对面见了，如临大敌，传令各军严守阵形，不得旁顾后退，违令者斩。

双方拉开阵势准备大战时，杨沂中和陈思恭已经借着大军激起的烟尘掩护，率领手下骑兵悄悄从阵后绕到旁边山后去了。

张俊怕马进起疑，不敢像前日那样只擂鼓不进军，便命王燮一军突前进攻，连冲了马进的大阵数次，皆无功而返。双方各有死伤，抬头望日，再过半个时辰便到正午，正要调重兵猛攻，岳飞上前道："招讨，看这阵势，马进兵败就是一时半刻的事，末将愿率本部三百骑兵去截马进退路，其余人马仍留在阵中，协助大军破敌，请招讨允准！"

张俊点头应允，心里又想三百人马能济什么事？然而，岳飞已带

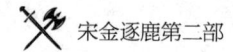

着三百骑兵移到大阵后方，一溜烟直奔下游而去。

张俊看看插在地上的长枪，影子即将缩成一个点，便传令全军总攻，并命帅旗紧随，自己亲自去攻阵。官军见主帅一马当先，无不振奋，像潮水般直向贼军阵地涌去。

马进见官军此次进攻排山倒海，气势非同一般，知道胜负在此一刻，便豁出命来，亲自率队迎战，只听战鼓隆隆，两边人马相向而行，大战一触即发。

双方越来越近，前排士兵连对方眉眼都看得一清二楚，马进已经找到张俊，恨得牙痒痒，发狠要将张俊斩落马下。正在这节骨眼上，只听右翼传来一阵喧哗，紧接着一股熟悉的马骚味和汗味窜入鼻孔，马进不禁浑身一哆嗦，像鼓足气的皮囊被人扎了一针，一种大事不妙的预感直冲头顶，再看左右亲随，也是满脸惶惑，惊疑不定。

突入马进大阵右翼的正是杨沂中和陈思恭率领的骑兵，几千人马从山上直冲下来，可谓势如破竹，贼军右翼顿时被撕开一道大口子，贼军中有不少人前几日被杨沂中痛击过，深知其厉害，都不敢抵挡，纷纷逃窜，与中军挤成一团，阵形立刻大乱。

马进眼看此战还未开场，手下军队又成崩溃之势，真是欲哭无泪，见官军从两个方向恶狠狠地扑过来，自己更是被对方阵中几员猛将盯住，拍马挺枪径直杀来，口中高喊："马进快来受死！"马进知道已无力回天，趁着官军还未合围，率领残部沿着筠江往下游逃窜。

也算他当机立断，拔腿就跑，居然带出来近万人，跑了七八里路，将官军甩在了后头。马进心中暗自庆幸，刚松口气，只见前方土坡下杀出一彪人马，当先那员大将，长着一张虎面，一只眼圆睁，另一只眼半眯，挺着一杆长枪，如天神下凡，此人正是岳飞。

这支骑兵出其不意地杀出来，仓促间也看不出有多少人，马进心慌意乱，匆忙迎敌，结果一轮冲击下来，身边亲兵少了一半，马进也顾不上后面的部队了，带着几百人马拼命逃窜而去，岳飞并不穷追。

剩下这八千余人当场呆立，岳飞策马上前，大吼一声："愿降者原地坐下，免做刀下之鬼！"

离得最近的十几个贼兵一屁股坐在地上，动也不敢动，后面数百人跟着坐了下去，紧接着如同一阵劲风扫过，八千贼兵像麦秆一样倒伏，纷纷坐倒在地，只听一片"叮哩咣啷"的兵器盔甲撞击之声，持续了约半盏茶的工夫，整片阵地突然间静了下来，岳飞率领三百人就这样生俘了马进的八千余人。

张俊率大军赶过来，见岳飞以区区三百人将漏网的贼兵几乎一网打尽，不禁大喜过望，赞道："岳镇抚真是神机妙算！没有你这一拦，马进还能拥兵上万，后患无穷，现在他手下不足千人，谅他不能再有何作为。"

张俊收复了筠州，又乘胜收复临江，然后快马给朝廷报捷。

在越州苦盼了一个多月的赵构收到张俊的报捷奏章，得知官军连战连捷，喜不自禁，退朝时特意留下几位宰执，赐宴于都堂，菜肴也较之前丰盛一些。宴席之上，君臣的话题自然离不开江南湖湘正在进行的战事。

范宗尹道："此次官军连战连捷，尤不足喜，可喜者乃是将士争相立功。上次剿灭戚方，各将已经初露锋芒；此次荡平李成，除了岳飞首功，杨沂中、陈思恭之辈亦不甘人后。建炎以来，我大宋极缺将才，如今却有人才辈出之势，可喜可贺！"

这话说到赵构心坎里去了，赵构自是欢喜，却又暗暗感叹：吕颐浩生于西北，精于骑射，算是文臣中最懂带兵的了，然而前向与李成交战，一败再败，致使李成坐大，而张俊率一众武将出马，一月不到，便连战连捷，杀得李成落花流水，竟无还手之力。可见这带兵打仗之事，不是满腹经纶就能干好的。

李回道："陛下，李成虽然大败，但实力尚存，宜穷追猛赶，尽歼其众，否则官军一撤，此獠又兴风作浪，保不准复成大患。"

赵构深以为然，便立即让内侍备好笔墨，亲笔写信勉励张俊：宜乘贼势已衰，官军已振，当驱除剿戮，速收全功！

赵构的御笔诏书送到临江时，张俊早已率军追杀到奉新的楼子庄，此时，李成已经得知马进全军覆没的消息，亲自率领几万人马进抵楼子庄，要与张俊决一死战。

马进乃是李成手下最得力的猛将，攻城略地的一把好手，如今一败涂地，身边仅剩数百人，着实让李成吃惊不小，便细问马进战况，马进照实说了，李成听得瞠目结舌，半晌无语。

"主公，张俊极善用兵，且心狠手辣，听逃回来的几名士卒说，为了防止生变，他竟然将在筠州俘获的八千人连夜坑杀了！如今士卒私底下把他叫作'张铁山'，颇有畏惧之意，接下来这仗如何打，还须好生筹划。"马进垂头丧气地说道。

李成倒吸一口冷气，没料到局势如此急转直下，一个月前，下属将府库中原本进贡皇上的一领黄袍献给他，他还深沉地叹口气，半文半白地推辞道："江山不在吾，吾何穿此袍？"下属不明其意，私底下商量主公到底是无意称帝呢，还是在"三辞三让"？于是又相约再献黄袍，李成却将这领黄袍当众焚毁，弄得众人面面相觑，不敢妄动。

只有他的心腹爱将马进知晓李成的心思，李成当众烧黄袍不过是考验众人的拥戴之心罢了，因此迎战张俊之前，特意对李成表忠心道："此战得胜回来，末将定当亲手将黄袍披在主公身上！"把李成感动得唏嘘不已。

如今这黄袍美梦似乎成了泡影，弄不好身家性命都难保。再看马进，蔫头耷脑，心气全无，哪里还有一个月前"开国功臣"的气概？

麾下另一员大将商元道："主公，方才听马都统讲与张俊的两次大战，都败在被张俊设了奇兵，令我军猝不及防，才致失利，并非我军不堪一击。楼子庄界内就有一处险要之地，名叫草山，张俊率军过来，必定经过此地，我们就在山上险要处设伏，趁其不备，突然袭击，也让他们尝尝出其不意的滋味！"

李成以为此计大妙，马进也一下子来了精神，几人商议过后，便依商元之计，在草山设伏等待张俊大军。

张俊兵临楼子庄，照例与诸将去察看地形，见此地又有一座山，便找来乡民询问，得知此山叫草山，张俊问："此山明明怪石嶙峋，林木丰茂，为何叫草山？"

乡民道："太尉有所不知，这山之所以叫草山，乃是因为其山势雄奇，当年'草圣'米芾至此，惊叹此山颇得草书真义，便叫它草山，以前的名字便没人叫了。"

杨沂中道："文人墨客，就爱捣鼓这些事。若是此山庄严宏伟，颇有楷书气象，岂不是要叫作'楷山'？"

陈思恭粗犷，接嘴道："这些都罢了，倘若它像男人小便，岂不是叫'卵山'？"

众人大笑，笑了一阵，收敛了笑容，张俊看着诸将道："此处地形险要，贼军连吃了几次败仗，多半不敢再与我军争锋，定在此山上据险设伏——大家可有破敌之策？"

岳飞道："此处地形，倒跟建康城外的牛头山有几分相像，却又颇有不同。牛头山只有一条山路通过，只要扼住了两只牛角，便极难攻破。此山虽然险峻，入山之路却颇多，既如此，我军不妨来个'杀伏夺险'，将伏兵杀了，占据其险要之地，为我所用。"

诸将听到"杀伏夺险"四个字，都连声称好。

张俊也眼睛一亮，脸上掠过一丝杀气，点头道："有这四个字，此仗便有了五六成胜算，来日重金召集此地山民，务须问清每一条山道，另外多派探子，摸清贼兵藏身之处。"

接下来数日，张俊带着诸将亲自盘问山民，把入山的所有道路摸得一清二楚，几拨探子回来禀报，都说东面山头上有一片开阔地，林子很密，时有旌旗出没，贼军多半隐藏在那里。

张俊冷笑道："李成这等跳梁小丑，就凭这点微末功夫，居然也装神扮鬼，存非分之想，岂不是可笑！"便问帐下诸将，谁愿意率军去杀伏夺险。

王燮抢在他人之前，大声道："末将愿往！"

张俊原本属意岳飞或杨沂中去，或者陈思恭亦无不可，却没想到王燮主动请缨，心中犹豫，又怕他脸上下不来，一时沉吟不语。

王燮知道张俊信不过他，愤然道："王燮愿立军令状，倘若此战不成功，愿奉上全家老小性命，我那三岁小儿的人头也一并奉上，绝不反悔！"

张俊吓了一跳，连忙抚慰道："王统制言重了！此战有你去，必定马到成功，我这边备好美酒，只等着为你庆功哩！"

说罢抽出一支令箭，郑重其事地递与王燮，道："此战关系重大，一旦失利，便前功尽弃，王统制务必全力以赴！"

王燮接令而去，回到军中，挑了两千精壮士兵，许以重赏，并道："其他诸军都已立功，唯独我军碌碌无为，众人都有轻视之意，来日一战，本统制冲在最前面，有不敢死战者，天地共诛之！"众军士都摩拳擦掌,愿意拼死效力,于是王燮亲自带领人马连夜往山上摸去。

这边张俊虽然把重任交给了王燮,心里终归不太踏实。杨沂中道:"招讨不必忧虑,我大军只管往前冲,直捣李成中军,我们攻得越凶,王统制那边越容易得手,他那头一得手,我们这边也攻得越顺利。天底下本无十全十美的好事,何况是打仗,不过是顺天意尽人事而已。"

张俊嘉纳其言,道:"正甫真是仁厚之人,难怪官家那么抬举你!"

与王燮约定的进攻时间一到,官军列成阵势,向李成大军推进,张俊令士卒齐声发喊,又命所有战鼓一起擂响,全军鼓噪前行。

李成见官军毫不防备往圈套里钻,暗暗高兴,传令部队稳住阵脚,等山上冲下来的伏兵将官军一截两断后,再大举进攻。

转眼间,官军已经直逼上来,只听得山上突然喊声大作,似乎有千军万马直冲下来,李成一听大喜,立即命大军向前推进,也给官军来个出其不意,两路夹击。

两军即将在山脚碰撞在一起时,山上的滚石、檑木、箭支像雹子般飞下来,却都落在李成前军身上,李成在后面看得真切,气得大骂:"商元莫不是瞎了眼,连自己人都分不清?"

李成前军被这突如其来的一阵攻击打得晕头转向。张俊怎会放过这样的机会,立即传令擂鼓疾进。李成前军连滚带爬,仓促迎敌,登时便处于下风,随时都可能被官军压垮。

李成见势不妙,立即指挥中军往上顶,号令刚传下去,山上又飞来一阵箭雨,李成这才觉得不对劲,还没等他回过神来,从半山坡甩下一颗人头,骨碌碌滚到前军脚下,只听有人喊道:"不好!是商统制的人头!"

紧接着从树林里冲出一支军队,直往贼军大阵的侧翼席卷而去。

李成还在犹豫,旁边马进早已断定此战必败,连声道:"主公快些撤退,否则就来不及了!"说罢,不由分说架着李成向后夺路而逃。

之前两次摧枯拉朽般打败马进,"张铁山"的威名早已在李成军中不胫而走,此时一见势头不好,官军如狼似虎,主帅又落荒而逃,贼兵们哪里还有斗志,发一声喊,一窝蜂地往后逃窜。张俊乘胜追击,直追了五十余里,杀得李成落花流水,收复了江州,天黑才鸣金收兵。

当晚,李成紧急筹措了几十艘船,在夜色掩护下渡过了长江。

李成之前占据江淮十几个州,隐隐有与宋廷抗衡之势,却被张俊如同秋风扫落叶一般,杀得狼狈逃窜。"张铁山"之名威震江南,兴国军一带盘踞的几处盗贼,听说张俊大军杀到,立即闻风而逃,照面都不敢打一个。

休整数日后,张俊得到探报,李成率残部渡江到了黄梅县。张俊一边派人赴行在报捷,一边马不停蹄率军渡江追击李成。

李成的黄粱美梦被张俊击得粉碎,对张俊既怕且恨,马进等人都劝他带着剩余人马往北投奔刘豫。然而李成却天生赌性,不甘就此居于人下,还想舍命一搏,便道:"昔日汉高祖数败于楚霸王项羽,好几次险些被俘,最后却凭垓下一战,大败项羽,得了天下。张俊再能战,比得过楚霸王否?"

众将见李成仍不气馁,又打出这么个贴切的比方,多少有了些心气。李成又道:"张俊三次胜我,头两次都是以奇兵袭击,第三次却是杀伏夺险,并未堂堂正正胜过我一回。黄梅县境内处处丘陵,只要我军扼住险要,兼顾左右,不给张俊任何突袭机会,逼他与我正面大战一场,我军占着地利,定能一战胜之!"

众将被李成这么一煽惑,胆子居然又大了起来。李成若是汉高祖,他们岂不是开国元勋?只是他们忘了,张俊固然不比项羽,李成跟汉高祖更是八竿子打不着。

　　李成知道已无退路，便亲自率军在黄梅山扼守各处险要，并打起精神，四处巡视，激励士气。

　　张俊率军到达黄梅县两日后，一直考察地形，又观察李成军阵，对诸将道："李成连败于我，确实学乖了些，此次布防，无懈可击。黄梅县地处吴头楚尾，正是东西交汇之处，倘若此战不利，让他缓过气来，则战局又将混沌不清，诸位有何良策？"虽然问的是诸将，眼睛却看着岳飞。

　　岳飞道："李成此举纯属孤注一掷，他之前所占地盘已经少了八成，手下士卒也由十来万打得只剩两三万，他想借着地利决一死战，那不如就成全了他！"

　　杨沂中也道："我军连战连捷，士气如虹，再加上过去几战，缴获极多，死伤极少，无论兵力、装备都远强于贼军，此时正是打硬仗的时候。这场硬仗打完，李成纵然逃脱，也不过是一现形匹夫而已，没人会信他之前的那些谶纬妖言，再也难成气候。"

　　王燮、陈思恭也都主张硬攻。张俊见诸将士气高昂，心中高兴，但仍然提醒道："李成手下人马虽然所剩不多，但都是跟随他多年的死党，战力强于其他部众，既然要强攻，就得在气势上压倒贼军。此外，贼军毕竟占着地利，倘若因此一战，让将士伤亡过多，未免有些得不偿失。"

　　岳飞点头道："贼军居高临下，最易伤我将士者，无非是滚石、檑木和弓箭。末将有一计，可令贼军平白消耗许多滚石、檑木和弓箭，待我军总攻时，让他矢石皆尽，不得不与我军短兵相接，如此我军胜算大增。"

　　张俊见岳飞说出此话，便知十拿九稳，喜道："快快讲来！"

岳飞指着黄梅山道："此山地形险要，易守难攻，却有一处不利于据守——山坡多棱。贼军投石木下来，我军将士只需沿棱而上，便可避开滚石、檑木和箭矢。此外，我军开始进攻时，先大张旗鼓，蜂拥而上，作全力猛攻状，贼军必然慌乱，会拼命投石放箭，如此数轮下来，等到贼军看破我军意图时，滚石、檑木、箭支已然耗去大半，也不敢恣意使用，我军再突然发力，贼军连败之下，早成惊弓之鸟，只要有一处突破，必然全线崩溃……"

岳飞还未讲完，张俊已然抚掌称善，笑道："贼军逃到黄梅县不过数日，满打满算，也就有三日在山上构筑工事，备不了太多檑木滚石，正好用此计诳之！岳镇抚深得山地作战之妙，当年牛头山一战大破金军，今日看来，实非侥幸！"

诸将都心悦诚服，杨沂中素来自负勇猛，也叹道："论冲锋陷阵，杨某尚可与岳镇抚一争高低；论谋略筹划，杨某却只能望岳镇抚之项背！"

张俊带诸将沿着山走了一圈，布置完了来日各军的进攻路线，道："此战若胜，则江、淮太平，其他游寇、盗贼都会望风而降；倘若不胜，不仅李成缓过劲来，其他已经平息的贼寇也会死灰复燃。李成连败于我，已是垂死挣扎，但常言说得好，行百里者半九十，各位千万莫要松劲！"

诸将肃然听命，各自回营安排战事。

次日一早，李成在山上听到擂鼓呐喊之声，出帐一看，漫山遍野的官军正往上爬，声势十分浩大。李成见官军毫不畏惧，悍然强攻，心里头不禁有几分战栗，便亲自策马巡视各军，激励士卒。士兵们唯恐官军冲上来短兵相接，便拼命往下扔滚石、檑木，官军离得还远，就已经射出了好几轮箭。

折腾了半天,李成才意识到应该严令士卒节省石木箭支,再看山下官兵,大部分已原地隐藏,只派出数十队士兵沿着山棱向上爬,这些士兵身手矫健,速度极快,突前的几人甚至已近在眼前。

不待李成下令,手下士兵又将滚石、檑木一股脑地往下扔,同时箭如雨下,压得那些官军伏在山棱边抬不起头来。然而一旦守军攻势稍缓,这些士兵又爬起来,继续往上攻,紧接着又被一波箭雨压制,如此反复多次,官军始终在半山腰进进退退。

据守各处山头的将领纷纷派人来报李成,滚石、檑木、箭支都已所剩无多,请主公定夺。李成气急败坏,恶狠狠骂道:"定夺你娘个卵!让你们节省石木箭支,偏要乱扔!若敌军攻上来,必须严守阵地,有退后半步者,杀无赦!"

李成话音刚落,便听山下一声炮响,官军蜂拥而上,当中一员大将,身披重铠,手执长枪,亲冒矢石向上攀登。

马进慌里慌张过来道:"主公,那人正是张俊!"

李成大吃一惊,主帅如此不要命,手下的人岂不是更豁出命来进攻?急令各部猛扔滚石檑木,弓箭手轮番猛射。

然而,不管山上有多少矢石飞下来,官军此次却铁了心往上冲,冲到半山腰,滚石檑木反而少了,箭雨也稀疏了许多。李成急得跳脚大骂,无奈各部矢石均已告罄,只能虚声呐喊。

李成一转头,看到身旁马进额头冷汗如雨,不禁一阵胆寒。马进在军中以悍勇闻名,尚且如此,其他人如何可想而知,此刻他脑中早把什么汉高祖扔到爪哇国去了,心里只在犹豫是就此逃跑,还是拼死一战。

转瞬间,最前面的官军已经冲到眼前,李成热血上头,挺起一杆长枪就要冲出去,被马进一把拦腰抱住,哭着道:"主公,这还不是

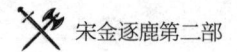

以死相拼的时候，来日方长啊！"

李成放眼看去，两个山头的守军与官军一触即溃，正连滚带爬地逃窜，其他山头的守军勉力抵挡，丢掉阵地也是眨眼之间的事。倘若占领两翼山头的官军往后一包抄，自己便成了瓮中之鳖。

李成长叹一声，在左右催促声中，转身逃跑，才跑到半山腰，只听身后发出震天动地的声响。回头一看，官军已经全部涌上山顶，正像赶鸭子一样驱赶自己的部众，人马像崩塌了一般从山顶往下翻滚，狼奔豕突，互相践踏，一个个哭爹喊娘，其状惨不忍睹。李成看了肝胆俱裂，沮丧不已。

李成狂奔了一阵，转头不见了马进，也不敢停留，借着马快一直往北狂奔到天黑。收拾溃卒，才不到两千人。半夜听到声响，吓得他们跳上马摸黑就跑，直到拂晓时分，估摸着已经到了刘豫的大齐境内，才放缓脚步，收纳追上来的溃卒。

有赶上来的士兵告知李成，马进被一名大小眼的岳将军追上，斩于马下。李成一朝黄粱梦碎，又失心腹爱将，忍不住痛哭了一场。哭完后，自思无路可走，便带着残兵败将往北投奔刘豫去了。

远在越州行在的赵构，隔三岔五便收到张俊的告捷文书，每次都迫不及待打开细读，见三军用命，势如破竹，喜得夜不能寐。

最后一封捷报是绍兴元年三月底送至行在的，得知嚣张一时的李成兵败黄梅山，全军覆没，仅以身免，江、淮十多个州郡，复为王土，又在捷报中看到诸将奋勇争先，各显其能。赵构心中大慰，在朝会上对百官感叹道："我大宋有将帅如此，何愁中兴无望！"

十　力挽危局

挞懒兵败缩头湖后，收拾残兵败将，一撤泰州，二撤楚州，最后干脆渡过淮河一路北上，打算回上京去见吴乞买，一是补充兵源装备，二是自己败得太惨，怕朝中有人说坏话，还是自己亲自向皇上解释稳妥。

此时黄河以南都是刘齐的地盘，挞懒一路走过山东、河北，沿途只见人烟稀少，民生凋敝。帐下幕僚张琦，原是辽地汉人，见了此情此景，随口吟道："兵火有余烬，贫村才数家。"挞懒听了，原本闷闷不乐的心情更加灰暗，几个月前秦桧南归，很快刘光世便有和书送来，倘若当初自己顺手推舟，趁机要挟一下赵构的小朝廷，捞点实惠便罢，哪至于有后来的惨败！

经此一败，挞懒已是心灰意冷，听到张琦念这种丧气诗，更是无名怒火上蹿，正要训斥他几句，却听张琦道："大帅，前方再走几里路，便到了大名府地界。"

刘豫做了儿皇帝后，便将都城从济南迁到了大名府。大名府城高地险，堑阔濠深，人物繁华，时人云"千百处舞榭歌台，数万座琳宫梵宇"，并非虚妄之辞，只不过金人数次洗劫，再加上被杜充引黄河水淹过一次，让这千年名城萧条了好些。如今虽然刘豫苦心经营，仍然无法与全盛时媲美。

挞懒一听，总算来了些精神。刘豫当初献城投降，自己多方抬举，又得到粘罕的助力，最后当了皇帝。如今"恩公"铩羽北归，想来刘豫应当知恩图报，好生款待，自己正好借机在此休整享受一番，洗去征途疲惫。

离城还有十来里路的时候，挞懒便派出快马去城内通报，自己慢悠悠走了两里路，估摸着刘豫应该像当年那样，笑容可掬地带着一拨人客客气气出城好几里来迎接，不料走到离城只有两三里地时，大名府高大的城墙就在眼前，居然连个人影都不见。

快到城门口了，才见一个四品打扮的官员带着七八个人出来迎接，那官员上来道："皇上今日龙体有恙，不能出来见监军，还请监军见谅。皇上命臣给监军及众将士安排好了食宿，请监军随我来。"

挞懒不禁愣在当地，这简直就是公事公办，拿他当一般的过路军队看待了，想当场发怒，又不愿在属下面前失了体面，只得强忍着满肚子的羞辱和不快，跟着那官员到了驻扎之处。

驻扎之处只能说是凑合，服侍的人不能说不尽心，但跟之前在济南府时鞍前马后的极尽殷勤、嘘寒问暖不可同日而语。挞懒刚吃了大败仗，原本心气不足，此时更被刚当上皇帝的刘豫如此狗眼看人低，气得浑身直哆嗦，却又无可奈何。倘若自己是大胜回朝，刘豫如此不恭，大可陈兵问罪，可如今偏偏大败亏输，皇上那边什么意思还不知道，如果再跟刘豫闹翻，恐怕是罪加一等。

挞懒忍气吞声待了数日，直到第五日，刘豫才派宰相张孝纯带着一帮文武百官前来慰问，挞懒还想摆宗主国的谱，不悦道："刘豫为何不亲来见我？"

张孝纯原本是靖康年间太原之战的太原知府，跟另一殉难的主将王禀并称"倔强公"，不然何以孤城坚守九个月？见挞懒摆架子，便不咸不淡地道:"大齐皇帝名讳,连大金国皇帝都不说,我大齐臣民,更是敬而讳之,讲究的就是一个'礼'字,监军为何张口就来啊?"

挞懒被噎得满脸通红,半晌才愤愤不平道:"我与他是故交,本帅还有恩于他,若说'礼',他是不是也该出来见见我?"

张孝纯微笑道:"大齐皇帝与监军乃故交,这才命我率百官亲来慰问,皇上特意嘱咐我,正因为监军是故人,不忍让监军行觐见大礼,才不来见监军,我皇一片赤诚坦荡之意,还请监军体谅。"

挞懒听了气不打一处来,刘豫竟敢如此势利,出乎他意料之外,心中又是愤怒,又是鄙视,知道在张孝纯面前讨不到便宜,再硬下去只会自取其辱,便狠狠地抛下一句:"一朝得志,便猖狂至此,那就走着瞧!"带着随从扬长而去。

吏部尚书李普看着挞懒等人的背影,在张孝纯耳边悄声道:"张相,如此前恭后倨,是不是有些过头啊!"

"为人臣者,无非是秉承上意行事,不然还能怎样?"张孝纯冷冷地道,语气中带着一丝事不关己的漠然。

挞懒在大名府休整了不到十天,招呼也不打一个,突然拔营而去,走走停停了十来日,离上京已经不过两日路程,便差人先去通报,顺便探探朝野风向。

次日正午,使者便匆匆赶了回来,告诉挞懒上京城内一片和谐喜庆,皇上最近心情也一直大好,似乎没把缩头湖之败放在心上。

挞懒松了口气,同时又有几分失落,莫非在皇上心目中,自己的分量就那么无足轻重?

到了上京,挞懒按制将军队驻扎在城外,然后只身入宫觐见大金国皇帝吴乞买。

进宫以后,果如使者所言,还没进殿门,便听到里面传来一阵爽朗的笑声，正是吴乞买在笑。挞懒彻底放了心，定了定神，随着内侍步入殿中，不等吴乞买发话，跪下大声道："臣治军无方，以致大败，使得将士遭难，主上蒙羞，请皇上降罪！"

吴乞买道："你如何学了些南人的腔调，又是'主上蒙羞'，又是'请皇上降罪'，我女真健儿素来快言快语，不必学着南人咬文嚼字。"

挞懒不敢再说话，只是伏地不起。

吴乞买道："起来吧。这世上哪有常胜将军？前向兀术派信使过来，跟朕详述了黄天荡之战，着实把朕惊出一身冷汗。平原旷野，乃是我女真铁骑的天下，然而遇到江河湖泊，南人却占了先机。缩头湖之败，面上看是败于贪功冒进，实则是定数难逃，你也不必过于介怀。"

挞懒慢慢起身，皇上不会惩罚自己，这是他早料到的，女真人只罚贪生怕死者，但对于力战而败者却多宽容，只是吴乞买如此轻描淡写，却颇出乎意料。

吴乞买的注意力全在另外几个人身上，当中二人挞懒认得，乃是三太子讹里朵帐下亲军将领，挞懒站在一旁，听这几人向吴乞买陈述陕西军情：富平大战后，讹里朵指挥三军乘胜追击，耀州、凤翔府的南军守将都献城而降，于是毗邻的泾州、渭州也顺势成了金军囊中之物；兀术率军在瓦亭击败南朝经略使刘倪一军，原州孤城无援，举城而降；撒离喝破德顺军于静边寨，泾原路统制张中孚、知镇戎军李彦琦原是曲端旧部，因曲端被贬，他们亦被降职，此时也率众投降；讹里朵亲自领军进攻甘泉等三堡，取保川城，并大破宋熙河三万守军，获马千余，拔取安西等二寨，熙州守将投降……短短数月，金军以疾风扫落叶之势，将关陇四十余州县全部拿下，之前拉锯战了好几年的陕西五路，就此并入了大金国的疆域。

吴乞买红光满面，听到精彩处，发出惬意的笑声，并不厌其烦地询问作战细节。挞懒在一旁直听得两眼发直，他早就听说了富平大胜，原以为不过是掳掠极多，没料到金军竟凭此一战，趁势将久未攻取的陕西全境拿了下来，这等煌煌战绩，难怪吴乞买对自己的失利不那么在意了。

"大元帅平定陕西后，令撒离喝率精骑六千列屯险要，弹压降军，自己与兀术率大军不日将班师回朝，觐见陛下！"讹里朵亲将满面笑容地说道。

"好啊！"吴乞买一跃而起，兴致勃勃地道，"朕要率文武百官、宗室显贵出京三十里相迎！"回头看见挞懒缩在一边发愣，便道："你也跟着去吧，迎接一下大金国的凯旋之师，冲冲你身上的晦气！"

这算是吴乞买唯一的训斥，语气却颇重，挞懒吓得一哆嗦，连连点头应承。

五日后，讹里朵派来的使者快马进城，告知吴乞买凯旋大军离京师只有二百里，同时还带来了一个惊人的消息：金国战神娄室久病不支，已经去世。

吴乞买听完使者禀报，脸上的笑容一下子僵住了，半天才磕磕巴巴地问："不是说大战之后，病好了吗？如何就去……去世了？"

使者道："大元帅说，娄室在富平大战神勇无比，乃是拼尽一生之力，回光返照，功成之后，就灯枯油尽了……"

吴乞买沮丧地瘫倒在虎皮大椅上，口中喃喃自语道："什么'回光返照'，什么'灯枯油尽'……朕以讹里朵稳重诚实，才委以重任，如何也说出这种没来由的话？"

使者道："娄室自去年起，便重病缠身，日渐消瘦。富平大战前，人已经只剩皮包骨，听他亲兵说每日只吃一顿，强行咽下，还对身边人道：'此战关系大金国生死存亡，万万不能死在战前。'"

吴乞买浑身一震，突然想起去年自己连下数诏，严厉训斥娄室"倦于兵事，爱惜己身"，却没料到人家正是重病缠身，最后拼出性命在富平大战中力挽狂澜，可谓竭心尽力，死而后已，他被自己数落得体面无存，却始终无一言自辩，真可谓至忍至忠！

吴乞买愧悔交加，像个木头人一般，低头看着地面发呆。

"陛下，"使者接着道，"娄室去世已有多日，大元帅怕遗体腐烂无法完好运至京师，想沿路觅一处好地，就此安葬……"

"讹里朵昏聩！朕的爱将死了，连朕最后看一眼都不让吗？"吴乞买突然暴怒，冲着使者咆哮道，使者原本是讨喜来的，不曾想龙颜盛怒，吓得伏在地上瑟瑟发抖。

众大臣慌忙劝慰吴乞买，有人出主意道："皇上何不用最上等的快马驾车去将娄室遗体运过来？这样既能慰娄室英灵，又能显皇上关爱之意。"

吴乞买如梦初醒，赶紧让侍卫套上自己最心爱的几匹骏马，一再叮嘱侍卫勿惜马力，务必抢在娄室下葬前赶到，运回其遗体。

侍卫们不敢怠慢，日夜兼程，不出两日便将娄室遗体运至京师。吴乞买亲自出城迎接，令人掀开棺木，见一个铁铸的生猛汉子活活瘦成一把骨头，佝偻在棺木中，不禁失声痛哭："斡里衍，朕昏庸，错怪你了啊！"

活女上前拜倒在地，哭道："皇上切莫如此说，父亲生前只是念叨皇上的恩情与信任，不敢有丝毫怨望之心。父亲临终前一再叮嘱我们，要好好为皇上效力，替他报答皇上的大恩大德！"

吴乞买更加心痛，伏在棺木上哭号不止。众臣连忙上去搀扶住，陪着一起痛哭，一时间，城内城外只听到一片悲泣之声。

数日后，讹里朵和兀术等人率大军赶到，吴乞买情绪已经平复，仍率文武百官出迎三十里，但过去几个月来脸上一直带着的笑意却没有了。

讹里朵听了使者的传话，得知皇上震怒，有些忐忑不安。吴乞买见他惶恐，便道："朕乍闻娄室死讯，震惊不已，说了些过头话，你不要往心里去。你是朕的股肱重臣，朕信不过你，还能信过谁？"嘴里说着，眼睛却一直打量迎面走过来的兀术。

兀术过来拜见，吴乞买亲手扶起他，上下打量过后，叹息道："两年不见，想不到我兀术儿也是一脸风霜！朕在后方，虽是日夜劳心，终究还是养尊处优，远离疆场，真正在前方风餐露宿、提着脑袋拼杀的还是你们！"说罢，登上皇辇，让讹里朵和兀术二人陪坐在两侧，带着一众人马，浩浩荡荡开往京城。

路上，吴乞买问："挞懒兵败之事听说了吧？"

两人答道："听说了。"

吴乞买看着兀术道："你也曾率军南征，还打过了大江，对此事如何看啊？"

兀术往人群中扫了一眼，正好看见挞懒立在百官当中，巴巴地往这边瞅，便道："儿臣以为，左监军兵败缩头湖，并非偶然。江淮一带湖汊纵横，极不利于我铁骑驰骋，许多女真健儿在马上是以一当十的英雄，到了船上，甚至有呕吐得不能进食的，如何还能打仗！因此从江淮一带南下灭宋实属不易。皇上圣明，立刘豫为儿皇帝，以为屏障，而我大金主力西移，径下川陕，而后顺江东下，直取荆襄，则东南一隅的赵构小朝廷，覆灭不过是旦夕之间的事。"

吴乞买最厌烦底下臣僚学着南人说话时文绉绉的调子，唯有兀术学起来他却不觉得刺耳，听兀术说得有理，微微颔首道："关陕我已十得八九，未知大军下一步做何打算？"

讹里朵身为主帅,便接口道:"臣等商议下一步务必横扫川蜀,四川物产极为丰饶,人称天府之国,只要攻下四川,则我十几万大军的吃穿用度都迎刃而解,对赵构的小朝廷也是致命一击。臣已委派撒离喝居中调度,没立一部居北,乌鲁、折合一部居南,进攻由陕入川的门户——大散关,大散关一下,我大军便可长驱直入四川。"

吴乞买听得又兴奋起来,脸上浮现出一丝红晕,道:"等平定了南朝,朕也学那汉人皇帝的做法,建一座凌烟阁,将你们这些有功之臣的画像绘于其上,供后世瞻仰!"

二人连忙谢恩。吴乞买又道:"张浚当初还发什么檄文,说要'径入幽燕',如今一战下来,倒成了我军要'径入川蜀'了!"说完难得地笑了两声。

上京百姓早就听说大军回城,都知道此次个个发了大财,许多人家都有男丁从军,这时倾城而出,把入城的道路两旁挤得水泄不通,更有军官掳掠得多的,扔些碎银到人群里,引起一阵哄抢。大军抵达城门口时,鼓乐齐鸣,两列全副武装的卫兵守在两侧,城门也装饰一新,城墙刷得干干净净,显得气象庄严。这隆重的凯旋仪式让每一名金军将士再次意识到他们不久前取得的那场大胜是何等辉煌。

正所谓此之蜜糖,彼之砒霜。富平大战让金军收获极丰,所得钱粮不计其数,久攻未取的陕西五路尽入囊中,还招降了一批对张浚怀恨在心的陕西将领,军势大张,在关陕取得了压倒性的战略优势。

对张浚而言,富平之败引发的雪崩还在持续,从邠州退到原来的宣抚使治所秦州没几天,便接到金军迅速推进的消息,只好匆忙南下退到兴州。张浚灰心丧气至极,但知此时绝不能做萎靡状,便打起精神,带领众人一起修缮兴州城防,并亲执斧锤,与工匠一起修建治所。

然而不到一月,前方传来军情,金军已经从各处突破防线,陕西五路沦陷已是无可挽回之事,兴州也即将成为前线。

才修整了一半的治所不得不停工,众人站在一片狼藉的都堂内,默然无语,气氛压抑到了让人喘不过气来的地步。

半晌过后,甄援嗫嚅着道:"要不将宣抚司迁到夔州去,那里远离金军,且周边形势险要,易守难攻,后靠川蜀,钱粮补给起来也方便,如此可保万全。"

甄援此言一出,都堂里的人像有了丝活气,窃窃私语起来,听起来大都赞同甄援的提议。

张浚皱眉不语,抬眼看了看刘子羽,只见他剑眉紧缩,双目喷火,怒喝道:"出这馊主意的腐儒,该当斩首!"

都堂霎时又安静下来,甄援见刘子羽凌厉的目光像剑一般劈过来,生怕他真会手起刀落,将自己斩于堂下,不由得往后退了几步。

刘子羽接着道:"宣抚司留驻兴州,已是退无可退。宣抚司在此,关中军民便还有指望,蜀中百姓也不致惊慌。当下之急,应当派遣官员分路去召集溃散士卒,驻守险要之处,坚壁固垒,寻机而动。如此则金人不敢再深入,陕西余下的数州也可获保全,不至于一败而不可收拾。倘若一下子退到夔州去,金人乘虚大举攻入四川,局面将糜烂不堪!谁敢再给相公出这种馊主意,我先斩他的人头!"说罢,又看向甄援,却找不到人影,原来他早已躲到后面去了。

张浚被刘子羽这一声断喝,似乎也找回了些豪气,便道:"本宣抚哪儿都不去,誓与兴州共存亡,有再言退者,军法从事!"

此言一出,先前惶惶不安的群僚反倒镇定了下来。张浚又问:"谁愿北上招抚溃卒?"

都堂一片安静,如今这个时节北上,简直就是深入虎穴,弄不好

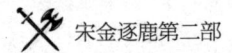

就会迎面撞上金军大队人马，死无葬身之地。

众人都拿眼睛瞅刘子羽，刘子羽淡然一笑，转到张浚身前，朗声道："末将愿往！"

张浚如何看不破众人心思，又是生气，又是无奈，此事关系重大，还真需一个文武双全、处事机敏之人才行。而且建炎三年，金军南下之际，张浚率军东出勤王，就委派刘子羽全权主持川陕事务，刘子羽治理得井井有条，在军中颇得人望，此次深入敌后招抚溃卒，非刘子羽不可。

张浚别无选择，只得默默点头应允。

众人散去后，刘子羽要与张浚商议招抚之事。张浚挥了挥手，叹气道："今晚我让厨子做几道菜，让玉儿作陪，替你饯行，席间再议此事吧。"

晚上，刘子羽沐浴完毕，头顶儒巾，身上一袭洗得素白的凉衫，脚下踏着一双云头履鞋，将自己收拾得利利落落，骑马径直到了张浚府邸。仆役都与他相熟，知他是张浚最倚重信赖的僚属，既不阻拦，甚至也不通报，任他进门直奔堂屋。

餐桌上已经摆了几样菜肴，一壶酒，三个酒盅，一个美丽的背影独自坐在桌前，半低着头，似乎在想心事。

听到声响，这个美丽的身影回过头来，起身道："彦修哥来了。"声音温婉沉郁，刘子羽听在耳中，如同仙乐。

玉儿今晚的装扮似乎也与往常不同，发髻上还别了一支罗绢花蝶，虽非金玉之物，但衬着她乌云一般的秀发，媚中带雅，两人默默对视了片刻，微微一笑，同时收回目光。玉儿仍坐在原地，刘子羽坐在她斜对面。

"相公呢？"

"大哥久未得到皇上诏书，心中有些不安，今日一回来便埋头写奏章，此时应该是快写完了。"

说完，两人便不再说话了，相对无语，却也丝毫无尴尬之色。

刘子羽抬眼看了看玉儿，只觉得那张脸在灯光下端正得令人窒息，平常她都是眼中含笑，今日脸上却带着明显的忧伤。

也不知坐了多久，张浚从书房出来，满面疲惫，见了刘子羽强颜欢笑道："彦修今日穿扮得好清爽！"

刘子羽道："方才玉儿说相公在给皇上写奏章，不知所为何事？"

张浚摇摇头，道："写了一半，又全撕了。"

刘子羽奇道："这却是为何？"

张浚道："原本是想给皇上剖析一番当下川陕形势，谈一谈方略，献几条计策，后来转而一想，败军之将，何以言勇？还是等皇上诏书来了再说吧。"说罢脸色愈发灰暗。

刘子羽安慰道："相公不必忧虑太过，如今川陕形势的确岌岌可危，但子羽以为，最坏的时候已经过去了。"

张浚听了这番话，两眼紧紧地盯着刘子羽，道："怎么讲？"

刘子羽道："相公你看，金军虽然骁勇善战，但毕竟远道而来，兵力不足，如今虽然占了陕西几十个州县，但战线一下拉得过长，兵力更加捉襟见肘，而且过去几个月来，金军一心想扩大富平之战胜果，马不停蹄，四处征战，金军再强悍，毕竟也是血肉之躯，岂有不疲顿的？此所谓'强弩之末，势不能穿鲁缟也'。"

张浚心里一跳，他最恐惧的不是糜烂的局势，更让他恐惧的是这糜烂的局势看不到尽头，虽然他表面硬挺着宣抚使的风骨，实则内心脆弱得如同一个闯了泼天大祸的幼儿，终日惶恐不安，不知何时这噩梦才能过去。听刘子羽如此一分析，顿有豁然开朗之感，仿佛从心底

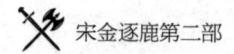

卸下一块大石，呼吸似乎都畅快了些。

刘子羽看在眼里，心里不是滋味，接着道："现在最怕的是一件事：溃散兵将无人约束，时日一久，各立山头，成为不尊朝廷的游寇。如此一来，则金军未退，又添一大患，甚至尤有过之。杜充马家渡兵败，一时间溃兵四散，弄得江淮大地处处是游寇，有些如戚芳、李成之辈，为祸甚烈，还有坐大之势，陕西倘若也如此，形势将不可逆转。"

此中利害，张浚如何不知，才放下的心又提了起来，再也坐不住了，起身在堂内踱了几个来回，猛地停下道："当务之急，是收纳溃卒，只是陕西地大，十几万士卒四处溃散，上哪儿找他们去！"说着，急火攻心，连声音都有些发抖。

刘子羽道："只能是往北寻找，金军为打通攻入川蜀之路，将大部兵力集中在西、南两面，我军只有往北面溃散。"

说是往北，但北面乃是关陇大地，一马平川，戈壁千里，别说十几万人，就是上百万人一进去，再想找到，也无异于大海捞针。张浚眉头紧锁，像石雕般立在桌前，脑海里只是盘算。

玉儿忍不住插话道："此事一半在人，一半在天，天命不可挽，人事尚可为。大哥既然派彦修哥去处置，他总会找到办法的，还有谁比他更强？"

张浚自失地一笑，再看桌上，菜早凉透了，便坐下，指指桌上道："这是玉儿亲手为你做的，她硬是不让厨子帮一下手，洗菜、切菜、炒菜都亲力亲为，不小心还把手指割伤了，流血不止。"

刘子羽原本带着微笑欣赏着桌上的菜肴，一听玉儿受伤，脸色顿时大变，连声道："哪儿受伤了，让我看看！"见玉儿手上果然缠着白纱，想也没想，一把抓起她的手，轻轻拆开白纱，看见一道长长的伤口，又是心疼，又是担忧，嗔怪道："如何这般不小心！"

玉儿并不说话，嘴角带着一丝笑意，温顺地任他握着自己的手。

张浚道："今晚是为彦修饯行，此去风险颇多，但你武艺高强，为人机变，用不着我多加叮嘱，你就多喝一盅我敬的酒，多吃一口玉儿做的菜，也就是了。"说罢便叫人把菜端到后厨去热一热。

玉儿道："我来！"起身便去热菜。

张浚知她心有执念，也不加阻止，任她去忙。刘子羽大约也明白玉儿要让这饯行之宴都出于己手，以求心有寄托，心中五味杂陈，又是感动，又是甜蜜，又是担忧，看着后厨方向只是发呆。

张浚这才看出二人用情早已极深，自己成天在他们面前晃，竟然都没觉察出来，一方面固然是自己全部心思扑在军政上，另一方面，这二人互相爱慕，却发乎情而止乎礼，若不是这生离死别，还不知要隐藏到何时。

"彦修啊……"张浚刚开口，意识到自己又要扯到军国大事上去，便强行忍住，端起酒杯邀刘子羽喝酒。

两人喝了几杯酒，玉儿已经把热好的菜端上来，然后又每样夹了些搁到刘子羽面前的碟子里，看着他吃下去，问："好吃吗？"

刘子羽有些难为情，再看张浚只是埋头喝酒，仿佛什么都没看到，心安了些，轻声对玉儿道："好吃。"

玉儿又夹了些菜到张浚碟子里，张浚本想打趣她：你还记得大哥哦？话到嘴边又吞回去了，心想何苦让她难堪，就让两人在蜜罐里多待一会儿吧。

张浚喝了几杯闷酒，终于还是忍不住，问刘子羽："你打算带多少人前往？"

刘子羽道："二十骑足矣。"

张浚吃惊道："太少了吧！五百骑如何？"

刘子羽一笑，道："五百骑声势太大，极易暴露行踪，何况真要撞上金军大队人马，五百骑又能怎样？二十骑神不知、鬼不觉，昼伏夜行，反而好行事。"

张浚便不再言语，再看玉儿，神情间满是忧色，不禁又有些后悔，心里暗暗发狠今晚不再聊半句军政之事，把时间都留给这一对痴人儿。

次日，刘子羽带着挑选的二十人往北进发，张浚率帐下幕僚送行，众人都识趣地躲到后面，以便刘子羽和玉儿话别。

刘子羽又拆开玉儿手上白纱细细看了一会儿，见伤口并无红肿，才放下心来，轻轻帮她缠好。玉儿道："彦修哥在军旅多年，什么没见过，这点小伤能有什么妨碍。"

刘子羽叹气道："你有所不知，此事因人而异。有人浑身是伤，几乎成了血人，然而休养数月，完好如初。有人只不过被箭镞划了一道口子，却红肿溃烂，高烧畏寒，最后伤口迸裂而死。昨晚我担心你这伤口，一夜没睡好，你以后要仔细，不要让我如此牵挂。"

这情深意切的话被他平平淡淡道来，玉儿听着却分外心碎，她凝视着刘子羽，道："彦修哥，你要平安回来。"

刘子羽却不敢打这包票，自己万一回不来，玉儿也得日子照过，便道："死生有命，如果我回不来，你也要顺天由命。"

泪水一下子从玉儿的眼睛里涌出，她用颤抖的声音对刘子羽道："彦修哥，昨晚我已对天发誓，倘若你一去不归，我会北向自刎，去阴间陪你。"

刘子羽听了这话，心头像被一把钝刀切过，疼得发涩发干，什么也不在乎了，翻身下马，上前一把将玉儿揽在怀里。

众幕僚发出一声轻微的惊呼，都看张浚脸色。张浚面如死灰，他知道这凄惨的生离死别，全是他当初一意孤行发动富平大战造成的。

刘子羽一行人先到了利州，利州知府、通判等主官早已逃之夭夭，只剩一些老弱小吏主事，百姓也跑了七八成，几乎就是一座空城。当地官吏与百姓都说没见过官军一人一骑，刘子羽等了一天，便继续北上，往大安军进发。

行至半路，遇到从大安军南逃的一群百姓，说是大安军已被一伙山贼给占了，刘子羽等人便绕道继续北上，前往沔州。

沔州倒是太平无事，然而城中富户也早已逃得无影无踪。沔州知府卧病在床，府治松弛，刘子羽有心整顿一番，无奈有要事在身，令人四周访查了一番，并无富平败军踪影，便带人继续北上成州。

半路上，刘子羽深感情势紧迫，便将二十人分作四路，一路去文州，一路去阶州，一路去凤州，自己率五人亲往西和州。

沔州与西和州间隔数百里，一路走来，连官军鬼影都不见一个。刘子羽心情越来越沉重，莫非这十几万大军全部陷于敌后，或降或散？一念及此，不禁脊背冷汗直流，只得快马加鞭，拼命赶路。

天黑下来，几个人也不敢生火，就吃些干粮，喝些自带的水，在野地里露宿。刘子羽无法入眠，便起来四处巡视，估摸着地形，应该是到了仙人关与七方关中间。此时残冬将尽，早春未至，周边月光如水，远处群山耸立，他突然想起有次与玉儿论诗，玉儿问起"秦时明月汉时关"是何景象，当时自己无言以对，此情此景，不正应了那句诗吗？

刘子羽停住脚步，心跳一下加快起来，一个地名从脑海里猛地冒出来：秦州。

秦州在最北面，与现在的宣抚司治所兴州相隔千里，然而，过去两年，秦州一直都是宣抚司治所。

很有可能溃散的将士们会下意识地奔往秦州，寻找大本营，至少也会路过看一眼，自己身为川陕宣抚司麾下的参议军事，又代张浚掌管过川陕军政，在曾经的宣抚司治所招纳溃卒，可谓名正言顺，在此纷乱之际，定能极大地稳定人心。

想到这里，刘子羽一刻也不想停留，立即叫醒其他人，让他们天亮后分头去西和州和凤翔探听虚实，自己单人单骑，连夜直奔秦州方向而去。

走了两天三夜，终于到了秦州界内，刘子羽仔细察看周遭地面，果然有许多人马践踏的痕迹，又怕是金军人马，细细搜了一圈，捡到几片掉落的铠甲，正是官军无疑，不禁心中狂喜，便饱餐一顿，将剩下的干粮全部喂了马，取出一身干净衣服换上，擦拭掉头脸灰尘，不紧不慢地策马奔向秦州。

离城不到两里路，便能清楚看到城外驻扎有人马，看旗号是官军人马，自古溃军极难约束，万一碰到伙兵痞，弄不好会招惹杀身大祸。刘子羽正了正衣冠，挺直腰身，轻勒马缰，让马迈着碎步过去。

城门口或坐或立大约百十名士兵，军容不整，看不出是哪路人马，见有人过来，都手拿兵器做戒备状。

"我乃川陕宣抚处置司参议军事刘子羽，奉张宣抚之命，特来收纳溃散将士——叫你们主官前来见我！"刘子羽神情从容，目光如电，声音洪亮清晰，透出一股不容置疑的威严。

这群士兵张着嘴愣了片刻，便有几个校尉模样的人飞奔进城去叫主官。

刘子羽暗暗松了口气，问前面几名士兵："你们是哪一路人马？"

一名士兵道："我们是秦凤路孙经略手下。"

刘子羽心里更有了底，只要不是环庆路人马就好，环庆路经略使赵哲被斩，环庆路将士多有不平，叛降者极多，自己身为张浚左臂右膀，又是单身一人，极易成为他们的出气筒。

不过一盏茶工夫，只见秦凤路经略使孙渥策马飞奔而来，见了刘子羽，欣喜不已，隔着老远喊道："我的刘侍制，你怎么才来！"

刘子羽心情与孙渥一样，两人下马，孙渥因刘子羽曾经代管川陕军政，此次又是奉张浚之命前来，便要行下属之礼，刘子羽扶住他道："你我同僚，快莫讲这些虚礼！"

孙渥道："今日非比往常，诸军群龙无首，惶惶不安，刘兄来了，正好比张宣抚亲至，这个礼是必须要行的！"说罢，规规矩矩单膝跪下行礼。

刘子羽知道他要在众将士面前给自己立威，便也不再客气，大大方方受了他的礼，两人才上马，并辔入城。

原宣抚司治所已经被溃兵哄抢一空，连门板都被卸了生火取暖，刘子羽得知孙渥手中还有一万五千人，心下甚喜，便道："将士们吃了败仗，心气都不高。当务之急，是严明纪律，恢复操练，重整军容，让士兵进退有序，营造些进取的气象来，这样溃散在外的其他各路人马才会慢慢汇聚至此，不至于像无头苍蝇般四处乱窜。"

孙渥深以为然，道："有刘侍制在此，又是奉张宣抚钧令，必能弹压得了那些散兵游勇！"过去数日，有其他路的兵马过来，见秦州已是一座空城，转身就走，根本不听他号令，反弄得他手下的将士人心浮动。

刘子羽便当仁不让，以主官身份大刀阔斧整治军务，先命孙渥挑选军中机灵善言者去招纳溃卒，不出两日，便派出去二十来拨，然后将两个躺卧的哨兵当众斩首，使得慵懒的人心为之一振。刘子羽又和孙渥一起率军操练，不出数日，秦州城内近两万人马气象一新，总算

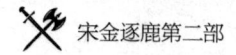

扫除了富平大败后弥漫在军营里的颓废之气。

七八日后,陆续有其他路人马前来汇合,熙河路、泾原路,还有环庆路的几名统制都率本部人马前来,多则五六千,少则一二千。不出半月,竟汇集了七八万人马,到第二十日时,刘子羽与众将正在堂中议事,突然探马来报:城外又有一支军队赶到,看旗号像是永兴军人马,刘子羽"嚯"地起身,率众将直奔城楼。

来的果然是吴玠率领的永兴军人马,刘子羽于吴玠有知遇之恩,正是他在张浚面前力荐吴玠,张浚才对吴玠委以重任,即便彭原店战后,吴玠与主将曲端交恶,被罢去军职,张浚也找机会重新起用他,让他独掌永兴军人马。

刘子羽率众将出城迎接,吴玠远远见了刘子羽,下马纳头便拜,口中高喊:"永兴军经略使吴玠见过刘侍制!"两人私底下以兄弟相称,吴玠此举,无非是帮刘子羽抬轿子,刘子羽心中感动,上前微笑着扶起吴玠,轻声道:"贤弟一来,则大事成矣!"

又过了十来日,秦州已经聚集了十万余众,刘子羽心里的石头终于落了地,清点了一番,发现到得最齐整的反倒是曲端一手训习的泾原军,不禁摇头叹息。

陕西五路已然沦陷,秦州早已失去战略价值,不是聚兵之地,且十来万人每日消耗的粮草难以计数,必须尽快分散,因地就粮。刘子羽一面派人送信给远在兴州的张浚,好让他宽心,一面与众将紧急商议下步方略。

刘子羽尴尬地发现,没有了张浚及帐下的一帮幕僚,众将议起兵来头头是道,毫无阻碍,三下五除二便将当前形势剖析得一清二楚,很快议定:秦州地小,容不下十几万兵马,各军宜分散各地就粮,吴玠聚兵扼险于凤翔之大散关;熙河路马步军副总管关师古率部屯驻岷州，以为策应；孙渥率本部人马屯驻阶州、成州、凤州，以为四川屏障……

计议停当，诸将各率人马前去驻守，刘子羽却把吴玠拉到一边，叫他先陪自己去兴州见张浚，让他兄弟吴璘和悍将杨政带兵去和尚原和大散关。

吴玠不解其意，刘子羽也不明说，只道："此事只能由相公亲口跟你说，其他人不敢妄议。"

二人由吴玠手下的二百亲兵护送，轻骑快马，不数日便到了兴州。

刘子羽万千心事，只在一人，一到兴州，跟吴玠交代了几句，便快马直奔张浚府邸，走到半路，又觉不妥，拼命克制住心头思念，咬牙掉头先去府衙见张浚。张浚早已收到书信，知道刘子羽等人这几日便到。见刘子羽匆匆赶来，一脸神不守舍，便道："先不要讲这些虚礼了，快去看看她吧！这些日子只怕都瘦十斤了！"

刘子羽只给张浚行了个礼，便急急忙忙转身出门，差点还让门槛绊了一跤。张浚见他千里单骑，出生入死，生生将自己从千古罪人的悬崖边拉了回来，如今却为情所困，方寸大失，不禁又是感慨，又是好笑。

这边吴玠略事休息，从容策马来见张浚。离府衙不远，遇上了王庶，王庶当年官至节制五路兵马的陕西制置使，乃是吴玠的顶头上司，吴玠便下马以下属之礼相见，王庶以平礼回之，道："晋卿不必多礼，你是去见张宣抚吧？"

吴玠道："正是，节制也是吗？"

王庶摆手道："我早不是什么节制了，快不要这样叫我，让人听了，说我王庶不知高低，你就叫我的字吧。"

吴玠便改口道："那就开罪子尚兄了。"

王庶便问军情，听说秦州一个多月聚了十余万人，大为惊讶，道："刘子羽真人杰也！如此说来，张宣抚确实有些多虑了，宣抚司有的是能人！"

　　吴玠听他似乎话中有话，也不好问，两人一路说些闲话，并肩进了府衙。

　　张浚见了吴玠，欢喜不已，执手问长问短，王庶只在一边含笑不语。

　　三人坐定后，张浚因数日来，好消息不断，心情舒缓了许多，气色也好了不少，即便如此，看上去仍比富平之战前老了几岁。命人上茶过后，张浚敛了笑容，叹气道："此次把你二人叫来，并非随性为之，而是确有深意。富平一战，本抚一意孤行，不听几位的金石之言，以致大败，每当夜深人静，都辗转反侧，痛悔不已，恨不能时光逆流，重新来过！然而千古之恨已然铸成，金军步步进逼，形势紧急，容不得本抚做儿女态，今日请二位过来，便是商议川陕防御大计。"

　　吴玠长年征战，自是深知兵败之痛，安慰道："相公不必过于介怀，胜败乃兵家常事，况且我军此次虽然溃败，损失惨重，但人员死伤不多，彦修此趟去秦州，也就一个多月，便又聚集了十万余众。金军势头虽猛，谅来也不能持久，且已有骄兵之状，等觅到战机，我军伺机反攻，可报一箭之仇。"

　　张浚欣慰地点点头，道："有晋卿此言，我还有什么不放心的！西军又聚了十来万，这么大一支人马总得有人统领。之前曲端因为不听号令，被我罢免了威武大将军一职，但此人还算知兵善战，且在军中颇有威望。富平大战前，他虽然话不好听，但今日细思之，亦有颇多可取之处，其治下泾原军，也是作战最英勇，战后又最早集结，我想先稍复其职，再慢慢让他重新执掌都统制一职，不知二位有何看法？"

王庶之前已经被交过底了，此时面无表情，并不说话。吴玠却是刚刚听说，这才明白之前刘子羽为何欲言又止，脸色顿时涨得通红，两只眼睛仿佛要喷出火来。

"子尚兄原是曲端上司，先听听他如何说吧。"吴玠一反方才的谦恭态度，冷冷地道。

王庶早就听说吴玠与曲端有过节，但二人梁子到底结得有多深，却无从得知，现在一见吴玠脸色，就知道吴玠对于曲端之恨，丝毫不亚于自己。

"依属下看，富平之败，实缘于曲端。"王庶道。

此言一出，不要说张浚，连吴玠也不禁一愣。

王庶慢条斯理道："富平一战，虽然有失仓促，然而当时之势，金军在江南大兵压境，皇上被迫海上避难四个多月，大宋江山随时有倾覆之虞。宣抚调集重兵，反攻陕西金军，连复失地，引得金廷惊慌失措，匆忙将中路军主力从江淮调至陕西，致使东路金军失去策应，遂有缩头湖之败。倘若两路金军都在江淮，谅刘世光手下一名偏将有多大本事，能骤获大捷？曲端鼠目寸光，只计一城一地之得失，哪里有这等见识！大战在即，他身为主将，非但不倾力相助，反而与宣抚负气，以致我军临战失措，终致大败。曲端虽未参战，然而战后问责，他岂可置身事外？"

这话张浚虽然听得舒服，但扪心自问，却也颇为牵强。曲端当然是主张反击的，只是极力反对过早决战罢了，而且曲端之所以未参战，是因为职务被免，并非临战脱逃，以此怪罪曲端，恐难服众，便不置可否，转头看着吴玠，听他如何说。

吴玠脸色已恢复如常，只是目光中仍带着一丝寒光，见张浚看他，便道："相公有没有想过，曲端自命不凡，恃才傲上，加之又绝非心胸开阔之人，前向被贬，早已心怀怨望，一旦官复原职，再打一两次胜仗，只怕会傲气更盛，到时他重兵在手，试问川陕还有何人能与他制衡？"

这才是诛心之论，张浚脸色立刻凝重起来，盯着地面不作声。

王庶与吴玠飞快地交换了一下眼神，王庶道："宣抚司主管机宜文字杨斌，前日与属下相遇，说到曲端亲信张彬在富平之战后，竟然张榜于凤州，招募原泾原军兵马，要迎接曲端回营。此事非同一般，倘若属实，乃是谋逆之罪，属下因此一直未敢轻言，相公可以把杨斌召来，细问详情。"

张浚吓了一跳，却又不太相信。张彬是实在人，即便有此举，其中也必有内情曲折，断然跟谋逆搭不上钩，心里拿不定主意，便又看着吴玠。

吴玠深知张彬为人，不想将他也搁进去，便道："富平之战后，各地都在招纳溃卒，打各种旗号的都有，如今还有几万溃卒在外，倘若因此怪罪张彬，恐怕下面的人不好做事。曲端之罪，在于狂悖跋扈，不听号令。泾原军固然作战得力，集结最早，然而恰恰是曲端的亲信张中孚、李彦琪携众降了金人，且死心塌地，替金军攻城略地，招纳叛降。他日曲端再掌兵权，焉知是他招降张、李二人，还是张、李二人招降于他？"

这番话又沁入张浚心坎里，张浚暗暗叹了口气，看来王庶、吴玠与曲端真到了势不两立、不共戴天的地步，倘若自己执意起用曲端，这二人必不自安，甚至与自己离心离德，王庶倒还罢了，吴玠却是自己要倚为重用之人，绝不能让他心存芥蒂。

但此事涉及川陕兵权大洗牌，可谓生死攸关，不能有丝毫马虎大意。张浚左右权衡，一时无法决断，便放下这个话题，转而询问二人其他军政之事。

二人不约而同地提到十几万人马军需粮草奇缺，有些士卒甚至甲胄不全，恐无法与金军对抗，为今之计，只怕还得再次加收民赋，以补军用。

张浚听在耳里，想到富平之战，辛辛苦苦征集的粮草军需尽入敌手，不禁又心痛起来，怅恨不已，抬头一眼望见刘子羽站在门口。

"彦修！你站在那儿做什么？见过玉儿了没有？"张浚问道。

刘子羽点点头，道："见过了。"

"快进来，正议事呢！"张浚指了指旁边的位置。

刘子羽却不动身，轻声道："相公，皇上的诏书来了。"

张浚像被雷劈了一般，脸色惨白，直挺挺地僵在座位上，直到看见几个皇宫内侍模样的人走到门口，才仓皇爬起，跌跌撞撞迎上去，嘴里吩咐府衙仆役："焚香！沐浴更衣！"说罢忙不迭地向几名内侍点头哈腰地行了礼，径入后堂去了。

刘子羽安排内侍坐下歇息，命人上茶，又叫人送上车马费，不料领头的内侍摆了摆手，看着刘子羽轻轻摇摇头。刘子羽只得作罢，与王庶、吴玠等人忐忑不安地站在堂内等候。

不到半顿饭工夫，张浚沐浴更衣出来，虽然神情如常，但脸色苍白依旧，跪到香案前迎旨。内侍只将一封黄绢裹着的诏书交到张浚手中，让他自己看。张浚手不听使唤，半天打不开黄绢，刘子羽等人在一旁看得发急，好不容易解开黄绢，却又哆嗦着撕不开诏书封口。刘子羽知他心绪大乱，便上前轻轻帮他撕开封口，张浚这才取出赵构御笔亲书的诏令。

张浚看了头几行，只觉得字个个都认得，却不明其意，脑子仿佛被人掏空了一般，全然转不动，干脆闭上眼收摄了一会儿心神，才打开重新看了起来。

大大出乎他的意料之外，赵构在诏书当中，竟无一句训斥之语，反而嘉奖他勇于任事，为国尽忠，又勉励他"勿以成败利钝而挫志，当以讨贼复仇为己任"，真是字字情深意切，句句披肝沥胆。张浚读得泪眼模糊，当看到"朕与卿父，义则君臣，情同骨肉"一句时，登时浑身颤抖，将诏书死死地捂在胸口，跪伏在地上，浑身抽搐不止，半晌才发出撕心裂肺的哭号："官家！张浚无能，害你忧心至此！张浚无能啊……"

刘子羽等人大为震动，赶紧上去一边搀扶张浚起来，一边陪着哭。过了好一阵，张浚才缓过气来，虽然眼睛哭肿了，喉咙也嘶哑了，但压在心头的重石已然卸下，人显得轻快了许多。

张浚安排人好生接待传旨的内侍，并亲自送出大门。回来后，疲惫不堪地歪在椅子上，将诏书给几人传看，大家又唏嘘感动了一番。

待众人情绪平复得差不多了，刘子羽道："我与晋卿从秦州一路过来，一直在讨论金军下一步进军方向，我二人均以为，金军横扫陕西后，下一步的进军方向一定是四川。我在秦州收纳溃卒时，就听不少将士说在凤翔一带经常遭遇金军游骑，此事绝非偶然！凤翔西南有一关隘名叫大散关，乃八百里秦川的西北门户，历来是兵家必争之地，素有秦蜀襟喉之称，倘若被金军占了大散关，则金军铁骑可以直下汉中，一路西进，攻入四川便如探囊取物，因此当务之急，是要派一员悍将去镇守大散关。"

刘子羽这话说得再明白不过了，放眼陕西五路西军，还有谁比吴玠更适合担此重任？更何况吴玠早有先见之明，已经聚兵于凤翔西南，严阵以待，四川得失，可谓系于一身。

张浚深知其中利害，看着吴玠道："晋卿啊，此关一失，则西南不保，你可有把握？"

吴玠慨然道："相公放心，只要没有曲端那样的猪狗在后方捣乱，金军莫想踏入四川半步！"

话题重又回到曲端去留上来，刘子羽道："刚才从相公府邸往这边赶时，正碰上一群陕西当地乡绅父老，要来宣抚司府衙请愿，希望让曲端重掌兵权，稳定大局。"

张浚吃惊道："果有此事？"

刘子羽道："只怕现在已经快到了。"

张浚沉吟道："曲端在陕西颇得人心，自他降职以来，各地为他鸣冤的书信竟有数百封。富平之败后，陕人更是认为非曲端不能定川陕了。"

王庶道："曲端号称名将，未有攻城拔地之功，却有浮名于乡野，依属下看，这绝非好事。他日一旦重兵在握，志得意满，谁还能制得了他？他若起异心，川陕便非朝廷所有！当年我身为节制，被他扣于军营数十日，不得不交出经略使大印，才保全性命，宣抚切莫走我的老路！"

张浚目光一凛，低头沉思不语。

吴玠压低声音道："相公请看！"张浚抬头一看，只见吴玠不知何时在手掌上写了四个字：曲端谋反。

张浚看着那触目惊心的几个字，终于明白，他必须在曲端和几位心腹爱将中做出选择，也必须在今日他杀曲端和明日曲端杀他之间做出判断。

"只是……说曲端谋反并无实据。"张浚慢吞吞地说道。

王庶早就等在这里，接口道："曲端曾经写过一首诗，题写在泾州郊外一座古寺内，有指斥当今皇上之意，诗曰：'不向关中兴事业，却来江上泛渔舟。'这不是大逆罪吗？"

张浚暗道荒唐，我还写过"身安不羡三公贵，宁与渔樵卒岁同"。难道也是心怀不满，影射朝政？心里这么想，嘴上却道："凭此倒是可以拿他下狱，但终归不是大罪，难以了断。"

吴玠冷笑道："相公何须亲自去了断他，反脏了自己的手！只需将他交给一个人，则万事大吉。"

张浚问："何人？"

吴玠道："此人名叫康随，当年在凤翔时，因事得罪了曲端，曲端命人鞭笞其背，足足打了一百鞭，几乎将康随打死，康随对其恨之入骨……"

张浚听明白了，想了想道："可任命康随为提点夔州路刑狱，将曲端押往夔州……"

刘子羽在一旁，看看王庶，又看看吴玠，此二人皆非奸佞小人，然而此时谋划起害人性命来，却极尽构陷之能事。再看张浚，更是正人君子，却也不得不巧立罪名，欲致曲端于死地。

可叹那曲端刚刚稍复其职，恐怕还在憧憬着重登威武大将军的坛位，再掌兵权，建功立业，不曾想这边已经为他铺好了黄泉路。

三人商量完毕，见刘子羽不吱声，大概也觉得做法不地道，都目光复杂地看着他。

刘子羽叹道："曲端刚愎轻上，动辄违逆节制，不听号令，今日之事纵有冤屈，也是咎由自取吧！"

十一　初战和尚原

张浚收纳了十余万溃军，又终于盼得皇上的嘉勉诏书，最后下决心清除了曲端，一切都显得顺风顺水，富平大败后丧失殆尽的心气终于恢复了一些。正要图谋复仇之际，从北面传来紧急军情：金军突然集重兵攻下了阶州、成州，孙渥败退，目前金军前锋已至大散关，其人马数倍于守军，大散关很可能守不住了。

吴玠原本想看到曲端下狱后再走，战局突然恶化，也顾不了那么多了，收到探报的当天，便急急忙忙收拾停当，连饯行酒都来不及喝，便带着二百亲兵直奔凤翔而去。

刘子羽送出三十里，他知道战守之策吴玠心中自然有数，用不着自己置喙半句，便在临别时道："晋卿只管安心前去，我就是拼上一世名节，也绝不让彭原店之事重演！"

吴玠在后方所牵挂的，无非就是此事，有了刘子羽给的这颗定心丸，便在挚友面前敞开心扉，道："并非我吴某定要挟私报复，实在是我与曲端乃一山不容二虎，西军中有我无他，有他无我，此事全凭相公定夺！"

刘子羽凑近耳语道："相公已经差人去万州拘押曲端了。"

吴玠不再多言，在马背上向刘子羽一拱手，道："兄长保重！"便率二百亲兵往北疾驰而去。

大散关的情形比张浚等人得到的探报其实更为凶险，等吴玠赶到时，关隘的几处险要已然失守，吴璘、杨政正准备将预备兵力从和尚原调来，拼死一战夺回失地。

吴玠二话不说，命令大散关的守军连夜撤走，并不退往汉中，而是撤到西面的和尚原。

到达和尚原后，吴玠便召集众将议战，众将都道："大散关已失，川蜀门户已经洞开，为今之计，不如退守汉中，抢先扼制住入蜀通道，或可保全四川。"

吴玠听众将议了半天，始终绕不开退汉中、保蜀口的话题，便起身道："你们跟我去一趟和尚原最高处，看看周遭地势，再做决断。"

于是众将起身，卸了盔甲，跟着吴玠爬山，一路只见山路崎岖，怪石嶙峋，爬了半上午才到达和尚原顶峰。纵目四望，只见北面一条碧绿的细线蜿蜒向东，正是渭河；西南是千里平川的丰饶之乡——汉中，此时正值初春，平原上一片翠绿，麦苗生长正旺；东边与大散关遥遥相望，南面是郁郁苍苍的秦岭山脉，与和尚原连成一片。

众将忘了登山的疲累，左看看，右看看，都若有所思，杨政首先赞道："好一处用武之地！"

吴玠道："金军长年征战，将领中善用兵者极多，其中以娄室为最，听说娄室已于两三月前病死，我军少一劲敌，虽是好事，但因此不能报富平之败一箭之仇，也是憾事！诸位想想，倘若娄室再生，他攻下大散关后，下一步当会如何用兵？"

杨政道："照常理，他定会长驱直入，直取汉中，然后横扫四川……不过，倘若他偶一回头，看见和尚原上有我军驻扎，恐怕要惊出一身冷汗！"

吴玠笑道："直夫此言，颇有将略之才。大散关已在金军手中，但金军必不敢深入川蜀，原因就在于这和尚原。我军屯驻于此，只要金军深入汉中，我军可断其粮路，并从侧后袭扰。金军粮草不继，腹背受敌，一旦我陕西各路大军增援，便成合围之势。金军将领即便不是娄室，也断然不能让自己陷入如此困境。"

众将都是真刀真枪打过仗的人，已经看出此地险要，丝毫不逊大散关，甚至尤有胜之。大散关上千年来号称川陕咽喉，是兵家必争之地，谁也没有注意到它旁边不起眼的小山包和尚原，竟也是一处雄关，也不知吴玠何时发现的，没有一双火眼金睛，断然不能有此先见之明。

吴玠与众将在山顶商议攻守之事，吴璘道："我军只有七千多人，且都是从富平前线溃败下来的散卒，各路人马混杂，要捏合起来不太容易。"

统制王浚道："我军虽然奉吴帅之命，早早积聚粮草，修建栅栏工事，但战事就在眼前，粮草还需多备，栅栏工事也需日夜加固。"

杨政也道："我军人少，和尚原地形复杂，需先对地形了然于胸，才好判断金军进攻路线，否则处处设防，兵力定然不够。"

吴玠首先关心的是粮草，王浚道："粮草足够用两三个月，按理是不少了，但还是有备无患的好。"

诸将中唯有郭浩不说话。富平大战前，张浚意气风发，志在必得。诸将都不愿背畏敌如虎的罪名，不敢败他的兴。唯独郭浩直言金军兵锋极锐，需持重进军，可惜张浚不听。吴玠却因此更看重郭浩，便问道："充道为何不言？"

郭浩欠身道："郭浩所虑，吴帅都已想到了，还有什么可说的！只有一件事，我军毕竟新败，将士对金军还颇有畏惧之心，如今我与金军狭路相逢，若将士无血气之勇，恐难求一胜。"

吴玠与众将边聊边往山下走，走到半路，已经有探报送上山来：有两路金军正朝和尚原进发，北路由金国皇帝的亲侄儿没立率领，从凤翔出发；南路由金将乌鲁、折合率领，从阶州、成州出发，有会师和尚原的意图。两路各有三万余人马，加起来不少于七万。

探报说完，众将都面面相觑，作声不得。富平之战时，官军数倍于金军，尚且大败亏输，如今敌军几乎十倍于己，又是挟大胜余威，这仗还能不能打？

吴玠面色凝重，金军主攻大散关一带是他早就预料到的，但一是没料到这么快，二是没料到竟然以如此庞大的兵力，似乎咬定了陕西各路大军新败之后，不敢乘虚偷袭后方。

陕西其他各路人马都在分散据险驻守，吴玠也不指望他们能来救援，来了恐怕也正中金军下怀，以其擅长的"围点打援"战术聚而歼之。

金军以十倍兵力压境的消息很快传遍了和尚原的守军。当晚，吴玠和兄弟吴璘还在帐中谋划守御之事，一名小校被亲兵带了进来，说有重大军情禀报。

那名小校见帐中人多，不敢说话，吴玠便让随从、亲兵全部出去，那小校才道："秦凤路副统制雷仲刚才与人密谋，要挟持大帅兄弟俩去投降金军！"

吴璘大惊，起身要带人去捕杀雷仲。吴玠按住他，问那小校："你如何得知？他又是怎么说的？"

小校道："雷仲今日过生，约手下兄弟一起喝酒，小的在席间服侍，便听他说金军势大，和尚原才区区数千人，定然抵挡不住，不如将吴氏兄弟献给金军，以保全众兄弟性命……"

吴璘急道："大哥，事不宜迟，若不先下手，反为人所害！"

吴玠从床下箱笼中摸出两锭十两的大银，赏给小校，道："你悄悄回去，不要惊动任何人，我自有处置。"

小校去后，吴玠便让亲兵点起火把，在营帐周围巡逻，然后躺下休息。

吴璘惊问道："大哥这是做什么？有人要取你我二人性命投敌，你怎么还能在此安睡？"

吴玠道："临阵胆寒，乃人之常情，何况金军来势凶猛，谁人不怕？倘若我立即大张旗鼓去捕杀他，此所谓敌未至而先自乱，只会让将士惊疑，人心浮动。我谅雷仲不敢真动手，你我多加防范即可，万事等天亮了再说。"

吴璘素来佩服大哥，听他如此说，便也冷静下来，亲自出去巡视了一圈，又再三叮嘱亲兵加强防范，才回帐休息。吴玠早已酣然入眠。

次日一早，吴玠便召集诸将来大帐中议事。众将到齐后，吴玠只扫了一眼，便看出人心躁动，昨夜传言多半已经不胫而走，尽人皆知，都在看自己如何处置呢。

吴玠等帐中安静下来，才正襟危坐，沉着嗓子道："吴某乃一粗野武夫，却也明白见贤思齐的道理，时时反省于己。这些年来，吴某寸功未立，却忝居兵马副总管的高位，实是问心有愧！吴某最愧者，乃是军中普通士卒。从军十余年来，死于我刀下的小卒少说也有好几十，罪名无非是临阵胆怯，不敢死战。人皆血肉之躯，家有父母妻子，谁不怕死？无奈军阵之中，退一步则全盘皆输，吴某不得不下狠手，将其就地正法。这些小卒，吃糙米，饮山泉，偶尔赏他们一杯酒，还要分做几口喝，因为舍不得！拼死力战下来，论功只不过赏些银两钱帛，战死了，多者也不过抚恤几百缗，哪里又轮得到他们封妻荫子，泽被后世？"

这种话只有真正带过兵打过仗的人才能说出来，众将一时都颇有感触，低头不语。

吴玠继续道："倘若哪天死于这些小卒之手，吴某绝无半句怨言，因为我吴某亏欠他们！可是——"吴玠声音突然变得像刀锋一般锐利，"倘若在座的有人因为贪生怕死，不敢力战，要拿我的人头去叛降投敌，则天地不容，人神共愤！为何？朝廷每年赏给你们的俸禄足够那些小卒挣一辈子！如今国家危亡，正要倚赖你拼死力战，保疆卫土，你却不思报答，反要卖主求荣，欺君叛祖。我吴玠帐下容不得这等忘恩负义的东西！"

大帐中安静压抑得令人窒息，再看雷仲，满头满脸的汗，身上衣甲都被汗水浸湿了。

吴玠拔出腰刀，一刀砍在案上，道："今日有要拿我项上人头去投降金人的，现在就动手，我吴玠绝不眨一下眼！"

片刻的寂静后，雷仲走出来，跪到案前，颤声道："雷仲昨夜多喝了几杯，说了昏话，犯了死罪，现在后悔也晚了。请吴帅砍下我的头，悬于军前，以示警戒，雷仲在阴曹地府，若有半分怨望，则永世不得超生！"

吴玠上前，将雷仲扶起，道："好兄弟，我知道你！吴某这辈子说过的昏话比你多！你不要自疑，先站回去吧。"

雷仲自忖今日性命难保，能求个速死就不错了，万没料到吴玠如此宽宏大量，又是惶恐又是感动，泪水和着汗水一起流下来，哭泣着回到自己位置。

吴玠声音仍旧铿锵有力："众位兄弟，如今番狗数万大军正杀过来，过不了多久，此地便有一场你死我活的大战！此战若败，则四川不保，番军将顺江东下，直取江南，那就不是一城一地之得失，而是灭国的大难！你我都将成千古罪人！但是，倘若此战胜了，和尚原七千汉儿将挽狂澜于既倒，扶大厦于将倾，百年之后，你我都化作了尘土，和尚原一战仍将彪炳青史，万古流芳！我吴玠今日立誓，舍去身家性命，定要立下这千古奇功！你们愿不愿跟我死战？"说到最后一句时，怒目圆睁，直如虎狼咆哮。

"愿跟大帅死战！跟番军拼了！"众将群情激奋，像疯了一般地大吼大叫。

吴玠一挥手，从帐后走出一名大汉，左手紧捏着一条大蛇，这条蛇一身赤练，极为粗壮，被那大汉捏住蛇颈，身体却一圈一圈紧紧缠绕在他胳膊上，一直缠到肩膀。

众将发出一声惊呼，一名亲兵端出一个大盆，另一人抱着酒瓮，将酒全部倒入盆中，那大汉右手执刀，在蛇颈上一割，殷红的蛇血喷涌而出，滴入酒盆中。

"各位兄弟，我们今日就在此歃血为盟，来日大战，我们同进同退，同生共死，誓要让番狗有来无回！"吴玠说完，自己用碗从盆中舀了一碗血酒，一饮而尽。

众将都喝了血酒，各自归座，此时再看帐内，仿佛有一股杀气锐气在盘旋。众将各个眼睛放光、摩拳擦掌，恨不能立刻与金军一决高下。

议战完毕，吴玠又让亲兵抱着一坛酒，送至雷仲帐中，说是给他庆生。雷仲拜伏在地，泪流满面道："请回去转告吴帅，雷仲自今日起，便死命跟随大帅，只要大帅一声令下，前面纵有刀山火海，雷仲也要誓死向前，绝不眨一下眼！"

秦岭早春，乍暖还寒，但崇山峻岭间却已郁郁葱葱，百花盛开，若不是山间偶现的城墙与烽火台，作为百代雄关的大散关，似乎还是妩媚多于雄奇。

行走在山间的是一支延绵十余里的大军，其中一支约两千人的骑兵分外引人注目。这些骑兵个个虎背熊腰，胯下的马也都膘肥体壮，一看就是正宗的女真骑兵。当中一名甲胄鲜明的将军，就是当今大金国皇帝的亲侄儿、新任陕西副经略使没立。

与许多女真贵族子弟一样，没立并无纨绔习气，十几岁便跟着族中长辈四处征战，屡立战功。几个月前的富平之战，他随讹里朵在中军，乘胜一路追击溃军，斩获极多，颇受赏识。如今讹里朵和兀术赴上京面圣，他便奉撒离喝之命南出凤翔，一举攻占了大散关，准备横扫川蜀。

此胜来得太轻松，后来得到探报，才知道西军名将吴玠正率军驻守和尚原，虎窥其后，倘若自己顾头不顾腚攻入汉中，只怕到时候腹背受敌，要吃大亏。几经权衡，没立分别修书给陕西主帅撒离喝和驻扎阶州、成州的乌鲁与折合，建议南北夹攻，一个月后会师和尚原。

撒离喝与乌鲁、折合很快回信，同意没立的进军方案。没立踌躇满志，率大军西出大散关，准备攻打和尚原北面。

此时没立率大军行进在雄关之间，毕竟年少得志，面对此情此景，难免胸中豪气干云，对属下道："难怪南人喜欢吟诗，如此好景致，还真想吟两句！"

属下道："这还不好办，等打下了和尚原，攻下四川，把那些会写诗的南人书生全部聚拢来，一人写一首好诗，也让字董的武功传诸后世！"

旁边更有人奉承道："南人不但爱写诗，还爱填词唱曲呢，不如让他们一人填一首词，找些标致的南人婆娘照词唱出来，岂不大妙！"

一说起南人婆娘，这些女真士兵个个喜笑颜开，蠢蠢欲动。有人道："早听说四川盛产美女，等打下了四川，一人一个南人婆娘，那才叫快活！"

没立哈哈大笑，忽又想起讹里朵平时教诲，便板起脸道："自古骄兵必败，我军虽然占着上风，但切不可麻痹大意，和尚原还不过是小试牛刀，入川后，大战还在后头！"

行军到黄昏前，前军将领派人来告知没立，前方一条小河因积雪融化涨水，将木桥冲断，恐怕大军要停留几天，等桥修好了才能继续前行。

没立倒也不急，此战主动权全在于他，想何时攻就何时攻，不必急在一时，便传令就地扎营。有亲兵过来请示，想去附近山上围猎，他也应允了。

太阳落山的前一刻，又有士兵前来禀报，说前方发现南军探子，窥视大军，被发现后一溜烟地循着山路跑了。

没立冷笑道："我大军可以敞开来让他看，谅他能奈我何！"

四五日后，金军总算将桥搭好。然而修路筑桥，毕竟不是草原战士们所擅长，才过去几千人马，这桥便又塌了，还折了十几人，无奈只好又重新伐木建桥。

没立的人马踯躅不前时，另一路由乌鲁、折合率领的大军从阶州、成州出发，一路毫无阻碍，按期到达了和尚原脚下。

原本约好了两路夹攻，但没立那边连个人影都没有，乌鲁、折合便召集诸将商议进军之策，有将领道："我军目前锐气正盛，宜速战速决，一举拿下和尚原。"

乌鲁还怕没立面上不好看，折合道："到时报捷文书上，把他放到前头就是了。"

乌鲁点头道："皇上圣明，也能看出这战功是谁的。"

于是二人与诸将简单商议了几句，便轻易推翻了之前定下的南北夹攻策略，然后一起到山边瞭望宋军营寨。

二人也并非纸上谈兵之辈，认认真真绕着山脚仔细观望了许久，接着碰头商议时，都皱着眉头。

乌鲁道："此次南军主将是吴玠，去年彭原店之战，连撒离喝都吃过他的苦头，如今观其营寨，毫无破绽，此人不好对付。"

折合想了想，道："吴玠看来不是泛泛之辈，还占着地利。不过我猜他手下不过数千散卒，都是富平大战被我军吓破了胆的溃兵，能有何战力？来日我军一开始就大举猛攻，南军必然胆寒，支撑不了多久。"

乌鲁听了，觉得也有道理。富平之战后数月间，金军在陕西所向无敌，不到半年便扫平了陕西五路，南军望风而逃，吴玠即便强悍，单凭数千溃兵，又能有多大作为？

"我数万大军只带了二十来日粮草，不能相持过久，等孩儿们休整两日后，第三日便大举进攻，务求一战而胜！"乌鲁又信心百倍起来。

山下金军的一举一动，吴玠等人在和尚原顶上看得一清二楚，又得到探报说，另一路金军受阻于河水暴涨，暂时停止了进军。

杨政道："吴帅，趁着这路金军立足未稳，我今晚率人去劫营如何？"

吴玠摇头道："乌鲁、折合二人都久经阵仗，不会疏于防范，况且对方人马甚众，万一陷入重围，反受其害。"

吴璘道："就怕两路金军同时进攻，南北夹击，我军人数本来不占优，还要分头抵挡，难以持久。"

吴玠盯着山脚下密密麻麻的金军营帐，道："此乃最可虑之事……不过我已有筹划，且看看先到的这路金军如何行动，再做打算。"

第三日一早，传令兵飞奔入帐，禀报道："番军攻上来了！"

吴玠一跃而起，一边披挂一边问："势头可猛？"

传令兵道："极猛！黑压压一片，应该是倾巢出动！"

吴玠咬牙笑道："来得好！"披挂完毕，接过亲兵递过来的长枪，率众将直奔前线而去。

到了一处视角极好的山凹，山脚情形一览无余，果然金军蜂拥而至，呐喊声、擂鼓声隐隐传来，吴玠对众将道："此乃骄兵之状！不等另一路人马到齐，便贪功抢先进攻，倒省却我军许多麻烦。"于是传令下去，令前军极力抵抗，不必节省檑木滚石，只管往下扔。

双方攻防战持续了一整天，傍晚时分，两边都缓了下来，吴玠命令前军往后撤退到第二道栅栏石垒。金军见状，只道宋军不支，立即冲上来把阵地给占了。

第一日下来，看上去是金军获胜，将阵地从山脚往上推到了半山腰。

接下来两日，双方在半山腰附近进行激烈拉锯战，互有死伤，金军士气颇旺，仗着人多，一波波地往上冲。

第三日傍晚，吴玠又下令让军队后撤到第三道防线，也是最后一道防线。

郭浩、杨政都是诸将中颇善用兵的，见吴玠一退再退，主动放弃阵地，置全军于险地，不知他葫芦里卖的什么药，便相约晚上到吴玠帐中询问。

"吴帅，将士们都憋足了劲，似乎不必用'置之死地而后生'来激励士气，反而让我军毫无退路。"郭浩道。

吴玠反问道："充道，你认为我军退路何在？"

郭浩一怔，说不出话来。吴玠命亲兵抬出一瓮酒，微笑道："今

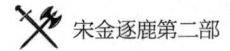

夜就与诸位来个把酒论兵。"

一碗酒下肚，吴玠道："金军分两路而来，人数十倍于我，我军凭借地利，据守一时不在话下，但要就此击退金军，甚至取一场大捷，光凭险据守还远远不够。更何况，光这一路金军就来势凶猛，等另一路金军从其他方向攻来，我军胜算就更小，能自保已是万幸，哪里还敢奢望一场大捷。"

杨政悟性高，立即猜到三分，道："吴帅是想趁没立那一路金军赶到前，一举击溃乌鲁、折合这一路金军？"

吴玠脸色阴沉，目光锐利，扫视了众将一眼，点了点头。

众将都倒吸了一口凉气，同时又从心底涌起一股莫名的兴奋，原本是打算凭借地利死守，耗得金军粮草吃尽，不得不自行退兵，没想到主帅竟有巴蛇吞象的谋划。

吴玠道："此事原不可行，如今天助我大宋，没立一军意外受阻，乌鲁、折合贪功冒进。过去数日，我军虽然一退再退，但伤亡不大，而金军骄横更甚，半面山上全是人马，阵形已乱。我军再熬他两日，作不支之状，半夜令人射一支箭书到金军阵中，就说愿意明日阵中倒戈，拿住吴玠投降。趁金军不做防备，我军突然发雷霆之力，大举反扑。金军猝不及防，必然大溃，山上又不能骑马奔逃，数万人挤做一团……"

吴玠稍稍停顿了一下，看了看听得目瞪口呆的众将，缓缓道："如此一来，可收获一场大捷。"

吴玠话音刚落，大帐里顿时热闹起来，倘若真能打一场如此酣畅淋漓的反击战，岂不是人生快事！

金军眼看胜利在望，又连攻了两日，吴玠命一些士卒一入夜便号啕大哭，然后又让人假扮长官呵斥，金军听在耳里，更觉得守军士气低沉，军心动摇。

反攻前夜，吴玠命人射出一支箭书到金军阵地，一切准备停当，众将迫不及待，只等天明大杀一场。

半夜时分，一名探子借着月光匆匆从南面赶来，带来一个惊人的消息：没立大军过河后，突然急速行军，即将抵达箭筈关。

形势一下又变得诡谲起来，倘若被没立攻占箭筈关，相当于让金军锁住了和尚原的南大门。金军将进可攻，退可守，即便打败了眼前这支金军，后方仍被金军插入一根楔子，很可能宋军在追击乌鲁、折合一部时，没立从后面摸上来，占领和尚原，截断宋军归路，如此则后果不堪设想。

现在已是真正的毫无退路，吴玠紧急召集众将，商讨对策。众将都认为形势至此，只能放手一搏，分出一拨人马去死守箭筈关，明日的大反攻仍按计划进行，击溃乌鲁、折合一部后，迅速回身与箭筈关守军会合，共同对付没立。

杨政主动请缨，愿率人马去箭筈关，吴玠与众将都相顾不语，吴璘便打圆场道："杨统制能去自是最好，只是军中人人皆知杨统制母亲妻子留在北方，万一被金人挟持，杨统制固然明晓大义，就怕军中人心不安……"

杨政脸阴沉下来，双目喷火，牙齿咬得"咯咯"直响。

"杨政听令！"吴玠大喝一声。

杨政一愣，连忙跪下。

"令你率三千人马速去箭筈关，务必抢在金军之前赶到，如有一人一骑入关，你提人头来见我！"说罢，取出一支令箭交给杨政。

杨政瞪着血红的眼睛，一字一顿道："绝不负吴帅重托！"说罢，手执令箭，大踏步走出帐外。

吴玠怕金军起疑，便又安排些士卒号哭，接以长官呵斥，又押出一名之前犯了军法的士兵，吊起来用鞭子抽打，营造出一片人心惶惶的气氛。在喧闹中，杨政率领三千人马静悄悄地从另一条路直奔箭筶关而去。

次日，天刚蒙蒙亮，下面的金军就按捺不住，结队往上爬，离栅栏石垒只有十来丈了，守军仍然毫无动静，金军大喜，都直起腰来往上抢，要争头功。

就在此时，山上突然人头攒动，紧接着滚石、檑木、箭支如同瓢泼大雨般倾泻下来，直打得金军连滚带爬、鬼哭狼嚎。还没等他们回过神来，各处栅栏洞开，守军如决堤的洪水一样，居高临下猛冲过来。

一切发生得太快了，连后面督战的乌鲁都没明白怎么回事，前面的金军便已做了刀下之鬼，后面的见形势不对，扭头就往山下跑。这一跑不要紧，连着半山腰的金军也开始发足狂奔，金军阵形大乱，数万人顿时成了无头苍蝇，在乱石间窜来窜去，有些还不小心摔下山崖，惨叫声回荡山谷，让金军更无斗志。

乌鲁和折合在亲兵护卫下，总算跑下山来，回头见军队乱成一团，便知已无力回天，于是率残军向东逃去。

吴玠久跟金军交手，深知金军意志顽强，一旦给其机会喘息，重新集结起来又会势不可当。因此一击得手后，亲率将士穷追猛赶，从早晨战至午时，又从午时战至黄昏，一边往嘴里塞干粮一边追击，毫不停歇，杀得金军哭爹喊娘，一直赶到和尚原东边五六十里处的黄牛岭，看看天色已晚，将士极度疲累，才鸣金收兵。

此时天上暮云重重，空气中弥漫着浓重的湿气，吴玠赶紧令人将金军舍弃的帐篷运来，与将士们钻进帐篷里躲避风雨。

当晚，一场大风雨降临在和尚原，雨中还夹带着冰雹，这正是秦岭一带令人生畏的倒春寒。吴玠与众将士缩在帐篷内，犹自冻得瑟瑟发抖，可怜那些露宿在外的金军将士只能咬牙硬挺，叫苦连天。

　　次日，大风雨虽已过去，但仍飘着毛毛细雨。乌鲁与折合冻了一夜，浑身湿透，被雨水浸过的衣甲粘在身上，像有千斤之重。再看手下将士，个个冻得脸色乌青，蔫头耷脑，半死不活，哪里还能打仗？

　　虽已大败亏输，但总比全军覆没的好，二人一商议，传令部队赶紧撤退。不料大军阵形早乱，兵不见将，将不见兵，撤退的号令一下去，许多士卒以为追兵上来了，惊慌失措，互相踩踏，又是一阵大乱后，终于狼狈不堪地退往凤翔。

　　吴玠得知金军已经败退，连战场也来不及清扫，立即兵分两路，一路由吴璘、郭浩率领赶回和尚原，以防金军偷袭后路，自己亲率另一路人马赶往箭筈关增援。

　　行至半路，只见杨政麾下的一名小校远远地迎面赶来，浑身血污，盔甲不全。

　　吴玠心头一震，拼命收慑住心神，拍马迎上前去，问道："战况如何？为何就你一人回来了？"

　　小校喘了口气，笑道："杨统制率我等打败了番军，知道大帅着急，特意派我来报捷呢！"

　　吴玠心头一热，几乎要落下泪来，连忙克制住，命人将酒壶递给小校，赏他几口酒喝，然后又叫他站到高处，道："你将箭筈关战况好好跟大家讲讲！"

　　杨政率军星夜进发，终于先没立一步赶到箭筈关，抢先占据高地。金军仗着人多，拼命进攻，从早晨到中午，宋军连续打退金军四波进攻。趁敌人喘息未定，杨政派出一支部队从山路迂回到敌军后方，又亲自率领三百死士，主动进攻，四战四捷，终于将金军压至山下，与迂回到敌后的部队两面夹击。金军终于乱了阵脚，四散奔逃，杨政故意放走一部分敌军，将另一部分赶到山涧，堵住出口。正好昨夜一场大风雨，山涧涨水，次日一早，水面到处都是金兵浮尸，剩下的全部做了俘虏，其中还包括一个千户……

杨政大概是特意挑了一个能说会道的小校来报捷，一路绘声绘色讲来，好几次引得周围将士喝彩欢呼。等他讲完，将士们都陷入大获全胜的狂喜之中，欢呼声良久不绝，震荡山谷。

吴玠派一名亲兵去往和尚原，将喜讯告知吴璘和诸将，然后率军与杨政会合，才走了几步，猛地一激灵：远在兴州的张浚和刘子羽正望眼欲穿地等着他的消息呢！

吴玠立即下马，让人磨墨，亲自写了一封报捷书，封好后交给一名机灵的亲兵，命他骑上一匹快马，并带上另外一匹马换乘，即刻前往兴州。

吴玠没有猜错，张浚心头正压着千斤重担，食不甘味，寝不安席，甚至比富平大战失利后那段日子更为煎熬。

奉命去万州拘押曲端的军校回来复命，告知了曲端被拘押时的情景。

曲端见宣抚司派人来捉拿他，颇感意外，但还是神色如常，从容不迫地安排家事，等到听说要将他押往夔州听凭康随处置时，面色大变，自语道："我曲端竟要死于小人之手！"出得门来，仰面大呼"苍天何在"数声，然后又让人将自己的爱马"铁象"牵过来，抚摸着马鬃感叹不已，口中喃喃道："我今日赴死，可惜以后再无人那样疼你。"

张浚心中不忍，当晚一刻未尝合眼，过了两日，终于派使者去夔州探视。倘若曲端确有悔改之意，留他一条性命也就罢了，然而，数日后，使者带来了曲端的死讯。

曲端一到夔州，立即被满心痛恨的康随押往大牢，大牢里早已备好一个大铁笼，四面都烧着炉火，笼中酷热异常，几名大汉糊住曲端的嘴，把他五花大绑搁到铁笼中烘烤。烘了约一个多时辰，曲端面色焦黄、嘴唇干裂，惨不忍睹，跪下求水喝，康随命人将一壶烫热的酒灌到他嘴里，曲端喝完后，七窍流血而死⋯⋯

张浚听得浑身发抖，好几日都恍恍惚惚，更让他不安的是，曲端被害，陕西军民一片哀叹，甚至有人半夜在宣抚司大门上贴曲端的祭文，极言曲端之冤。张浚的威望也一落千丈，富平大战前各地士绅争相拜谒的情景不复再有，宣抚司府衙变得门可罗雀。

这日，张浚正在府衙处理公务，突然有从泾州来的探报，说是泾原路随军转运判官张彬公然辞官，声称要上书朝廷，为曲端讨个公道。

张浚着实吃了一惊，连老实人张彬反应都如此激烈，看来自己的确低估了诛杀曲端的后果，心情顿时沉重无比，再也无心办公，坐着只是发呆。

现在张浚唯一的希望就在吴玠身上，倘若此次吴玠能成功击退金军，那么他诛杀曲端还能自圆其说，他也会有"明于察人"之功；一旦和尚原失守，四川告急，皇上再怎么宽宏大量，也不会网开一面，贪功误国、擅杀大将的罪名将实打实地落到他头上，一世英名，一生抱负，就此付诸东流。

刘子羽出现在门口，张嘴便问："相公，和尚原有消息了吗？"

张浚长叹一声，摇了摇头。

刘子羽也显露出明显的焦躁不安，他和张浚都把宝押在吴玠身上，一损俱损，一荣俱荣。吴玠一旦兵败，他们都将成千古罪人。

一直熬到川北地区的倒春寒结束，还没有吴玠的半点消息，张浚都已经快病倒了。直到有一日，一名满身尘土的士兵骑着一匹马，身后还牵着另一匹马，带着庄严肃穆的神情，出现在兴州的街道上，直奔宣抚司府衙而去，兴州的军民纷纷猜测又是哪里出了重大军情。

张浚读完吴玠的报捷信，两行泪水肆意地流淌出来，刘子羽从他手中接过书信，仔细看了一遍，起身站到窗前，大口地畅快呼吸着，好像要将这些天来积郁在胸中的闷气发泄出去。

良久，刘子羽转过身来，与张浚相视一笑，他们同时意识到，富平惨败引发的大雪崩终于止住了。

十二　吴玠论战

几乎在张浚接到和尚原捷报的同时,远在上京的吴乞买君臣也接到了没立等人的败报。吴乞买大为震惊,立即召集上京的诸位将帅入朝商议。

和尚原失利对于吴乞买而言,相当于过去一个月来的第二次重大打击。之前,他刚接到左副元帅粘罕和右都监耶律伊都的败报,粘罕和伊都率燕云二万铁骑,深入漠北,去攻打西辽的和勒城,调用的山西、河北民夫以十万计。然而在沙漠中长途跋涉三千余里,最后只得到一座空城,辽军早已西撤。骑兵虽然损耗不大,却已狼狈不堪,随军的民夫活着回来的更是不过十之一二,一时间民怨沸腾,将士畏战之心如同畏虎。

远征西辽铩羽而归,余波未了,紧接着连战连捷的川陕战场也突传败报,而且还不是小败,七万余金军分两路南北夹击,却被西军将领吴玠以区区数千散卒杀得丢盔弃甲,这可是自塞外起兵以来,从未有过的败绩。

朝会上,吴乞买眉头紧锁,几个月前动辄谈笑风生的兴致早就没了,众将领与大臣都默不作声,大气也不敢出。

吴乞买扫了臣僚们一眼,发现挞懒脸上似有一丝笑意,认定他在幸灾乐祸,不禁心头火起,正要训斥,定睛细看,又看到他和众臣一样耷拉着脸,心想或许是自己看错了,但心头的怒火却"腾腾"地升上来,按捺不下去。

"朕自继位以来,不敢说英明神武、雄才大略,但励精图治、勤勉为政还勉强算得上吧。南征以来,我大军百战百胜,横扫中国,才有了今日的疆域威仪,虽然偶有小败,朕都念将士劳苦,不忍追究,反而多有慰勉。不料数年下来,将士贪图安逸,不思进取,稍遇强敌便土崩瓦解,这哪里还有我女真健儿的风骨!当年斡离不在御前会议上提醒朕要防止兵骄民惰,朕还不以为然,今日看来,竟不幸被其言中!"吴乞买越说越气,嗓音也越来越高,众臣都屏息静气,俯首倾听。

"朕今日若再宽贷败军之将,只怕朝廷不尊,法度尽失,祖宗辛苦打下的江山,就要败在朕的手里!"吴乞买说着,重重地一掌击在虎皮大椅的扶手上,"传我旨意,没立、乌鲁、折合丧师辱国,罪不容赦,先革去军职,褫夺一切爵位,下狱待罪!"

挞懒在下面听了,吓得两腿发颤,生怕皇上一怒之下,将他之前的缩头湖之败也算进来,不自觉地把头埋得更低了。

发泄一通后,吴乞买气消了一些,声音缓和下来,但眉头仍然皱着,问:"南朝屡败于我,眼看着不行了,却又突然活了过来,如此三番五次,终归不是办法,诸位可有良策?"

粘罕刚从大漠退兵,尚在云中善后,朝堂里军职最高者乃讹里朵,见皇上问下来,便回道:"此次和尚原之败,没立、乌鲁、折合自大轻敌乃是主因,应当严惩不贷,以儆效尤。然而以臣过去数月在陕西征战的经验来看,这三人之败,仍属事出有因。"

吴乞买点点头,看着讹里朵,示意他讲下去。

讹里朵接着道:"这三人所对阵者,乃是南朝西军名将吴玠,此人原是曲端泾原军中第一骁将,听投降过来的西军将领说,二人在彭原店一战中反目,吴玠被曲端免职,但张浚仍爱其才,又找机会重新起用了他。撒离喝可谓勇将,但在彭原店一战中却大败而归;娄室更是我大金战神,与其数度交战,也堪堪战成平手,可知此人绝非等闲之辈。没立等人,并非庸碌之将,只是无论战前谋划,还是临阵决断,都无法与吴玠相提并论,因此一败涂地,也在情理之中。"

吴乞买已经完全冷静下来,突然又想起斡离不当年预言:久战之下,南军必出名将。今日观之,竟然又应验了!不禁叹了口气,道:"但以十倍之众,仍吃败仗,还是说不过去。"

讹里朵道:"皇上圣明!臣正要说到此处。按理说,没立等人再无能,以我大金将士的战力,也断不至于如此大败。臣以为,这是因为吴玠拥有了极大的地利,我军原以为大散关乃是入川之咽喉要道,占了大散关之后,本想直下汉中,横扫川蜀,不料回头一看,吴玠竟然率军虎踞和尚原!臣细细看了没立等人战报,我大军抵近和尚原时,到处怪石林立,山路狭窄,骑兵都不得不牵马步行。我女真健儿素以骑射机动见长,一下马,铠甲沉重,行动不便,与普通步卒无异,吃败仗也就不足为奇了。"

吴乞买沉吟道:"张浚此人,好大喜功,疏于谋略,却还有用人之明,倒是难得。"

兀术道:"前向曲端被诛杀,陕西人心摇动,叛降过来好几千人,当时臣等还奇怪张浚何以昏聩至此,自毁长城,如今看来,他这是为吴玠开路呢。"

挞懒身为前东路军主帅,自然不能作壁上观,加上感觉吴乞买对自己脸色不好,便瞅个空子插话道:"臣以为我军战士之所以士气不如从前,很大一个原因在于最近几次征战缴获甚少。我军初次征讨时,南军望风而逃，正所谓'有掳掠，无战斗'，各军所获极丰，因此都愿意打仗。如今南军有愈战愈强之势，我军死伤也越来越多，而缴获却越来越少，将士们都会算账，自然就不爱出征了。"

挞懒此言，还真是点中了要害。大金国已经立了刘豫做儿皇帝，黄河以南，全都划给了齐国，总不能跑到他的地盘上去劫掠。更何况，中原一带久经战火，十室九空，早已不比从前，而要去富饶的江南，先要穿过齐国的地盘不说，还偏偏隔着一条大江，兀术倒是杀过去一次，却差点没能回来，自此绝口不提过江之事。

放眼望去，无论从灭亡赵宋的战略意义上，还是吸引将士卖力死战上，只有"天府之国"四川才值得劳师远征。

挞懒见自己的一番话让吴乞买陷入沉思，接着道："没立等人的战报，臣也仔细看了，臣以为我大金所虑者，不只是吴玠，还有他手下一批战将。一旦吴玠打出来，他手下那批战将也跟着脱颖而出，到时候，我军要对付的就不只是吴玠了，而是一群猛将。臣以为一定要趁着吴玠还没有坐大，最好将他一举歼灭，既打击南军气焰，又免生后来之患。"

吴乞买连连点头，指着挞懒称赞道："老成谋国！"

挞懒多谋而寡勇，讹里朵素来看不上他，但听了这番分析，却也佩服他的见识，便道："左监军言之有理！吴玠数次挫败我军，已渐渐成了陕西南军的一根标杆。富平之战，我军以少胜多，大展军威，南军已然胆寒，绝不能让吴玠又激起南军斗志！更何况，我军要扫平川蜀，顺江东下灭掉赵构的小朝廷，也非拿下吴玠盘踞的和尚原不可！"

兀术奋然道："儿臣愿率军去扫平和尚原，生擒吴玠来见陛下！"

众臣都知道吴乞买宠信兀术，再加上兀术屡立战功，颇有将帅之才，都纷纷表示，要击败吴玠，非兀术不可。

吴乞买龙颜大悦，笑道："既然如此，那就有劳我兀术儿！尔等须好生筹划，务必横扫陕西，直捣川蜀！"

扫平李成、张用等游寇后，赵构君臣将行在从越州迁到了临安，越州山清水秀、物产丰饶，但毕竟比不了临安连江带湖的格局。迁回临安不到一个月，便接连收到了张浚好几份奏折，其中最重要的消息是：吴玠在和尚原大败两路金军，力保汉中与川蜀平安。

赵构当然知道这场胜利的分量，但他却无法痛痛快快地庆贺一番，一则是因为金军虽然大败，但恼羞成怒之下，定然会反扑，胜负之数还难以预料；二是张浚在前一封奏折里，一反其他几份报捷奏折中的浓墨重彩，言语平淡地奏报了诛杀曲端一事，列举了他十条罪状，提得上台面的主要有两条：一条说他在彭原店一战中坐拥重兵、不予策应；一条说其部将张中孚、李彦琪等人投降了金军。

曲端并非寻常将领，乃是西军统帅，诛杀他可不是小事，更何况是先斩后奏。至于理由更是牵强，如果部将投降，主将就该被诛杀，那他赵构还将杜充一路提升到宰相的高位呢！

张浚有勤王之功，且行端坐正，赵构给了他在川陕便宜黜陟的大权，即便富平大败，他也仍然选择信任如初。曲端跋扈他是早有耳闻，但张浚竟然敢擅杀大将，的确让他心有芥蒂，如同鞋里进了颗砂石，时不时地硌他一下。

内侍进来禀报，韩世忠得了一匹骏马，身长九尺三寸，如鹤立鸡群。韩世忠不敢骑，特意进献皇上，说此马神骏异常，非人主不能御之。

赵构了无兴致，道："朕居九重，难不成还整天骑着匹高头大马上朝不成？让韩世忠将此马带回军中，上阵驰骋，正合其用。"

内侍又道："刘光世驻军淮南，发现一株枯萎的秸秆上居然生出新鲜麦穗，以为祥瑞，令人用黄绸裹好，送至宫内。"

此时正好宰执们进来，赵构便当着众臣面道："何为祥瑞？时和岁丰，百姓衣食无忧，四方盗匪不起，朝廷有贤臣辅佐，军中有十万铁骑，此可为祥瑞。一根枯枝上长几根嫩芽，就以为祥瑞，岂不是自欺欺人？朕当年在藩邸做亲王时，堂中大梁间长出一株芝草，碧绿修长，异香扑鼻，府官都颇感神奇，要上报给朝廷。朕命人将芝草摘下来，当着众人面亲手揉得粉碎——怪力乱神，子所不语也。"

此时秦桧已经做了参知政事，位列宰执，连忙颂道："皇上圣明！妄言祥瑞，乃乱政之象，该当禁绝，可遣使臣前去刘光世军中申斥，以为警戒。"

赵构道："这倒罢了，朕好言拒之，则此风自息，何须矫枉过正。"

秦桧看赵构眉宇间有忧色，心想大约为陕西之事，便不再言语了。

"朕听人说，卿在群僚中宣称'吾有二策，可耸动天下'，不知是何良策啊？"赵构像是不经意间问秦桧。

秦桧心里一动：此话果然传到皇上耳中了！前不久范宗尹罢相，赵构便紧急驿诏召吕颐浩还朝，不想吕颐浩正领兵平定饶州张琪之乱，战事胶着，急切间不能还朝，而且吕颐浩虽然有决断、富胆略，但性格暴躁，得罪了不少人，因此朝中不少重臣都上疏阻止吕颐浩再度入相。秦桧对宰相之位亦有想法，便在与朝臣议论时，称"吾有二策，可以耸动天下。"有人问："既有妙策，为何不献出来？"秦桧道："如今朝廷没有宰相，难以推行。"此话几经辗转，终于传入赵构耳中，故今日有此一问。

秦桧道："臣之二策，乃是南人自南，北人自北。"

赵构不禁皱了一下眉头，之前秦桧提过"南自南，北自北"，如今多添一字而已，如何就耸动天下了？

秦桧观察了一眼赵构神情，道："臣出此策，实缘于金人亦苦于南北混杂，多生事端。臣在挞懒军中时，听说金国大元帅粘罕苦于盗贼极多，便用高庆裔的计策：凡盗窃一文钱以上者皆处死。云中有一人在地上捡了一文钱，高庆裔为立威，立即将此人斩于闹市；有个叫萧庆的，在平阳任知府，有行人路过人家菜园子，顺手拔了一把葱，也被处死。如此一来，百姓觉得反正死路一条，干脆豁出去了，结果偷盗的是少了，但抢劫伤人的却大增。高庆裔又命诸州郡设置地牢，有三丈深，分为三层，最下一层是死囚，中间是流放犯，最上面是犯笞杖之刑者，并在地牢外挖一圈壕沟围起来。此法治民，如同治猪犬牛羊，岂能行乎？"

赵构神色黯然道："祖宗江山，沦于敌手，致使百姓涂炭，朕深以为耻。"

秦桧又趁热打铁道："粘罕既怕百姓南逃，又担心从南方潜入奸细，干脆禁止百姓私自出行，但凡要出行者，必须申报至州府，手持公据。如此一来，弄得百姓出行极为困难，那些小商小贩，只能待在家中，一时间道路寂然，几无人迹。更有甚者，粘罕听到密报两河州县有南方籍人口，便派人全部清查出来，在耳朵上刺字，以铁索相连，全部押往云中为奴。"

李回愤然道："金人茹毛饮血，只知劫掠，哪里懂得治国安民？可叹我大宋子民自太祖建国，承平一百六十余载，却无端受胡虏凌虐！"

秦桧道："臣以为，金人之所以如此，实属黔驴技穷。倘若我朝提出'南人自南，北人自北'，则此乱象迎刃而解，金人焦头烂额之际，自会应允。"

赵构沉思了一会儿，道："此事可等吕颐浩归朝后再议。"

秦桧略感失望，但知道此时不宜多说，便拜谢后立于一旁。

赵构的心思仍在陕西，思索再三之后，决定沿用之前接到富平败报的做法，先晾一阵再说。至于其他奏章，则痛快批复，如张浚奏请提升吴玠为明州观察史，提升吴璘为武德大夫、康州团练使等等，赵构见吴璘年纪极轻，便跟着兄长杀敌立功，还特地赏赐给他一条金腰带。

吴玠在和尚原大败金军，陕西战局暂时稳定下来。张浚和刘子羽商议，此时把宣抚司治所从兴州挪到四川阆州，应当不会引起任何恐慌，于是在和尚原之战一个月后，川陕宣抚司治所便转移到了阆州。

连败之后，终于狠狠地回咬了金军一口，而且还是由自己顶着压力亲自提拔的爱将所为，张浚总算有了底气，心情真正平复下来。

经此一难，张浚更将刘子羽引为腹心，不是他数次力排众议，自己恐怕要出更多昏招，弄得局面不可收拾，而且他千里单骑赴秦州招纳溃卒，实乃扭转乾坤之举，也为吴玠的和尚原之胜打下伏笔。

因此，但凡有难事，张浚便将刘子羽召至府中，仔细商议，也成全他和玉儿的思念之情。

刘子羽早年有过婚配，然而爱妻早逝，自此便心灰意冷，只专注于建功立业，也只有玉儿这样聪慧无双的美丽女子才能再次拨动他的心弦。

朝廷的诏书接连下来，多是褒奖之词，吴玠一战成名，自己升官不说，麾下诸将也都有升迁，军中皆大欢喜，士气高涨。

然而在一片欢天喜地当中，张浚却感觉到了一丝寒气，皇上对他的每份奏章都有批复，唯独漏掉了他诛杀曲端的奏章，这显然不是疏忽。张浚本来就有几分心虚，此时更是坐卧不安。

今晚他便坐在堂中，一边喝茶看书，一边等候刘子羽过来议事。

"兄长，你到底有没有看书啊？茶都喝了两盏了，还一页都没翻过。"玉儿道。

张浚自失地一笑，放下书卷，起身在屋内踱了两圈，看了玉儿一眼，发现她自从上次与刘子羽生离死别后，眉宇间最后一丝稚气也消失了，从前那个天真烂漫、无忧无虑的少女终于长大了。

张浚只有喟叹而已，昨日偶然照镜子，竟然发现鬓角添了几丝白发，这可是从未有过之事，若不是刘子羽收纳溃卒，布局川蜀防务；吴玠在和尚原大破金军，扳回一局，恐怕再过几个月，他的鬓角就全白了。

一串坚实的脚步声传来，几乎是同时，刘子羽掀帘而入，张浚一眼瞅见刘子羽满头青丝，虽然看上去满腹心事，但眉如刀裁，目若朗星，俊逸潇洒的模样丝毫没变，心中不觉掠过一丝轻快的嫉妒感，笑道："彦修啊，我盼你之心，只怕不逊于玉儿呢！"

刘子羽和玉儿深深地对视了一眼，各自微微一笑转开目光，也笑道："相公难得轻松几日，难道又有军情来了？"

三人坐下，张浚道："有军情来倒还罢了，无非是兵来将挡，水来土掩，就怕不知上头怎么想，天意难测啊！"

刘子羽已然明白，略感诧异，道："皇上果然连半个字的批复都没有吗？"

张浚皱眉摇了摇头。

刘子羽低头思索片刻，道："曲端伏诛一事，确有不得已之处，大敌当前，最紧要的是上下一心，互不猜疑。曲端掌兵，就算相公能赤诚以待，又怎能确保他回报以琼瑶？此人颇知兵法不假，但心胸狭窄，难以容人，恐怕不能托付重任。王庶、吴玠绝非奸佞之人，却对曲端恨之入骨，必欲除之而后快。康随虽然是个鼠辈，但曲端却把他往死里得罪。上不能得君子之心，下不能平小人之意，这威武大将军做不长久，岂非定数！"

张浚点头道："彦修所言，直指要害！皇上是英主，一听应该就明白了，可惜这些话却不能写到奏章里去！"

"皇上对曲端跋扈弄权早已知晓，之前不还召他入朝吗？曲端心中有鬼，疑而不行，还是相公百般为他开脱，拜他为威武大将军，可惜此人却不为相公所用，处处掣肘。富平一战，固然失于冒失，但曲端身为三军统帅，却一味避战，毫无知难而进之心。倘若晋卿也像他那样，孤军面对金人十倍之众，不早就逃之夭夭了吗？哪里还会有此次大捷！"刘子羽虽知曲端死得冤，但内心深处对他毫无好感。

张浚不禁苦笑一声，道："这个……只怕也不能明说，只能祈望皇上自己看透。"

二人接过玉儿递过的茶杯，刘子羽抿了一口，连连冲玉儿点头称好。张浚心思全不在茶上，浑然不觉其味。刘子羽道："相公不必过虑，皇上虽然年轻，但聪慧异常，对此定然洞若观火。试想杀一掌兵大将，实非小事，皇上却释而不问，显然心里还是向着相公的。毕竟武将跋扈，乃是朝廷大忌。只是相公主政川陕，军情紧急，有时不得不独断专行，难免引人物议，皇上纵然英明，听多了也会有疑虑。"

"彦修哥，如何才能让皇上打消疑虑呢？"旁边玉儿关切地问道。

"这个相公比谁都清楚。"刘子羽微笑着，卖了个关子。

张浚抬头茫然地看着刘子羽。

刘子羽道："相公忘了当初为何来陕西吗？"

张浚愣了愣，低头细思了一会儿，陡然间精神一振，习惯性地起身踱了几步，突然停住脚步，道："若能多来几次和尚原这样的大胜，皇上高兴还来不及，哪里还会有什么疑虑？只是，此事谈何容易！"

刘子羽从玉儿手中接过茶壶，替张浚沏满，道："川陕如今已是天下所系，虽然陕西五路已失，然而只要保全四川，就能保全江、淮。这样的大势，皇上岂能看不明白？而能镇住川陕的，除了相公，朝中还有何人能担此重任？因此，皇上是绝不会轻易换帅的。相公要做的，就是向皇上证明没有了曲端，陕西战局反而好转，而且相公一手提拔的吴晋卿，也要强过曲端百倍！"

张浚重新坐下，感叹道："我无德无能，却有幸得了你、赵开和吴玠三人辅佐。之前一直缺一个临阵必胜的猛将，这也是我大力扶持曲端的原因，可惜他不为我所用。现在有了吴玠，总算不用为此头疼——这也多亏了你的力荐。"

刘子羽道："过不了多久，和尚原定会又有一场恶战。没立、乌鲁、折合等人，固然是金军骁将，然而却非独当一面的人物，此次大败而去，金廷必不甘心，定会派一名主帅领军前来，声势只会比之前更大。"

张浚自富平之败后，谨慎了许多，但骨子里建功立业的豪气却丝毫未减，咬牙道："可惜娄室已死，纵然胜了，此恨终究难消！"

刘子羽微笑不语，娄室死讯传来，他立即意识到彼消此长，金军失去了一名可以扭转乾坤的大将，而大宋西军中一颗将星正冉冉升起。

他偶一转头，看见玉儿正偏头沉思，脸上带着一丝若有若无的笑容，静静地沉浸在自己的世界里，仿佛这世上的攻伐征战、刀光剑影与她全无干系。

和尚原大捷后，吴玠一军声威大震，各路散兵纷纷过来投奔，吴玠挑了一些健壮士卒纳入军中，将军队扩充到一万多人。

从七八月份起，探报就开始频传金军四处征粮的消息，又风传金国四太子兀术挂帅,要率大军直下川蜀,而和尚原作为四川屏障,正是兀术大军首当其冲的目标。

吴玠一面带领士卒修筑石垒栅栏,一面广积粮草。上次击败两路金军后,张浚派人过来犒军,送来大批银两钱缗,凤翔周边的百姓,也争相运粮过来。吴玠命手下绝不能亏待百姓半分,全部以高出市值一半的价格买下。百姓喜出望外,如此一来,送粮的人更是络绎不绝,吴玠不用派一兵一卒出去征粮,便轻松解决了粮草这个大难题。

八月将过,送粮的百姓突然间连续数日只剩下不到一成。吴玠大惊,经询问才得知近日金军游骑四处出击,只要见到背粮之人,不问缘由,一律劫杀,因此百姓便来得少了。

吴玠正寻思解困之计,探马来报,金军正在陕西各路征召民夫,规模之大,前所未有,金军还故意放出歌谣传唱,其意十分恶毒。

"但说无妨。"见探子不敢说出来,吴玠催道。

探子便道:"那歌谣道:'前有李观察,后有吴观察,哪家做观察,哪家睡棺材。'"

吴玠一愣,随即省悟,李观察指的是守陕州的李彦仙,吴观察就是指刚升为明州观察使的自己,金人将自己比作城破身死的李彦仙,果然十分阴毒。

杨政拍案大怒道:"番军如此狂妄,得让他们先尝尝厉害!"

吴玠不动声色,冷笑道:"番军这是在提醒咱们呢!李彦仙智勇过人,苦心经营陕州两年,最后仍败于娄室之手,无非就是援尽粮绝。我军刚刚斩获大胜,得了不少敌军补给,但一万多人马挤在这和尚原,一天下来,便耗粮无数,一旦粮草告急,则人心慌乱,不战自败。当年金军围陕州,也是先派游骑劫杀运粮之人,使城中粮草不得接济,陷入困境。我听说挞懒围楚州,也是用此方法。如今我军守和尚原，切不可重蹈覆辙！"

吴璘道："兄长不必过虑，这和尚原虽然不大，但毕竟非一城一池可比。金军人马再多，也无法合围。倒是金军放游骑劫杀运粮百姓，乃是釜底抽薪的毒计，须设法破之。"

郭浩道："前日有一运粮百姓，大约二十来岁，父母已去世，也未娶妻，想投我军中，我怕是奸细，特意细问了一番。听他讲，金军游骑主要出没于凤翔西南一片山谷，此处是来往和尚原的必经之路，地势平坦，运粮百姓不便躲藏，金军轻骑却方便冲突，但只要过了这片山谷，全是山道，金军骑兵便无用武之地。末将以为，我军亦可派几百轻骑去那片山谷，一则给运粮百姓壮胆，二则也可反制金军。"

杨政沉吟道："如此好是好，不过我军骑兵毕竟不如番军骑兵马快，马上功夫亦颇有不如，以骑制骑，只怕讨不到好处。"

吴玠道："此言甚是。要击败番军骑兵，一凭地利，二凭智取，正面硬战毫无胜算。"

杨政听了这话，脸上突然现出诡秘的笑容，道："何不挑几百勇士，暗藏兵刃，装扮成运粮百姓，番军必无防范，趁其不备，我军勇士奋起一击，定可重创番军马队，好好让他们喝一壶！"

众将都连声称好，吴玠低头细想了一会儿，道："那就有劳直夫从军中挑选几百勇士，切莫走漏风声，反为金人所乘。"

杨政拱手道："吴帅您就把心放肚子里，事不宜迟，末将先去了。"说罢，一溜烟走出帐外，惹得吴玠和众将都忍不住发笑。

吴玠又道："百姓运粮不易，都是舍命来相助我军，绝不能亏待他们。自今日起，但凡百姓运来的粮食，按市价三倍取之，有敢克扣半文钱者，立斩不赦！"

杨政亲自率队去了约十来日，运粮过来的百姓突然人数暴增。吴玠大喜，命人将粮食全部贮存在干爽清凉的山洞中，几日不到，便填满了几个山洞。吴玠暗暗松了口气，心里不由得纳闷杨政使了什么法子，能收此奇效。

数日后，杨政带着几个人回来复命，每人不仅骑着马，后面还牵着几匹马。众将都围上去打听消息，杨政道："我挑了三百名壮士，装扮成运粮百姓穿过山谷，还特意找了些女人衣裳，将几个面相俊俏的军士打扮成女子模样。番军见了，果然毫不提防，怪叫连连直接冲了过来，大约有七八十骑，我等装作四散奔逃，实则将番军包围起来，然后一声呼哨，从包裹里抽出刀剑乱砍一气，番军挤在一块儿，无从施展，任我一顿砍杀，只剩了十余骑逃回去。"

众将听了都大笑，吴玠问："如何就你们几个回来了？其他人呢？"

杨政道："末将觉得，如此虽然能镇住番军一时，但终归不能长久。番军吃了亏，只怕会大举报复，而且一旦番军有了防备，再想以步兵包围骑兵，绝无可能，反而只有挨打的份儿。因此，末将便派十几个机灵的出去探路，果然找到一条山路，虽然要多花几日在路上，送粮之人却再无性命之忧了。末将仍让手下那些人扮作百姓，却都沿着山谷边走，既保安全，又吸引番军兵力，省得他们骚扰运粮百姓。"

吴玠大喜，赞道："难怪送粮的百姓人数大增。直夫粗中有细，有勇有谋，不愧将才！"

杨政脸色却凝重起来，道："有几个番军受伤被俘，我细细审问了一番……吴帅，番军此次来者不善，须好生提防！"

吴玠点头道："番军上次大败，回去定会仔细复盘，来日大战，不会再吃同样的亏，我军战法也须有所变化才是。"

众将都相顾无言，几个月前以数千临时拼凑的溃卒，击败数万金军，几乎把所有的计谋战法都用光了，还能有何变化？

吴玠知道众将顾虑，只是微微一笑，他一直在等川陕随军转运使赵开的消息。赵开远在成都，如果按期出发的话，他派出的一支人马大约再过半个月就该赶到了。看目前形势，毫无疑问金军将发动一场空前规模的攻势，吴玠抬头望了望晦暗的天空，暗暗祈求上天护佑赵开的人马能及时赶到。

盛夏已尽，绿叶泛黄，赵开承诺派来的人马还不见影子，但金国大军压境的消息却接踵而来。人马之众，连探报都说不清楚，先是报说金军在渭河上架了十余座浮桥，兵马川流不息，数日不绝。接着又报金军大部人马已抵达凤翔一带，遮天蔽日，不计其数……吴玠知道自己上次大败金军，坏了金军的侵蜀大计，让金国上下痛恨不已，恰如当年李彦仙占据陕州，屡败金军一样，令金人必欲除之而后快。

绍兴元年十月，金军发动一起空前规模决战的意图显露无遗，十来万大军集结在凤翔以南，只与和尚原相隔一条山涧，人马极盛，以至连营数十里。自建炎年间宋廷南渡以来，金军虽然屡次南侵，但还从未有过如此大的阵势。

吴玠已经不指望赵开那边，只是在和尚原专心布防。自从击退没立和乌鲁、折合两路大军以后，他几乎每日都在督促士卒修筑栅栏，加固石垒，并精心挑选反击路段，必欲让金军每前进一步都付出沉重的代价。

金军游骑开始频繁出现在和尚原东北侧，吴玠等人久与金军交战，知道这正是金军进攻前的征兆，于是从统制到普通士卒，个个鞍不离马，甲不离身，严阵以待。

就在大战即将爆发的前一刻，有探马来报，一支两百人的骑兵出现在和尚原南侧，看上去像是友军。

吴玠心里一动，赶紧派人前去迎接，一早派人出去，直至日落时分才回来。这两百人倒像是一支辎重队，除了各自马匹上背负了不少东西外，另外还带了上百匹健驴，驴背上也满满地驮着包裹。寻常辎重队都是些老弱之兵，这支队伍里的士兵却个个身手矫健，尤其是领头的将官，虽然个头不高，但生得宽肩猿臂，腰阔膀圆，更兼目光炯炯，从容不迫，一看就不是寻常之辈。

吴玠暗暗称奇，只见那将官猱身下马，上前拜道："利州路副统制王喜奉川陕随军转运使赵开之命，率队驮运克敌弓五百二十张，箭二万支前来增援，因怕撞上金军游骑，只得绕行五方原，夜行昼伏，今日方才赶到，有负重托，请观察降罪！"

吴玠急步上前，扶起王喜，道："来得正好！不想四川天府之地，锦绣之乡，竟有王统制这样的虎将！"

王喜谦逊道："观察过奖！末将心急火燎，就怕误了大事，还好终于抢在大战前将克敌弓运到。"

旁边杨政、郭浩等人早耐不住了，道："我军中弓箭手不少，神臂弓亦有一两千张，你这克敌弓有甚好处，值得如此大费周章千里迢迢送来？"

王喜一笑，从马背上取下一个包裹，从里面掏出一个纸糊的硬盒，撕开好几层纸，露出一张崭新的弓弩。

众将凑上去观看这弓弩，只见这弩以上等桑木为身，檀木为鞘，马面牙发为黄铜所制，弓弦为最上等麻绳扎丝，弩身较神臂弓略长，约为三尺五寸，弦长约二尺八寸，弩身上涂了层桐油，精光锃亮，制作极为精良。

众将都是行家里手，一看这克敌弓模样，便知不是凡品，都"啧啧"赞叹。有人道："看上去是极好一张弩，就是不知劲道、准星如何？"

王喜问众将："神臂弓平常射程多少？"

郭浩道："号称二百五十步，实际二百步外便不能伤人。金军士卒都精通弓箭，我曾见过有金兵将射程将尽的箭一把抓住，顺手塞入箭囊。因此，真要伤人，须在一百五十步以内，倘若碰上身披重铠的武士，要想洞穿铠甲，则需在百步以内。"

王喜微笑道："这克敌弓射程五百二十步，三百步内便能洞穿重铠，且准星极好，士卒稍加训习，便可使用自如。"

众将听了，都面面相觑，看王喜绝非虚妄之人，但仍然不敢相信。

王喜从箭囊中取出一支箭，杨政拿过来在手里掂了掂，箭杆乃榆木所制，笔直匀称，箭镞极为锋利，连箭尾的翎毛都比寻常箭支挺括。

王喜指着远处一棵双人合抱的大树道："此处离那棵大树有多远？"

众将有说四百步，有说四百五十步，还有说五百步的，王喜将箭放入矢道，用脚踏住弩蹬，双手一拉，麻利地将弓弦扣上，然后起身，跨个弓步，略为瞄准，轻轻一扣弩牙，只听"铮"的一声，箭支便没了踪影。

吴玠打发一名亲兵骑马过去取箭，那亲兵飞马过去看时，那箭果然稳稳地扎在树干上，整个箭镞都已没入，那亲兵费了半天工夫才将箭取出，回来送给众将看。

众将拿着箭传看了一圈，惊异不已。郭浩叹道："可惜太少，若能装备三千人，则此战必胜无疑。"

王喜道："列位将军有所不知，这批克敌弓选料讲究，制造繁复，寻常工匠根本不能制作，好不容易搜罗了上百名能工巧匠，依照图纸，日夜赶工，苦做了三个月，也只制成了五百二十张。列位请看，我所使的这张弓的弦上有血迹，便是工匠为赶进度，手被勒出了血仍不停工所致。这五百二十张克敌弓和二万支箭，都是川蜀百姓血汗换

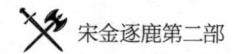

得,来日我等要让它们饮足番军的血!"

众人都肃然。吴玠十分感动,从王喜手中接过克敌弓,一边摩挲一边慨然道:"我吴玠不守好这川蜀大门,有何面目去见四川父老!这五百二十张克敌弓乃此战制胜关键,须仔细筹划,务使物尽其用。"

当晚,吴玠为王喜等人接风洗尘。席间商议退敌之策,杨政道:"番军已在和尚原东北列营与我军对峙,近日听探报说,敌军调动极为频繁,我料过不了数日,必有一场恶战。"

吴玠道:"若不是王喜在大战前赶到,此战只有四五成把握;王喜一来,此战便有了七成把握。"

众将交换了一下眼神,吴玠每遇大战,都极为谨慎,十万强敌在前,能说出有七成把握,显然胸有成竹。

吴璘首先忍不住,道:"大哥,番军有十多万人马,主帅乃是金国名将兀术,连韩世忠都吃过他的苦头,此次可谓是倾力而来,志在必得,我军唯一可恃者只有地利,大哥这七成把握从何而来?"

吴玠微笑道:"古之良将,临大敌而勇,临小敌而怯。如今大敌当前,不正是勇字当先之时吗?"

杨政嚷道:"吴帅快莫卖关子,你心中必定已有破敌之策,说与大伙听听,也让大伙提提心气!"

吴玠哈哈大笑,道:"直夫兵略,不亚于我,还需要我给你提什么心气!不过,今日喜得猛将,我多说几句也无妨。我与西夏军、辽军及金军都有过交手,西夏军与辽军都颇为强悍,但与金军相比尤有不及。金军作战有四处长项:铁骑、坚忍、重甲、弓矢。而这四处长项,恰恰又是我军短项,然而今日和尚原之势,山路狭窄崎岖,骑兵不便驰骋,骑射功夫亦无从施展,此所谓四长去其二,只剩坚忍与重甲。我军原本装备有神臂弓,可以百步内穿透重甲,但敌军一旦逼近百步，顷刻间便能短兵相接，弓箭手顶多只能放出三排箭，杀伤力不大。今日有了克敌弓，我军在三百步内即可洞穿敌人重甲，如此一算，可以从容连放十排箭，威力大增；且敌军从未接触过如此强劲的弓弩，出其不意，难免士气受挫，心怀畏惧，其坚忍之长亦为我所破……"

吴玠侃侃而谈，众将听得心服口服，信心倍增。王喜自四川来，原本对西军有几分不服，听完吴玠论战，不禁如痴如醉，心底建功立业的欲望"腾腾"直往上冒，起身道："王喜一生抱负，便是杀贼立功，今日有幸投入吴帅麾下，来日愿打头阵！"

吴玠大喜道："王统制只带了二百人马过来，请先于各营中再挑选三百二十名士兵，加紧训习，确保在大战前能娴熟使用克敌弓，这五百二十人独成一军，姑且称之为'驻队'，从今日起，你便是我军中驻队统领！"

看到众将群情振奋，吴玠便命人取出地图，指着图上各处要塞，道："当初富平大战，筹备大半年，双方参战者近三十万人马，然而也就半日之间便分出胜负。细思之下，为将者岂能不悚然而惊！来日大战，敌我双方皆倾尽全力，多则三五日，少则两三日，必分出胜负，我军要以少胜多，仍需出奇制胜。全凭死守，敌人退而再攻，周而复始，敌军会凭借人多优势将我军拖垮，即便有克敌弓助阵，也无济于事。"

众将脸上神情都严峻起来，眼睛盯着地图不作声。吴玠问："要克番军坚忍之长，除了克敌弓，还须另想他法，各位有何高见？"

杨政道："番军大营离和尚原约百里，且隔一条山涧，数万大军集于山下，粮草消耗极大，倘若能断其粮路，必能令其军心动摇！"

此话正合吴玠心意，只是要断敌粮路，必须出奇兵神不知鬼不觉绕到敌后才行。在数万敌军的眼皮底下做到这一点，实在是难上加难，这也是他多日来一直苦思的问题。

杨政诡秘地一笑，道："不瞒吴帅，上次与手下几名将校议论万一被番军攻上山来，再战于事无补时，该退往何处，有人说后山那处悬崖深上百丈，看似极险，实则一旦缒到下面，便可沿小路一直绕到山下，这不正好吗？"

吴玠瞪着杨政道："想必你连绳子都备好了吧？"

杨政略显尴尬地点点头，众将一阵哄笑。杨政道："众位兄弟，我杨政岂是贪生怕死之辈？但留一后手，总有用得上的时候，这不就用上了吗？"

吴玠大松了口气，由杨政带人去断敌粮路，又是从这条连自己都意想不到的路径，应当十拿九稳，便道："来日番军进攻时，第一日必定是试探，并不死冲，我军借助栅栏石垒坚守，并以近战辅以神臂弓退敌。第二日番军自以为摸清虚实，定会不计伤亡，一波接一波猛攻，以期一鼓作气突破我军防线。此时，王喜的驻队以克敌弓齐射，番军进入一百步后，再以神臂弓劲射，如此轮番迭射，必能重创番军！我料此日过后，番军定然士气大损，趁其不备，我军再派人去夜袭，使其不得安宁。倘若此时，再传来粮路已断的消息，番军定然仓皇退兵，我军全线出击，可一举击退番军。"

众将又听得目瞪口呆，如此算无遗策，难道是天神下凡不成？

"谁愿率军夜袭敌营？"吴玠喝问道。

郭浩起身，道："末将愿往！"

吴玠十分满意，郭浩有勇有谋，合该担当此任。

完成了两项极重要的部署，吴玠接着按照地图，安排众将各守要塞防御。正议论间，吴璘突然道："如何不见雷仲踪影？"

众将互相看了看，都心中起疑，吴玠淡淡地道："我已于十日前安排他去神垒设伏。"

神垒乃是一处峡谷，离和尚原二十余里，大战在即，人马本就不多，派人出去断敌粮道倒也罢了，还派出一支队伍离开主战场去设伏，这是要打神仙仗吗？

吴玠见众将疑惑，便指着地图道："倘若金军被我神臂弓与克敌弓大折锐气，又被我军断了粮路，当晚还遭夜袭，士气大挫，必然撤退，你们看看，会撤往何处？"

众人对着地图看了半晌，又回想和尚原周遭地形，才惊觉金军真要仓皇撤退的话，几乎毫无疑问会撤往神垒。

论战至此，众将已经明白吴玠又在做巴蛇吞象的打算，而此次的象，乃是一头名副其实的巨象。

十三　再战和尚原

　　金秋十月的川北秦岭一带，宛如世外仙境，远山云雾缭绕，近处空谷幽深，树上的叶子有些仍然翠绿，有些却已微微泛黄，山峦起伏，层林微染，当真是美不胜收。

　　兀术看着这美景，原本心中豪情满溢，不知怎的又阴郁起来，脑海中浮上来一句诗："寂寞梧桐锁清秋"，此诗意境与当下景致毫不相干，但因诗句中有一个"清"字，让他不由得想起了那名清丽傲世的女子，而这句诗也恰恰是她念给他听的。

　　"大帅，前方十里处便是和尚原。"亲兵上前禀报。

　　兀术收回思绪，立在马镫上，极目远眺，只见前方一处山峰，乍看并不甚雄伟，但细细打量，却又暗含虎踞龙盘之势，没立等人折戟在前，兀术丝毫不敢轻慢，派出数十名探马四处游弋，有宋军踪迹立即通报。

　　离和尚原五里处，兀术下令扎营，数万大军次第排开，不到一个时辰，呈网状安下营寨。又过了片刻，大军埋锅造饭，炊烟四起，香味到处乱窜，让人难以相信这宁静的山水之间即将血流成河，无数此刻还在谈笑自若的战士数日后将成孤魂野鬼。

　　没立等人兵败后，被收了兵权，回上京待罪，麾下将士全部并入兀术军中。兀术找来几名参战将领细细询问，不料问了半天，竟问不出个所以然来,那几名将领都道吴玠用兵极为狡诈,也不知怎么稀里糊涂就吃了败仗。当然也找了不少兵败的借口,其中一名将领就说:"倘若不是那一场倒春寒的冰雹雨,把将士们浇得半死,我军未必就败了。"

兀术心中盘算了一阵,召集众将议战,决定让大军原地休整三日,然后再倚仗兵力优势,持续猛攻,不给守军半点喘息机会,一举拿下和尚原。

双方山上山下,遥遥对峙,一时倒也相安无事。偶有宋军探子窥营,骑兵一出,便吓得连滚带爬地跑了。

休整完毕,第四日一早,兀术传下帅令,金军列队向和尚原进发。兀术命将士鼓噪前行,只听战鼓齐响,吼声震天,十几里外都能看见成群的鸟雀从林中惊起,飞向天边。

到了山脚,和尚原上的守军仍寂然无声,就像跑光了一般,兀术反而觉得不可小觑,传令士卒安静下来,分成数队往山上爬。

此时山下已无路径,山势陡峭,怪石林立,一如没立等人在战报中所述。金军将士不得不牵马步行,兀术见状,便传令士卒将马留在原地,列队步行上山。

按照之前的商议,金军首日进攻多为试探,一则了解守军兵力布置,二则探测守军到底有多强战力,以便次日总攻时排兵布阵。

一直爬到上午,前方传来打斗之声,走在最前列的金军已经与守军交上了手。

很快,打斗之声像野火一样蔓延开来,越来越多的人加入战团,后面的金军像闻到血腥味的野兽一样,在将官们的催促下,争先恐后地向上爬去。

兀术在山脚寻了一小片开阔地,铁骑护卫两侧,亲自督战。

每隔半盏茶的工夫，便有一名士兵将最前线的进展传来，先是守军凭借栅栏、石垒死守，双方僵持不下；接下来又报守军神臂弓很是厉害，金军中箭者颇多，但不少将士身上带着几支箭，仍奋勇向前；将近午时，前方终于传来好消息：金军已经攻下了第一处石垒，守军仓皇撤退到第二处石垒。

兀术笑道："孩儿们攻下一两处石垒，不足为喜。身中数箭，仍然浴血奋战，这才是我女真勇士的风骨！"

中午双方简单休战了片刻，立即又开始了恶战。金军趁着势头，越攻越猛，试探性的进攻变成了拼死力战。兀术听到前方战况越来越激烈，却也顺其自然，他经历的阵仗多了，知道临战血气极为可贵，既然将士血气上来了，顺势强攻亦无不可。

守军也表现出极大的韧劲，愣是守住第二道防线，一直到日落时分，都没有让金军突破。

首日交锋下来，兀术感觉自己探到了守军虚实：作战相当顽强，栅栏石垒修得非常坚固，神臂弓名不虚传，和尚原地势险峻、易守难攻……

这些都是此仗的难处，但兀术心里有了底，当晚便犒劳受伤将士，并召集众将商议明日进攻策略。

兀术首先道："此战不宜久拖，倘若真打成了拉锯战，南军可借助地利与石垒工事，还有神臂弓来坚守，我军却只能仰攻，伤亡必然越来越大，士气也会日渐消退。和尚原虽然不大，但与陕州、楚州相比，我军人马再多几倍，也无法困死和尚原，守军依然可以得到补给。因此，明日一战，我军须以雷霆之势，分波猛攻，将士有不敢力战者，立即斩于阵前！"

众将悚然听命，兀术的亲兵统领乌里突起身道："末将自从做了殿下的亲兵统领，极少攻城野战，两年下来，未立寸功，末将明日愿率三千人打头阵，狠狠压制一下南军的气焰，后面的战事就会顺利得多，请殿下允准！"

乌里突乃是兀术军中一头猛虎，又是亲兵统领，兀术有些舍不得让他去打头阵，但转念一想，主帅都派出亲兵统领打头阵了，其他人哪里还敢畏缩不前？便道："明日你除了披上自己的铠甲外，再披上本帅的铠甲，两重铠甲护身，谅南军奈何不了你。明日若能拿下和尚原，我奏请皇上，直接升你为万户！"

众将都吃了一惊，大金国自白山黑水起兵抗辽以来，猛将如云，战功卓著者瀚若星河，但被封为万户的却扳着手指头都能数过来，如此赏格，可谓顶天了。

兀术取下腰间宝剑，对韩常道："明日你亲临前线督战，有退后半步、犹疑不前、后顾张望者，立即用此剑斩杀于阵前，明日此剑不见血，你不要回来见我！"

韩常自富平大战后，在军中威望极高，兀术也引为心腹，听兀术如此说，连忙起身接过宝剑，沉声道："末将听命！"

众将已然明白，明日退后必死，往前还有一线生机，被压到极限的求生欲暴发出来，变成疯狂的杀戮欲望，纷纷站起身来大声请战，整个大帐充斥着"嗷嗷"的虎狼之声。

兀术要的就是这股血气之勇，便让人端上酒来，举杯激励道："明日拿下和尚原，定与诸位痛饮三天三夜！"

次日一早，金军便已经列好了十队，每队三千人，计划每半个时辰压上去一队猛攻，持续施压，直到突破南军阵地为止。

天刚亮乌里突便率队上山，没过多久，前方传来激烈的打斗声，声势之大，前所未有。兀术听在耳里，心下甚是满意，按这样的攻法，南军能撑到中午就不错了。

　　传令兵如同昨日一样，每隔一会儿便来传递前线军情，传了四五次，都是说两军激战正酣，不分胜负。

　　兀术不慌不忙，谈笑自若，过了不久，传令兵又来报，第四队人马刚刚冲上去，双方正在激战。

　　兀术终于有些不耐烦，道："激战，激战！本帅还不知道在激战吗？推进了多少？将士死伤如何？"

　　那传令兵道："还一直在原地，将士死伤远超昨日。"

　　兀术心里一沉，却也没有慌乱，攻坚之战，攻方在得胜之前会付出极大代价，而且看似毫无进展，然后突然之间，一举攻破守军堡垒，大获全胜。此时此刻，就比谁更有韧劲，更有毅力，更不惜手下士卒。

　　他抬头看了看天，早已日上三竿，前方传来的激战之声从一大早到现在，片刻没有停息，而且始终保持着同样的强度。

　　"看你能扛到何时！"兀术咬牙冷笑道，重新坐下饮酒。

　　眼看着日头越来越近正午，兀术坐不住了，等不及传令兵，便派一名亲兵上前去打探乌里突那边战况如何。

　　那亲兵前脚刚走，传令兵后脚就到了，禀报道："我军仍与守军僵持，伤亡还在增加。"

　　"都是因何受伤？"兀术问。

　　"有被檑木滚石伤的，有在近战中被守军长枪刺伤的，还有许多是中了守军的箭。"传令兵道。

　　这话等同废话，兀术不耐烦地挥挥手，令他再去打探。

　　过了半晌，远远看见亲兵慌里慌张地往回赶，兀术隐隐觉得不对劲，沉住气等那亲兵过来了，才问："战况如何？乌里突战了这大半

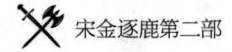

日，也该下来歇歇了。"

那亲兵喘了好几口气，才说出话来："殿下，听韩将军说，乌里突身负重伤，但不愿下前线，说反正今日难逃一死，不如死前多杀几个南军，以报答殿下知遇之恩。"

兀术胸口一震，愣在当地，他突然意识到此战的主动权似乎不在他手中，而在吴玠手里。

乌里突是他的爱将，但此刻他来不及心疼，一种兵败如山倒的预感暗暗袭来，让他不由得微微颤抖了一下。

"乌里托受的什么伤？"

"回殿下，箭伤。"

兀术喝道："乌里突身披两层重铠，如何会受箭伤？"

亲兵道："方才韩将军特意让我转告殿下，南军今日箭如雨下，开始以为不过是南军的神臂弓所发，后来才发现，这箭与以前的箭相比颇有不同，三百步外都能穿透重甲，我军猝不及防，死伤极多。平常我军勇士有身中数十箭仍奋勇杀敌者，那是因为有重甲护身，箭即便穿透了铠甲，也伤得不深，但今日南军之箭，只要射中，便深入数寸，因此连乌里突这样的勇士，也承受不住。"说罢，突然想起什么，将腰间别着的一支箭呈给兀术。

兀术接过箭，仔细端详，这箭比其他箭支稍短，分量较重，箭镞十分锋利，以前从未见过。

兀术脑子飞速转动着，脊背已经被汗水湿透，战场上出现了意外，他这个主帅要做出抉择，是按原计划继续进攻，还是鸣金收兵？

此时情势，已容不得犹豫观望，兀术叫过一个腿快的亲兵，道："传我帅令，命韩常压阵，叫前方将士减缓攻势，逐批撤退。"

那亲兵持着令旗，飞奔而去。兀术看了看天色，晌午已过，正是半下午的燥热时分,他的心情也变得焦躁起来,坐卧不安,旁边亲兵个个低眉肃立,生怕不小心惹恼了他。

过不多时,那亲兵气喘吁吁地回来,手中仍然持着令旗,禀报道:"韩将军不敢接令,说现在两军胶着,不仅是前方,连侧翼都在激战,此时倘若传下撤退的命令,只怕将士们一松懈,被南军所乘,弄不好会兵败如山倒。"

将在外,君令有所不受。韩常身经百战,又在最前线,战局了然于胸,兀术不能不听他的,何况临阵撤退,也确实是兵家大忌,只得作罢,耐着性子等前方消息。

战至日落,前方激战之声仍未停歇,但已有金军陆陆续续撤下来,乌里突被人用担架抬至山脚,身上中了五六箭。兀术赶紧上前察看,其中三支箭正中前胸和肩胛处,深入数寸。再看乌里突,带伤奋战了一日,浑身是血,脸色苍白,眼睛半睁着,看见兀术,眼珠转了转,手略抬了抬,便无任何表示了。

兀术坠下泪来,命人将他抬入自己帐中,是死是活都务必好生医治。再看退下来的金兵,个个疲惫不堪。更让兀术担心的是,这些活着下来的士卒眼神空洞,神情麻木,浑如一群行尸走肉,明知主帅在一旁,许多士卒互相搀扶走过,甚至都不看他一眼。

此时天已全黑,韩常却还没下来,兀术命人点起火把,又等了多时,韩常才率领最后一批人摸下山来,见了兀术拜道:"末将无能,既未拿下和尚原,又违背帅令,请大帅发落。"

兀术将他扶起,叹道:"先莫说这些套话了,今日亏得有你在前面,否则还不知怎样!你且说说,前方战况到底如何?"说罢,令人递上一碗酒。

韩常喝了口酒,定了定神,跟兀术详述今日战况。

乌里突率部刚冲到离石垒三百步左右时，突然破空之声大起，箭支像雨点般射过来，众人还未回过神来，便纷纷中箭倒地。乌里突见情势不对，率队猛冲，以求快速短兵相接，众将士鼓勇上前，冲到一百步时，那箭雨越发密集，弓力极其强劲，竟有士卒被当场洞穿。等冲到栅栏前时，几乎无一人身上不带箭，战力大减，抵不住守军的长枪和檑木滚石，伤亡惨重。接下来进攻的各队人马，都吃了这强弓劲弩的大苦头，却又徒唤奈何。金军被箭雨压制后，守军突然冲出一支人马，居高临下，用长枪猛刺金军。金军阵形已失，无力抵挡，几乎崩溃，韩常连斩数人才止住溃散之势，并提前派后续人马上去增援才缓解危局。但如此几番战斗下来，士卒伤亡极大，且处于进退不能的窘境，只能苦苦支撑到天黑才敢全线撤退。

兀术听完，半响无语，起身望着黑黢黢的山顶，仿佛想看透吴玠到底使了什么法子，让他的数万精锐吃如此大亏。

"大帅，"韩常道，"南军今日取胜在于强弓劲弩，神臂弓已足可畏，但今日之强弩尤胜神臂弓十倍，南军极其狡猾，故意不在昨日使用，就是要引诱我军与之决战，然后大量杀伤我士卒。"

兀术也明白着了吴玠的道儿，但此时醒悟已经太晚，营帐中传来伤兵痛苦的哀号，此起彼伏，闻之令人战栗。亲兵过来禀报，哀号者几乎全是受了箭伤，都深入肌肤数寸，拔又不敢拔，只能干忍着，自知必死无疑，痛苦难忍，因此哀号。

众将垂头丧气围拢来，阿里也中了一箭，好在中箭时离得远，虽然穿透铠甲，但只刮破了一层皮，见兀术不胜其烦，便道："大帅，要不传下令去，伤员不得哀号，以免消沮士气。"

韩常喝道："此事万万不可！这些都是拼死力战之人，如今重伤在身，很多人天明便会死去，我等束手无策，不能缓其半分痛苦，却还让其闭嘴，如此不知体恤士卒，不怕激起兵变吗！"

阿里自知失言，红着脸退到一边去了。

兀术道："南军突出奇招，我军毫无防备，明日是战是退，须及早议定。"说着扫视了众将一圈。

与昨夜踊跃请战的情景大为不同，众将都低下头，躲避着兀术的目光。

只有韩常道："大帅，当下之计，一是众将再累也不得休息，而应提灯去各营看望将士，慰问伤者，才不致军心涣散；二是防备南军乘我军疲惫，且又士气受挫，夜袭营寨；三是明日是战还是退，须即刻议定，不能拖延半分。"

兀术点头道："元吉所言，句句价值千金！那就先议议明日到底是战还是退！"

山下兀术等人紧张商议攻守策略时，山上吴玠与诸将也没闲着，虽然今日大获全胜，但士卒伤亡也大，而且在金军以优势兵力连续进攻下，许多将士一整日没得到片刻休息，极度疲累，甚至有吃着饭便中途睡着的。

金军一退，吴玠便传令士卒去战场收集箭支，凡捡回一支神臂弓箭支，只要完好无损，赏银三钱，捡回一支克敌弓箭支者，赏银一两。正所谓重赏之下必有勇夫，帅令刚传下去，极度疲累的士卒竟又兴奋起来，一哄而出摸黑抢着收集箭支，不到半个时辰，便收回一万多支完好无损的箭支，吴玠命人分类，得了三千多支克敌弓所用箭支。

王喜的驻队几无伤亡，只是箭支几乎全部用光，正在犯愁，突然又有了三千多支箭，虽然较少，却也是雪中送炭。

吴玠对王喜道："今夜从你驻队中挑三百名好射手，随郭统制去劫番军营寨。"

郭浩在一旁道："番军今日虽然死伤惨重，却没有溃败，我料今夜他们必有防范，这劫营之事，须得好生筹划，免得偷鸡不着蚀把米。"

吴玠问："何时可以出发？"

郭浩道："早已准备就绪，只等吴帅一声令下，便可出发。"

吴玠从腰间解下皇上御赐的腰带，亲自给郭浩系上，道："你征战多年，勇气谋略，实不逊于我，临阵之事，我也不必过多叮嘱，你自己随机应变。"

郭浩用力点点头，带领手下人马，跟王喜一道，静悄悄地摸黑下山去了。

一行人走了半个多时辰，才摸到山脚，又走了一会儿，远远见着有灯火，应是金军营帐。郭浩眯着眼仔细观察了片刻，对王喜道："番军防范甚严，我军手脚再轻，只怕还未近营帐，便已被番军哨兵发现，如何是好？"

王喜道："偷袭看来是不成了，那就干脆明火执仗地攻打好了！"

郭浩听了大喜："好兄弟，这仗打完，你也不要回去了，就留在军中，和众兄弟跟着吴帅一起建功立业岂不大好！"

王喜笑道："不瞒兄长，正有此意！"

二人"吭吭"笑了一阵，三五下便商议完如何进兵，然后各自安排手下士兵列阵，郭浩率军在前，王喜率驻队在后，列队完毕，便大摇大摆地向金军营寨开去。

金军远远听见有军队在逼近，不知虚实，只好胡乱放箭。郭浩率军列阵而前，到三四百步时，零星有箭射过来，但都没有了力道，郭浩下令道："继续推进！"一直将部队开到离金军营寨二百步开外。

此时金军已经摸清宋军方位，箭像雨点般飞来，王喜将驻队人马分成三拨，每拨一百人，轮番放箭。第一轮箭刚射出去，便听到对面惨叫连连，王喜丝毫不停歇，命部下一口气将所带箭支全部射光。

最后一轮射出的箭还在半空，郭浩已带手下士兵冲向金营，金军勉力迎战，但被方才一阵克敌弓齐射压得抬不起头，身边同伴死伤无数，都心怀畏惧，阵形不整，被憋足了劲的宋军一冲，立即便有溃败之势。

所幸黑暗中宋军也不敢过于前冲，以免陷入重围，郭浩率军在外围一阵砍杀，把金军营寨搅得混乱不堪，才收兵而回，退出四五里，听到金营中仍一片喧闹。

二人半夜率军回来复命，吴玠听完战况，脸上露出一丝微笑，道："番军已近极限，只要他们就此退兵，雷仲在神垒的伏兵就能收到奇效。怕就怕番军坚忍顽强，经此重创，明日仍然进攻，一旦发现我军克敌弓矢用尽，定会有恃无恐，加强进攻，如此我军则处被动。"说着脸色又严峻起来。

郭浩道："要不末将再率军下山袭扰一次？"

吴玠想了想，摇头道："将士们战了一日，方才又摸黑下山上山，已是极度疲惫，强行出兵未必讨得了好处。再者，兀术等人经历阵仗极多，如此袭扰，反而让他窥破我军意图。"

众将都无语，吴璘道："就看杨政能不能切断番军的粮道了。"

吴玠面色平静如水，实则内心焦虑异常。敌众我寡，他不得不走险棋，以求出奇制胜。然而谋事在人，成事在天，一着不慎，就可能满盘皆输，他现在只能祈求老天保佑杨政顺利断下金军的粮道，哪怕袭扰成功也行，这对于击垮山下金军最后的意志至关重要。

众将都知其中厉害，但也只能枯坐干等，不知不觉间，有几个人竟然坐着睡着了。

黎明时分,吴玠一面命人生火造饭,一面频繁派出探子去山下窥探金营。天边刚露出一点鱼肚白,山上将士们已经开始狼吞虎咽地吃早饭。一名探子匆匆赶来,报告了吴玠最想听到的消息:金军正在起营,有撤退迹象。

众将都大喜过望,吴玠按捺住心中的狂喜,道:"起营未必就是要撤退,或许番军想背水一战,亦未可知,再探!"

早饭吃完,探子回来三四拨,都异口同声称金军在起营,应是撤退无疑。

吴玠长舒了口气,对众将道:"今日我吴家军要与番军进行最后决战,此战非比寻常,堪称我大宋与金国的定鼎之战。金人倾国而来,志在必得,却落个灰头土脸,我料此战之后,金人锐意南进的锋芒不再,南北对峙格局就此而成,我大宋终于可免于灭国之祸,守住半壁江山,日后再图中兴大业。今日决战,我军不但要击退番军,而且要将这批番军精锐全歼于和尚原下,让番军经此一败,数年内都缓不过气来!诸位兄弟,今日我吴玠冲在最前面,你们要建功立业的,要封妻荫子的,要光宗耀祖的,就随我冲锋陷阵吧!"

众将听了个个血脉偾张,精神百倍,从开战到现在,虽然极其艰苦,但战局走向无不在按吴玠的事先谋划进展,如今终于到了收官之战,金军已成强弩之末,后有追兵尾随,前有伏兵堵截,侧翼还有杨政袭扰,一场大胜就在眼前,此时不拼死立功,更待何时?

吴璘道:"番军都身经百战,谅来不会拔腿就跑,必定撤退有序,并留一支部队断后,我军应首先全力一击,大败其断后部队,让番军不得从容撤退。"

郭浩道:"正是如此!番军越乱,雷仲在神垈的伏兵才越有可乘之机。"

吴玠沉吟道："番军作战坚忍，你们都见识过的，我军下山，已失了地利，就怕这支断后之军力战不退，拖得一两日，则战机必失，反致雷仲伏军于险地。"

众将没料到战局仍有逆转之虞，都有些发愣。郭浩灵机一动道："何不将我军分为三部？一部在正面与番军作战，另外两部从两翼山路绕行敌后，番军不知路径，怕被截断后路，定然不敢久战，我军便可趁势推进，而且三路并进，也可确保番军往神垒方向撤退，免得他们走错了道。"

吴玠低头一想，此计可谓一石双鸟，便看着郭浩道："充道有急智，此乃为将之必备，他日开府，独当一面，当不在话下。"

郭浩得此赞誉，又是惊喜又是惶恐，在马上欠身道："郭浩身为吴家军一员，跟着大帅为国立功，已遂平生之愿，哪里还敢奢望其他！"

吴玠微微一笑，便依郭浩所讲，将军队分为三部，左军由吴璘率领，右军由郭浩率领，自己亲率中军，直奔山下而去。

金军断后的正是阿里一部，见宋军从山上下来，却分做三路，一路列阵直逼过来，另外两路却隐没在山石之后，显然是抄山路去了。阿里一见这架势，原本死守的决心立刻动摇了，粮路已断，军中粮草已经不继，再被宋军堵住退路，军队将不战自溃。

吴玠列阵于前，却并不进攻，阿里更加起疑，认定吴玠要抄自己后路，便传令后军，缓缓撤退。

吴玠见金军果然不战自退，心中暗喜，命部队压住阵脚，缓缓向前逼近。

临阵撤退，风险极大，稍有不慎就全军溃败，更何况是在对方如此紧逼之下？阿里撤退的命令才发出，便已悔悟：此时应当激励士卒，拼死一战，先求逼退宋军，然后再从容撤退，岂能望风而逃？

果然，撤出不到两三里，恐慌开始在军中蔓延，阵形越来越混乱。阿里拼命弹压，却是顾头难顾尾，按下葫芦浮起瓢。终于，不知是谁喊了一声，领头的几名士卒撒腿就跑，立即带动前军数百人一起狂奔，紧接着整支部队你揉我推，夺路而逃，转眼之间便成了毫无战斗力的溃兵。

吴玠在后面看了大喜，却也不让部队往上压，而是像赶鸭子一般不急不缓地跟在后头。

王喜不解道："吴帅，现在要吃掉这伙落单的番军，易如反掌，为何不趁机一举围歼？"

吴玠道："番军主力在前，兵力还多于我军，平地列阵而战，即便有雷仲伏兵相助，我军取胜仍不容易，但有这伙溃军一冲，番军主力也必会跟着溃散，到时我军再列阵推进，前后夹击，定会大获全胜。"

王喜年纪虽轻，却极聪敏，立即领会到用兵之妙，绝无定法，全在审时度势，临阵决断，便道："既如此，我军不必主动进攻，尽可从容不迫，持续推进，将番军挤到一处，人马密密匝匝，骑兵也无法驰骋，番军哪里还顾得上打仗，只会拼命突围，到时我军再缓缓收网，松紧全看情势。"

吴玠已知此战必胜，但如何最大限度扩大战果，却颇有讲究。金军强悍坚忍，一旦被置于死地，拼命反击起来，战力惊人，定会给自己部下造成重大伤亡，纵然胜了，也是惨胜。听王喜说出这番话来，大为赞赏，笑道："孺子可教，孺子可教也！有你这收网打鱼之计，可救我两千将士性命！"

和尚原离神垒不过二十里，吴玠赶着阿里的溃军行了大半日，便见前方烟尘大起，知道金军主力在前，此时吴璘和郭浩已经率部赶来会合。吴玠传令全军擂鼓呐喊，宋军士气高涨，行军脚步整齐划一，声震山谷，与金军的混乱形成鲜明对比。

兀术听到后面追兵赶到，阿里的溃兵在阵中乱窜，让他的主力阵脚大乱，不禁又气又恨，却又无可奈何，只得率部拼命往和尚原谷口赶。

和尚原谷口正在神垕，雷仲率部已经在此等候了十来天，正憋得浑身难受，骨头发痒，此刻见前方烟尘大起，探马飞报金军已近，雷仲咬牙道："可算来了！"翻身上马，列阵准备迎敌。

跑在最前面的金兵骤然发现谷口神兵天降，本来就是惊弓之鸟，此时更是慌了手脚，哪里还讲什么阵形，没命地往两边窜，军官怎么也弹压不住。

兀术听说前有伏兵，不禁长叹一声，知道此次完败于吴玠，大败亏输已无可避免，只能硬着头皮下令突围，然而后面的人马被吴玠往前赶，前面的人马又被伏兵堵住，大军挤成一团，根本施展不开。

韩常在亲兵护卫下拼命挤过来，对兀术道："大帅，形势危急，末将率人马去谷口杀出一条血路，大帅跟着走便是！"说罢，带领手下几百将士直奔谷口而去。

兀术只得在亲兵护卫下跟着韩常往外冲，只听得后面喊声四起："活捉金兀术，赏银一万两！"紧接着便有数支人马直向这边杀过来。

旁边亲将急道："殿下，这帅旗必须扔了，南军见着帅旗，知道殿下所在，于殿下不利！"

兀术大怒道："太祖当年杀得只剩一人一骑，也要保住帅旗，我这还有几万人马，岂能置帅旗于不顾？"

亲将无奈，只得舍命相从，拼命往前突。宋军一支人马已经逼了上来，接连几支箭从耳边掠过，旁边亲兵连声惊呼："殿下小心！"

兀术拔出宝剑，亲自冲杀，突然只觉背上一阵钻心的疼痛，还未反应过来，肩膀又是一阵刺痛，心里暗道："不好！"忽然想起乌里突之死，不禁大骇，只听身边亲将叫道："不好，殿下中箭了！快把帅旗扔了！"

兀术再也顾不上帅旗，忍痛拍马奔逃，亲将又道："殿下，快把大红披风解下来，南军已经盯上殿下了！"

这大红披风乃是吴乞买亲赐，但此刻保命要紧，兀术将披风解下，扔到地上，直奔谷口而去。

韩常正率部在谷口与伏兵激战，虽然拼死冲杀，但无奈伏兵以逸待劳，阵形严整，直如铜墙铁壁，急切间哪里冲得动？

正在绝望之际，如海率手下两千人马赶到，这两千人全是重甲骑兵，乃是兀术最后的家底，如海率领这堵铁墙，排山倒海般向伏军冲去。

雷仲见金军祭出铁浮屠，又是在平地上，料定不是对手，便令将士往两边山坡上撤。金军见有一道口子，争先恐后往外冲。雷仲命手下用弓箭齐射，同时滚石檑木一股脑儿地猛砸。金军只能听天由命，闷着头往外冲，兀术也借势跟着一起冲了出去，头上中了两颗拳头大的石块，幸亏有头盔护着，只感觉眼冒金星，但好歹全身而退。

雷仲见金军铁浮屠走得差不多了，便又令士卒下坡，逼退金军，重新列阵，将谷口堵住。

此时战场早已成了屠宰场，尸横遍野，血流成河，活着的金军还有上万人，几乎全是披甲精锐，被各路宋军分割成几块，无法呼应。吴玠见仍有金军在困兽犹斗，便命一名亲兵卷起金军帅旗，另一人用兀术的红披风裹着颗人头，一前一后飞奔叫道："金兀术已然伏诛，尔等就地投降，可保性命！"

金军见帅旗被夺，主帅的人头被裹在他的大红披风里，顿时没了心气，纷纷掷下兵刃投降。整个山谷的喊杀声终于逐渐消退，片刻的宁静后，突然暴发出一阵山呼海啸般的欢呼。

吴玠率众将策马走到一片高地，俯瞰整个战场，偌大一片山谷，堆满了盔甲器械，几乎无处下脚，都是急于逃命的金军舍弃的。一万多名俘虏垂头丧气地蹲在地上，占满了小半边山谷；死伤遍地，特别是谷口附近，尸体堆了好几层，还有垂死者在死尸堆中挣扎。天色将晚，一轮巨大的血色夕阳悬在天边，仿佛也被这惨烈的场景所震撼，久久都不落下。

一个月后，夔州的川陕宣抚司府衙内，张浚正与刘子羽弈棋，却又心不在焉，好几次还需刘子羽提醒落子，但很显然，他脸上气色红润，与一年前相比，判若两人。

"晋卿昨日来信，语气颇多懊丧，说是打探到确实消息，兀术身中两箭，但居然死里逃生，回到燕京休养去了。"张浚眼睛盯着棋盘，微笑道。

刘子羽接口道："也难怪他懊丧，兀术前年率军深入江南，逼逐皇上，以至圣驾不得不泛舟海上。兀术尤不满意，还命人搜山检海，必欲重演二帝北狩之往事！倘若此战晋卿一举击杀兀术，皇上心里该有多痛快！"

张浚也禁不住扼腕叹息。

刘子羽笑道："其实此战俘敌一万，伤敌数万，缴获无数，大伤金军元气，且是以少胜多，实乃建炎以来从未有过，还要怎样？这是好上望好，人性使然。去年富平一败，我还盘算着君子报仇，十年未晚。没想到不到一年，就痛快淋漓地一雪前耻！"说罢，狠狠地将一颗棋子落在棋盘上。

张浚心中的感慨比他更多，道："我已奏请朝廷，加封晋卿为镇西军节度使，估计诏书这两日便该下来了。如今朝中大将建节者，不过刘光世、张俊、韩世忠三人而已，晋卿资历较之三人相差甚远，完全是一战成功，到时你我同去秦州，给他庆贺。"

"那是自然！"刘子羽把目光从棋盘上收回来，看着张浚道："以相公之见，皇上还会计较诛杀曲端一事吗？"

张浚脸色紧了紧，道："和尚原一战下来，晋卿名满川陕，陕西人是不会再惦记曲端了。至于皇上那边如何处置，一则看圣心独裁，二则看群臣议论了。"

刘子羽道："自古天意高难问，皇上的心思，我等做臣子的不敢妄加揣测，就不知群臣中会有何议论。"

张浚沉吟道："其他人倒也罢了，就只怕御史中丞辛炳会有话说。"

刘子羽道："他能有何话说？"

张浚叹道："你忘了吗？去年初，探报金军入寇，我檄召各地军队御敌，辛炳当时正任潭州知府，却久久不派兵来，我便奏报皇上，以怯懦畏战之罪免了他的职。如今他又被皇上起用，做了御史中丞，这御史中丞是干什么的？无非弹举百僚、风闻言事，他能放过我？偏偏这辛炳在朝野还有雅志清修之名，说起话来颇有分量。"说罢不禁苦笑了一声。

刘子羽无言以对，半晌才愤愤道："想想也是无趣，我们在外竭心尽力抵御强寇，恨不能把性命都搭上，却抵不过朝廷某人一纸奏折，岂不令人寒心！"

张浚身为宰执，不能像刘子羽那样直抒胸臆，只能安慰他道："也不必太灰心，皇上虽然年轻，却是难得的明君，不是一两句谗言所能打动的。"

说话间，差役送上一摞各地来的文书，张浚推给刘子羽，道："最近心神不定，你帮我看看吧，琐碎之事相机处理，若有大事告我一声。"

　　刘子羽翻了翻，挑出其中一份书信，拆开看了一遍，脸上露出一丝笑容，抬头看着张浚，若有所思。

　　"果真有大事？"张浚略感奇怪。

　　刘子羽将书信递给张浚，张浚一看，是王庶从兴州发来的，信中说：他在兴州及周边诸州抽取强壮者为"义士"，每两丁取一丁，三丁取二丁，凡抽丁人家，免徭役并赏钱，因此当地百姓并不抵制。然后将这些义士每五十人一队，知县为军正，县尉为军副，日日训习，月月操练，不到半年，居然拉起了一支三万人的队伍，还用这支队伍剿灭了周边的几伙盗贼。

　　张浚看了喜不自禁，道："子尚文官出身，却有这般练兵本事，实在难得！"

　　刘子羽微笑道："比之辛炳如何？"

　　张浚想都没想，脱口而出道："比他岂不强似百倍！"

　　刘子羽道："如此相公给皇上的奏折又好写了！将王庶练兵之功报与朝廷，既勉励他为国分忧，又向皇上与群臣显示王庶和吴玠均与曲端势不两立。曲端一死，二人却各自立功，个中缘由，不言自明。而且王庶跟辛炳都是一介书生，凭什么王庶能半年训习出三万军队，你辛炳事到临头却半个人都派不出？"

　　张浚低头想了想，忍不住"扑哧"一笑，道："彦修，这是不是有失厚道啊？"

　　刘子羽正色道："古之忠臣，为国驱驰，以为光明磊落，日月可鉴，临末了却落个衔冤负屈，无以自明于天下。相公如今掌兵在外，更当忧谗畏讥,曲端之事也好,今日之事也罢,当断则断,切莫有妇人之仁!"

张浚凝思了片刻,骨子里的争胜之心冒了上来,奋然道:"就依你所言,今夜就起草奏折!"

十四　吕秦相争

东京的皇宫内，刚登基一年多的大齐皇帝刘豫正在与众大臣议事。说是东京，此东京却非彼东京，乃是东平府，以前的大宋皇都东京被刘豫改称为汴京。

刘豫最近的心情格外畅快，一是招纳了一大批宋朝的叛将，先是李成率军来投奔，接着商州知府董先以商州、虢州来降，更让他喜出望外的是：翟兴屯据伊阳山，直接威胁他的大齐朝廷，刘豫派人去招降，被翟兴焚诏斩使，于是刘豫便勾结翟兴下属杨伟，许以高官厚禄，杨伟贪图富贵，竟然刺杀翟兴，并持翟兴人头来降，可怜一代英才，就此枉死，而刘豫也终于去除了一个心腹大患。

二是金国攻占了陕西之后，将陕西五路也全部划到大齐的版图上，而且他还接到密报，金国的陕西经略使撒离喝之前许诺过折可求，奏请金廷立他为皇帝，不料被刘豫捷足先登，撒离喝见折可求帐下兵多，怕他心生怨恨，便一杯毒酒药死了折可求，如此一来，更无须刘豫动手，陕西便顺利收入囊中。

更让他欢喜的是，金廷从其所请，不再用金国的天会年号，而改用大齐自己的年号阜昌。刘豫乃是景州阜城人，阜昌阜昌，顾名思义，就是龙兴于阜城！身为刘家八代以来唯一的进士郎，原以为富贵到顶了，哪曾想如今竟然王者受命，君临诸夏，叫他如何不舒坦？

如此多的喜事纷至沓来,刘豫觉得是时候正告天下,他才是当今天命所归的中原之主,而不是那个龟缩在东南一隅的赵构。

今日大齐君臣议的事就非同小可,乃是要将都城从东平府迁到汴京去,也就是说,迁到以前大宋天子住过的皇宫里去。

朝堂下立着的,除了丞相张孝纯,还有尚书左丞李孝扬、尚书右丞张柬、监察御史李铸以及工部侍郎郑亿年等人,刘豫的儿子刘璘也侍立一旁。因为是讨论迁都汴京的大事,汴京留守王琼也特意赶来了。

这些人以前都是大宋的臣子,从小到大便读圣贤书,登科入仕,沐浴皇恩。如今天地翻覆,当年的农家子弟刘豫坐上了龙椅,他们这些大宋旧臣成了大齐的重臣,心里的疙疙瘩瘩还未全解开。刘豫又要迁都汴京,实在让这些臣子一时拐不过弯来,却又不敢违逆,只有口中唯唯而已。

"陛下,大名府顺豫门生了一棵瑞禾!"内侍进来奏道。

"我……朕都已经下诏了,大名府升为北京,你这贱奴才如何就是改不过来?"刘豫斥道。

内侍吓得跪下请罪,刘豫问:"这禾有何出奇处,乃称瑞禾?"

内侍道:"这禾说是有一人多高,穗极饱满,其他禾都已枯萎,唯独这棵瑞禾还金黄挺拔,乡民都连连称异,就报告了官府。"

刘豫是农家子弟出身,一听就觉得不靠谱,但这丝毫不影响他的好心情,看着群臣,连连点头微笑。

张孝纯便领着群臣跪拜贺喜。

紧接着,又有一处祥瑞报上来:济南府一户渔家在大明湖打鱼时,捞上来一条金光灿灿的大鲤鱼,足有十来斤重,听说那鱼刚被捞上来时,还发出人声,说:'汉祖续,大齐兴!'整个济南府都传遍了。"

"这'汉祖续'是何意?"刘豫一时没反应过来。

内侍解释道："汉祖指的是刘姓。"

刘豫恍然大悟，喜滋滋地站起来，背着手在龙椅前走了两个来回，重新坐下，道："济南府乃朕当年驻守之地，合当有此祥瑞！"

张孝纯再次领着群臣拜贺。

"陛下，大宋国信副使宋汝为出使金国，路过东京，欲拜谒陛下，陛下见还是不见？"张孝纯问。

刘豫略一思索，道："为何不见？听听虚实也好。"

"那臣回头安排他明天来觐见陛下。"张孝纯道。

"永锡啊，"刘豫亲切地叫着张孝纯的字，"朕欲迁都汴京，你还没说行与不行呢。"

张孝纯躬身道："陛下欲迁都别处，岂能容我这做臣子的说行与不行，陛下一定要去的话，孝纯也只能舍命相随。"

张孝纯当年死守太原，名满天下，刘豫对他也不由得多出一份敬重，便道："卿是宰相，朕做得有何不对的，但可直言，倘若我连卿的话都听不进去，这大齐的天下如何能够稳当！"

刘豫刚做皇帝不久，心气颇高，时时不忘摆出一副从谏如流的姿态。张孝纯见刘豫这般说，便道："昔日汉高祖入咸阳，与民约法三章，遂得民心。陛下如今要迁都汴京，与当年汉高祖入咸阳颇有不同：暴秦无道，天下苦之久矣，汉高祖入咸阳，废暴政，百姓额手称庆；而赵宋据天下一百六十余载，未闻有大恶者，百姓还有追念之心，陛下迁都容易，收取民心却不容易。"

这几句冷冰冰的话说出来，刘豫脸上的笑容顿时消失了，半晌才道："众卿有何对策？"

李孝扬道："高祖与民三约，陛下何不与民五约，如此方显诚意。"

刘豫一听又来了兴致，问："哪五约？"

李孝扬道："赵宋一朝，虽无大恶，然其亡国仍属自取其祸，二帝尊崇道士，信任宦官，重文轻武，以致国力衰退，不堪一击。如今我大齐要成中原正朔，须力除此弊，取信于民，数年下来，何愁民心不附？"

刘豫对这一番奏对十分满意，连声赞道："李卿赤胆忠心，老成谋国，实乃国之栋梁！快快将你那五约讲来！"

李孝扬听到"赤胆忠心"四字，禁不住面皮一红，便躬身把头埋得略低一些，回道："这五约乃是：自今不肆赦，不用宦官，不度僧道，文武杂用，不限资格。"

刘豫大喜，道："这五约一出，我大齐与赵宋，可谓高下立分！"

汴京留守王琼道："《周礼》有云：'王出将虎贲士居前后。'《孟子》亦曰：'武王之伐殷也，革车三百两，虎贲三千人。'如今四海未宁，盗贼蜂起，陛下初登大位，又要迁都汴京，宿卫安全与行宫护卫乃天下之重。昔日汉武帝选军中遗孤与功臣宿将之后，建虎贲一军，以为天子禁卫，陛下也当施行古制，建一支虎贲禁卫才是。"

刘豫深以为然，只是他的大齐才建立两三年，不要说功臣宿将之后，就是军中遗孤也没几个，见王琼说得有理有据，便问道："王卿所言极是！朕这支虎贲禁卫该如何挑选才妥当？"

王琼早有准备，道："陛下生于景州，守于济南，节制于东平，称帝于大名，此四郡乃是大齐龙兴之地，可从四郡中挑丁壮数千人，特加优待，严以训习，不数月可成一支虎贲之师。"

刘豫从龙椅上站起来，身材原本不甚高，加上略微发福，更显得有几分矮壮。他踱了几步，抬头看着正殿前方，还算周正的脸上两道过于浓密的眉毛踌躇地舒展着，兴致勃勃道："朕这支禁卫之师就不必叫虎贲了，只叫'云从弟子'。"

刘豫的进士功名也是寒窗苦读而来，这名字取得倒颇雅致，众臣拜道："云集景从，天下归心，这名字起得极妙！"

张孝纯补充道："陛下为显包容四海之意，可下诏求直言，亦可收天下士子之心。"

刘豫自是乐得效仿古时明君，心里一爽快，不觉漏出乡音，道："使得，使得！"

君臣等人议了一日，刘豫心情大好，晚朝也不散，赐宴给群臣，几杯羊羔美酒一入肚，君臣都有些飘飘然，连一向稳重的张孝纯也说了好些"经营天下""混一诸侯"的大话。

次日，大宋使节宋汝为入朝觐见刘豫。

二人见面，都有几分尴尬。刘豫当然是巴不得人家行君臣之礼，料想宋汝为会抵死不从；而自己明明南面而坐，开国称帝，若让人以平礼相见，实在自取其辱，心中一时纠结不下。

好在宋汝为颇知机变，给刘豫作了个长揖，口中道："吾奉大宋皇帝之命，出使金国，大宋皇帝特意叮嘱，路过大齐地界时，切勿喧嚣扰民，见殿下时，也须恭谨行事。"

刘豫一听便明白了，赵构这是不愿断了联系，互相给个台阶下，既然赵构都称其为"殿下"，也算给了面子，便露出笑容道："上使至此，有失远迎！"说着，令内侍给宋汝为赐座。

等宋汝为坐定了，刘豫问："未知上国朝野，对我大齐有何议论？"

宋汝为微微一笑，道："殿下可否屏退左右，容宋某说几句私密话？"

刘豫略一迟疑，便命左右退下。

宋汝为起身，从怀中掏出一封书信，呈给刘豫，道："此乃当朝宰相吕颐浩亲书，请殿下过目。"

刘豫接过书信，看了几行，吕颐浩在书信中要他以忠义为重，一旦反正，将青史垂名，富贵亦可保全，云云。

刘豫不动声色，浏览完书信，放在一边。

宋汝为恳切地道："殿下，吕相所言，还望三思啊！"

左右并无其他人，刘豫也放下架子，叫着宋汝为的字道："师禹，刘某今日所为，较之昔日张邦昌，已过百倍，你我都曾同朝为臣，心中自然明白，若不是张邦昌当年苦撑局面，今上哪能那么顺利登上大位？后来的事你也都知道了。我听说赐死诏书至时，张邦昌甚觉冤枉，徘徊退避，不忍自尽，使者与当地官员一同逼迫他自尽于'望楚楼'，张邦昌对大宋明明有再造之功，却落个身败名裂的下场！张邦昌不曾负大宋，大宋负张邦昌多矣！我只想问你一句，刘某已然犯了大忌，还能有回头路？只怕下场比张邦昌更惨吧！吕颐浩对此心明如镜，为何还说这种冠冕堂皇之辞，这不是明摆着来诓我吗？"

宋汝为被问得瞠目结舌，准备好的一大堆说辞竟然无从开口，半晌才道："为人臣者，当以忠义为重……"

刘豫不客气地打断道："不必多说了！朕今日为大齐皇帝，不久即迁都汴京，中原正统，已是大齐而非赵宋，大齐初创，正是求贤若渴之际，师禹为人忠直，有王佐之才，何不弃暗投明，正好成为我大齐开国功臣，岂不比在赵宋做一闲官强许多！"

宋汝为吓了一跳，生怕刘豫胡来，真把自己留下，连连摆手道："宋某奉皇上之命，还要去通使大金国，恐怕不能久留。"

刘豫自然不会真的扣留出使金国的宋朝使臣，见宋汝为哑口无言，心中暗暗冷笑，他心里比谁都明白，事已至此，他的大齐已与赵宋势不两立。正所谓成王败寇，倘若他要洗清自己赵宋叛臣的污名，唯一的办法只能是灭掉赵宋，开创大齐的百年基业。

和尚原接连两次大捷，给赵构的新朝廷赢得了前所未有的喘息空间。

重任左相兼知枢密院事的吕颐浩平叛后入朝，头一桩事便是搁置了右相秦桧的"南人自南，北人自北"策略，并根据形势提出两点建议，一是进都建康，二是兴师北伐。

进都建康之前早有人议过，因为金军连年南下，一直搁置而已；但兴师北伐，自建炎以来还真无人议过，偶尔有人提起，也不过是把它当作"迎回二帝""一雪前耻"之类的场面话来说。如今吕颐浩身为宰相，又颇知兵事，从他嘴里说出来，自是非同小可。

吕颐浩大议出师，一则是形势使然，金军先败于得胜湖，再败于和尚原，其势头较之建炎年间已不可同日而语；二则江淮地区的游寇与盗贼都已基本肃清，朝廷再无后顾之忧；三则是军情突变，绍兴二年三月，襄阳镇抚使桑仲遣人来朝，表示愿率军北上力取旧京开封，希望朝廷能够出师淮南，予以声援配合。

形势虽然大为改观，但突然一下子转守为攻，赵构还是不太踏实，便在朝会上问起此事。吕颐浩早知赵构心中疑虑，便道："陛下，如今无论人事、天时，都有利于我大宋。各掌兵大将都已颇具实力，张俊手下有兵三万，其中一半左右都有全套盔甲，且刀枪弓箭齐全，装备极为精良；韩世忠手下也有四万人，最近他连续扫平盗寇，收编了不少人马，并挑雄健者成背嵬一军，都是以一当十的猛士，战力极强；岳飞更有后来居上之势，手下有二万三千人，训习极为严格，可打硬仗；王燮还有一万三千人，虽然不如张俊等人的部队能战，但也称得上精锐；刘光世手下有四万余众，老弱较多，但能战者也有一半人。此外，神武中军杨沂中、后军巨师古，都不下万人，再加上御前精锐二万，我大宋总共统兵十六七万。昔日太祖取天下，正兵也不过十万,如今拥兵十六七万,正该举兵北向,恢复中原!"

赵构何尝不想一举直捣京师,只不过这几年来坏消息听多了,不敢轻易激动,再者也曾多次与诸将彻夜谈论攻守之策,于用兵之事也颇为知晓,便道:"我军人数虽众,毕竟以步兵为主,一旦北进中原,便是在平原旷野,与敌军骑兵对抗,可有必胜把握?"

吕颐浩道:"我军不必贸然与金军决战于旷野,如今守中原者,并非金军,乃是伪齐军队,皆是强拉来的乌合之众,军心不稳。李成数败于张俊,几至全军覆没,到了伪齐,却被委以重任,可见伪齐军队战力实不足虑。我大军往北推进,伪齐抵挡不住,必往北逃窜,我军可乘机占领中原诸郡,加封当地土豪、义军,令其据城而守。倘若金军南下,我军可暂为退避,正所谓'彼出我入,彼入我出',如此袭扰数年,金军疲于奔命,无力大举南侵,我军逐渐站稳脚跟,中原可复。"

吕颐浩性格暴躁,急于事功,但此次论战却颇老到,稳打稳扎,并不贪功于一时,赵构听完,点头道:"吕卿可有进军方略?"

吕颐浩胸有成竹道:"可令韩世忠一军由宿州、泗州北上,刘光世由徐州、曹州入淮,张浚西进策应,岳飞渡江,进驻襄阳。另外,明州现有海船三百艘,可令范温、阎皋乘四月南风北上,直取东莱。如此五路大军,分路突进,虚虚实实,再加上桑仲一军,必能使伪齐胆寒。"

赵构脸上终于露出满意的笑容,再看群臣,都被吕颐浩一番宏论折服,加之和尚原接连大胜,江淮一带的盗贼也基本肃清,一股久违的乐观情绪,弥漫在朝堂之中。

赵构压抑许久的热望也被激发起来,环视了一眼群臣,道:"自古中兴之主,必奔走于四方,岂有端坐不动而得天下者?来日将士出征,朕也要抚师江上!当年光武帝起兵南阳,昆阳一战,以少胜多,鼎定天下；唐肃宗与光武帝相比，不足道也，但他能任用郭子仪、李光弼等人，匡复王室。朕要安天下、复旧疆，必须千里用兵，绝无垂拱而治的道理。"便令群臣借轮对之机，各上奏章条对，议论兴师北伐的利害，以供朝廷参酌。

当晚，韩世忠从驻地赶赴行在，赵构立即召他进宫，垂询前方战事。

韩世忠刚刚平定了建州的叛乱，赵构在他行礼之时，发现他手背与脸颊上都有伤痕，便赐座问道："卿因何受伤？"

韩世忠道："福建山多树多，臣在率军追击时，一时不慎，被树枝擦伤而已，不劳陛下牵挂！"

"建州通判张连兴上书，提到卿在建州击败叛军后，目光如炬，赏罚分明，无一滥杀，建州军民都交口称赞。"

韩世忠老实答道："这并非臣的功劳，臣率军包围建州城后，苦战数日，将士伤亡不少，都认为这是城中居民帮助叛贼的缘故，发誓城破后将满城居民全部杀光。资政大学士李纲正好在福州，听说此事，连夜赶来建州，说建州居民多属无辜，劝我刀下留人。于是城破之后，臣令士兵全部驻扎在城墙上，令城中军人与家属自相告别，农户发给耕牛，商贾照常营业，被叛贼胁迫者一律无罪，只把那些死心塌地附贼的人给杀了。还师之际，城中父老想给臣建生祠，以谢宽贷之恩，臣告诉他们：'救你们命的，不是我，是李相公。'"

赵构听了，默然无语，沉吟多时才问道："卿以为李纲如何？"

韩世忠答道："臣自诩忠义，但与李相公比，还差得远。"

赵构知道韩世忠生性忠朴，且极守武将本分，从不过问朝政之事，他对李纲的评价实是出于本心，毫无矫饰。

二人话题转到北伐上，韩世忠自是极力主张进军，但也力陈应持重用兵，切勿轻敌冒进，反为敌所乘。赵构又问各军长短，韩世忠一一作答，君臣二人一直议论到深夜才罢。

接下来数日，张俊、刘光世也陆续赶赴行在，赵构都一一垂询慰问。

群臣的奏章也纷纷呈了上来，大都是力陈迁都建康，北伐中原，不少人引经据典，慷慨激昂，赵构看了自是高兴，如今形势较之建炎年间真可谓天壤之别。

礼部尚书洪拟的奏章是最后呈上来的，赵构见这等军国大事，他还如此拖沓，心中略有几分不快，打开看时，洪拟头几句话便兜头浇了他一瓢冷水，奏折写道："国势强则战，将士勇则战，财用足则战，我为主彼为客则战。"

此话何其在理，赵构不由得坐直了身子，继续往下看："陛下前年幸会稽，今年幸临安，兴王之居未定，如唐肃宗之在关中，光武之在河内也。"这洪拟说话毫不客气，就差说皇上四处奔逃、居无定所了。赵构耐着性子往下看："又迩者诸将虽有邀击小胜，未见雷合电发，以取大捷。"赵构冷笑，心想文士轻狂，得胜湖之战、和尚原之战不是大捷是什么？再往下看，洪拟指出江浙农田还大片荒芜，淮甸地区久经兵火，更是赤野千里，平日粮食都不够，如此大举进兵，何处就粮？况且往年是金军千里来攻，我军以逸待劳，都讨不到好处，如今要反客为主，我军千里北伐，敌军以逸待劳，胜算何在？

大军出征在即，洪拟这张乌鸦嘴竟然毫无顾忌，赵构看了满肚子火，但一冷静下来，却又不得不承认洪拟所说，句句属实。

然而吕颐浩已经在调兵遣将，紧锣密鼓地筹备北伐，赵构见箭在弦上，不得不发，便也只能切盼其成。

四月份，出使金国的宋汝为出乎意料地回来了。自赵构登基以来，派往金国的通问使不下十拨，全被金国扣押，他也没打算宋汝为能回来。宋汝为更是诀别父母妻子，作赴死打算，如今安全归来，其中玄机，颇值玩味。

宋汝为略事休息，便被赵构迫不及待召至宫中，细问详情。宋汝为早就打了一路腹稿，这时便竹筒倒豆子般将金国朝野情形一一告知赵构。

自富平大战后，金国最近两年政局颇为动荡，先是征西辽一无所获，还折腾得民穷财尽，怨声载道，而金军在陕西又连败于吴玠，一直无法攻入川蜀，金军士气也颇不如从前。最近还发生了一次内乱，辽国皇族耶律伊都自归顺金国后，久久不能升迁，于是意图谋反，结果事泄被杀。女真本来就与契丹有隙，出此事后，粘罕下令在金国境内大肆捕杀契丹人，连粘罕的次室萧氏都被杀了，一时间人心惶惶……

赵构听得极其认真，心里在仔细掂量两国实力的此消彼长，但又不敢轻易下任何结论。

"金国大元帅粘罕有何话说？"赵构问。

宋汝为回道："粘罕只说'既然无立国之地，亦为可悯，容本帅思之。'就再也没有别的言语了。"

赵构细品这句话，听上去口气活络了不少，但到底是何意图，却又无从得知。

"陛下，臣还听到有关杜充的一些消息。"宋汝为突然道。

"哦？"赵构从沉思中惊醒，看着宋汝为。

"杜充叛降后，被任命为相州知府，他的孙子从南方跑去相州投奔他。按金律，但凡南面来人，必须报官，杜充将其孙藏于府内，结果被人举报私通江南。粘罕派人将他拘到云中，问他是否要回江南，杜充答道：'元帅您可以回江南，监军也可以回江南，唯独杜充是万万回不得江南的。'粘罕与挞懒等人相视而笑，关了他一阵，又给放了。"

赵构不由得微微一哂，道："杜充此人，也不是一无是处，常人在此险境之下，只会喊冤，他却一语化解，殊非易事。他所提拔重用的岳飞、赵立、张荣等人，都堪大用，说明他至少还有察人之明。可惜此人心存异志，反弄得自己两头落空，狼狈不堪，为天下人所笑，岂不可叹！"

一提到杜充，赵构立即想起刘豫，问道："可曾见过刘豫？"

宋汝为道："见过，吕相的劝降信给他过目了，不过此人以张邦昌自警，拒绝南归。"便将刘豫的原话转述给了赵构。

赵构听完，恰如宋汝为当时一样，也是哑口无言，忍不住又迁怒于李纲当初一味蛮干，前几日见过韩世忠，原本对李纲存了几分好感，顷刻间又荡然无存。

宋汝为似乎还有话说，却欲言又止，赵构道："只管奏来。"宋汝为便道："刘豫在归德给陈东和欧阳澈二人立庙，庙的规格极高，用的是唐朝张巡、许远的双庙制。"

赵构脸色十分难看，陈东、欧阳澈固然死得冤枉，但其功绩又如何能跟张巡、许远并论，刘豫此举，分明就是臊他来的，还弄得他无话可说。

赵构又问了些二帝、母后及皇后的消息，宋汝为都按自己所闻回答，还提到一件事：道君皇帝第五子赵栩不知何故诬陷父亲要谋反，闹得满城风雨，粘罕听说后，直接将赵栩及其女婿刘彦文诛杀，甚至都没有惊动道君皇帝。

居然还有这种事！赵构又是伤心，又是愤怒，还有几分羞愧，心中五味杂陈，坐着发了半天呆。

五月，吕颐浩筹备停当，誓师北伐，然而恰如洪拟所料，诸事不顺。大军刚刚进至常州，前军将赵延寿所部忠锐军便在吕城镇哗变，逐杀金坛县令胡思忠，掳掠乡里。刘光世正好在附近，便派遣王德将这伙叛军全部歼灭。

如此出师不利，实在出乎意外。虽然事情很快平息了，但军中哗变，绝非小事，朝廷处置下来之前，吕颐浩不敢妄动，只得称疾不进。

过了半个多月，北伐大军才继续北进。刚到镇江，刘光世又称军费告乏，怕士兵哗变，不敢再进。吕颐浩无奈，只得申奏朝廷请示派员稽查。

在等待朝廷处置时，从襄阳传来消息，镇抚使桑仲为部下所杀，手下士卒原本由溃兵集结，桑仲一死，群龙无首，如何弹压不出乱子都是难题，更不要说北取汴京了。

于是一场轰轰烈烈的北伐中原大戏，还没开场便落了幕，以极快的速度印证了洪拟战前之论。

虽然出师未遂，但总比大败而归强得多，朝野对此倒也并无太多物议。吕颐浩一边重新布防，一边做返朝的打算。然而当他回头一看时，却惊觉朝堂之大，已经没有了他这个左相的容身之地。

原来在他一心一意筹备北伐之际，秦桧的亲信上了一份奏章，说道："周宣王内修政事，外攘夷狄，故能中兴。今二相宜分任内外之事。"内修外攘，二相分任，这个建言听上去是再合理不过了，赵构也欣然接受，还特此面谕吕颐浩和秦桧："颐浩专治军旅，秦桧专理庶务，当如春秋时范蠡、文种各司其职。"并以吕颐浩兼都督江、淮、荆、浙军事，开府镇江，全国军队，除川陕一路由张浚指挥，其他都在吕颐浩麾下,正所谓"尽长江表里之雄,悉归经略;举宿将王侯之贵,咸听指呼。"一时间,朝野上下,都以为吕颐浩权势熏天,前所未有,却不知如此一来,他这个首相就不得再过问朝廷政务了。

北伐戛然而止,吕颐浩怏怏回兵。半路上,又得知秦桧奏设了修政局,将自己亲信全部塞入其中,所有政令,都从修政局出。吕颐浩这时才领会到秦桧的厉害,似乎在不经意间,一举手,一投足,便将自己扒得干干净净。

大军回师,路过平江,平江守臣乃是席益,亲来迎接吕颐浩。二人之前颇有交情,席益见他面色晦暗,便安慰道:"胜负乃兵家常事,何况此次出师,多出意外,中途而止罢了,又不是丧师割地而回,何须烦闷至此。"

吕颐浩一笑不语,直到入了府衙,左右无人时,才把心中忧虑告诉了席益。

席益也颇感惊讶,他素来以为秦桧为人忠朴,却没想到竟有如此心机手段,便道:"吕相那边,尚觉圣眷优渥否?"

吕颐浩想了想道:"我在镇江上章引疾求罢,皇上封还了我的辞呈,并亲笔写答诏,勉励我为国尽忠;接着我又请求奉祠,皇上仍然不准,并命我还朝奏事——如此看来,圣上对我还是信任的。"

席益道:"岂止是信任,简直就是信任有加呀!"

吕颐浩叹气道:"颐浩决心与秦桧斗上一斗,并非为了自身功名利禄,实在是此人外忠内奸,有祸国之象,颐浩身受皇恩,岂能坐而视之!只是秦桧已在朝中将网织得密密实实,颐浩一时抓不住头绪,故而烦恼。"

席益将吕颐浩请入内室,又命人置酒,上了几样小菜,两人边吃边聊。席益道:"吕相如此一说,我倒想起一个月前,皇上突然下了一道诏书，其中有这样的话：'继自今，小大之臣，其各同心体国，敦尚中和，交修不逮。如或朋比阿附，以害吾政者，其令台谏论列闻奏，朕当严置典刑，以诛其意。'当时读来，凛然受命而已，并未多想，今日观之，皇上此举，却是颇有深意。"

吕颐浩当时正为北伐之事忙得昏天黑地，还真未留心这份务虚的诏书，听席益提起，才依稀有些印象。

席益道："依我看来，这份警示朋党的诏书其实是给秦桧看的。"

吕颐浩睁大眼睛瞪着席益，若有所悟。

席益慢条斯理地给吕颐浩斟上酒，道："秦桧在朝野颇有声望，自上任右相以来，广招贤才，一时传为美谈。不过，吕相注意到没有，这些贤士可有一个与你相熟？"

吕颐浩喝了一口闷酒，没吱声。

"就说胡安国吧，乃是当世大儒，士林领袖，皇上任命他为给事中，又兼侍读，奉为国师，他常在皇上左右，皇上也看重他的意见。"席益用酒杯底轻轻摩擦着桌面，微微一哂道，"只是，这个胡安国是极欣赏秦桧的，当初他听到秦桧入相的消息时，逢人便说：喜不能寐。"

吕颐浩看着席益，等着他说下文。

席益将酒杯放下，道："如今朝中，秦桧一党已成气象，然而秦桧手法高明，自己不做这党魁，却让一个声望极高，又极欣赏自己的人来做党魁，此人便是胡安国。吕相若要挽回大局，必须先除掉这个党魁，只要胡安国一落职，秦桧便不能如此安居相位了。"

吕颐浩如醍醐灌顶，深以为得计，眯着眼睛想了片刻，一份完整的攻守计划便浮现在脑海，只是这次的战场不在大江南北，而在朝堂之中。

"胡安国深明《春秋》，我看他呈给皇上的《时政论》二十一篇，不仅文采斐然，还颇中时弊，要扳倒此人，谈何容易。"琢磨了半晌，吕颐浩自言自语道。

席益叹道："秦桧能找这么多帮手，吕相你就不能吗？"

吕颐浩又是恍然大悟，不禁摇头笑道："惭愧！我愧为宰相，朝中诸事，反而不如你看得透彻。"

席益谦逊道："席某才情谋略，怎及吕相之万一？无非是当局者迷，旁观者清而已。"

吕颐浩替席益斟满酒，道："愿闻其详。"

席益笑道："秦桧不是趁你忙于兵事，安插了一堆自己的人吗？吕相回朝，何不也安插几个自己的人？"说到这里，突然压低声音，"特别是举荐一个胡安国并不喜欢的人，胡安国虽然有才，但却自负，定然会跳出来反对。"

吕颐浩道："这个主意好是好，只是举荐何人合适？此人须得有声望，皇上那头能过得去才行。"

席益一边喝酒吃菜，一边悠然道："吕相久在朝堂，阅人无数，这个就不劳我相助了吧。"

吕颐浩知道他是"言尽于此"的意思，便不再问，跟着吃喝闲聊，脑海中像走马灯似的把各色人等过了好几遍，突然一拍桌子，大喝道："有了！"

席益看着他只是微笑，却并不问此人是谁。

吕颐浩心中一拿定主意，片刻也待不住了，只在平江住了一夜，次日便快马加鞭赶赴行在。他原本打算八月初赶回行在，结果七月下旬便回，略事歇息，便去觐见赵构。赵构多有慰勉，两日后，吕颐浩便突然出现在朝堂之中。

秦桧等人见吕颐浩神兵天降般赶了回来，颇感意外，双方虽然各怀鬼胎,面上却亲切寒暄,互道问候,气氛十分融洽。

一到朝堂议事,吕颐浩当仁不让,首先发难,奏道:"陛下,此次北伐虽中途而废,但北进中原乃是国策,不可一日废弛。臣前向奉旨还朝奏事,以傅崧卿暂代管都督府职事,此乃权宜之计,都督江、淮、荆、浙军事一职,还须有一位德才兼备、声望卓著的重臣担任才好。"

赵构颇以为然,问:"卿以为何人可担此任?"

"臣以为,朱胜非忠于国事、通达权变,朝野上下颇有声望,正适合担此重任。"吕颐浩说着,用眼角余光瞟了一眼边上,似乎能感觉到秦桧等人的惊诧。

赵构很是满意吕颐浩的举荐,含笑点了点头,问其他臣子:"众卿以为如何?"

片刻的静默之后,果然胡安国站了出来,道:"臣以为朱胜非不可任此职。"

赵构微微一怔,和颜悦色地问胡安国:"卿何出此言?"

胡安国侃侃而谈,历数了朱胜非三条罪状:一是附会黄潜善、汪伯彦,以至扬州一败,后患无穷;二是尊崇张邦昌,结好金国,以至"沦灭三纲,天下愤郁";三是苗、刘作乱期间,贪生怕死,以至凌辱君父。方今金国、伪齐虎伺于北,国势危急,沿江都督这样的要职,关系国家安危,切不可交给朱胜非这种奸邪之徒。

胡安国所列的朱胜非罪状,赵构心里跟明镜似的,黄、汪当权时,朱胜非不过一中书舍人,有何能耐左右朝政?尊崇张邦昌,乃建炎初年之事,亦与朱胜非无甚干系。至于苗、刘兵变,更是朱胜非任右相三天后发生的事,若非朱胜非从中配合,巧为周旋,事情还不知糜烂到何等地步,如今时过境迁,却将人家功劳说成罪过,岂不正应了朱胜非去职时的话?

要是这话从别人嘴里说出来,赵构恐怕要不客气地训斥一顿,但面前立着的是在士大夫中享有崇高威望的胡安国,赵构不敢忽视他的意见,便婉言解释道:"黄、汪主政时,朱胜非不过一从官,朝廷之事,皆取决于黄、汪,朱胜非参与极少。苗、刘作乱,朱胜非苦心调护于内,才使勤王之师得以效力,朕亲历其事,十分明白其中原委,卿还是不要错怪了他。"

胡安国口中唯唯,心里并不服气,旁边侍御史江跻站出来道:"沿江都督一职,总理兵务,震慑敌伪,朱胜非一介书生,毫不知兵,臣恐其难以膺服众将,会误了大事。"

赵构不以为然,道:"昔日韩琦、范仲淹,都是文臣出身,却在边疆建功立业;近者如张浚,朕将川陕军政一并交付,他虽有富平之败,然而最近在和尚原连战连捷,谁说文臣不能署理军务?全看朝廷选拔、个人悟性而已。"

胡安国听了这话,便又奏道:"皇上所言极是。臣以为,若论知兵,臣举荐一人,强过朱胜非百倍。"

赵构脑子里转了转,问道:"卿举荐何人?"

"李纲。"

赵构沉默了片刻,问胡安国:"卿何以知道李纲能胜任此职?"

胡安国与李纲并不熟识,只是慕其名而已,而且他觉得,要阻止朱胜非担任此职,只有李纲有此实力,见赵构问下来,便道:"宣政间,黄河、汴水发大水,朝野惶惑,计无所出,李纲不过一起居舍人,便上书言事,力陈京师之弊,臣以此知道李纲有大略。"

此话只会让赵构反感,李纲为相,难以容人,且不知权变。赵构继位时朝廷军力尚不及如今十分之一,李纲却不顾实力悬殊,一味主张北进，然后又以忠义之名逼死张邦昌，他倒是得了时望名声，却让别人来背不思进取的黑锅，替他收拾烂摊子，简直岂有此理！

"李纲确实因此誉满朝野，但朕继位之初，已经用他做了宰相，也给了他施展其才的机会，然而却难称如意，他也自请罢相。卿说李纲知兵，然而太原一战，关系大宋生死存亡，他虽极力主战，但身为统帅，却与官属远在怀州，离前线相距千里，这也叫知兵？李纲沽名钓誉，颇有虚名于朝野，朕虽非圣帝明君，对此却也洞若观火！即便如此，朕仍念其忠义，已委任他为荆湖广南路宣抚使，让其独当一面，已是不拘一格，破例重用了。"

胡安国仍不死心，道："李纲凛凛有大节，四夷畏服……"

赵构听完，淡淡道："凛凛有大节，四夷畏服——能当此评语者，我朝一百七十余年，除了司马光、富弼，还能有谁？"他尽量让自己语气平和，但群臣听在耳中，仍有一股冷飕飕的感觉。

朝堂中一片寂静，一时无人说话，赵构又怕堵了言路，便语调缓和道："众卿有何看法，可如实奏对。"

胡安国被驳得鼻青脸肿，其他人还能有何看法？秦桧只觉得吕颐浩步步进逼，自己毫无还手之力，便干脆三缄其口，不发一言。

吕颐浩接腔道："靖康之变，表面看是源于兵祸，实则源于朋党。本朝朋党之风，虽始于蔡京，然而靖康年间陈东等鼓动京师数万人逼临宫阙，强荐李纲，乃至杀戮近侍数十人，朝廷威严一扫殆尽，朋党为祸之烈，于此为甚！臣以为此风绝不可再长！"

吕颐浩这一番借题发挥，正好又戳到赵构的痛处，胡安国再不晓事，一看赵构脸色，也不再多言了，便道："朱胜非人望才品，犹在李纲之下，臣以为应当另选他人。"

赵构见一时也议不出结果来，便将此事交与二相，让他们商议出一个合适人选，再奏报上来。

数日后，二人报上一个新人选，参知政事、福建路宣抚使孟庾替代吕颐浩，兼权同都督江、淮、荆、浙诸军事。孟庾人望、才具均不如朱、李二人，但在朝廷两派相持不下之际，他反而借机脱颖而出。

赵构却没忘记朱胜非，孟庾赴镇江履职没几日，便将吕颐浩召至宫中，道："朱胜非入相不过三日，就碰上苗、刘作乱，朱胜非极力调护斡旋，个中艰难，非亲历者不能领会，朕身在其中，岂能不知！前向因为举荐他当同都督一事，闹得满朝风雨，让他无端受了许多指摘，朕想将他召入京宫观，留侍经筵，卿以为如何？"

吕颐浩巴不得如此，便道："皇上此举，乃是昭示中外，不忘功臣，且以朱胜非之才望资历，胜任此职绰绰有余，臣以为极为妥当。"

于是吕颐浩下去以极快的速度推进此事。两日后，便以朱胜非为提举醴泉观使兼侍读，随时可接近皇上，此项任职意味深长。吕颐浩担心给事中胡安国持录黄不下，让事情久而不决，最终又生意外，便干脆越过胡安国，命黄龟年来书制。

大概是吕颐浩这招太过阴损，胡安国哪咽得下这口气？书制乃是给事中职权范围内的事，吕颐浩随意委派他人，这不是夺其职事是什么！便上章要求辞职，表示决不与朱胜非同列为官，言辞激烈，态度也相当强硬。

赵构自然是不批准胡安国的辞呈，却也坚持任用朱胜非，苦口婆心地劝说，希望把这几个互不相能的大臣捏合到一块儿，共同为朝廷效力。

奈何胡安国是个犟脾气，赵构不批准他辞官，他干脆在家卧床不起，两边就此又僵持不下。

朱胜非远在绍兴府，却被朝廷两派夹在中间较劲，惶恐不安，便上交绍兴府印，避走他郡，请求奉祠还乡。

赵构虽然看重胡安国，但选任大臣这种国家大事，又岂能轻易为人所左右。便下了一道诏书安慰朱胜非："礼义不愆，于人言而奚恤；君臣无间，于大体以何伤。"分明是向胡安国表明，无论他如何抵制，朝廷已下决心召还朱胜非。

扛了数日，胡安国始终不屈，赵构终于不耐烦了，对吕颐浩道："胡安国一而再、再而三阻止朱胜非入朝，他跟朱胜非真有那么不对付吗？朕看他是故意求罪于朝廷，让朝廷免了他的官，他好置身事外吧！当初朝廷屡次召他，他偃蹇不至，如今又求罪自免，这种名士做派，倒是给自己挣足了名声，但倘若百官都像他这样，谁还为国尽力？"

吕颐浩此时早就缩到后头去了，让书呆子胡安国跟皇上斗气，看他能讨到什么好果子吃！果不其然，又过了两日，赵构终于忍无可忍，将胡安国免职。

诚如席益所料，胡安国一落职，秦桧这边一下子便乱了阵脚。秦桧连上三份奏章挽留胡安国，赵构都不予理睬。秦桧无计可施，便也卧病不出，以示抗议。

紧接着御史江跻觐见赵构，力陈朱胜非之不可用，胡安国之不可免；左司谏吴表臣也跟着上疏："胡安国扶疾见君，意欲行其所学，今无故罪去，非所以示天下也。"赵构阅后，气得把奏折拍在案上，道："明明是朕数次挽留，胡安国毫无体谅之心，执意要走，如何又成了朕要把他赶走了？"

接着程瑀、胡世将、刘一止、张焘、林待聘等十余人要么上疏，要么觐见，无非都是替胡安国和秦桧说话，不但没起到任何效果，反而让赵构惊觉"胡党"势力之大，竟已覆盖朝堂，便将这些人全部免职。

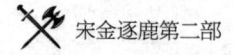

一夜之间,"胡党"土崩瓦解,秦桧也成了孤家寡人。

吕颐浩这才悄悄出手,请求赵构令朱胜非每日赴都堂议事,位列知枢密院事之上,这已是虽无宰相之衔,却有宰相之权了,吕、朱一联手,朝堂便再无秦桧说话的份儿。

秦桧终于体会到生姜还是老的辣,吕颐浩何时开始反击的他都不太清楚,等稍稍回过味来时,自己已经成了砧板上的肉,只有任人宰割的份儿。

转眼已是秋天,这时发生了一桩大事:建炎元年便出使金国,被扣押六年之久的通问使王伦,突然返朝。

王伦返朝与宋汝为还大不一样,宋汝为不过是转一圈便回,王伦却是在北国待了六年,于金国朝野大小事,无一不知,但金国却将他放回,这已经表现出某种议和迹象了。

赵构立即召见了王伦,与之交谈甚久,极为欣赏,封他为右文殿修撰,主管万寿观,并将他的两位叔叔和一个侄儿封官,可谓奖励优厚。

王伦此次之所以被放回,实得益于数月前秦桧派遣亲信高益恭出使金国,高益恭跟随秦桧一起在金国羁留了好几年,知晓金国人语言风俗,比其他一头雾水的通问使强过许多,再加上秦桧与挞懒及金朝权贵的交情,因此多多少少打破了些僵局。

然而此一时,彼一时。如今大宋军力与六年前不可同日而语,近期连胜了几仗,朝野一片进取之声,当朝宰相又是锐意北伐的吕颐浩,因此王伦返朝不仅没有成为秦桧的功劳,反而又加了一条罪状。

新上任的殿中侍御史黄龟年立即上章弹劾秦桧专主和议,阻碍国家复兴远图,加上之前植党专权之罪,理应罢黜。

秦桧觉得大势已去,只好上章请求去职。

赵构收到秦桧的辞呈，便在朝会散后，转给吕颐浩等宰执一阅。吕颐浩看完，觉得秦桧花言巧语，弄不好赵构一心软，给他网开一面，便道："秦桧能得士林声望，连胡安国这样的大儒都心甘情愿为其卖力，倒也不是轻易而得，这辞呈，臣是万万写不出来的。"

一旁的参知政事权邦彦道："秦桧心机之深，不与之共处，绝难以发现。臣一直以为其忠朴坦诚，今日观之，不过是大奸似忠罢了，自古祸国之臣，大抵如此。"

这二人一唱一和，专往赵构心坎里打，赵构脸色阴沉下来，将辞呈又看了一遍，更觉其意不可测，便道："秦桧与范宗尹共事时，但凡朝中议事，从不与之争论，但事后却常常私底下见朕，说这也不是，那也不是。朕当时还以为他是顾及同僚面子，如今看来，竟是阳奉阴违，首鼠两端！"

这话已经说得极重了，吕颐浩又加一闷棍，道："更不可容忍的是，此次召朱胜非返朝，闹出多少是非来！秦桧表面不置一问，却私底下纵容胡安国等人群起攻讦，如此党同伐异，其心可诛！"

说起此事，赵构更是怒火上蹿，道："朕与大臣相处，无非是两个字，一曰仁，二曰诚，以求君臣一心。即便对待李纲，朕也是能用则用，不能用则贬退，丝毫不加以羞辱，其忠义为国，朕多有褒奖，其专权误国，朕亦直言申诉。不料秦桧竟在朕眼皮底玩弄权术、巧为钻营，士大夫见了，还以为这就是晋身之道，岂不坏了满朝风气！"

说罢拿出秦桧所献的两条计策，给宰执们传看，道："秦桧说什么'南人自南，北人自北'，还说什么以河北人还金，以中原人还刘豫，朕是北人，他是要将朕还给金人还是刘豫呢？他说为相数月，便可耸动天下，今日天下未耸动，朝廷倒有倾覆之虞！"

吕颐浩等听赵构动了怒，便不再吱声。赵构越想越气，道："来日张榜于朝堂,秦桧罢相,永不复用!"

次日,秦桧收到诏书,还以为是赵构收到自己辞呈,按惯例下诏挽留,打开一看,还没读几行脸便涨得通红,一股巨大的羞辱委屈感从脚底直贯上来,差点将他击瘫在地。

这份诏书是由兵部侍郎直学士院綦崇礼根据赵构的意思拟就的,文笔犀利,力透纸背,指斥秦桧不齿之处有三:其一,当着范宗尹、吕颐浩等人的面,从不争论,背后却在皇帝面前极言二人不是;其二,扬言当宰相后有二策耸动天下,然后真当宰相后,所献二策却十分荒唐;其三,结党营私,排斥异己,选用官吏,当面说好,背后却故意稽留任命,令同党去攻讦,手段可谓卑劣。

这简直是在大庭广众之下,将他从头到脚扒了个精光。秦桧读到"顾窃干于威柄,虑或长于奸萌"两句时,几乎昏死过去,哆哆嗦嗦看完诏书,拼命支撑着保持体面。他知道这份制词雄辩、一气呵成的诏书即将传遍朝野,士子们会争相传诵,而他秦桧也从忠直之臣的云端跌落下来,成为众人口中玩弄权柄的小丑。

回到家,秦桧像木头人一样呆坐到半夜,恍如灵魂出窍,把一家人吓得惶惶不安,直到夫人王氏带着儿子、家仆哭着跪下来请他好歹用些膳食,他才勉强喝了半碗汤,但口中无味,浑然不知自己吃了些什么。

十五　大意失金州

　　临安府的朝廷内两派斗得不亦乐乎，远在川陕的张浚倒乐得逍遥一阵。和尚原两次重创金军之后，金军连年的攻势终于放缓，在接下来一年多的时间内，竟然毫无动静。据逃归的西军将士说，兀术兵败之后，回到云中，执掌军权的粘罕便免去了他西路军元帅一职，改由撒离喝担任，撒离喝率兵到和尚原脚下，观望良久，却不敢进军，于是退到了凤翔，与宋军相持。

　　张浚因富平之战丧失殆尽的声望也重新高涨，又有如日中天之势，不过这次他看淡了许多，慕名而来拜见者一律不见，有阆州士绅提议给张浚建生祠，也被他严词拒绝。帐下幕客见他如此，都不敢再上谀辞，免得自讨没趣。

　　然而，就在他以为一切归于风平浪静之际，户部员外郎李原手持一纸诏书千里迢迢赶到阆州，命他与参赞公事刘子羽、主管机宜文字的冯国康一起返朝。

　　这个诏令太突然了，刘子羽尚在兴州练兵，张浚赶紧派人将他召回，商议此事。

　　从兴州到阆州，快马也要三天三夜，他估摸着刘子羽恐怕要到月底才能赶回，也无事可做，意兴阑珊，只好怏怏地收拾行装。

　　两日后，张浚吃过晚饭，正在屋内与玉儿闲聊，忽听得外面隐隐传来马蹄声,接着依稀听到有人说话。张浚还只是纳闷,玉儿却一下坐直了身子,侧耳倾听,紧接着站起来,连话都来不及跟张浚说,匆匆奔后屋去了。

张浚还没回过神来,仆人已经进来通报:"刘侍制回来了。"话音刚落,只听到脚步声响,刘子羽颀长的身影出现在门口。

张浚又惊又喜,起身道:"彦修,你我真亲兄弟也!我才派人去请你,你却自己过来了!"

平常刘子羽过来,都是衣冠楚楚,今日却满身尘土,端正的脸上尽是灰垢,神情也掩饰不住的疲倦焦虑,见了张浚,勉强一笑道:"相公这边还安好吧?"

张浚一边命人去给他打洗面水,一边道:"我好,玉儿这边也好,她刚才还在,听到你来,赶紧去后屋拾掇自己去了。"

听到"玉儿"两字,刘子羽脸上浮起一丝笑容,神情也开朗了些。张浚让他坐下,指着刚端上来的脸盆笑道:"你也洗洗吧,别让她看见你灰头土脸的样子。"

刘子羽十一岁起便随父过军旅生活,快手快脚惯了,麻利地洗了洗脸,又用毛巾将颈脖和头发拭了一遍,一抬头,正好看见玉儿从后屋走出来,两人深深地对视了一眼,同时展颜而笑。

张浚有心避开片刻,让两个痴痴相恋的人说会儿话,但知二人既重礼仪,又好面子,这样做反而让他们尴尬,便随手拣起案上一份文书,边喝茶边看。

"相公,近期金人将会有大行动。"刘子羽没有半刻拖沓,刚坐定便说道。

张浚心里不禁一跳,抬头瞪着刘子羽。

刘子羽从怀里掏出一封信函,递给张浚,道:"这是资政殿大学士宇文虚中自云中派人送过来的，里面有皇上赐封的亲笔押字作为信物，我怕耽搁军情，就先拆开看了。"

宇文虚中在建炎初便被派出使金国，一直被扣押未还，是死是活都不知道，这时突然来一封信，甚是蹊跷。张浚接过信函，打开一看，果然看到赵构的亲笔押字，字体端秀挺拔，正是御笔亲书。再看宇文虚中所书，却像是一封家信，里面说自己被金人胁迫，但仍坚守节操，不负社稷，同去的一百来人，如今幸存者不过十二三人，日子过得十分艰苦，希望如果有通问使过来，请他带上数千缗钱来救济一下，云云。

张浚看完，有些摸不着头脑，刘子羽道："相公，请看书信两侧。"

张浚一看，信纸的两侧各有一行小字，字体像是金文，不细看还以为是装饰，张浚读道："善持正教，有进无退。魔力已衰，坚忍可对。虚受忠言，宁殒无悔。"

张浚吃了一惊，道："这是道家符箓隐语，主大凶！宇文虚中突然冒险送来这样一封信，断然不是无故为之。"

刘子羽点头道："子羽所想，与相公毫无二致。上月，叛将李彦琪突然率军占了秦州，秦州本来兵力就薄弱，失了也就失了，于大局无损；但接下来，另一支金军部队进入熙河路，似乎是针对熙河路守将关师古，这就有点诡异了。我正纳闷时，前两日接到探报，又有一支金军正往西南进发，人马颇众。由此可以断定，金军一定正在进行大规模调兵，很可能又有一场大战即将开始！而恰在此时，宇文虚中的警告信便送到了。"

张浚听了，心里一阵紧张，却又涌起一股莫名的兴奋。突然之间，所有的紧张和兴奋一下子泄得干干净净，只剩无法言说的空虚与愤懑。

刘子羽看在眼里，惊奇地问道："相公……这是怎么了？"

张浚将案头上的诏书推到刘子羽面前，刘子羽拿起它迅速浏览了一遍，半响作声不得，整个眼神像凝固了一般，失望之情溢于言表。

玉儿把沏好的茶端到刘子羽面前，刘子羽一怔，接过茶杯，这才叹出一口气来，问张浚："相公返朝后，谁来接替这川陕宣抚使的位置呢？"

张浚忍不住从鼻孔里发出一声闷哼，道："听说是王似。"

刘子羽差点脱口而出：这王似给我拎夜壶都不配，如今却要坐到相公的位置上去？话到嘴边又吞了下去，毕竟这几年在陕西经历了太多，虽说还不至于修炼到"不以物喜，不以己悲"的地步，但处变不惊却是有相当火候的。

"相公打算如何处置？"刘子羽沉声道。

张浚摇摇头，他也左右为难，倘若不管三七二十一，立刻奉旨回朝，把这个千斤重担往王似肩上一搁，自己倒是清爽了，但好不容易理出头绪的川陕军政恐怕又要成一团乱麻，目前军情突变，如此一走了之，实在有点于心不忍。然而抗旨羁留恐怕更不可行，本来强行诛杀曲端已经够让朝廷猜疑了，再赖着不走是无论如何也说不过去的。

两人一时间大眼瞪小眼，没了主张。

玉儿突然道："大哥，从阆州到临安，快马一个来回需多长时间？"

张浚道："二十日。"

玉儿道："大哥何不给皇上写一道奏折，并附上宇文虚中的示警信，告知目前陕西军情，请示皇上宽限数月，待军情缓解后再出发。倘若二十日后，皇上有旨意过来，同意大哥所请，则万事大吉；若皇上不同意，二十日也足够看出端倪了。"

刘子羽听了玉儿这话，低头想了想，突然忍俊不禁。

"彦修哥,你是笑我这主意不靠谱吗?"玉儿嗔道。

刘子羽连忙摆手,道:"玉儿,你这主意极好。我是笑相公和我枉自在官场里沉浮这么些年,反不如你这闺房里的世外高人。"

张浚也想明白了,赞道:"玉儿,你这招真是四两拨千斤,亏你想得出!"

玉儿浅笑道:"我不过是急中生智罢了。"

刘子羽道:"我怎么没生出这智来?"

玉儿道:"人急生智,这是常理,然而过急则智短,你二人刚才就是急晕头了。"

刘子羽敛了笑容,看着玉儿,认真道:"我自负才高,但跟你比,不过一段愚笨不堪的朽木罢了。"

玉儿秀眉微蹙,止住他道:"傻彦修哥,你和大哥心里都满满当当装着川陕的军政大事,当然要急了,哪里比得上我心里空空的。"

张浚一旁酸道:"你心里倒不是空空的,只不过装的都是你彦修哥!"

玉儿忍不住一笑,脸色微微泛红,却并没有太多难为情。她和刘子羽互相爱慕已是尽人皆知,张浚又极为倚重刘子羽,定会玉成其美,宣抚司府衙上上下下,早把二人看作一对了。

"相公,有这二十日,倒是足以窥探金军意图,再做打算。"刘子羽道。

张浚点头:"圣上虽然召我回朝,但仍然准我以千人亲兵护送,虽有人进谗言,皇上心中毕竟还是有一杆秤,晋卿在和尚原的两次胜仗也不是白打的。"

"前向还风平浪静,以为此事就此了结,不料突然下来这么一道诏书,实在令人猝不及防。"刘子羽道。

张浚身为宰执，朝廷大小事，自然比其他人知晓得更多，在刘子羽和玉儿面前也不隐瞒，便道："前向秦桧有大权独揽之势，我当时还纳闷，这秦桧南归才多久，就居此高位，举荐一堆人进中枢，还复设修政院，根基未稳，就行此大动作，只怕不会长久。果不其然，被吕颐浩回朝一顿拳脚，便和着胡安国等人被一锅端了，还被张榜于朝，永不复用，可谓一败涂地。"

刘子羽道："我听说秦桧专意主和，因此才被朝廷清算。但吕颐浩跟相公一样，都锐意进取，当年苗、刘事变，还跟相公一起勤王，按理说，他是知晓相公底细的，有他主政，为何还有这样一份诏书召相公返朝呢？"

张浚缓缓摇了摇头，道："秦桧罢相，不单是因为议和，要说议和，也并非始于秦桧。秦桧拜相之前，朝廷光金国通问使就派了不下十拨，国书上恭言卑辞，不忍卒读，总不至于这件事在别人头上叫'款敌之策'，到秦桧头上就成了'屈膝卖国'，天底下哪有这样的道理？秦桧之败，还在'植党专权'一事上，这才是朝廷深为忌讳之事。我在川陕已逾三年，十几万大军在手，有便宜黜陟之权，吴玠、吴璘、赵开，还有你，都拼死效力，川陕百姓，不以我愚钝，颇多看重……朝廷多多少少也是有些担心的，擅杀曲端之罪不过是个幌子罢了。"

刘子羽默然无语，从心底浮起一种深深的无奈感，这种感觉即便在富平大败后都不曾有过。

三人沉默了一阵，玉儿起身去为二人烧茶，张浚突然摇头摆手道："还是你上次说得好：天意从来高难问。既然如此，还想他做甚？先看看当下军情如何，才是正事。"说着，摊开川陕地图，道："金人占秦州倒也罢了，无非是想对和尚原形成包围之势，但往西南调兵却有些蹊跷。此地离入川门户甚远,几处州县前不久才由我军收复,既无地利,又无关隘,物产也并不丰饶,离和尚原更是远隔千里,便是抢粮草也轮不到这些地方。"

刘子羽看着地图道:"听探报说,兀术自和尚原一败后,被解除兵权,赋闲在家。撒离喝接任其职,虽然他比不上娄室,但智谋勇略,亦有可圈可点之处,过去数年一直与娄室配合作战,对川陕人情、地理较兀术更为熟悉。此人数月前便开始调兵遣将,占了好几处州县,却仍然让我们摸不清其真实意图,凭此一点,就是个狠角色。"

张浚道:"此事宜及早让晋卿知晓,让他早做防备。我今晚就给皇上写奏章,详述川陕军情进展,料来皇上会以大局为重,让我在川陕多留些时日。"

"晋卿自建节后,又收编了上万人马。和尚原虽然险要,但毕竟地方狭小,他便让吴璘代他守和尚原,自己率主力驻扎到河池去了。他每日派数拨探马出去打探金军情报,金军动向自是了如指掌,只是我猜他现在也弄不清金军的意图。"刘子羽皱着眉头道。

连吴玠、刘子羽都判断不出金军下一步动向,张浚自然也无从知晓,想了想,不免又有几分欣慰,道:"金军什么时候如此小心翼翼过?怕也是吃过大亏,不敢再小觑我西军将士了吧!"

刘子羽微笑道:"相公此言甚是。兀术在江南横冲直撞,逼得皇上不得不泛舟海上以避其锋,可知不是等闲之辈,然而却在和尚原大败而逃,连帅旗都没保住,身上还中了两箭。兀术在金国以勇猛著称,手下悍将如云,他都铩羽而归,对其他金军将领定是极大的震撼。"

张浚脸上露出快意的笑容,方才的压抑顿时减轻了不少,见玉儿端着茶壶茶杯过来,兴致勃勃道:"今日不喝茶,喝酒!"

玉儿看二人脸上神情,诧异道:"刚才还如丧考妣的样子,怎么

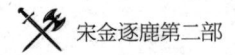

眨眼间又开心起来了？"

张浚像个孩子似的哈哈大笑，道："玉儿呀，我两个大男人在你面前，倒像孩童一般，一会儿悲，一会儿喜，倒是你一直波澜不惊，老成得像个大人。"

玉儿看着刘子羽，道："是这样吗？彦修哥，我有那么老成？"

刘子羽见她清澈的双眸圆睁着，眉如刀裁，秀色可餐，爱慕得只想将她捧在手心里，便笑道："你是天资聪颖，别人还懵懵懂懂，你却已经看破机关，虽属无意，难免让人觉得你老成。"

玉儿想了想，道："老成就老成吧，只要不老就成。"说罢微笑着打量了一下刘子羽，仿佛这句话是说给他听的。

刘子羽没作声，只是暗暗奇怪，明明军情如火，此刻心中却平静如水，他看着玉儿美丽的侧影，不禁暗自叹息："若得与你共老，功名利禄、成王败寇又何足道哉。"

张浚的奏折发出去不过数日，便传来熙河路兵马副总管关师古兵败的消息。关师古也算西军中的一员悍将，如此轻易败北，出乎张浚意料之外，屈指一算，过去一个多月，金军竟然四处出兵，攻城略地，而且绝不拖泥带水，不战则已，战则必胜。

刘子羽已经赶回兴元府，与驻扎河池的吴玠日日互派使者，交流军情，饶是二人通晓军事，对陕西敌我之势亦了如指掌，却也猜不透金军葫芦里卖的什么药。

正月临近，川陕百姓在久经兵火之后，终于迎来了一年多相对平静的日子。兴元府在刘子羽治理下，垦荒屯田，兴修水利，又遇上好年份，风调雨顺，居然在兵荒马乱之际，收获了一个难得的丰年，整个兴元府沉浸在喜庆气氛之中。

刘子羽被节日的氛围感染，甚至在想要不要把玉儿接过来住几天,然而一则紧急军情将他过年的兴致击得粉碎:商州失守。

刘子羽听到此消息,愣了片刻,急步抢入书房,打开地图观看,看着看着,突然间一股寒意从心底直泛上来,让他打了个寒噤。

他将金军过去一个多月的行踪用手指在地图上划了一遍,又回想了一阵,金军的意图终于隐隐约约呈现出来:金军派遣叛将李彦琪攻下秦州,虎伺仙人关,便可拖住吴玠;然而再派一军侵入熙河路,便可拖住关师古;接着金军主力直接南下,占领商州,汉中门户金州便近在咫尺。倘若金州不保,金军将深入汉中,作为汉中桥头堡的兴元府也将岌岌可危。一旦兴元府失守,川蜀大门就此大开。

没想到,金军为攻入四川,竟然不辞辛劳,千里迂回,兜了一个极大的圈,却也收到了奇兵之效:在所有人眼睛都盯着和尚原之时,金军成功进抵川陕南大门。

事不宜迟,他立即派探马去往三处:一处是宣抚司治所阆州,一处是吴玠的驻地河池,另外一处是王彦驻守的金州。

探马刚派出去不过一日,尚未到河池,他便收到吴玠送来的急信,拆开一看,原来吴玠也看出了金军的战略意图,与自己所想完全一致。

刘子羽又是欣慰又是焦虑,过了数日,终于收到张浚消息,他将与吴玠和王彦于正月下旬抵达兴元,共同商议战守之策。

川陕军政的四巨头齐集兴元府,这是从未有过的盛事,兴元府一时戒备森严,原本沉浸在过年气氛中的兴元百姓也嗅出了些不祥的气息,纷纷过来打探消息。刘子羽怕人心骚动,便贴出一张告示,说川陕宣抚处置使张浚与镇西军节度使吴玠莅临兴元,乃是为了确保兴元防务万无一失,与金州共为汉中屏障,云云。

此时张浚声望在川陕一带有如诸葛孔明,吴玠更是凭借和尚原一战,立功建节,成为西军中的新战神。吴家军也声名鹊起,有这二人

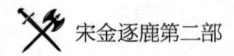

坐镇,兴元百姓果然安定下来,放心过年去了。

然而张浚也好,吴玠也罢,在当年名满天下的"八字军"统帅王彦面前,都显得恭恭敬敬,二人官阶均高于身为镇抚使的王彦,但丝毫不敢有轻慢之态。

四人各带幕僚,聚集在兴元府衙商议军事。张浚见众人都已到齐,便道:"现已得到确实探报,金军在商州、上洛一带有数万精锐,连同民夫,共计十余万之众,熙河路、秦州等地金军,均为疑兵。如今看来,金军入蜀之心不死,和尚原数度受挫后,居然异想天开,企图绕过和尚原,从东面进入汉中,进而直捣川蜀。目前金军已经占了商州,下一步,定然东进,直逼汉中门户金州。今日请诸位将军聚于兴元,就是要商议如何破金军暗度陈仓之计!"

吴玠道:"金军绕开和尚原,算是一着妙棋,既然如此,我军防御也应做出相应调整,河池、兴元府、金州三地应互为犄角,互相呼应。建炎年间,金将娄室之所以能在陕西如入无人之境,固然是因为娄室能征善战,但另外一个原因却是各路守将只知保存实力,不知应援,使得金军从容各个击破。此次应战,倘若任何一地先受金军攻击,须拼死苦战,拖住金军,其他各路火速救援,如此金军再强悍,也难深入川蜀。"

众人都将眼光看向王彦。王彦在富平大战前,曾经力谏张浚不应轻易决战,后又连败李忠、桑仲等游寇,不久前还和关师古合兵大败伪齐秦凤经略使郭振,可谓连立战功,加上之前率"八字军"太行山抗金的业绩,因此王彦在西军中威望,几可与吴玠并肩。

见大家看着自己,王彦清了清嗓子,道:"若要判断番狗如何进犯金州,须先了解金州地理。金州北依秦岭,南靠巴山,汉水横贯东西,中间乃是一片平原宝地,便是金州百姓栖息之所。除秦岭和大巴山之外，金州还有一座凤凰山，此山自西向东延伸于汉江谷地和月河川道之间，正所谓"三山夹两川"。因此，番狗若要进犯金州，必须翻山越岭，渡江涉水，而我军则可据险而守，以逸待劳。"

众人听王彦将金州地理说得如此透彻，互相看了一眼，颇觉放心。只听王彦继续道："番狗想进入金州，必须经过金州西南的姜子关，平常商旅都由此入子午谷，然后才可进入金州、洋州，番狗骑兵众多，加上远道而来，辎重甚多，不便跋山涉水，我料他们倚仗人多，必定强攻姜子关，我军便可凭险给予迎头痛击！"王彦谈起金人，还保留着当初在太行山时的习惯，每言必称"番狗"，听着十分解气。

张浚脸上堆起欣慰的笑容，道："有我王大将军坐镇金州，可保汉中无虞！"

吴玠与刘子羽对视了一眼，略一迟疑，还是说道："听王镇抚论战，真是如沐春风！方才镇抚说外人入金州，姜子关乃必经之地，那是对寻常商旅而言，如今金军为拿下金州，无所不用其极，未必就死盯着姜子关，恐怕其他道路也要防范。"

王彦一笑道："那是自然。其他入金州通道我都已设兵把守，番狗倘若不走姜子关，必须穿过凤凰河，极不利骑兵突进，我军即便人少，亦可抵挡一些时日，等待救援。"

王彦回答得天衣无缝，众人所想他都考虑进去了，刘子羽最后补充一句道："王镇抚与金军对阵，宜多用强弓劲弩，金军临阵极为勇猛，骑兵又多，倘若骤然与之短兵相接，恐难以抵挡，先用强弩压住其攻势，则胜算大增。吴家军在和尚原屡败金军，强弓劲弩功不可没。"

王彦听了这话，面无表情地道："侍制所言，王彦心中自然有数。"

刘子羽见王彦对自己的建议颇不以为然，想再叮嘱两句，又寻思他是百战之身，轮不到自己来教他如何打仗，便道："兴元府库中有三百张劲弩,另有上万支箭,镇抚若要,子羽命人送至军前。"

王彦目不斜视,淡淡地道:"多谢侍制,用得着的话,我自会向侍制讨要。"

张浚见王彦身为名将,又如此成竹在胸,心中甚喜,道:"有各位精诚一体,金人势头再猛,又有何惧……"正欲慷慨激昂一通鼓舞士气,突然一名亲兵快步走入都堂,跟他耳语了几句,然后将一封书信交到他手中。

张浚打开书信一看,立刻血往上涌,心往下沉,原来朝廷尚不知金军即将开始新一轮大举进攻,见川陕一时无事,便有心整顿,于是命学士院撰写了十封蜡书,付与即将接替张浚职位的王似,命王似将蜡书交给叛降的西军将领,希望他们回心转意,重归宋廷。

信中把这些将领叛变的责任一股脑儿推到张浚等人身上,提到张浚时,还有些遮掩,然而提到刘子羽时却十分不堪,其中说道:"……昨宣抚司参议刘子羽弄权用事,不通人情,今已召张浚还朝,更命王似,无复嫌隙,其早自归。"

张浚能得到此信,纯属巧合。关师古刚和侵入熙和路的金军打了一仗,叛将张中孚亦在金军营中,关师古夜晚劫营时偶然得到这封书信,觉得事关重大,便令人快马送到兴元府。

张浚万料不到朝廷竟然背着自己干这种事,不禁浑身冰凉,众目睽睽之下,又不能失态,抬头一眼看见刘子羽正与其他将领专心致志地研究地图,更是气得手发抖,心里发狠骂道:"这就是你们这帮奸佞嘴里弄权用事、不通人情的刘子羽!"

众人七嘴八舌议论军情的声音小了下来,都看着张浚。张浚微微一笑,朗声道:"刚刚得到探报,又有一支金军开往商州,看来金军是王八吃秤砣,铁了心要攻入川蜀啊!"

众将士气高昂,笑道:"那就正好炖一锅王八汤,滋补身子!"

自富平大战后,张浚深自反省,只是居中协调,不再过多干涉军事,见诸将议论得甚是热烈,便笑着对刘子羽道:"彦修,大战在即,今日恰好在你地面上,你做东好好犒劳一下大家吧。"

刘子羽也笑道:"子羽正有此意!我这儿正好有本地出产的上等镇巴腊肉,早已让后厨炖上了,今日就让诸位大快朵颐!"

在众人欢呼嬉笑声中,张浚面带微笑走出都堂,一出门,脸上的笑容便被冷风吹得一干二净,看着远处的群山心绪不定。

刘子羽不知何时站到了身边,道:"相公,方才书信中怕不是金军开往商州的消息吧?"

张浚叹了口气,从袖中取出书信,递给刘子羽。

刘子羽默默地看完书信,又默默地交还给张浚,过了半晌,指着远处的群山道:"兴元府地处汉中腹地,青山环绕,绿水横流,所谓'汉中席卷三秦定'。当年刘邦被封为汉中王,以此地为根本,终于成就帝业。番军还颇有眼光,知道这是块好地,三番五次,必欲取之,我军虽然拼死抵抗,终究不知鹿死谁手,唐人李益有诗云:'君王昨日移仙仗,玉辇将迎入汉中。'今日观之,不知入这汉中的,竟是何处君王!"

张浚吓了一跳,下意识地往左右看了看,道:"彦修,你也不必灰心至此,朝廷出此下策,想来也是权宜之计,我看这信中措辞,虽然轻佻无状,毕竟还未说出更重的话来,明日我上章请求奉祠,且看看皇上如何说。"

只听身后一个声音道:"相公上奏章时,切莫忘了将眼前的险恶军情一并奏报!"

二人回头一看,吴玠正好走到身后,手里捏着一封书信,与张浚

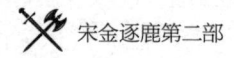

袖中书信一模一样。

见二人诧异，吴玠道："我来之前便得到了这封书信，是我军游骑截到的，我见信中言语十分不堪，原本不想拿出来，不料相公也得了一份。"说罢，看了看刘子羽，想安慰他几句却又不知说点什么好。

张浚和吴玠二人都有几分愧疚和尴尬，主将尚未离职，朝廷便私下招纳叛降，实属罕见。之所以有此一举，最大的借口无非是富平之败和曲端被诛。富平之败全在张浚错判局势，一意孤行，而曲端被诛却和吴玠推波助澜有莫大的关系，如今二人倒毫发无损，却让一直竭力平息事态的刘子羽出来背黑锅，实在是呜呼冤哉。

刘子羽强颜欢笑道："外面冷，进去说话吧。估计这镇巴腊肉快出锅了，相公，晋卿，你们可要多吃几块啊！"

吴玠和张浚对视了一眼，知道刘子羽心中不痛快，却也无从劝慰，都只在心里暗暗叹气。

都堂内，众将仍在热火朝天地议论。王彦见三人进来，上前道："方才宣抚说又有一支番狗前往商州，看来番狗进攻金州也不过这几日的事了，金州离兴元虽然不远，但快走也需两三日路程，如今正是寒冬腊月，就怕一场大雪下来，行路不便，耽误了大事。宣抚这边不知还有没有要交代的事？若没有的话，我先带人赶回金州了。"

张浚道："刘侍制这边的镇巴腊肉马上就要出锅了，先吃几块再走不迟。"

王彦笑着对刘子羽拱手道："等打败了番狗，我带几坛好酒过来，再痛快享用！"

刘子羽刚才在外面，只觉寒风刺骨，也担心天气突变，便拱手回礼道："那就一言为定，子羽坐盼镇抚得胜的好消息！"

王彦又与吴玠告别，然后带着手下亲兵、部将出了都堂，骑马直奔东而去。

王彦走了约莫一顿饭的工夫，刘子羽突然想起库中的弓弩箭支忘了给他带走，正要起身安排人随后给他送过去，吴玠按住他道："罢了，彦修看不出王彦此人自视甚高吗？你好意给他弩箭，只怕他不领情，到时候守金州有功，还得分你一份。"

刘子羽愣了半响，只得怏怏坐下。张浚在一旁看了，心里更是过意不去，便笑着道："我看当今世上，只有一个人能让彦修开心起来了。"

吴玠好奇道："相公说的此人是何方神圣？"

张浚微笑着朝门口抬了抬下巴。

门口立着一名女子，虽然从头到脚包裹在一件军队里常见的粗布袄里面，只露出一张脸，但她一出现，整个都堂立刻安静下来，仿佛一股神奇的力量控制了所有人。

这女子先走到张浚面前，叫了声："大哥。"张浚微笑着点点头，指着吴玠道："这位便是吴节使。"

她便走到吴玠面前，道了个万福，说道："玉儿见过吴节使。久仰节使英名，今日得见，实在是小女子前世修来的福分。"

吴玠像个傻子似的回了个礼，见这年轻女子落落大方，吐字清晰，自己反倒有些局促，道："过奖，过奖……"

玉儿这才走到刘子羽面前，含笑道："彦修哥……"

刘子羽脸上不由自主地浮起欢喜的笑容，道："你怎么来了？"

玉儿道："我从未来过彦修哥的兴元府，正好大哥过来议事，我就跟着过来了。"

"此地离前线不远，只怕不那么安全。"

"有彦修哥在此，怕什么呢，何况大哥和吴节使以及众位将军都在。"

两人你一言我一语，旁若无人地说起话来，吴玠看在眼里，满心羡妒，对张浚道："今日若非亲见，吴某断然不信天底下竟有如此清丽脱俗的女子！相公就只有这一个妹子吗？"

张浚忍俊不禁，道："一个还不够吗？"

吴玠遗憾地叹口气，笑道："方才我还为彦修满心不平，现在看来，有如此佳人垂青，他还有什么不满足的！"

张浚脸上的笑容消失了，他已经给自己的辞呈打好了腹稿，不知呈上去后，朝廷会有何反应，但他下定决心，无论皇上高兴与否，他都要为刘子羽辩护几句。

王彦一行离开兴元府，两日后回到了金州。刚到府衙，各方探报便纷至沓来，王彦与麾下众将一一分析，几乎所有情报均显示，金军意图强攻姜子关，占领汉阴县后再长驱直入攻取金州。

王彦冷笑道："果不出我所料！番狗倚仗人多，想一举拿下姜子关，再直下汉中，进逼川蜀，来日就让他们好好在姜子关吃吃苦头！"

部将张亮道："王帅，既然番狗主攻姜子关，我军布防是不是也需调整？"

王彦点头道："有道理。郭进在洵阳县沙隈驻守，手下有两千五百人，可以速令调一千人马去姜子关。"

张亮道："我军总共才一万多人，必须集中兵力，才能对付番狗攻击。郭进那边，我看留五百人警戒足矣。"

王彦想了想，道："五百人还是太少，那就调一千五百人去姜子关，郭进留一千人原地驻守，若军情紧急，这一千人也速来增援。"说罢，起身到窗前看了看外面，只见原本阴暗的天空已经放晴，预料之中的一场暴风雪并没有到来。

毕竟在太行山与金军周旋过几年，机警惯了，王彦怕军情有误，又接连派了三拨探马去监视金军行踪。

接下来数日,数拨探报都带来了同样的消息:金军仍驻扎在商州,尚未南下。

与此同时,金军即将攻打姜子关的传言越来越多,有从商州逃过来的商旅百姓说,金军正在商州城大肆招募熟悉姜子关路径的人。

王彦至此终于确定金军的主攻方向就在姜子关,便又从各处调了些人马过去加强防守。

就在他将姜子关打造成铜墙铁壁之时,探报送来消息,金军已经开出商州,正往金州这边奔来。

决战时刻已到,王彦亲赴姜子关督战,并在军前激励将士奋勇杀敌。将士们见主帅亲临前线,加上过去数月连打胜仗,无不群情激昂。

王彦将大帐搭在姜子关的一处高地,正好可以鸟瞰战场。此时正值陕南晴冬,阳光柔和明媚,将远山映衬成一片金黄,只有山顶亮得耀眼,那是因为多年的积雪覆盖其上,山上树木叶子差不多都已掉光,但仍有一些耐寒的树郁郁葱葱,点缀在一片枯黄之中,分外抢眼。

此情此景,倒和当年的太行山颇有几分相像。王彦一时看得入神,突然想到即将到来的恶战,赶紧收回思绪,极目远眺商州方向,按他的预计,过不了多久,远处会扬起一片烟尘,金军的大部队将进入视野。

不知不觉间,夕阳西下,血色余晖洒在姜子关内外,让这片即将成为战场的关塞显得凄凉、壮美。王彦起身,伸展了一下腰身,拔剑舞了几个来回,夜幕即将降临,寒气湿气都很重,口中呼出的气立即化成一团白雾。

四下里梆子声响起,远远听到各营巡逻将士在吆喝。王彦舞剑完毕,浑身发热,神清气爽地在几个亲兵簇拥下返回大帐。

一匹快马远远地从关口赶来,隐约听到骑手的马鞭声,等到走近了些,能清晰看到人马都热汗腾腾,带着一团白雾呼啸而来。

众人不觉停下了脚步,一名亲兵迎上前去,堵在路上,将传令兵直接带到王彦这边。那士兵身上并无书信,见了王彦,拜道:"禀大帅,前军统制许青急报:番狗在商州军马调动频繁,原本以为今日便有大战,但各营将士严阵以待一整天,却无金军半点动静,此事颇为反常,还请大帅知晓。"

王彦淡淡地道:"急什么,该来的自然会来,再等一日又何妨?"

旁边张亮问那传令兵:"许统制还有何消息?"

传令兵道:"许统制就让我捎这么一句话,还说务必带到。"

王彦听了,倒有几分上心,低头想了想,问道:"许统制那边每天派出几拨探马?"

"回大帅,许统制从前日起,每个时辰便派出一拨探马,日夜不息。"

张亮吃了一惊,道:"那岂不是每日派出十拨?"

传令兵道:"正是。"

许青乃王彦帐下爱将,足智多谋,在军中有"小诸葛"之称,私底下被戏称为"狗鼻子",只因他极重情报,临战直觉又较常人敏锐,预知到不少潜在风险,有时准到毫无道理,如今他派快马过来,只为了传达这么一句话,其中缘由,不得不让人有所警觉。

王彦脸上轻松的神情消失了,一个极不情愿的想法不停地蹿上来:倘若金军偏偏不进攻姜子关,选择别处进攻,会在哪里?

这个想法让他脊背发凉,金军放弃姜子关转攻别处,那的确是舍易求难,然而兵法讲究虚虚实实,金军转攻别处固然难,但对于已经将防守重点转入姜子关的王彦来说,更难。

张亮等人还没考虑到这一层，笑道："许统制的狗鼻子会不会因为天气严寒伤了风，不灵了？"众人都大笑。

王彦勉强笑了笑，随即转身快步走向大帐，一进帐，便对亲兵道："将地图取来。"亲兵们还在说笑，手脚略慢了些，王彦喝道："利索点！"

众人这才发觉王彦脸色严峻，便都屏住了气，很快将地图铺在案上，又点了几根蜡烛，王彦一声不吭，就着烛光趴在地图上足足看了半顿饭工夫，张亮等人这才觉得事关重大，脸上神情也凝重起来。

"大帅，番狗是要要什么诡计吗？"张亮轻声问道。

王彦直起腰来，额头上已经积了一层细密的汗珠，目光凌厉得可怕，张亮等人都相顾失色。王彦是个铁汉子，能让他临战忧急至此，一定是出了大事。

金军的确要了诡计，但比这更糟糕的是，此时做任何调整都已经来不及了，只能被动地等待金军发起第一波进攻，而这第一波进攻不会发生在姜子关，其他地方守备薄弱，根本无力抵挡金军的全力一击，很可能等不到增援便已溃败。如此一来，金州失守几乎已成定局，汉中门户就此洞开。

由于自己的误判，以致未战先败，且后患无穷，身为一军主帅，没有比这更让人痛苦的了。王彦浑身冰凉，感觉心像被掏空了一般，良久之后，他终于咬牙缓过气来，用低沉嘶哑的声音道："传我将令，全军即刻收拾行装，后军改为前军，向金州进发。"

众人像傻了一样瞪着王彦，王彦又道："张亮听令！命你速带本部兵马二千人，连夜赶往洵阳增援郭进。"

张亮也终于意识到情况不妙，慌里慌张地接了令，转身快步出了大帐。

短暂的寂静后，中军大帐顿时忙碌起来。紧接着，远处传来人马声音，夹杂着铁器撞击声与辎重倾覆声，各军都在抓紧收拾，准备启程。

又过了一会儿，只听脚步声响，一支队伍向南开去，亲兵进来禀报：张亮已经率军出发增援洵阳守军去了。

王彦略微松了口气，他心中还存着一丝侥幸：或许形势未必有想象的那么糟糕。

半个时辰后，除少部分人马继续驻守外，大军趁着夜色开始往金州进发。黑暗中，众将士深一脚浅一脚地赶路，气氛颇有些压抑。

走至黎明时分，王彦见天边即将破晓，将士也疲惫不堪，便传令全军就地造饭休息。片刻之后，荒山野岭间，炊烟袅袅，不多时，将士们已经吃上了热腾腾的早餐，王彦心中略为安定，只要抢在金军前头抵达金州，战局便还有回旋余地。

大军正要继续行进时，一人一骑从东面赶来，口中高喊："急报！"王彦令亲兵前去迎接，将来人引入临时搭起的帐篷内，那士兵显是赶了一夜路，人马都已被汗水浸透。

"禀大帅，番狗突袭沙隈，郭统制率军死战，寡不敌众，已全部阵亡！"那士兵喘着气道。

帐篷内死一般寂静，半晌后，王彦才用沙哑的声音问："你既在郭统制军中，如何得以生还？又如何得知他已阵亡？"

那士兵道："小的本是郭统制贴身亲兵，番狗昨日傍晚突然出现在沙隈，人马众多，步骑并进，郭统制率军力战，战至中途，特意让小的骑快马出来报信，说今日必死，让小的务必将口信送至大帅，方才所报，是郭统制教给小人的原话。"说着，声音便哽咽了。

王彦顾不上安慰他，问道："依你所见，番狗来了多少人？"

那士兵止住哭，道："事发突然，也来不及细看，只见对面尘土遮天蔽日，小的从军数年，还从未见过如此多的兵马。郭统制率军与番狗前军对战，本想稳住阵脚，等待救援，无奈番狗战力极强，我军交战不利，节节败退……"

王彦心猛地往下一沉，突然想起刘子羽之前的叮嘱，自己确实低估了金军的战力，倘若郭进那边有强弩助阵，即便人少，哪至于片刻都难以支撑？

一失于机谋，让金军声东击西，调虎离山；二失于战法，舍弃强弩远攻，急于短兵相接；如此一失再失，不吃败仗也是没天理了。王彦悔恨不已，但此刻只能强压住失利的痛苦，摊开地图，研究了片刻，对众将道："番狗必是从商州南下，直取上津，而后直奔洵阳，一日一夜，行军数百里，打了我们一个措手不及。"

旁边一名亲将道："大帅，如此看来，进攻沙隈的必是金军主力，商州与洵阳相距数百里，番狗一日一夜便能赶到，从洵阳至金州路更短，且道路宽阔，利于行军，恐怕不到一日便会兵临金州城下。"

王彦毕竟见过大阵仗，事已至此，反而冷静下来，略加思索后道："番狗能在如此短的时间长途奔袭，只能是轻骑突进，粮草带得极少，我猜他们定是想从金州就粮，借助金州的粮草为攻入川蜀做准备。金州无险可守，但城中粮草堆积如山，一旦落入番狗之手，后果不堪设想。为今之计，只能忍痛将粮草全部烧掉，然后我大军退保石泉县，牵制番狗继续西进。"

众将听了纷纷点头表示赞同。

洵阳已失，增援已无意义，王彦不再犹豫，一面派人火速传令张亮退军，一面率大军立即开赴金州。

金州城内已经得到探报，城上守军正严阵以待，王彦率军赶到金州城外时,只见远处隐隐有烟尘升起。王彦看了看天色,刚过正午,金军赶到应在一个半时辰之后,王彦左右权衡多时,骨子里的那股血气终究占了上风,便对众将道:"番狗连奔了一日一夜,刚与郭进战了一场,如今又远在数十里外,我军何不以逸待劳,与番狗在金州城外来一场决战?万一交战不利,我军大可撤退入城,天已断黑,番狗谅来不敢深入。"

金州城外,地势平坦,而平原野战,并非宋军所长,但众将都有跃跃欲试之心,听主帅发话,更是踊跃请战,于是大军摆开阵势,静待金军到来。

远处的烟尘越来越大,终于遮蔽了整个天空,即便早有准备,但金军声势之浩大,仍出乎王彦等人意料之外。随着金军人马逼近,马蹄声如同潮水般传入宋军将士耳中,整个地面都能感觉到轻微的颤动。金州将士并非新兵,然而如此直面强敌大军压境却还是第一次,脸上难免惶恐震怖之色。

离宋军大阵数里之外,金军似乎慢下了脚步,随后略做调整,继续直压过来。宋军这才看清上万匹战马竞相驰骋是何等惊心动魄,敌人离得尚远,一阵夹带着黄沙与马骚味的劲风就已扑面而来,铺天盖地的马蹄声把将官们的吆喝声都淹没了。

只在这一瞬间,王彦已知今日之战毫无胜算,但两军对垒,哪有临阵畏缩之理!便大吼一声:"进!"帅旗前指,军中十来面大鼓一起擂响,宋军将士鼓起勇气,手执兵刃迎向汹涌而来的金军铁骑。

双方离得还一里地之时,金军铁骑从中军分出两部,向宋军两翼席卷而去,这一合一分,如行云流水,毫无凝滞,两军还未接触,金军便已经开始合围。

王彦见金军骑兵纵横驰骋,如入无人之境,更加深悔当初未听刘子羽之言，倘若此时有几百张劲弩在此，几排齐射下来，哪能容金军如此穿梭自如！

宋军骑兵在两翼抵挡金军骑兵，双方人数与战力都相差甚远，只能勉力支撑。

两军相距已不过一箭之地，金军中路骑兵突然全部下马，列成步战阵势，缓步迎了上来。

双方终于碰撞在一起，宋军将士都知道从中路迅速击溃敌军，乃是此战唯一的胜机，因此众将都身先士卒，拼死向前。然而他们发现这些金军士兵步战功夫也十分了得，一个个生得人高马大不说，还极其坚忍顽强，手中的狼牙棒和重锤舞得虎虎生风，使得惯于近战的王彦大军占不到丝毫便宜。

王彦站在马镫上观察两翼战况，自己手下骑兵早已无还手之力，被金军铁骑像撵兔子般往后赶，再过一刻，金军骑兵将完成包抄，到时一万多名将士将在金州城下全军覆没。

王彦身经百战，此时才深觉学无止境，虽在太行山转战多年，又在陕西屡平贼寇，但如此大规模的正面会战却非己所长，好在自己留了后手。此时天色已黑，并无半点星光，金军虽然占了上风，毕竟长途奔袭而来，又人生地不熟，虽然城下这支军队处于不利，作战却颇为英勇，但王彦不敢恋战，逐渐收兵而去，趁着最后一点光亮率军撤回城中。

刚入得城来，不及安顿，便听城外一阵喧哗，黑暗中听到有人大喊："张统制回来了！"众人掌起火烛，迎接张亮入城，带去的两千人马，回来仅剩三四百人。

张亮带着一身的伤，到府衙向王彦请罪。王彦问其战事经过，得知张亮半路遭遇金军大队人马，部队很快便被金军铁骑分割包围，他拼死力战，熬到天黑，才侥幸捡回一条命。

王彦暗叫惭愧，倘若今日再迟半个时辰天黑，部队将被击溃，死伤惨重，此刻城下恐怕已是尸积如山。

唯一的好消息是，镇守姜子关最前线的许青一部两千余人，见金军已经包抄到身后，干脆直接钻进了凤凰山，临走还派出轻骑成功抵达金州城，将去向告知了王彦。

形势已然非常明了，金军出其不意，长驱直入，使得宋军在金州外围苦心打造的几处关垒形同虚设。如今金军兵临城下，金州城墙不高，无险可守，王彦别无选择，只能往汉中腹地撤退。

城中隐隐传来妇孺的哭喊声，一问才知百姓在寒冬腊月被迫连夜转移上山，都苦不堪言，所幸之前百姓已经走了大半，此时仓促转移还不至于引起大乱。清点库房的将领前来禀报，库房中还有六万斛今年收割的秋粮，其他钱缯布帛也为数不少。王彦听了，心疼得顿足长叹，无奈只得咬牙下令能带走的尽量带走，不能带走的全部烧毁。

熊熊大火借着风势以极快的速度蔓延到全城，烈焰将黑漆漆的天空照得如白昼般通明，方圆数百里内都能看见。一片炼狱的金州城中，偶尔传来凄惨的哭叫声，那是不愿意走的百姓被大火吞噬前最后的挣扎，在肃杀恐慌的气氛中，守军栖栖惶惶地一步三回头，撤离守了三年的金州城。

十六　饶风关大战

"饶风岭上百花开，不如一夜冬雪来。"此诗说的是位于真符县东南的饶风关，一到冬季雪景，附近州县的文人墨客也好，寻常百姓也罢，都有踏雪赏景的雅好。山下一座寺庙，专有一壁，给造访的士人题诗，多年下来，好诗无数，却只有一位潦倒秀才的《咏饶风关》流传开来。时过境迁，已经无人记得这秀才的名字，知道这首诗出处的人也并不多，但开篇两句，却成了汉中一带家喻户晓的名句。

此时的饶风关，天气并不太冷，但一场瑞雪却及时降下，一时间，青山隐形，绿水无踪，整个世界一片银装素裹，陡峭险峻的饶风关披上这一身素装，顿时显得妖娆妩媚起来。

按照以往的习俗，腊月前后，只要有雪，饶风岭下少不了游人，但今年大不相同，方圆数十里，连半个游人的影子都不见，西面却有兵马踏出一条数尺宽的通道。再细看岭上，到处都是民夫士卒的身影，正忙着抢修栅栏、堆筑石垒，他们对于这难得一见的美景视若无睹，一个个脸色仓皇，忙得汗流浃背。

岭中央一处空地上，搭着几十处帐篷，一名身体壮实、将官模样的人立在帐外，正四面察看地形，此人便是兴元府刘子羽麾下统制官田晟。金州失守的消息传到兴元府后，刘子羽急命他率所部三千人火速赶往饶风关，阻住金军西进川蜀的通道。

自金军占据商州之后,刘子羽为防万一,命人在饶风关修筑防御工事。他原本以为王彦会在金州与金军僵持不下,他将亲率大军前去增援,拒敌于汉中之外,吴玠与陕西诸将包抄金军后路,如此则胜券在握,饶风关不过是一道备用防线而已,未必用得上。但他怎么也没料到,骁勇善战的王彦,竟然在一日一夜间便败下阵来。刘子羽震惊之余,不得不全盘推翻既定方略,仓促派兵扼守饶风关要塞。

转瞬之间,地处汉中腹地的饶风关便成了前线,也成了金军进入川蜀的最后一道大门。

田晟抬头看了看灰蒙蒙的天,雪仍在纷纷扬扬地下。雪天作战,守军固然辛苦难熬,但对于仰攻的金军来说更为不利,田晟心中默念:"老天爷,你只管狠狠地下吧,让番军寸步难行才好!"

探马前来禀报,有一队人马自东面过来,应该是王彦的军队过来会合。

若不是临行前刘子羽再三叮嘱,不得羞辱友军,否则重罚,田晟真有心就待在帐内,等官阶比自己高的王彦来见自己,但想起刘子羽军令如山,只得把到嘴边的"徒有虚名"几个字吞了回去,极不情愿地带领众人下山去迎接。

到了山脚,远远看见王彦率军过来,虽然吃了败仗,但军容严整,将士行进有度,田晟不由得将轻慢之心收了几分,心中诧异:看上去这分明是一支劲旅,如何不到两日便丢了金州?

王彦抬头一眼看见山坡上到处都是抢修营垒之人,知道自己轻易丢掉金州,让战局陷于被动,心中十分郁闷,见田晟过来行礼,嘴里还说"久仰大名"之类的客套话,更觉得面上无光,敷衍了几句,便将话题引到正事上来,问道:"兴元府有多少人马?"

"回镇抚,五千余人,另有万余义兵,刘侍制已紧急派人去河池向吴节使讨救兵。"

王彦盘算了一下，自己这边有一万人，加上兴元府兵马，三万人都不到，其中一万人还是义兵，而金军却是倾国而来，众寡悬殊。河池距饶风关三百余里，就怕吴玠救援不及，才赶到半路，便被金军一鼓作气趁势攻下饶风关，如此四川门户洞开，他王彦就成了千古罪人。

想到这里，王彦不禁打了个寒战，回头望了望，心想倘若不是这场大雪，让金军铁骑稍遇阻碍，只怕金军早已尾随而至了。

"田统制，我军远道而来，此处是你主事，如何扎营，何处筑垒，全凭吩咐，王某无有不从！"王彦拱手道。

田晟略感意外，早听说王彦心高气傲，不曾想竟如此谦恭，自己军阶远低于王彦，正琢磨着如何回答，只听王彦又道："军情紧急，番狗旦夕便至，你我不必讲这些虚礼，请田统制以国事为重！"

田晟心头一震，也拱手道："那田某就恭敬不如从命了！这饶风关虽然险峻，但山头太多，因此需要分兵把守，请镇抚率军守住北面，北面略为平坦，番军估计会主攻北面，但我军在南面正好将其一截两段，予以痛击。"这其实是刘子羽的排兵布阵，田晟不过是照本宣科罢了。

王彦看了看地形，便知田晟说得婉转，其实是要把正面的主战场让给吴玠，但他也无话可说，与田晟交代了几句军需方面的事，便率军往北去了。

原指望靠大雪将金军阻挡一阵，不料这鹅毛大雪来势汹汹，却只下了半上午，便戛然而止。田晟在地上扒拉了一下，雪连半尺厚都不到，显然不足以阻挡金军铁骑。

下午时分，从兴元府方向来了一支两千人的队伍，领头的正是刘子羽，田晟、王彦等人各率部将下山迎接。王彦一眼看见刘子羽军中几十匹骡马背上都是强弩弓箭，士卒也几乎人人或挎硬弓，或背强弩，箭囊里也都塞满了箭支，不由得满面愧色，有点无地自容。

刘子羽见王彦脸上不好看，虽然心中抱憾不已，但此时大敌当前，不能伤了和气，不等王彦开口，便上前拱手道："此事只怨子羽虑事不周，这几十匹骡马的强弩弓箭，若能早几日送至镇抚军中，哪能让番军如此猖狂！还请镇抚大人大量，不要计较子羽疏忽之罪。"

王彦虽然久闻刘子羽有干练之名，但心底里却不大瞧得上他那过于俊朗的面孔，以为是个花架子，至此方知刘子羽气度宽宏，远胜于己，不禁十分感慨，叫着刘子羽的字道："彦修啊，王彦一无所长，但自知之明还是有的，如今大敌当前，来日这饶风关必有一场恶战，王彦自今日起，唯贤弟马首是瞻！"

刘子羽听了大喜，吴玠正朝这边赶来，他最担心的就是一山难容二虎，互不协调，最终误了大事，有王彦这句话，此事便迎刃而解，于是笑道："子才兄言重了！子羽何德何能，敢来驱使兄台？我料数日内，吴玠便会率军赶到，他在和尚原屡败金军，对山地攻守极有心得，我二人听命于他就是了。只要我等上下齐心，同仇敌忾，定可再来一次饶风关大捷！"

众人心气跟着高涨起来，正说话间，一匹快马从东面狂奔而来，只听马上那人高喊："急报……"众人目光立即被他牵了过去，连山坡上忙着干活的人都停了下来，那人很快策马奔到面前，却是田晟派出的探子，见众将官都在，便下马拜道："金军大部人马直奔饶风关而来，离此只有八十里地。"

田晟问："有多少人？"

探子道："光前军就有四五万人，声势十分浩大。"

刘子羽正要接着问，只见远处又有一人一骑急驰而来，众将一看这阵势，便知一场大战迫在眉睫。

果然，后到的探子所报内容与前一人几无二致。

刘子羽问田晟："关上各军加起来共有多少人？"

田晟道："兴元府府兵有五千人，另有洋州义兵约一万三千人，王镇抚这边约一万人，共计两万八千人。"

刘子羽道："传令各军继续加固营垒栅栏，天黑前不得歇息！各军按先前布置各守山头，务必互相呼应。"

田晟领命而去，王彦大军刚至，还没来得及安营扎寨，这时也来不及多说，匆匆而去准备应战。

天色已晚，但在白雪的映衬下，四周还十分通亮。刘子羽抬眼看了看险峻雄奇的饶风关，饶风岭虽然地势险峻，但占地甚广，二万八千人说来也不算少，但往岭上一藏，竟如水入沙丘，几乎不见痕迹。

刘子羽暗暗心惊，一时竟彷徨无计，他深知如此艰险的山地作战，排兵布阵极有讲究，想要将这些人马用到极致，没有几分天纵英才，不经历几次浴血苦战，绝无可能，而放眼川陕，能做到这一点的只有吴玠。

"晋卿啊晋卿，川蜀安危，系于你一身，老天要能借你一对翅膀该有多好！"刘子羽对着西面，心里默默念道。

撒离喝率大军从金州开始奔袭饶风关时，三百里外的吴玠才刚刚接到刘子羽的求救文书。

吴玠的震惊丝毫不逊于刘子羽，他太明白金州失守意味着什么了。自从和尚原数次大败金军主力，宋军虽然失去了陕西大部，但终于沿大散关至秦岭一带构建了相对牢固的防线，时不时还能发动反击，夺回一二个州县。金军因为战线拉长，兵力不足，时常捉襟见肘，再加上在和尚原损兵折将，实力受损，因此关陕一带，难得安定了一年多。

如今双方均势因为金州失守被打破了，金军终于取得梦寐以求的战果：深入富饶的汉中腹地，离川蜀不过咫尺之遥。

吴玠紧急召集众将商议，军中主管机宜文字的陈远猷道："大帅身为节度使、宣抚司都统制，一举一动，天下注目，唯一有权调动大帅兵马的只有川陕宣抚司，如今仅凭兴元府一封檄书，就调动兵马，恐怕有违兵制。再者，前向宣抚司有严令，诸军各守其地，兴元离此三百余里，大帅何必劳师远征，万一救援不成，还让河池面临险境，岂不两头俱失！"

陈远猷所言，皆切中要害，但在吴玠听来，都是拘泥迂腐之辞，便道："军情紧迫，哪里还能按部就班去调兵，等宣抚司下令时，只怕整个汉中都已沦陷了！我不指望其他诸将能发兵救援，但我吴家军绝不能见死不救！"

众人不再有异议，吴玠便与众将盘算，河池有驻军一万余人，但这一万余人全部动员起来开往饶风关，没有三五日是万万到不了的，恐怕到时黄花菜都凉了，如今之计，只能是轻骑星夜赶往饶风关救援，抢在金军大举进攻前赶到，或可扭转大局。

计议已定，吴玠便尽选军中精骑，得了三千五百人。吴璘正率军镇守和尚原，吴玠便令杨政与郭浩在河池主持军务，自己亲率这三千五百骑火速赶往饶风关。

饶风关下，金军大部人马已经陆续抵达，正在安营扎寨，撒离喝率领诸将策马到山前来窥探宋军防御，虽已天黑，但因漫山遍野的白雪未化，从山脚看去，山上宋军营垒一目了然。

撒离喝看了一会儿，问旁边爱将粘尔帖："两次和尚原大战你都参与过，南军防守之道，应当颇为熟悉了，依你看，南军这营垒与布防如何？"

粘儿帖道："说来惭愧，末将虽然两次败于吴玠，但吴玠用兵如神，不拘常法，两仗打下来，众将回去复盘议论时，对吴玠到底用了何战法仍莫衷一是，末将不敢妄称熟悉南军防守之道。"

撒离喝见他跟诸将一样言必称吴玠，不悦道："纵然不熟悉，终归还是有所心得，不然那败仗是白吃的？你且说说南军布防如何，不必求全责备，有两三分洞见也是好的。"

粘儿帖这才道："看这营垒布置，感觉南军颇为心虚，故意到处插满旌旗，以为疑兵；再看这石垒和栅栏，不少应是仓促修建，看上去不甚牢固，看来我军奇袭金州，的确让南军措手不及。"

撒离喝脸上掠过一丝得意，又问："这饶风关与和尚原相比如何？"

粘儿帖皱着眉头看了半晌，道："论地势险峻，两处关隘不相上下，只是这饶风关比和尚原更大，地形似乎也更复杂。"

部将乌罕道："几月前跟着大帅察看和尚原地形，守军人也不算太多，却营垒坚固，极有章法，无丝毫破绽，当时我还记得大帅叹道：善战者，立于不败之地，谁能与之争锋！然而今日看这饶风关，却看不出当日和尚原的气势。"

撒离喝点点头，道："这几句算是说到点子上了。吴玠乃是西军翘楚，又在和尚原苦心经营了一两年，饶风关怎么能比？如今他远在河池，没有个三五日，赶不过来，我军自明日一早起，趁南军立足未稳，急起猛攻，一举拿下饶风关，之后便是一片坦途直下川蜀，吴玠再有本事，失了地利，也难以阻挡我铁骑。"

乌罕也是一名老将，问道："大帅，明日猛攻，我军是主攻一路，还是数路并进？"

撒离喝并不回答，只看着众将。

粘儿帖道："自然是数路并进。我军人多，正好拖垮南军，何况主攻一路，那不成押注了吗？谁知道哪路好攻，哪路不好攻！"

乌罕一笑道："你不攻，又如何知道哪路好攻，哪路不好攻呢？"

粘儿帖不快道："乌罕，你这是学南人说绕口令吗？依你的意思，到底该数路并进，还是主攻一路？"

"粘儿帖，我的意思再明白不过了，数路并进，主攻一路，既分散南军兵力，又利于突破南军防线。"

粘儿帖还要说话，撒离喝摆了摆手，示意他不要再争，道："饶风关险峻不让和尚原，但却有一点好处，山头众多，上山之路也多，如此一来，对南军颇为不利，不得不四处分兵把守，却有利于我军铺开进攻。明日一早，我军宜全线猛攻，一则震撼南军，二则也探探南军各路虚实。晌午过后，诸将再来中军大帐会合，依照上午战况确定主攻线路，下午便集中兵力猛攻一路，其他各路佯攻辅助……"

撒离喝毕竟与娄室并肩征战多年，加上为此一战精心布局数月，因而调兵布阵，滴水不漏，众将都钦服，各自领命回营。

当晚薄雪未化，几百步远便能看见人影，关上守军也不来劫营，双方枕戈待旦，度过了大战前一个平静的夜晚。

次日一早，天边才透出一点亮，撒离喝便起床观看饶风岭上宋军动静，此时乌云散尽，晴空万里。撒离喝暗暗欢喜，再看手下将士，都已集结完毕，只等一声令下，便可全线出击。

撒离喝眯着眼看了一会儿不远处的饶风岭，突然觉得才过了一夜，宋军阵地似乎有了些变化，初时还未在意，等细看过后，心里不禁又是诧异，又是担心。

"大帅，"粘儿帖来到撒离喝身后，微微喘着气道，"刚才末将与乌罕等人观看宋军营垒，觉得有些不对劲。"

撒离喝心猛地跳了一下，强自镇定下来，沉声道："怎么讲？"

粘儿帖指着饶风岭道："仿佛一夜之间，南军防御布阵突然变得诡异起来，原本我与乌罕商定，他率军从南面那条小径突入，我则进攻旁边山头作为策应，不料今早起来一看，发现倘若如此进攻，正好着了南军的道儿！大帅请看，昨日明明南军在小径两旁重兵把守，今日却将小径两旁兵力全撤走，多半是转移到两边山头上去了，或许埋伏在小径深处等着呢。看着好像是让开了一条道，让我军长驱直入，实际却在险要处藏着重兵，专等我军深入后，借着地利大量杀伤我军将士，吴玠在和尚原就这么干的！"

撒离喝顺着粘儿帖所指，仔细看了一遍，果然如他所说，心中不禁疑窦丛生。正犹豫间，只见饶风岭方向过来一名骑手，身上并无兵刃，马背上却负着一个箩筐，也不知里面装了什么。

"大帅，南军那边派使者过来了。"亲兵过来禀报。

撒离喝命人将宋军使者带到跟前，那使者见了撒离喝，不卑不亢道："前方可是金国陕西经略使撒离喝？"

粘儿帖等人久在汉地，早已通晓汉语，训斥道："大帅的名讳，岂是你能叫的？"

撒离喝对众人一摆手："罢了。"

那使者道："奉大宋川陕宣抚司都统制、镇西军节度使吴玠之命，前来慰劳大帅。大帅率军远来不易，特奉河池特产黄柑一篓，聊止饥渴！"说罢，卸下马背上箩筐，掀开盖子，里面果然是金灿灿的新鲜黄柑。

众人看着那篓黄柑直发愣，撒离喝恨恨地将手中乌木杖戳在地上，道："吴玠真的来了吗？"

使者道:"我家大帅就在岭上恭候!他说,今日决战,各为其主,各忠所事,成败各由天命,还请勿虐杀俘虏,善待伤者。"

撒离喝道:"此事用不着吴玠来教我,我大金国经营陕西数年,可有嗜杀之帅?"

使者便作了个长揖,表示信已送到。

撒离喝命亲兵从帐中取出一大块干牛肉,用纸裹好,交给使者,道:"北地贫瘠,物产不丰,然而这牛肉却是我女真至宝,请你家大帅笑纳吧。"

使者抱着块牛肉,不便骑马,便将牛肉塞入怀中,沉甸甸坠在下方,倒像怀了八九个月的胎。众人看那模样,明明恶战在即,却又觉好笑,使者自己也忍不住一乐,翻身上马,径自回去了。

"吴玠一日一夜,连驰三百余里,竟然抢在大战前赶到,难道天意如此,宋朝气数未尽?"撒离喝望着前方的饶风关,自言自语道。

粘儿帖在一旁问道:"大帅,今日还攻吗?"

撒离喝摇摇头,不耐烦地道:"南军已经调整防御,我军还按昨日方略进攻,岂不是自寻死路?既然抢攻机会已失,就不必急于一时,你们各自找块好地窥探南军营垒,当年娄室大战之前,必窥敌营十余次,烂熟于胸才开战,这常胜将军哪有好当的!"

众将领命而去,撒离喝犹自恨恨不已,早知如此,昨晚就该挟攻占金州之势,一鼓作气抢攻饶风关,说不定就拿下了。如今吴玠这根定海神针一来,南军有了主心骨,士气上涨,加上指挥得力,这仗恐怕真不好打,万一重蹈兀术和尚原兵败覆辙,那该如何是好?

撒离喝想得浑身燥热,烦闷不已,亲兵将那篓黄柑提过来,请示如何处置。撒离喝差点飞起一脚踢翻柑篓,转头一想不能既失气度,又乱分寸,便忍住了,道:"且先留着,稍后众将论战时享用。"

晌午时分，众将陆续回来，到中军大帐会合。进来后，一个个都眉头紧皱，闷头不语，也不敢看撒离喝，整个大帐一片安静。直到亲兵将黄柑送到每个人面前，几片甘甜清香的黄柑下肚，众将脸色才舒缓了些，大帐里也泛出些活气。

　　撒离喝统兵十余年，一看便知吴玠在和尚原两次重创金军，已让金军将士心生畏惧，本来想发顿雷霆之怒，激励士气，后又一想，自己身为主帅，方才也急得一头汗，何况他们！于是定了定神，用轻松随意的语气道："各位吃到吴玠送来的黄柑了，味道如何？"

　　众将都略感错愕，互相看了看，点头道："尚可，尚可……"

　　撒离喝冷笑一声，又问："知道吴玠为何要送黄柑来吗？"

　　众将无人应答，心里却想：不就是以慰劳为名，下战书来了吗，还能为什么？

　　撒离喝见没人作声，便自问自答道："吴玠畏我！"见众将神情间颇不以为然，撒离喝道："吴玠疲于奔命，紧赶慢赶，才侥幸抢在大战前抵达战场，依本帅看来，他心虚着哩！我军千里迂回，出其不意，打了他个措手不及。他连夜狂奔数百里，仓皇布阵，却又故作镇定，派人送来黄柑意图阻吓于我，这不是虚张声势吗？"

　　众将听了，觉得有理，不觉微微点头。

　　撒离喝接着道："我军在和尚原接连惨败，固然是因吴玠骁勇善战，但以本帅观之，我军败在两处：一是败于南军的强弓劲弩，二是败于大失地利。然而今日之势与和尚原却颇有不同，我军有望多多少少避开这两大不利。"

　　座中诸将，有大半人经历过和尚原大战，对于宋军的强弓劲弩心有余悸，听主帅如此说，都将信将疑。乌罕道："将士们都对南军的劲弩颇为忌惮，和尚原两次大败不过是一二年前的事，军中不少将士眼见他人中箭，苦熬数日而死，都十分害怕。只要能有法子使得南军强弓劲弩不致大杀四方，将士们胆气便上来了。"

众将纷纷附和，有人道："两军对阵，哪有不死伤的？只是前两次在和尚原吃了南军劲弩的大亏，如今对面又是吴玠统军，末将看今日麾下将士都有惊惶之色，便严令不得议论，免得军中滋生恐惧，但这不过是无奈之举，终归不是善策。"他刚说完，又是一阵附和之声。

撒离喝摆手示意众将安静，道："来日攻关，我军将士一律持盾牌短刃，虽然近战不占先机，但能让南军弩箭威力大减。至于近战中如何以盾牌短刃压制南军长枪重斧，你们下去后好生寻找破解之法。南人有句话说得好：寸有所长，尺有所短。盾牌短刃用好了也不落下风。"

见众将都点头听命，撒离喝又道："然而此战真正的胜负关键，在于饶风关与和尚原地形大有不同！和尚原上山之路极窄，我大军施展不开，只能蜂拥而上，南军闭着眼放箭都能伤人，而饶风关却有数条上山之路，我军人多，数路并进，既分散南军兵力，又消耗南军弩箭，可谓一举两得。此话本帅昨日也说了，你们却被吴玠一吓，全失了主张。今日之战，我军明显占了先机，你们却还畏畏缩缩，是何道理？"

众将见主帅训斥，都起身表示愿意死战。

撒离喝这才微微一笑道："这些胜负之数，吴玠还算不明白吗？所以本帅才说他昨日送黄柑来，就是心虚，给自己壮胆而已！"

粘儿帖道："大帅，既然如此，那还等什么？管他南军如何布阵，我军数路并进，先连攻他三日再说！"众将也跟着一起嚷嚷着请战。

撒离喝大喜，道："传我帅令，全体将士饱餐一顿，午后即刻大举进攻，先登关者重赏，不敢力战者杀无赦！"

众将领命而去。撒离喝步出帐外，望着不远处的饶风岭，昨日一场大雪，来得快，去得更快，只薄薄地给地面覆盖了一层，丝毫不妨碍行军，这对于仰攻的金军来说，至关重要。他转头再看自己这边，士兵们在将官带领下，正热火朝天地备战，倒是对面的宋军营垒，安静得像一座坟墓。

金军饱食一顿，午时过后，略事休息，开始整队向饶风岭进发。撒离喝传令大军倾营而出，以壮声势。他深知岭上的宋军居高临下，看到十万大军踏着整齐划一的步伐攻过来，定会产生极大的震撼，他要的就是这种先声夺人。

撒离喝立在马鞍上，直到前军人马攀登上岭为止。过了片刻，前方隐隐传来交战之声，紧接着像野火一般，交战声迅速蔓延到山岭各处，越来越激烈，终于汇成惊天动地的两军交战。

撒离喝全神贯地注观望了一阵，回马粲然一笑，战事正按他的意愿进展，且看吴玠还能拿出什么能耐。

天断黑前，第一日战罢，金军将士列队回营，虽然疲惫，但士气却高，甚至还有心思说笑，几乎每名士兵盾牌上都有几支箭，身上中箭者却很少。

晚上，众将聚在撒离喝帐中议论战事，再也不将吴玠的强弓劲弩放在眼里，只是琢磨如何用盾牌短刀突破守军的长枪重斧阵。撒离喝安坐榻上，带着矜持的微笑看着众将商议，如果战事就这般进展下去，守军不出数日就会显出败象，再找到其薄弱之处，全力一击，到时攻下饶风关便如探囊取物，唾手可得，吴玠也将成为他手下败将。

入夜，守军没有过来劫营，双方相安无事，度过了交战后的第一夜。

接下来三日，金军倚仗人多，轮番上阵，力图拖垮守军。但守军十分坚韧，防线岿然不动，于是撒离喝又改变战术，将身披重铠、手持长兵器的士兵夹杂在盾牌大军之中，一旦逼近守军，便由这些士兵突前与之对攻。这招果然有效，一时间，守军营垒处处告险。

就在撒离喝以为胜利在望时，守军突然改变战术，在每条防线后紧急修建了几百个小碉堡，大约两人多高，防护极佳，里面仅能容纳一人，手持强弩，专门从头顶近距离射杀金兵，而且专挑那些最勇猛的士兵下手。神臂弓与克敌弓本就威力极大，隔着几丈远，就能十中八九。金军越来越旺的攻势经此一击，像火红的烙铁上浇了一瓢冰水，顿时消退下来。

交战双方又成了拉锯之势。撒离喝与众将议战，得知过去数日守军虽然苦战，几乎不支，但人员伤亡似乎并不大，倒是金军士卒被近距离射杀者数以千计。撒离喝暗暗心惊，这才意识到过去几日以为能轻易取胜实在有些天真。

双方僵持到第六日，天空乌云密布，似乎要有一场大雪。一大早，金军正在集结，只见从对面过来一人一骑，走近后，才发现又是几天前过来送黄柑的宋军使者。

撒离喝与众将都颇感诧异，那使者走近了，也不下马，在马背上朝撒离喝作了个揖，朗声道："奉大宋川陕宣抚司都统制、镇西军节度使吴玠之命，有话要对金国经略使撒离喝说：贵军劳师远征，十余万众，被困于此。如今天气严寒，贵军粮草不足，若再久战，恐有全军覆没之忧。你我皆是身经百战之将，当知手下士卒，皆父母所生，如此劳而无功，徒增死伤，上负君王之托，下失将士之心，岂不可叹！今欲让开一路，请经略自行率众撤去，我军按兵不动，任由贵军平安返乡，如何？"

撒离喝与众将士面面相觑，不知如何置答。过了一会儿，撒离喝道："吴节使所言，不是没有道理，然而我大金自立国之日起，只有倒下的勇士，没有逃跑的懦夫。倘若本经略就此撤军，只怕回去后有牢狱之灾。况且今日战事胶着，胜负之数，尚不明朗，还不知鹿死谁手呢——你回去将我这话转告吴节使吧！"

使者拱了拱手，转身拍马走了。

使者走后，众将议论纷纷，都在揣测吴玠的意图。撒离喝心里犯嘀咕：自己军中粮草不足，原本指望攻入金州后补充军粮，结果却半升粮食都没捞着，全被王彦烧成了黑炭，这十几万人马每多耗一天，粮草就少几十车，真要这么耗下去，一旦粮草告急，吴玠所言其实并非虚声恫吓。

"大帅，"乌罕拍马过来道，"吴玠此举无非是想扰乱我军心，但末将猜测，他派人送这样的口信来，多少也是因为接连数日被我军轮番进攻，手下士卒十分疲惫的缘故。我军仰攻，死伤自然要多些，但南军人少，不得轮换，其疲惫远甚我军，如此看来，就看哪边能熬到最后。"

撒离喝望着远处的饶风岭，凝思半晌，森然冷笑道："今日一战，我军要以决战之态进攻！传我帅令，命五十人为一队，全部身披重甲，每人后面跟二人，前者死，后者披其甲继续进攻；再死，后者再披其甲进攻，一直战到人死光为止！有敢退后者，阵前凌迟处死！"

众将惊得浑身发毛，目瞪口呆，撒离喝冷冰冰地道："今日本帅亲自督战，诸将有敢不力战者，本帅亲自斩他于阵前！"

众将见撒离喝被吴玠激得性起，哪里还敢说话，各率本部攻向饶风关。

战事陡然间进入白热化的状态，金军士卒自知必死，都不要命地向前冲，给守军极大压力。然而一夜之间，守军又在栅栏和石垒背后建了上百处简易碉楼，高出地面三四丈，里面能容两人，居高临下用劲弩攻击金军，竟有金军士兵被一箭洞穿面门，死状极惨。

即便如此，金军仍然像疯了一样往前冲，一队五十人，哪怕战至最后两三人，仍然死活不顾往前冲，直到死光为止。

双方从日出一直战到日落，一刻都未停歇。天黑各自回营歇息，入夜后，伤兵的哀号声骤然多了起来，一直持续到天明。

天亮后，许多苦撑了一夜的伤兵已经死去，尸体从各处营帐被抬出来，运到后方埋葬。

粘儿帖上前，磕磕巴巴地问撒离喝：“大帅，今日……还和昨日一样的战法吗？”

撒离喝声音冰冷得像石头，道：“传我帅令，有临阵退缩者，阵前剥皮凌迟。"

粘儿帖不禁哆嗦了一下，领命而去。

从初七至初九，双方杀得天昏地暗，战况惨烈无比。这三日金军阵亡人数暴增，然而饶风关仍然屹立在前方，仿佛坚不可摧。

撒离喝终于动摇了，已经在士卒脸上看到了一些敢怒不敢言的迹象。他倒不担心有人阵前倒戈，但士气沮丧至此，再战下去，毫无胜算，一旦粮草将尽，军心浮动，吴玠再反攻起来，后果不堪设想。

晚上，撒离喝将众将召入帐中商议，众将都道士卒伤亡惨重，颇有畏战之意，又道守军十分狡猾，自建了礌楼以后，居高临下用强弩攻击我军，将士们既要提防前面，又要提防上头，顾此失彼，十分狼狈……

正议论间，亲兵入帐禀报：有一名南军将校过来投降。

大帐里一下子安静了，撒离喝与众将互相看了看，他们都领教过吴玠的诡计多端，不敢信实，撒离喝道：“带他进来。”

过了片刻，那人被带入帐中，撒离喝与众将打量此人，中等身材，颇为壮硕，年纪约莫三十上下，面相倒也不像奸猾之徒，他见了撒离喝，跪下磕头。

撒离喝让他起来，也不让座，问道："你是何故要投降啊？"

那人道："只因小的犯了些小错，吴玠却要杀我，小的得到消息，不甘就死，就连夜逃出来了。"

"吴玠为何要杀你？"

"我军连续十来日昼夜奋战，早已精疲力竭，特别是最近两三日，大军攻势极猛，我部连日苦战，个个都快累倒了。下午时分，小的不过是在阵后睡了一小会儿，恰巧大军攻上来，险些登关，吴玠便要以临阵脱逃之罪杀我……"

撒离喝与众将交换了一下眼神，听起来这人说得还算可信，粘儿帖便问："你姓甚名谁，军中是何职务？"

那人答道："小的姓王，单名一个珪字，本是洋州的义兵头领，因大军压境，便与其他头领汇集义兵共计一万余人驻守饶风关，小的不过是个小头领，手下才五百来人。"

撒离喝道："手下能有五百来人，也不算太小。我且问你，这几日来守军伤亡如何？"

王珪道："回大帅，伤亡并不太重，因我军凭借栅栏石垒，又是居高临下，且有强弩护卫，倒是贵军伤亡远超我军，只是我军由于人少，连日苦战，将士们都极为疲惫。"

撒离喝眯着眼睛听完，王珪所说的话与他预计的八九不离十，守军在持续重压之下，果然出了纰漏，便道："你将守军布防跟我讲一遍，是真是假，我一听便知！"

王珪跪下磕头道："小的走投无路，才来投奔大帅，不敢有半句假话！"

撒离喝让他起来，并命他坐下好好说。

王珪小心坐下，道："守军约有三万人，其中义军一万三千人，王彦的八字军约一万，兴元府守军约五千，吴玠带过来三千余人。饶风关大，山头多，因此布防不易。吴玠在大战前赶到，紧急调整防务，不过多分兵，而是将最险要处兵力转移到主要关口，因为他预料大军会从这几个方向主攻，从这十余日来看，的确如此……"

撒离喝暗叫惭愧，自己这些日子主攻的恰恰是守军兵力最足、防守最严的地段，千算万算，还是着了吴玠的道儿。庆幸的是，自己不顾一切施压的战术终于起到了效果。他看着王珪，意识到此人很可能就是一枚胜负子。

"其他不必多谈，你只说说，守军可有破绽否？"撒离喝问道。

王珪立即道："当然有！三万人守这么大个关隘，苦撑十余日，哪能没破绽！以小的看来，守军最大的破绽乃是祖溪关，此关在饶风关西侧，也就是在守军后方，离饶风关约三十里。祖溪关有'绝户关'之称，只因其地势极其险峻，易守难攻，吴玠只给守将郭仲荀留了一千人。倘若大军攻下祖溪关，则饶风关守军立即腹背受敌，所有营垒、栅栏全成摆设，不出一日，饶风关必破。"

王珪话音刚落，大帐内就像平静的水面被扔了块大石头，众将瞪着眼睛，嘴巴张得老大，都不敢相信会有这样的好运气。

撒离喝激动得腿肚子一阵哆嗦，竭力克制住兴奋之情，问道："祖溪关如此险峻，只怕是一夫当关，万夫莫开，郭仲荀手下人数不多，但也有一千人，只怕也不好攻吧？"

王珪道："回大帅，祖溪关四面峭壁，连只猴子都爬不上去，自然不好攻，但小的却知道有一条小径直通峰顶，虽然陡峭狭窄，却足够攀援上去……"

王珪此话一出，大帐内更是炸开了锅。撒离喝再也顾不了三军统帅的威仪，从座上一跃而起，使劲搓着僵硬的手指，嘴里还喃喃自语不知说些什么。突然又跑到帐外，看了一眼天气，众将被他带得东倒西歪，乱成一团。只听王珪道："大帅，此战机稍纵即逝，我偷偷跑出营，守军还没人知道我在大帅军中，一旦得知，以吴玠的机警，定会重新部署兵力，到时悔之晚矣！"

撒离喝一屁股坐回位置上，咬牙道："本帅若让如此机会从手边溜走，还有何面目回去见大元帅和皇上？定当自裁于军前！"

众将也从极度亢奋中冷静下来，各自归位，他们知道，在庆功之前，他们还得经历一场恶战。

"传我帅令！"决战在前，撒离喝彻底冷静下来，声音低沉得像一头狼，"各军招募五千名死士，连夜出发，开往祖溪关，只要拿下祖溪关，进入汉中，每人赏银一千锭，马三匹！明日一早，大军集结于饶风关前，猛攻南军正面，声势务必浩大，但不可过于死战，以免伤亡过大，等祖溪关一拿下，再前后夹击，一举击溃南军！"

众将各自下去备战，撒离喝道："王统制，今夜恐怕要辛苦你带路，不知可否？"

王珪没反应过来，愣着没作声，旁边亲兵提醒道："大帅已经升你做统制啦！"

王珪大喜，跪下谢道："王珪已是大帅帐下一名小卒，全凭大帅调遣！"

撒离喝步出帐外，一阵寒风吹来，让他精神一振，望着远处黑黢黢的饶风岭，一想到明日极有可能一举击败宿敌吴玠，心头掠过一股无以言表的兴奋。

吴玠直到次日一早才听说王珪不见了，也不知是逃到山里去了，还是投了敌。两军僵持到了最关键时刻，极小的一点疏忽就可能葬送全局，吴玠沉吟片刻，派出一支二十人的小分队去后山寻找王珪。

金军已经潮水般涌了上来，吴玠在亲兵簇拥下，亲至阵前督战，他将防线分为三段：北边是王彦的八字军；中段是自己的人和兴元府兵马；南面是洋州义兵，三部人马互为犄角，互相支援。过去十来天，金军攻势极猛，守军奋力抵挡，虽然极其疲累，却也勉力支撑下来了。

刘子羽在开战当日便已赶回兴元府，居中调度，饶风关唯一的统帅便是吴玠。他站在高处观看金军进攻阵势，一眼便看出今日金军进攻策略有所改变，声势浩大，但推进得并不坚决，远不像过去几日那样蛮干，守军也乐得喘口气，双方数次近战，都是一触即退，战了半上午，仍是雷声大，雨点小。

派出去的小分队回来复命，说是找遍后山，并没有看见王珪踪影。

旁边亲兵道："大帅，那厮定是害怕，找个地方藏起来了。此处荒山野岭，他熬不了几天，要不自行出来请罪，要不饿毙荒野，随他去吧。"

茫茫荒野找一个逃亡之人，不啻大海捞针，吴玠脑海中将战场形势迅速过了一遍，万一王珪投了金军，他会给金军透露些什么……

正在琢磨，突然听到远处传来声嘶力竭的喊声："报——"吴玠不由得身躯一震，循着声音望去，只见从西面跑来一名士兵，虽然是大寒天，却跑得满头大汗，见了吴玠，上气不接下气地道："大帅，番军突然猛攻祖溪关，人数是我军数倍，我军正在苦战，郭统制派我过来求援！"

吴玠立刻被一种极其不祥的预感攥住了，死死地盯了前方进攻的金军片刻，再回过头来时，已是脸色煞白，额头冷汗如雨。他强自镇定下来，对随他一起来的郭浩道："你马上率三千人马赶赴祖溪关救援，绝不能让番军占了祖溪关！"

郭浩深知事关重大，一言不发便翻身上马，人马尚未召齐，便已向祖溪关方向狂奔而去。

此时在吴玠眼中，金军正面虚与委蛇的佯攻已经再明显不过。吴玠有心突然发力，趁其不备下山猛攻，但思之再三，觉得还是过于冒险，万一两军胶着，敌军再从背后攻上来，则毫无回旋余地。

吴玠只能焦虑万分地等待祖溪关的消息，每一刻像一整日那样漫长。一个时辰后，只见西边远远地一彪人马急驰而来，不觉直立在马鞍上，等那彪人马走得稍近了，发现却是郭浩的人马。

郭浩急如星火，但为不扰乱军心，脸上却神情如常，只有吴玠看出他眼神分外凌厉，在这一瞬，他便知道大势已去。

郭浩一直奔到吴玠面前才下马，附在他耳边急促地道："大帅，我率军赶到半路，便遇到败退下来的溃兵，番军已经攻破了祖溪关，正往这边包抄，离此不过二十里地！"

军情急转直下，吴玠知事已不可为，便当机立断，对郭浩道："你即刻整军，准备撤退，一路直奔河池。"郭浩领命而去。

趁金兵稍稍退却的当口，吴玠叫过传令兵，道："马上给王镇抚带我的口信，就说金军已经攻破祖溪关，正包抄后路，让他马上撤退！"

传令兵惊得挪不动身，吴玠喝道："还不快去！"传令兵一激灵，连滚带爬向北山奔去。

吴玠又派人送信给南面的义军，命他们各自找路线撤退。才安排完毕，郭浩过来告知人马已经整装待发。

吴玠二话不说，拍马沿着后山小径一溜烟地走了，兴元府兵马也随着跑了个精光。

片刻之后，南面、北面的守军也像惊了的马蜂一样，纷纷扰扰乱成一团，但很快便消失在后山之中，不见了踪影。

正面佯攻的金军见守军突然消失得无影无踪，窥探多时，确定守军没有使诈，才蜂拥而上，占领了饶风关。

黄昏时分，撒离喝率众将登上了饶风关，他立在山顶，俯瞰着夕照下的汉中平原，果真是一望无垠，沃野千里，不禁踌躇满志地赞道："好一块膏腴之地！汉中一下，四川便近在咫尺，我撒离喝何德何能，上天竟如此眷顾，让我来立这盖世奇功！"

十七　潭毒山之盟

饶风关失守,四川大震。张浚告急文书送到朝廷,朝野一片惊惶,赵构连下数道诏书,勉励张浚为国尽忠,再也不提回朝复命之事了。

吴玠等人在饶风关与金军激战时,坐镇兴元府的刘子羽已经命人将饶风关内所有州县人口全部转移到后方,粮草搬得一粒不剩,公私钱缗也全部搬运一空,只留下一片空空荡荡的城郭。

即便做了充分准备,饶风关失守仍然给兴元府上下造成巨大恐慌,吴玠威名,在川陕人心目中直如天神,如今却吃了败仗,金军即将大军压境,由此给人带来的恐惧感更深。

刘子羽接到败报后做的第一件事,便是令人焚烧兴元府内堆积如山的秋粮,士兵们一边哭泣一边点火,大火一直烧了一天一夜才熄灭。

刘子羽手下只有五百名士卒,兴元府是断然不可守了,于是率领这五百士卒撤往兴元府以西七十里的定军山。

出乎他意料之外的是,金军并不像他猜想的那样拿下饶风关后火速进军,而是迁延了数日,才开始向西进军。原来吴玠虽然兵败,但威名尚在,金军吃足了他的苦头,见守军逃得飞快,怀疑有诈,花几天工夫围着饶风岭扫荡了一圈,确认没有伏兵后,才向兴元府进发。

这给了吴玠去定军山与刘子羽会合的机会,两人见面,来不及寒暄,便直接谈起军情。刘子羽力劝吴玠与他一起守定军山,吴玠在定军山周围转了一圈，又看了看四处的营寨，对刘子羽道："彦修，定军山虽然还算险峻，然而却不是用兵之地，你看这山顶虽有山泉，但仅够数千人饮用，山上石垒营寨都不坚固，粮草也无着落……"

刘子羽道："晋卿，你说的我岂能不明白，然而金军已入汉中腹地，定军山虽然比不上饶风关，但亦可阻挡一时。我军粮草的确不够，但从饶风关到兴元府，只要番军必经之地，我都已命人坚壁清野，不给金人留一粒粮食，因此番军比我们更难！番军十多万人深入重地，最怕的就是粮草断绝，只要在定军山阻挡番军十余日，到时其他各军亦有机可乘，抄其后路，番军粮草不继，后路阻绝，定会不战自乱，如此战局方可扭转。"

这是一着险棋，未必不可，但吴玠刚在饶风关下过一盘险棋，功败垂成，已经没有心力再苦战十余日，手下将士也疲惫不堪。更何况，定军山无论地形、营垒都无法与饶风关相提并论，若此时坚守，无疑是做玉石俱焚的打算了。

见刘子羽殷切地看着自己，吴玠叹了口气道："彦修，当前局势虽然糜烂不堪，尚不至为国殉难之时，何必如此操之过急呢！"

见刘子羽发愣，吴玠心里过意不去，但还是把话说了出来："我已得到消息，王彦已率军撤至达州，洋州义兵原本无建制，经饶风关一败，更是四散而逃，就是兴元府之兵，也因撒离喝大军阻隔，一时间也无法会合。如今就凭你手下几百士卒，还有我麾下几千疲敝之众，如何抵挡撒离喝十几万大军？倘若你我不顾一切，以身殉国，川陕局势，还能指望谁？你让相公一个人顶在前面吗？"

刘子羽被他说得无言以对，半晌才道："那你以为该如何？"

吴玠道："撒离喝的用兵方略很明显，就是轻骑快进，不以辎重粮草拖累行军，企图依赖攻占富庶的汉中诸地来做补给。如今之计，只能坚壁清野，让番军入汉中一无所获，番军越往西走，离四川越近，就越难坚持。到时我军再用伏兵掩袭其后，令其不敢深入，等春天一到，番军必然退军。这十几万大军，从险道仓皇撤退，又在我军逼逐之下，岂有不乱之理？到时我军再趁乱侧袭，方可获全胜。"

吴玠这番剖析自然是鞭辟入里，但此计要成，必须得有一人顶在前面，阻碍金军行程，倘若让十几万金军毫无阻碍直入四川，顺利得到补给，则大局不可收拾。

刘子羽看了看吴玠，他眉眼中带着深深的疲惫，倘若强行让他顶在前面，一则大材小用，二则一旦吴玠战没，不仅川陕无人可用，更会摧折西军的人心士气。

"晋卿所言，无不在理。既如此，你且率军回驻地，从长计议，我先带人向西撤往三泉，伺机阻挡金军。"刘子羽用平淡的口气道。

吴玠听得一震，见刘子羽神情中隐隐有诀别之意，心中既怒且痛，却又无计可施。

说话间，便有两拨探马接连赶到，说金军前锋离兴元府已不过七八十里路程。

刘子羽起身："事不宜迟，就按你方才所言，你率军回驻地，我带人往西找一处营地牵制金军，绝不让番军铁骑踏入四川半步！"

说罢，向吴玠拱了拱手："贤弟保重！"不等吴玠答话，刘子羽已经大踏步出帐，飞身上马，直奔自己营地而去。

吴玠怅然若失，立在帐中多时，终于长叹一声，也出帐上马，率军奔往河池。

刘子羽率五百人赶往三泉县，沿路州县都已坚壁清野，极少见到人烟，一粒粮食也没有。士卒畏惧前路艰险，不断有人开小差，等到达三泉之时，已经只剩下三百人。

三泉也已空无一人，手下士卒建议不如继续往西，奔入内地，再纠集兵马，据险而战。

刘子羽道："再往西，就是四川，十几万金军一旦入了四川，就如蛟龙入海，要掀起滔天巨浪！"才说几句，见众人都灰头土脸，知道跟他们讲不了大道理，便接着道，"我刘子羽今日再不后退半步，定当死守三泉。你们都是有家小之人，倘若不愿死在此地，现在就可以离开，我绝不责怪。"说罢，自己入帐歇息去了。

次日一早，刘子羽起来清点人马，三百人竟然一个未走，颇感惊讶，众人都跪下道："我等跟侍制从兴元府一路到此，要走中途早就走了，何必等到今日？既然侍制要死守三泉，我等愿意跟随侍制死战！"

刘子羽不禁坠下泪来，也跪下道："有众位兄弟襄助，我军定可绝处逢生，让番军止步于三泉！"

与正席卷而来的十多万金军相比，刘子羽的三百人如同滔天洪水之下的一幢小柴屋，根本经不起一击。更糟糕的是，这三百人也是缺衣少食，来时匆忙，各人只带了十日吃的粮食，沿途又没有得到补给。刘子羽每天派出一百人到周边各处觅食，士兵们刨草根、挖山药、剥树皮，勉强度日。

几经勘测，刘子羽决定在三泉县边上的潭毒山扎营。潭毒山虽不出名，也从未当过战场，却是一处形胜之地。此山占地虽宽阔，却只有几条险道通山顶，山势说不上壁立千仞，却也颇为险峻。更妙的是，山顶宽平，足够容纳几万人，好几处山泉从秦岭深处的千年雪山流淌下来，饮之清凉甘甜，站在山顶俯瞰，汉中平原尽收眼底。

刘子羽喜出望外，若不是情势危急，真有心写首《咏潭毒山》，以诗言志。驻到山顶后，他做的第一件事，便是派出二十人，去各处招募散兵溃卒，并写了封信，派人送去阆州，告知张浚这边军情。

数日后,有五百名兴元府士兵来投奔,原来他们在饶风关失守后,与大部队失散,在山里辗转穿行,一路往西,正好碰上刘子羽派出的人,便赶了过来。

紧接着,又有几支数百人的队伍前来投奔,驻扎在潭毒山的人马达到了一千五百人,虽然微不足道,但好歹算是成军了。

只是,一千五百人与十多万金军相比,实在相差太远,一旦被金军窥破虚实,一日内便可拿下潭毒山。刘子羽日日苦盼,只希望赶在金军杀到之前招集到更多的人。

这日,刘子羽一边嚼着说不出名字的草根,一边饥肠辘辘地在山顶四处遥望,突然看到有一队人马自西边过来,因为相隔极远,也分不清有多少人,等走得稍近了,才发现是一行骡队,大约有二百人,三四百匹健骡,骡背上都满满地压着粮食,看样子像是从利州方向赶来的。

刘子羽一阵心跳,这定是援兵无疑,虽然人少,但那些粮食却是千金难买。不等他发话,手下士兵已经大呼小叫地下山去迎接了。

山路漫长,一直到日头偏西,骡队才在众人的簇拥下爬上山来。果然是从利州方向来增援的,刘子羽见每人身上还背着一张克敌弓,箭囊中的箭也塞得满满的,更加欢喜。他跟着众人一起过去迎接,发现领头的将官正是张浚的亲将张猛。张猛是张浚远亲,武艺高强,平常几乎寸步不离张浚左右,不知今日为何远道来此。

刘子羽上前拱手道:"原来是张统制!相公如何舍得把你放出来啊?"

张猛意味深长地一笑,并不作声,只是看了一眼身边那名士兵。那士兵身材纤细,站在门神一样的张猛跟前,愈发显得瘦小。

刘子羽瞥了一眼那士兵,也未留意,接着道:"相公真是神算,知道我军中缺粮,这粮草一来,山上这一千五百号人再也不必饿肚子了……"

张猛仍不作声，脸上始终带着神神秘秘的笑容，刘子羽这才觉得有些奇怪，再看了一眼旁边那士兵，头上扣着兜鍪，把脸遮住了，只露出一双眼睛……

刘子羽陡觉心头一震，大步上前，掀下那士兵头上的兜鍪，一头秀发披散下来，只听旁边士卒一齐欢呼起哄，原来这人正是玉儿。

张猛这才笑道："玉儿妹子要来，相公恨不能将宣抚司卫队全派过来呢！"

刘子羽恍在梦中，大庭广众之下，许多话语又不便说出口，只得略带责备地问道："这是什么地方，你怎么就过来了呢？"

玉儿一笑道："来帮你呀！"

刘子羽心中的欢喜、担忧、怜爱夹杂在一起，不知说什么好，最后只是看着她笑而不语。

士卒们铁桶似的围着二人，在一旁看热闹，脸都快凑到二人跟前来了，张猛叫道："快去干活，把粮食卸下来，还有营垒要建呢！"

众人这才嬉笑着散去。刘子羽牵起玉儿的手，向自己营帐走去，虽然极愿玉儿陪在身边，但潭毒山乃是前线，哪能让玉儿待在这种地方！他压制住满心欢喜和依恋，盘算着如何把玉儿尽快送回阆州。

玉儿明白他的心思，便道："彦修哥，你这儿人这么少，不足以抵挡金军。我听大哥说，汉中的官军现在都在山里头，一时还出不来，你何不在四川招募一些民夫，让他们帮着筑石垒、建栅栏，只要把营垒建得极牢固，金军在山下一见，就不敢轻易进攻。"

刘子羽道："此计甚好，只是我这军中粮食自己吃都不够，哪里还养得了那么多民夫？"

玉儿突然想起了什么，四周看了看，背过身去，从大袄里掏出一个裹得严严实实的纸包，一层层打开，递到刘子羽面前。

一股浓烈的肉香味传入刘子羽鼻中，原来竟是一块煮得烂熟的镇巴腊肉，肥瘦相间，晶莹透亮，显然是精心挑选的上品。

　　刘子羽吃了多日草根、野菜，乍一见这等美食，再矜持也有些把持不住，眼睛发直，喉结不由自主地蠕动。

　　玉儿把腊肉送到刘子羽嘴边，轻声道："吃吧，彦修哥。"

　　刘子羽咬了一口，美味直入齿颊，好吃得简直让人流泪。若不是不愿在玉儿面前失了风度，早就囫囵吞了下去，即便如此，也是三两口便吃完了，弄得嘴边、衣襟上全是猪油。

　　刘子羽肚子吃了油，脑筋也转得快起来，问玉儿："你是如何过来的？相公是万万不会答应让你过来啊！"

　　玉儿一边用袖子替他擦拭嘴角，一边随意答道："我自己找了匹马，换了男装，就跟着骡队过来了。大哥无奈，只好把张猛派出来，给我当随身护卫。"说罢，咯咯一笑。

　　刘子羽板起脸道："你知道此地有多凶险吗？番军说到就到，我军才不到两千人，大家早已打算死在此地了！"

　　"彦修哥也有这打算吗？"

　　"……我死不足惜，怎么能连累你？"

　　玉儿把头埋在刘子羽怀里，道："那我就和你死在一块儿，有什么不好？"

　　刘子羽紧紧搂住她，说不出话来，心里突然涌起一阵极度的痛恨，痛恨金军接二连三地入侵，使得自己年少丧父，如今又要面临失去最心爱人的危险，紧接着，一种极强的求胜欲从心底滋生起来。见到玉儿之前，他只想多拖住金军几日，做好了赴死准备，但此刻，他发誓一定要击败金军，护着自己心爱的人全身而退。

　　两人静静相拥了很久，玉儿道："吴玠极善凭险据守，你为何不邀他一起守三泉？"

"晋卿也是人，他离开自己防区，星夜兼程，赶赴饶风关，将几方人马捏合在一起，连续苦战十余天，最后却兵败失守。我看他不仅身子累，心里更累。他已经拼死苦战过好几回，也该轮到我了。"刘子羽平静地道。

"那下一步彦修哥打算怎么办？"

刘子羽突然想起来什么，却又记不确切，问玉儿道："刚才你说了句什么来着？"

玉儿道："我说了好多句呢。"

"就是吃猪肉前你说的那句。"

玉儿忍不住笑道："我让你招募民夫……"

刘子羽猛地一击掌，道："玉儿啊，我这梦中之人，又被你一语惊醒！我这儿虽然没有粮食，却有不少从兴元府库带出来的钱缗，此时不用，更待何时？"

玉儿笑道："一语惊醒梦中人，却因猪肉返梦乡。"

刘子羽也觉好笑，自嘲道："若非红颜指迷津，此生尽在懵懂中。"

吟完打油诗，两人相视而笑。玉儿叹道："别人是极恨金军，我却恨不起来，不是金军这一来，让人时时有阴阳两隔之忧，彦修哥还不知道要跟我打多久哑谜呢。"

刘子羽正在说话，忽见一名士兵远远站着，不敢过来，面露焦急之色，便轻轻放开玉儿，问道："何事？"

那士兵这才跑过来，道："禀侍制，方才有金军游骑经过山脚。"

刘子羽一惊："有多少人？"

"大约二十来人，张统制命人用克敌弓将他们射走了。"

金军游骑探路，往往是大举进攻的先兆，刘子羽不太相信金军十几万大军会推进如此之快,但也丝毫不敢大意,便对玉儿道:"我营帐就在前头,你赶了几日路,先去歇息吧。"

玉儿顺从地走了过去,刘子羽看她走到半路,忍不住又上前陪她一直走到大帐门口,道:"我帐内乱,你将就一下。"

玉儿看了一眼里面,虽然极为简陋,却整整齐齐,便微笑着径直入内。刘子羽站在帐外,俩人对视良久,刘子羽终于收回目光,帮她合上营帐,大踏步直奔营垒而去。

营垒那边,张猛正和另外几名将校在议论,见刘子羽过来,都行礼道:"见过侍制。"

刘子羽道:"今日情形颇为反常,往日番军一旦有游骑探路,大军便接踵而至,如今番军大军离得尚远,怎么也会有游骑至此?"

张猛道:"大伙刚才就是在议论此事呢。猜来猜去,觉得番军定是缺粮,才四处派出游骑探路,其实是寻找粮草来了。"

刘子羽心里蓦地一动,这与他的猜测不谋而合。金军虽然攻下了饶风关,但因为是不计死伤的仰攻,损失其实比宋军大得多。更关键的是,汉中等地,早已坚壁清野,以至金军所到之地,一无所获,这对以掳掠作为犒赏的金军来说,几乎是致命的。

以吴玠之骁勇,血战十余日之后,也难免疲惫厌战。金军从商州一路经上津、洵阳、金州,在饶风关苦战十余日,又要赶往兴元府,别的不说,如此千里转战,铁人都未必扛得住,遑论血肉之躯?

只听张猛道:"我来时相公特意嘱咐,有几匹骡子背的全是钱缗,方便侍制犒赏有功士卒。此地大战一触即发,张猛本该留下与侍制并肩御敌,只是相公那头还在苦盼消息,不敢耽搁,等送完了信,再过来跟大伙一起杀番军!"

刘子羽拱手道:"有劳张统制往来奔波!阆州宣抚司那边情形如何?"

张猛摇头道:"不好。饶风关失守,人心大震。相公见阆州四面无险可守,一旦金军突入四川,阆州首当其冲,便张榜府衙外,要将宣抚司迁往四川内地。不料榜刚张出,城内便人心惶惶,百姓无不痛哭叫骂,当天晚上便有人将榜文揭下来烧了,相公也正犯难呢!"

刘子羽正色道:"宣抚司万万不可内迁!宣抚司一迁,兴州、利州、阆州人心顿失,作鸟兽散,对番军便毫无威慑。如今番军举足不前,就是在观望我方动静。一旦我方望风而逃,他们又会故技重施,千里奔袭。如此一来,真的就是兵败如山倒了!"

刘子羽话说得重,张猛听了,顿时脸色发白,呼吸也急促起来。刘子羽叫人备好纸墨,就地写了一封书信给张浚,力陈宣抚司内迁之弊,并向他保证,金军必将止步于三泉。

写完后,刘子羽封好书信,郑重交与张猛,道:"当下情势,我军固然极难,然而金军之难,实不亚于我,就看谁能熬到最后!请转告相公,有刘子羽在,绝不让金军跨过三泉一步!"

张猛还来不及答话,刘子羽又道:"我再写二十张榜文,你返程途中,只要经过州县、乡、镇,就张榜于闹市,我这边以高于市价三倍收集粮草、招募民夫,此事关系川陕安危,还请张统制多多费心!"

张猛一迭声地点头答应,刘子羽便在携带出来的宣抚司榜文纸上笔走龙蛇,明明写得极快,但每个字却严正工整,把旁边围着的张猛等人看得瞠目结舌。不过一顿饭工夫,二十张榜文全部写完,无一处涂改,像一个模子印出来似的。

张猛早知道刘子羽是个人物,但没料到他文武全才,竟至于此。之前护送玉儿来见刘子羽时,心中还有几分不以为然,只当是玉儿年轻任性,如今看着刘子羽临危不惧,从容自若,处理军务极有章法,又见他形容潇洒,剑眉星目,不禁大为倾倒,暗暗叹道:玉儿妹子,你还真是好眼光哩!

等字晾干后,张猛郑重地将书信和榜文叠好,收入包裹中,带上几日干粮,便和四五人一起出发了。

张猛前脚刚走,后脚便来了探报,说是金军大部队进了兴元府。

刘子羽微觉意外,数日前就得知金军前锋离兴元府不过几十里,不料主力部队现在才入兴元。金军拿下饶风关后,一改之前的轻骑突进,反而是持重行军,十分谨慎,看来撒离喝也知道深入重地,风险极大。

多得一日,便多得一分机会扭转战局,刘子羽暗暗松了口气。但转瞬间,他的心又缩紧了,因为他突然想到了昨日出现的金军游骑,战局变幻莫测,金军游骑出没是一个极不好的兆头。

汉中平原极便于金军游骑驰骋,对宋军而言,最直接的威胁便是:派出的探马一旦被金军游骑发现,几乎无逃脱可能。自从上回发现金军游骑之后,好几日才来这一次探报,其他探子很可能不是被金军捕获,便是隐匿不敢上路。

情报堵塞,对于潭毒山守军而言,无异于致命打击。刘子羽思之再三,修书一封给远在仙人关的吴玠,告知潭毒山兵力羸弱,守不了几日,但这几日恰恰是最宝贵的反击机会,希望他密切关注金军动向,一旦金军在三泉县潭毒山受阻,他可趁机率军掩袭其后。书信最后,刘子羽向吴玠诀别,慨言必死于潭毒山,希望他战后找到自己和玉儿的尸体,葬于一处。

为了让书信顺利送达吴玠手中,刘子羽命信使从西边绕路去仙人关,并将军中最好的战马交与他,一切安排妥当后,他知道急也没用,便一边等待援兵和粮草,一边监督士卒抢修石垒栅栏。

在绝境中,给予他最大勇气和安慰的,自然是玉儿的陪伴。

数日之后，刘子羽派出的信使不负重托，顺利将书信送至仙人关吴玠营中。

吴玠正在帐中与众将商议战事，收到书信，又惊又喜，打开看了几行，神情变得十分凝重，读到刘子羽诀别之句时，不禁泪下。

众将把刘子羽的书信传阅了一遍，都唏嘘不已。然而战局微妙，实在难以做出决断，只得站在一旁默不作声，整个中军大帐一片压抑。

吴玠命众将各自回营，自己枯坐帐中，只是长吁短叹。

下午时分，忽听到外面有人大声喧哗，亲兵匆匆忙忙进来禀报："大帅，杨统制督粮回来了，在外面大呼小叫，也不听人劝……"

"他嚷嚷什么？"吴玠问。

亲兵不敢说，正好杨政的声音又传来："大帅，你身为节度使、宣抚司都统制，没有刘侍制，哪有你今天，哪有吴家军今天？倘若你今日不顾刘侍制生死，我杨政也要离你而去！"

吴玠听了又好气又好笑，还有几分感动，外面杨政的声音中断了一会儿，大概是有人在劝说，片刻后又喊起来，比之前声音更大。

吴玠步出帐外，见杨政正在栅栏外叉着腰大喊，便道："这是军营，你喊喊叫叫，成何体统！"

杨政跪下道："大帅，刘侍制于我吴家军有恩，如今一支孤军挡在前面，而我军却坐看其生死，如此做派，与那曲端有何分别？我军之所以能在和尚原连败强敌，不就是靠众位兄弟作战时相互扶持、舍命相助吗？倘若我军眼睁睁看着刘侍制几千人马对抗十几万番军，你让众兄弟如何想？"说罢失声痛哭。

吴玠也流下泪来，上前打开栅栏，扶起杨政，道："有你这样义薄云天的兄弟在军中，我吴玠岂敢有半分私心！"

两人相对流泪，众人也围在边上陪着抹眼泪，吴璘道："大哥，此事须有个决断，到底去不去救援刘侍制？"

吴玠挺直腰身，长长吸了口气，沉声道："今晚便去！"

众将都慨然请命，要求同去，吴玠道："我只带三百人护卫，你们密切关注金军动向，好好守住营寨。"

当晚，吴玠命吴璘代他主事，自己率领三百亲兵，借着月色直奔三泉而去。走出六七十里左右，便见到金军游骑在远处窥探，三五成群，多的达到三四十骑。吴玠暗暗心惊，自己这边军情不畅，全是因为金军游骑在平原上纵横驰骋，却拿他们没有办法。

走出百里以后，金军游骑愈发多了起来，有些甚至就在骑队不远处掠过，有恃无恐。吴玠手下亲将王川大怒，向吴玠请命，想带一百骑围堵一伙金军游骑，全部击杀，以挫敌军气焰。吴玠摇头道："现在不到时候，番军马快，此处又是平原旷野，视野极好，只怕围堵不成，徒耗马力。"便传令下去，只管前行，金军游骑到了跟前也不必管。

走了两日，到了三泉县城，城中空空如也，只剩一些无牵无挂的老人在此听天由命。吴玠也不停留，率军直奔潭毒山而去。

从三泉县城至潭毒山，不过二三十里地，却接连碰到三股金军游骑，吴玠命手下三百骑列出包抄阵势，将他们惊走，赶在日落前到达潭毒山脚下。

借着夕阳余晖，吴玠打量潭毒山地形，见其形胜之处，倒与和尚原有几分相似，不禁暗暗点头，心想要是饶风关也是这般地形，未必让金军钻了空子。

刚过山脚，还未往上攀登，便碰上守军哨兵，见是友军人马过来，都喜出望外，更有人认出吴玠，无不欢欣雀跃。吴玠问："你们不在山顶，守在此处做什么？"

有士兵道:"回节使,刘侍制见番军游骑猖狂,便亲自带着我等持强弩下山,准备伏于要道,击杀几名番军,悬尸于路边,以慑敌胆。"

吴玠问:"侍制何在?"

士兵们指着不远的一处营帐道:"侍制忙了一日,已经睡下了。"

吴玠看那营帐,几乎挨着山脚,毫无防护,便策马过去,未至帐前,刘子羽已经惊醒,持剑从帐中闪出来,见是吴玠,不觉愣住了。

吴玠下马,埋怨道:"彦修啊,金军游骑就在山脚游动,多如蚁蝗,你防卫如此简陋,万一有个三长两短,如何是好!"

刘子羽淡然道:"我自忖数日内,必死于此地,不曾想还能见你一面,也算老天厚待我了。"

吴玠叹了口气,命手下骑兵驻于四处警戒,自己与刘子羽就在帐外议事。

两人一时相对无语,都感慨万千。良久过后,刘子羽道:"晋卿,我是将死之身,不怕说句大话:川陕大局,之所以还能撑到现在,无非是有你我二人而已。你我患难兄弟,又是相公的左膀右臂,如今川陕之得失,就在于三泉,在于潭毒山!你我再不联手,只怕将来悔之无及!"

吴玠沉默了片刻,突然道:"彦修,先不管它天崩地裂,你我今夜置酒长谈一番可否?"说罢,眉目间陡然生起一股豪气。

刘子羽受他感染,不由得也生出几分豪情来,笑道:"好是好,只是军中粮草都不足,哪里还有酒?"

吴玠道:"我倒是带了一葫芦酒,还是陕西名酒西凤酒,彦修意下如何?"

刘子羽喜道:"那敢情好!昨日有箭法好的射了一只麂子送来给我,已经烤熟了,舍不得吃,正好来下酒。"

吴玠笑道："不料这荒山野岭外，山穷水尽处，还能有如此一顿盛宴，不是吉兆是什么！"

俩人也不叫亲兵，自己生了一堆火，铺了一块毡席在地上，刘子羽自帐中取出烤麂，犹豫了一下，道："晋卿，我留条后腿行不行？"

吴玠奇道："你若真舍不得，全留下又有何妨？咱俩就着月光，也能喝掉这一葫芦酒！"

刘子羽道："你把我当成什么了，我何惜一只烤麂？只是玉儿好几天没沾过一点肉荤了，想给她留些。"

吴玠惊讶道："她也来了？彦修，你还真是有福之人呢！罢了，全留给她吧，你我就着月色山景也能喝个痛快。"

刘子羽笑道："她哪吃得了那许多？再说，倘若让她知道我不招待你，只怕要生气呢。"说着，取出匕首切了一条后腿放入帐中，余下的架在火旁烘热。

俩人一边喝酒，一边吃麂肉，吴玠道："你方才说，你我二人务必联手，否则悔之无及，此话怎讲？"

刘子羽略感奇怪，道："这不明摆着吗？三泉县唯一可守之地便是潭毒山，金军一旦越过此山，就能直入四川，这可是天大的祸事啊！"

"你是想让我将仙人关的两万人马全部拉过来，跟你一起守潭毒山？"

"有何不妥？"

吴玠没有直接回答，反问道："彦修，你有没有想过，金军自从占了饶风关，一改之前千里疾行的攻势，反倒有些过于谨慎，是何缘由？"

刘子羽没作声，看着吴玠。吴玠自己答道："倘若你我是撒离喝，一样也会力保万全，持重进军，为何？我吴玠手下几万人马在他后面虎视眈眈呢！何况，不只是我，王彦的八字军，还有孙渥、关师古等人,手下都有上万人马,只要觅得机会,都会反咬一口,他如何敢不小心!"

吴玠狠狠灌了一口酒,接着道:"但是,倘若我从仙人关调兵至此,看似堵住了金军入川之路,实则正中其下怀。我吴玠在此也说句大话,撒离喝所畏惧的,并非王彦,更非孙渥、关师古之流,他真正畏惧的,乃是我吴家军!我吴家军一旦放弃关外,移师三泉,撒离喝十几万大军便没了后顾之忧,专心调兵遣将,直逼三泉,到时又是敌众我寡的苦战之势,我军再次被逼入绝境,倘若不幸再败,则大势去矣!"

刘子羽默默地喝酒吃肉,继续听吴玠慷慨陈词:"为今之计,必须死死扣住撒离喝担心后路被断的命门,命兴州、河池的部队大张旗鼓从山谷绕行敌后,并不断派人出去联络其他各路人马包抄金军身后。金军游骑必能截住几名信使,看到书信,更加确信我军要攻其后路,愈发不敢放胆深入,如此一来,进不得,退不得。等到春暖花开,这些北地来的士兵久战之后,身体虚弱,极易染上瘟疫,加上粮草短缺,到这时,金军不撤也得撤,我军再据险邀击,一举反败为胜!"

吴玠说完,目光在火苗的映衬下炯炯有神,片刻后,他收敛起激荡的情绪,抬眼看着刘子羽。

刘子羽沉默了半晌,从烤麂上切下一块好肉递给吴玠,微笑道:"晋卿,我来陕西近四年,自以为竭心尽力,颇多功劳,如今看来,不过是做成了一件事而已。"

吴玠有些摸不着头脑,问:"何事?"

"就是在相公面前着力推荐了你啊。"

吴玠一愣,随即会意,心中一阵感动,竟说不出话来。

刘子羽沉声道:"那就依你所言,我在潭毒山招募民夫、收纳溃卒，挡住金军入川之路，你在侧翼和后方调兵遣将，只要熬到开春，形势必然逆转！"

吴玠却不说话了，如此一来，还是将刘子羽顶在前头，然而思来想去，当下形势，要想击退撒离喝十几万大军，舍此别无他法。

刘子羽知他心中不忍，便道："之前我虽知金军深入重地，不耐久战，但对于是否叫你来同守三泉一事，仍然摇摆不定，今日听你这番剖析，我意已决，此乃军国大事，容不得儿女情长，你尽快赶回仙人关，调兵包抄金军后路。至于我这头，嘿嘿！你尽可放心，愚兄虽不如你骁勇善战，却也不是块好啃的骨头，就算十几万金军杀过来，不留几万具尸体在山前，决计踏入不了四川半步！"

"好！"吴玠大喝一声，吓得站哨的士兵转身过来张望，吴玠拔出宝剑，扎在地上，"有兄台这句话，吴玠再无牵挂，此番回去，立即调兵迂回敌后，定要搅得金军鸡犬不宁，你我开春再会！"

二人心头都卸下包袱，不禁相视而笑。吴玠叫过手下亲将王川，道："我明日一早便回，你挑五十人留下，贴身护卫刘侍制，只要你们有一个人还活着，绝不能让番狗碰到侍制一根汗毛，听明白了？"

王川道："大帅放心，莫说碰到侍制的汗毛，见都不能让番狗见到！"

刘子羽哈哈大笑，见王川敦敦实实，是个本分人，便从腰间解下匕首赠予他。王川一看那象牙刀把和鲨鱼皮鞘，知是贵重之物，不敢伸手。吴玠道："侍制如此抬爱，你就收了吧。"王川这才跪下接了。

二人接下来纵谈军事，吴玠就着潭毒山地形，结合自己数次与金军对决经验，将攻守之策全盘教与刘子羽，刘子羽听得如痴如醉。一直聊到深夜，此时月光如洗，山影瞳瞳，树影婆娑，竟是人间难得的美景，二人一时忘却了军国大事，沉浸在静谧中，偶尔听到一声虫鸣，刘子羽喜道："晋卿，你听到没，冬天快过去了。"

三日后,五千民夫应募而来,还带来了数万石粮食。刘子羽大喜,当日便以三倍市价与他们结清工钱与粮钱,民夫们都欢天喜地。刘子羽依照吴玠所教,让民夫们修筑栅栏石垒,几千人干劲冲天,数日下来,一座像模像样的雄关便在潭毒山初成规模。

　　饶风关败退下来的溃兵也陆陆续续前来投奔,吴玠走后十日,潭毒山人马已经到了五千,粮食也积了有十几万石。刘子羽为了安士卒之心,把将士家属全部安置到后山,五千人虽然不多,但士气颇高,亦有死战之心。

　　然而越是能与金军一战,刘子羽越是在乎胜负得失,之前横竖就是一死,反而不去多想。如今刘子羽日夜苦盼的就是赶在金军大军抵达前,尽量多集结些人马。

　　也不知撞了什么鬼,自从人马增加到五千后,这人数再也上不去了,倒是山脚下的金军游骑越来越多。王川设计在山脚围堵,活捉了两名金军游骑,一审问,得知金军主力已经离开兴元府一带,正往西推进,虽然缓慢,但的确在步步推进。

　　刘子羽掐指一算,按这速度,金军前锋很可能已经离三泉不远,主力最快十日内便可抵达,真是忧心如焚。每日一早,他就跑到山顶上往西瞭望;日落前,也必要再去瞭望一次,然而数日下来,竟连个人影都没看到。

　　此时已至二月底,天气晴朗时,往东极目远眺,可隐约看见一抹烟尘浮在天边,刘子羽知道那是金军大军所在,终于彻底打消了盼救兵的念头。

　　玉儿见刘子羽焦灼不安,便安慰道:"这不还有一万民夫在吗?紧急时也能让他们抵挡一阵。"

　　刘子羽摇头道:"我原本也是这么想,但吴玠告诫我,切莫以民夫正面迎敌，一旦溃散，不可收拾。实在不行，只能从民夫中挑壮实且有血气之勇者，杂编入军中，方可临战使用。我看这一万民夫中，能挑出两千就不错了。"

"那不也有七千人马了吗？当初和尚原一战，吴玠就凭七千散卒打败了两路金军十几万人马，一举扭转富平之败后的陕西战局，吴玠能做到，彦修哥定然也能做到。"玉儿道。

刘子羽听了此话，愣在当地，只觉如醍醐灌顶，胸中万千焦虑顷刻间烟消云散，从席上一跃而起，仰天长笑道："老天爷送我贤妻如此，是要让我刘子羽在潭毒山立下千古奇功吗？"说罢，走出帐外，对着远山一阵长啸，直惊得群鸦四起。

等他疯完了，玉儿才含笑道："呦，敢问刘侍制贤妻何在，能否让小女子一睹芳容啊？"

刘子羽握住她的双手，道："此战之后，我再也懒得避嫌了，直接派媒人去相公府上求亲。天下太平后，我也不当什么官，咱俩觅一片清静地面，建几间屋舍，留几个僮仆，也不必亲事耕种，置百十亩地租给人种，厚道收租，过与世无争的日子，岂不快哉！"

玉儿道："房前要种十几棵桃树、杏树，屋后要种一片竹林。"

刘子羽微笑道："正合我意。还可以在家开个私塾……"

两人聊得正甜蜜，忽听帐外有士兵大声通报："禀侍制，东边有大队人马逼近。"

刘子羽一震，见玉儿脸色有些发白，握住她的手安慰道："早晚总要来的，你安坐帐内，我叫王川等人在四周护卫。"说罢，起身出帐，见那士兵脸上颇有惊惶之色，便大踏步奔向山顶东边。

山顶守军忙成一团，各营统制都带着自己人马持器械四处奔走，各归其位。刘子羽往远处望了望，只见一大队人马正从东北方向过来，远远地看不清装束。刘子羽看了一会儿，心中突觉纳闷，对旁边一名统制道："来的应当是金军前锋，按理都是轻骑，这队人马却是步卒居多，是何道理？"

那统制也觉得蹊跷，道："侍制你看，金军游骑走得一个不剩，倒像是不愿意撞见自己人马似的。"

刘子羽愈发狐疑，目不转睛地盯着细看，接着更奇怪的事情出现了，他看到这支人马断后的是一支几百人的骑兵，左右扫荡，分明是在防备后方，而后方正是金军……他心里蓦地一动，紧接着心狂跳起来。

这队人马又走近了些，刘子羽终于看清前军那面大旗，隐隐约约像是个"王"字，正在疑惑，只听旁边有人大叫："是王统制！王统制带兵增援来了！"

"乖乖！足足有五千人马！这下三泉可保住了！"

山顶响起一片惊涛骇浪般的欢呼，来者乃是利州路统制官王俊，正是刘子羽麾下人马。

潭毒山上数千人像山洪暴发一样往山下涌，去迎接援军，刘子羽微笑着看两边人马会合，不觉间已是泪流满面。

不多时，王俊在众人簇拥下过来见刘子羽，拜道："末将来迟，让侍制与众兄弟身处险地，几误大事，请侍制责罚！"

刘子羽扶起他，道："好兄弟，你来得正是时候！快跟我讲讲，你们是如何赶到三泉的？"

原来王俊在饶风关失守后，逃入附近山中，身边只剩下不到一千人，所幸在西乡县收集了两千余人，这三千人怕遇见金军主力，不敢走汉中平原，于是在山谷中穿行，行进极慢，后来终于越过兴元府，到达勉县，人马也达到了五千人。从探报得知刘子羽正聚兵三泉县潭毒山,王俊与手下将校商议,倘若再绕行山中,还不知猴年马月能与刘子羽会合,便干脆出其不意,冒险走出大山,一日一夜急行军横穿汉中平原,终于赶到潭毒山与刘子羽会师。

刘子羽大喜过望,道:"好一个出其不意!你这一横穿,只会让撒离喝更加疑神疑鬼,仓皇四顾。自今日起,这潭毒山就更名为镇房关,也让此地千古留名,你们觉得如何?"

众人轰然叫好,王俊那五千人马急走了一日一夜,虽然兴奋之情溢于言表,但看得出一个个又累又饿,刘子羽下令赶紧造饭,慰劳远来将士。

两日后,军势复振的刘子羽意外收到王庶的书信,从信中得知,王庶已于数月前到了洋州,招募乡民,练兵上万,以为声援。信中还说他在梁州、洋州等地坚壁清野,使得金军派出的打粮队伍所获极少,云云。

刘子羽不指望王庶能袭扰金军侧翼,但一支上万人的军队在金军肚皮下方,也让撒离喝不得不分兵提防,至少是甭想从梁州、洋州等地筹粮了,看起来,金军的粮草供应越来越紧张。

形势终于有所逆转,但刘子羽丝毫不敢大意,仍旧日夜督促民夫加固营垒,又命王俊等人抓紧操练士卒,不得松懈。

三月初,撒离喝的前锋部队两万余人终于抵达三泉附近。撒离喝亲率主力紧随其后,在离潭毒山二十里处扎营。

前军传来消息,宋军守备极严,人马颇壮。

撒离喝不信,道:"前几日得到探报,有一支南军横穿汉中,不过数千溃卒而已,如何就人马颇壮了?"于是叫过爱将粘儿帖,让他率两千劲卒,前去硬探南军虚实。

粘儿帖得令,立即挑了二千勇士,骑马直奔潭毒山。

粘儿帖走后，撒离喝叫来王珪，问："听探报说，拒守三泉的宋将是刘子羽，本帅早闻其名，说是颇有谋略，不知是否名副其实？"

王珪道："禀大帅，末将之前也只风闻其名，直到上次在饶风关才真正见过一次，此人长相俊朗，像个白面书生，但骑射功夫十分了得，末将亲眼见他轻松拉开一张硬弓，于二三百步外直中标靶。王彦资历极老，也颇为自负，但末将看他在刘子羽面前颇为谦恭，而且末将还听说，吴玠在川陕西军将帅中，自张浚以下只服一人，此人便是刘子羽。"

"哦？"撒离喝沉吟道，"此人能让王彦、吴玠钦服，谅来必有些真本事，张浚志大才疏，却有几分知人之明，他能如此重用刘子羽，想来自有他的道理——先等粘儿帖硬探回来再说。"

两日后，粘儿帖率军返回，向撒离喝禀报："大帅，南军这沿山布阵，竟与和尚原极为相似，南军士气如虹，且强弓劲弩十分厉害，其主帅刘子羽更是身先士卒，竟然独自挺枪立于阵前挑战我军，这只怕又是一场硬仗！"

撒离喝颇感惊讶，问："何以知道那人便是刘子羽？"

粘儿帖答道："末将亲眼见他挺枪立在一块大石上，箭支从他身边擦过，眼皮都不眨一下，我观其形貌，与降将描述无不吻合，定是刘子羽无疑。他口中还叫唤：我乃大宋利州路经略使刘子羽，叫撒离喝……自己过来送死！尽是些不逊之辞，大帅不必计较。"还好他见机得快，把"狗贼"二字给吞了回去。

撒离喝眉头皱了起来，刘子羽此举，分明就是表示要血战到底。主帅如此豁出性命，下面将士更无怕死之理，这仗还真不好打。

但十几万大军已经推进到离四川只差一步，若就此止步，撒离喝无论如何也不甘心，便道："明日我亲自去探一探南军虚实，再做定夺。"

次日,撒离喝亲率一千精骑,到潭毒山下瞭望守军防御,才看了不到半圈,他便连吸了好几口凉气。潭毒山地势险要不说,守军的营垒栅栏搭建得极有章法,显然是深谙攻守之道。再看守军于险要处都设有岗哨,层层传递,军情很快便能到达中枢。大敌当前,山中却隐隐有军歌传出,守军士气之高昂,大大出乎他意料之外。

撒离喝闷声不响看了大半个时辰,眉头紧锁,神情肃然,嘴里还含混不清地骂了几句。

众将也知道遇上了硬骨头,都面面相觑,不敢作声。

回营后,撒离喝刚步入大帐,便得到一个可怕的消息:军中有人病倒,明明浑身滚烫,却冷得直打哆嗦,看样子像是极易传染的寒暑重症。

最担心的事还是出现了,撒离喝霍然站起来,急切地问道:"有多少人染了疾病?可有死人?"

医官答道:"今日一早已经死了五人,浑身发青,死状可怖,将士们都十分惊恐,没人敢去死者营帐,尸体也无人掩埋。"

撒离喝在帐中快速走了几个来回,猛地停下道:"立即叫人焚烧死者营帐,切不可让瘟疫在军中蔓延!"

医官本不敢说出"瘟疫"二字,见撒离喝先说出来了,才道:"大帅,恐怕已经开始蔓延了,过几日开春,只会蔓延更快。自今日起,请大帅不要轻易去军中,以免染病。"

撒离喝吓了一跳,一时束手无策,急火攻心,在帐中顿足长叹。

此时金军前军推进到了三泉北面的重镇金牛镇,发现空无一人,然而周边山路阴森,林木萧萧,似有疑兵。前军统帅乌罕见已深入重地,敌情不明,南面又有潭毒山守军窥伺一旁,吴玠更在后方调兵遣将,因此不敢久留,未经一战,便退回到三泉以东二十里,就在撒离

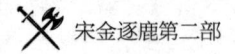

喝的中军前面扎营。

撒离喝得知乌罕退军，反而松了口气，便命人召他过来议事。

乌罕马快，上午才召，晌午便到了撒离喝帐中。撒离喝细问了前军情况，也觉不可深入。刘子羽挡在潭毒山不说，后方还有吴玠、王彦等人虎视眈眈，宋军其他各部也蠢蠢欲动，万一战况胶着，腹背受敌，局势只怕不可收拾。

"大帅，"乌罕突然压低声音道，"昨夜军中有人哗变，幸亏末将及时得到消息，率亲兵将主犯数十人全部抓获，就地正法，才没闹出大事来。"

坏消息一个接着一个，大敌当前，军中却发生哗变，这可是要命的事！撒离喝心突突直跳，又惊又怒，问："为何哗变？"

乌罕道："这些人都是上次攻打祖溪关的死士，之前说好了攻入汉中后，每人赏银一千两，马三匹，原想着汉中富庶，兑现这点赏赐不算难事，不料汉中诸郡全被南人坚壁清野，我军所获极少，竟无法兑现，这些人极为失望，故而寻衅闹事。"

撒离喝哑口无言，那赏格是自己说出来的，叫人去卖命，如今不但不兑现，还把人给杀了，接下来恐怕没人愿打硬仗了。

乌罕见撒离喝眉头紧锁，知他进退两难，举棋不定，便道："大帅，末将以为，南军今非昔比，切不可套用过去几年的老战法，否则要吃大亏。"

见撒离喝看着自己，乌罕接着道："过去几年，我军一旦突破南军防线，南军便一溃千里，毫无斗志，我军只需一路向前便能扩大战果。但今日形势大不相同，南军颇有坚韧之气，倘若硬攻潭毒山，胜算不大不说，最怕的是被吴玠等人断绝粮草，堵截退路，如此后果不堪设想！"

乌罕算是诸将中第一个说出真实想法的，而且他还不知道军中已经发生了瘟疫，撒离喝明白是该决断的时候了，便道："你先回去安抚士卒，明日我召集诸将商议进军一事。"

　　乌罕策马赶回营地，撒离喝走出帐外，刚一出来，猛地感觉冬日透骨的寒气消失了，一股暖洋洋的和风拂面而来。撒离喝非但没有觉得舒坦，反而浑身一紧，一阵燥热从背心传至全身。

　　开春已有半月之久，吴玠一直都在想方设法打探金军主力消息，然而金军行动突然变得诡秘起来，加上十几万金军遍布汉中平原，极难锁定其主力去向。

　　一直到四月初，杨政熬不住了，主动请缨，要率本部人马去硬探金军动静，吴玠便让他率一千精骑去袭扰。杨政嫌多，只挑了五百人便出发了。

　　四五日后，杨政返营，带来了四十个俘虏，这些俘虏个个生得细目塌鼻阔面，既不像辽地汉人，更不似河北、中原人，原来竟是生女真，说话无人能懂。杨政审了大半日，却是鸡同鸭讲，便将他们带了回来。

　　吴玠军中有投降过来的辽地汉人，便找了个懂女真话的，过来一问，得到一个令人诧异的消息：金军主力早于三月底便退兵了！

　　这个消息令人十分意外，但细想却又在情理之中，吴玠断定此事属实，便令人快马通报刘子羽。刘子羽得讯惊喜交加，立即率两百轻骑亲赴吴玠军中。

　　二人见面，自是无比感慨，二人平常都是翩翩美男子，此时都瘦了一圈，灰头土脸。吴玠知道刘子羽比自己更难，特意令人宰了一只羊招待他，香喷喷的羊肉端上来，刘子羽看着直发呆，却不动嘴。

　　吴玠不禁暗笑，叫人取出一个纸包，笑道："这里面乃是一条上好的羊腿，可合你意？"

刘子羽大喜，感激不尽道："晋卿，你真是知我腹心！"便收了纸包，小心放好留给玉儿，然后才抓起一块羊肉大快朵颐起来。

"彦修，金军说撤就撤，十分果决，且十几万人马，竟未让我军察觉，可见撒离喝并非等闲之辈，只是总不能让他就此全身而退，须得狠狠宰他一刀，才能让他长点记性！"吴玠咬牙道。

刘子羽狼吞虎咽吞了几块肉之后，满意地舒口气，问："那四十个生女真如何落了单？"

"说是出来打粮，顺便想掳掠一番，回头却找不着部队了，又不识路，四处乱窜，结果被杨政给碰上了。"

"哦？这倒有趣得紧！"刘子羽点头道，"如此说来，金军虽然是主动撤退，却也是十分匆忙，不然哪能让出去打粮的人回头找不到部队的？"

"大伙正是这般想的，"吴玠命人铺好地图，指着三泉与兴元府中段道，"此处乃是梁山，金军之前便屯于此处，倘要撤退的话，必然走斜谷去兴元府。三泉与兴元府之间，有一关隘，名叫武休关，虽然不算险峻，但山路狭窄，金军不易展开，骑兵亦无用武之地，我军宜火速行军，预先伏于武休关，或可重创金军！"

刘子羽听了眼睛一亮，仔细看了一遍地图，道："如此甚好！真要能把撒离喝大军在汉中平原一截两段，首尾不能相顾，到时生擒撒离喝，亦非难事。"

"既然如此，以今日算起，你我各率军开赴武休关，四日后会师，如何？"吴玠道。

苦熬多日，终于等到反击机会，刘子羽如何不兴奋，当即起身道："事不宜迟，我马上动身回三泉。"

吴玠拉住他道:"何必急在一时半刻,先把这些酒肉吃完了再走。"

刘子羽道:"你若不笑话我,我就厚着脸皮把这些酒肉带到路上吃了。"

吴玠笑得前仰后合,道:"子羽清趣雅致之人,竟也沦落至此,要怀揣酒肉赶路了!那就请便吧。"

刘子羽也不客气,命人将桌上酒肉全部收走,与吴玠及诸将告别。

他之前已听说了杨政营门外喊话之事,心中十分感动,但在众人面前也不能有所偏私,便只是冲他微微颔首,以示谢意。又见吴璘、郭浩等人个个双目炯炯,气度沉稳,不禁赞叹道:"吴家军已蔚然成虎狼之师,关陕大门,可以无忧矣!"

吴玠笑而不语,二人拱手而别。

刘子羽返回三泉,立即派王俊率本部人马为先锋,进军武休关,自己亲率人马随后进发。王俊率军出去不到两日,便送来急报,收降了金军四千人马。

刘子羽又惊又喜,便问信使详情,信使道:"我军沿梁山北麓往西,快到斜谷时,突然在一处山谷发现金军营寨,人马齐齐整整,毫无防备。王统制便率军堵住出口,大张声势,并派人进去探问,才知道这支人马竟然没接到军令,还不知主力已然撤退,见我军从天而降,毫无斗志,便投降了。"

刘子羽不禁骇然而笑,道:"可见撒离喝定是遇上了大麻烦,不然哪里能出这种事!"当下更不迟疑,传令全军火速向前。

四日后,王俊率前军抵达武休关附近,只见沿路的辎重器物扔得遍地都是,再往前走,只见山谷上空群鸦乱飞,恐怕有上万只。进了山谷,果然看见有许多金军不及掩埋的尸体,天气转暖,许多尸体已经开始腐烂，恶臭难闻，一路算来，少说有三四千具，可见金军狼狈到了何种地步。

王俊命士卒远离金军死尸，以免染病，后面干脆命人砍伐树枝，只要遇到死尸，便放一把火烧个干净。

到达武休关时，吴玠已率军追击金军去了，只留下雷仲等人断后，二人一商议，此处已无战事，羁留原地，徒误战机，不如继续往东追击。王俊来不及等刘子羽，便派人送了封书信过去，告知前线形势。

刘子羽得了王俊书信，便命全军越过武休关，继续东进与陕西诸路反攻之师会合。

四月中旬，几路宋军终于在兴元府以西一百里处追上了金军后军，此地与定军山离得不远，崎岖路窄，山涧密布。宋军各路追兵一到，金军都惊慌失措，拼命奔逃，互相踩踏拥挤，人马坠下山涧而死者数以千计。吴玠命杨政率轻骑堵住前路，将口袋一扎，上万金军顿时成了瓮中之鳖，稍做抵抗后便土崩瓦解，纷纷投降，劫掠来的辎重全回到了宋军手中。

兴元府原本还有一支金军守着，听说宋军攻势凌厉，便也弃城而逃。

战事至此，形势已完全逆转，之前是金军步步进逼，宋军节节败退，如今成了各地宋军纷纷反攻，金军仓皇逃窜，连一些地方的乡兵也敢出来堵截金军，可怜那些走散的金兵一旦被乡兵捉住，便被他们剥皮抽筋，死得极惨。如此一来，更让金军风声鹤唳，到四月下旬，大部分金军已撤离金州，沿着当初入侵路线，从商州撤回至凤翔府，只留一部分金军镇守金州等地。

回到凤翔府的撒离喝心有余悸，一清点人马，折损过半，战利品更是想都别想,能把自己家当带回来就是万幸。

撒离喝十分头疼如何向朝廷奏报此次战事,明明在饶风关击败了大宋西军战神吴玠,一路直捣汉中腹地,使得宋廷朝野震动。没想到,不出两月,这煌煌战功竟然如同一个大炮仗,虽然煞是好看,惊天动地,却是转瞬即逝,到头来什么也没留下。

帐下谋士有个叫刘荣的辽地汉人,见撒离喝郁郁不欢,便进言道:"大帅,此次大战,不过是未获全胜而已。大帅在金州、饶风关连败南朝两大名将王彦和吴玠,可谓功勋卓著!特别是吴玠,之前接连在仙人关大败我军,气焰十分嚣张,此次也在饶风关吃了败仗,落荒而逃。且我军深入汉中腹地,将南军在汉中的各个据点搅得天翻地覆,大帅威名,早已震慑川陕,实不亚于当年娄氏,甚至尤有胜之,何憾之有?"

一席话说得撒离喝板着的脸上荡起矜持的笑意,刘荣接着道:"不才观南军诸将,吴玠、刘子羽乃是其中翘楚,若得招降二人,陕西南军将不战自败。"

撒离喝摇头道:"我军虽然不败,却也劳而无功,此时招降,恐怕只会自取其辱。"

刘荣道:"大帅您看,我军虽然撤退,却已向南朝表明:我大军可深入千里,全身而退,倘若南朝再不就范,我军随时会再次大兵压境,到时玉石俱焚,杀无遗类,问他们怕还是不怕?这二人在南朝深得信用,但大帅若将汉中一地封赏给刘子羽,令他做汉中王,将关外一地封赏给吴玠,也令他关外称王,比做一寻常官吏岂不强似百倍,不怕二人不动心。"

撒离喝心里一动,这还真是顶天的赏格!他看了一眼刘荣,心想果然汉人明白汉人的心思,便沉吟道:"若真能招降这二人,陕西各路南军将土崩瓦解,四川屏障一失,便成了我大金的囊中之物,探手可得……"

刘荣趁热打铁,道:"大帅可令人将封王的敕书和冠冕印章都备好,派仪仗直接送往军中,将此事张扬开来,令二人不得不从。"

撒离喝心里合计了一番,觉得试试无妨,便依计制好敕书、冠冕和印章等器物,各派了一支二十人的仪仗去往刘子羽和吴玠驻地。

五日后,却等来了一个坏消息,驻守金州的大金京西南路安抚使周贵被王彦手下的统制官许青杀得大败,宋军继收复兴元府后,又收复了金州。紧接着王彦率兵攻占了洵阳,房州也重新回到宋军手中,王彦的金房镇抚使头衔也终于名副其实。

撒离喝这边军队尚在休整,无力反击,只得眼看着劳顿数月的战果被宋军蚕食而尽。

又过了数日,出使兴元府的使团回来了,却只剩了一人,一问才知刘子羽将敕书等物撕得粉碎,出使的二十人斩了十九人,只留一人回来复命。

撒离喝气得跳脚,却也无可奈何。两日后,出使河池的使团安然回来,撒离喝大喜,却听说吴玠连这些使者面都未见,直接遣送回来,还派出一名使者前来通告。

撒离喝见那使者有几分面熟,细看竟是饶风关大战时往来传递讯息的使者,便笑道:"原来还是故人。"

这使者仍是神态自若,不卑不亢,开口道:"奉大宋川陕宣抚司都统制、镇西军节度使吴玠之命,有话要对金国经略使撒离喝说:你我各为其主,拼死力战,皆是出于忠义,虽互不相容,亦有惺惺相惜之意。既然如此,你却为何派出使团招降来污辱于我?我吴玠敬你身为名将,虽然战则必欲取胜,却从不轻侮真英雄,你撒离喝不知自重,辜负我对你一番敬意,公然招降来毁我清誉,青天白日,朗朗乾坤,敢问是何道理?尔等女真勇士,自命质朴赤诚,然则如此小人之行,质朴在何处?赤诚又在何处?"

使者声音不高不低,语调平和,一路讲下来,有理有节,直把撒离喝臊得面颊通红,头都不敢抬,旁边众将也无话可说,帐中一片尴尬的沉默。

过了半晌,撒离喝才缓过神来,摆起架子,清了清嗓子道:"且去转告你家大帅,本帅封他为王,乃是出于爱慕之意,并非有意辱之。既然他不接受,也就罢了,日后我与他战场上再刀兵相见!"

使者得了这话,便深深一揖,转身出帐上马,绝尘而去。

撒离喝呆呆地坐在帐中,此时他内心之沮丧,比吃了败仗还强烈。他意识到,宋朝将士已今非昔比,其坚韧强悍,百折不挠,丝毫不逊于真正的女真勇士。更兼将帅通晓当地人情地理,战术战法日益精进。目前看来,双方已是半斤八两,再过几年,孰强孰弱,岂不是一目了然!

身为大金开国重臣,一念及此,撒离喝内心涌起一阵惊恐和焦虑,忍不住站起来,走出帐外。放眼望去,春夏之交的秦川大地已经从严冬中复苏,显现出勃勃的生机,他凝视着这不可阻挡的春意,陷入了深思。

十八　金使初至

绍兴三年八月，也就是延续数月之久的饶风关之战结束后不久，从北方金廷中枢传来一个令赵构百感交集的消息：金国执掌兵权的都元帅粘罕打算派出使者，随大宋通问使韩肖胄等人赶赴临安，正式出使大宋。

自建炎元年起，赵构先后派出了近十拨通问使，前几拨全部被金国扣留，直到最后两拨才得以回还。如今金廷终于派出使臣回访，多年苦战之后终于熬到这个结果，其象征意义不言而喻。

此时朝中还是吕颐浩秉政，急躁冒进的脾气不改，得罪了不少人，加上战事频仍，耗费极大，吕颐浩不得不充当恶人，横征暴敛，惹得百姓怨声载道，朝廷中弹劾他的奏章从没停过。赵构也知国事艰难，对此一直不予理睬，但心底却有了换相之意。

皇上有了此意，朝中大臣的怨气便爆发了出来，辛炳立即上书弹劾吕颐浩不恭不忠，败坏法度。殿中侍御史常同更是罗列了吕颐浩的十项大罪，将他比作宣和间乱政的蔡京、王黼。奏章呈上来，赵构虽留中不发，但对常同也未加申斥。

吕颐浩自知已失圣心，便上书引疾求去，赵构并未多加挽留，念其旧功，仍给了他镇南军节度使的头衔。

金使还未出发，估计需一两个月才能抵达临安。趁这当口，赵构将驻守江淮的掌兵大将召到临安,与朝中大臣一起共商军国大事。

数日后,在外掌兵大将陆续从各自驻地出发,赶往行在,除了老资格的刘光世、张俊和韩世忠外,还有最近几年凭军功迅速蹿升的岳飞,这也是岳飞独自掌兵以来第一次入朝觐见。

韩世忠与刘光世各带人马赶赴行在,刚好在镇江遇上,两人之前因为争军功而不和,下属各将也互不相能。刘光世先到半日,便将人马开进镇江。韩世忠赶到后,见刘光世人马舒舒服服驻扎在城内,而自己人马却要宿于城外,十分不满,对属下道:"这刘光世好不晓事,我军久驻镇江,那些营房栅栏,哪一处不是我军将士辛苦建成?他倒好,竟然大剌剌地就住了进去,招呼也不打一声,简直岂有此理!"

手下大将解潜道:"大帅,这刘光世自以为三代将门之后,官家都让他三分,眼中更不把其他掌兵大将看在眼里,他既然鸠占鹊巢,咱们也不必客气,晚上派出一队人马,假扮成强盗,翻入城内,劫他一些粮草钱物,让他住不安生!"

韩世忠怒火上头,竟然听从了这个馊主意,当晚便派了三百人入城偷袭刘光世人马,两边一通混战,各有死伤。天明后,刘光世将俘获的几名"盗贼"押过来审问,才知是韩世忠派来的,气得立即上书告御状。韩世忠那头也不甘示弱,将刘光世的各种行径罗列出来,也向朝廷参了一本,两边一时僵持不下,势同水火。

正闹得不可开交,王德从驻地赶到,听说了此事,入帐见刘光世,道:"韩世忠之所以干出这等事,倒并不全是冲着大帅来的,多半还是缘于末将当年杀了他手下爱将,他心意难平,故而寻衅报复罢了。"

这中间的过节,刘光世自然看得一清二楚。建炎三年,苗、刘作乱,王德率一军隶属于韩世忠,前去追击叛军,王德勇不可当,立功心切，并不太听韩世忠的号令，韩世忠便命手下爱将陈彦章前去管束他，两人交起手来，王德将陈彦章斩于马下，然后率部直突叛军，杀了苗瑀，生擒了苗傅的亲信马柔吉。韩世忠大怒，讼王德擅杀大将，大理寺依律将王德下狱，按罪当死。赵构爱其英勇，又平叛有功，便免了他的罪，重新归于刘光世麾下任用。

这场官司，朝野上下，人人皆知。韩世忠恨极了王德，公开宣称，只要见了王德，必亲手取他项上人头。

"子华不必忧虑，有我在，谅韩世忠不敢为难你。"刘光世摇着手中羽扇，慢条斯理地道。

"末将担心的是，韩世忠因此事耿耿于怀，屡屡与大帅过不去，大帅这头也不甘示弱，长此以往，恐怕会落个两败俱伤。"

刘光世手中的羽扇停住了，这几年，张俊日受器重不说，后起之辈如吴玠、岳飞都能独当一面，功名日隆，自己在皇上心目中的地位已经远不如从前，倘若还一再与韩世忠冲突不断，对两边确实都没好处。

王德见刘光世沉吟不语，便道："来日大帅率军先启程，我只率数十名亲兵断后，亲自迎接韩世忠，当面向他请罪，或能一释前嫌。"

刘光世惊道："子华切莫大意啊！倘若你二人一言不合，那韩世忠犯浑，倚仗人多伤了你性命，再给你捏个罪名，你到哪里喊冤去？"

王德略一犹豫，道："大帅，我谅韩世忠不至于借机伤我，他身为两军节度使，以忠勇闻名于天下，会为这点小事伤了自己名声？"

刘光世低头想了想，觉得倒也未尝不可，只是终归有些不放心，王德是他麾下猛将，若因此稀里糊涂送了性命，他这主帅哪里还能服众？便道："一定要去，那就多带些人马。"

王德道："既然是请罪，就要尽显赤诚，倘若我率几千士卒迎接他，他以为我是向他示威呢，反而嫌隙更深，于事无益。"

刘光世也想不出更好的办法，便道："子华，你这是大丈夫行事，千万小心吧！"便将自己骑的那匹宝马赠予王德，叮嘱他倘若情势不对，立即快马加鞭，走为上。

次日，刘光世率军离开镇江，前脚刚走，城郊的韩世忠便率人马进驻镇江。

王德与数十名亲兵候在入城的官道旁，见到前方烟尘四起，知道韩世忠军马已近，王德回头道："你们就候在原地不动，天塌下来也不要上前！"说罢便要下马。

亲兵们道："观察还是骑着马去见他吧，万一形势不妙，还能一走了之。"

王德道："韩世忠身经百战，从赤身做到两镇节度使，什么阵仗没见过？我若骑着匹快马去见他，一下就被他窥破意图，反而弄巧成拙，被人轻看。"说罢便将手中长枪插在道旁，从腰间解下佩剑，挂在马鞍上，下马徒步去迎接韩世忠。

韩世忠正虎着脸往前赶路，前军传来消息，说刘光世派了一人来迎接。韩世忠心中纳闷，便拍马上前，只见前方道旁立着一铁塔般的高大汉子，满身戎装，身上却无兵刃，见韩世忠出来，大声道："罪将王德，擅杀陈彦章，今日迎大帅马头请死！"说罢，屈膝跪于道旁。

如此英雄坦荡，韩世忠如何不爱？立即翻身下马，快步上前，扶起王德，满面笑容道："我早知王观察是条真汉子！那不过是些陈芝麻烂谷子的往事，不必放在心上。"

中军诸将听说王德挡路，争相上前来要擒杀他，却一眼看见主帅正与王德执手言欢，不禁傻了眼，后听说了王德单身道旁请罪一事，都佩服他心胸气概，纷纷上前相见，两边称兄道弟，好不亲热。

韩世忠命人在道旁置酒，让众将相陪，与王德痛饮，两边纵谈军事，豪气干云，十分畅快。

饮至半酣，王德手下亲兵见王德久久不回，便过来探听动静，见王德正与韩世忠把酒言欢，便都放了心，牵着王德的马远远地候着。

韩世忠让娘子梁红玉亲自给王德斟酒，这天大的面子，王德如何不知，感动得连声称谢，突然心下一动，起身对韩世忠道："我家大帅久仰兄长威名，临来时，特意将自己坐骑交与我，命我赠予兄长，还请兄长笑纳。"

韩世忠抬眼一看那马，便知是匹难得的良驹，心想刘光世出手倒还真大方，自己万万不可做心胸狭窄的小人，便道："请子华贤弟回去禀报刘太尉，韩某之前有得罪之处，请他多多担待。自今日起，我与他便是兄弟，我韩家军与刘家军便是友军，只要刘兄发句话，韩某无有不从！"

王德大喜，刘光世得了韩世忠这句话，只怕会乐得合不拢嘴！只见韩世忠将手一挥，命人将自己坐骑牵来，对王德道："这匹宝马，身长九尺三寸，得自于北地，此马神骏无比，我本不敢僭越骑之，特意献给官家，官家待我恩重，仍旧赐还于我，勉励我为国杀敌。今日得赠刘兄坐骑，韩某本不欲夺人所爱，但又不敢拒绝刘兄一片厚意，既如此，我这坐骑就赠予刘兄，子华觉得这样可好？"

王德看着那匹宝马，惊叹不已，半晌才道："我家大帅真是占了兄长的便宜呢！"

韩世忠大笑，双方又喝了一坛酒，才尽兴而别。

临安府自建炎三年经历兵火之后，数年间，百姓逐年回迁，人烟兴旺，市内各种店铺酒肆林立，少说有上千家。如今天气晴好，街道上人流熙熙攘攘，好不热闹，恍惚间竟有故都东京当年的风采。

这几日，临安府的居民突然间发觉多了许多浑身披甲的士兵，这些士兵像是特意挑出来的，一个个高大魁梧，甲胄鲜明，更兼进退有度，极有纪律，加上川陕战场捷报频传，使得满城百姓既觉新鲜，又颇为自豪，都道："金虏欺我无人，连年入侵，如今我大宋也有了虎狼之士，不怕那些番狗了！"

临安府的皇宫，论规模气派，顶多相当于汴京皇宫的一座偏殿，因为金使要来，为了不致显得过于寒酸，便难得地兴起了土木，上千人正热火朝天地进行修缮扩建。

都堂内，赵构带着众大臣与各地掌兵大将一起，就着外面嘈杂的劳作声议事。赵构早在数日前便得知刘光世与韩世忠斗气的消息，两人呈上来的奏折也看过了，心里只是忧心生气：两名大将执掌重兵，却如小儿般互相使绊子，将来大敌压境，如何协同作战？

然而出乎他意料，这二人上朝时，竟亲亲热热地并肩而进，脸上笑容可掬，赵构初时还想二人怕自己责怪，刻意作和睦状，但又觉得不像，略一犹豫，还是把之前准备的一番训话暂且压了回去。

吕颐浩已经罢相，右相朱胜非便先行奏道："张浚日前奏捷，说是金军已退出汉中，不剩一兵一卒，所失之地全部收复。虽然我军在饶风关失利，令川蜀震动，但金军数月来劳而无功，反倒折损了许多人马，也并未踏入四川半步，此战仍是我军完胜。"

赵构淡淡地道："依朕看，此战我军不胜而胜，金军不败而败，虽然三军用命奋力苦战，不致丢城失地，亦属难能可贵，可哪里说得上是完胜？"

朱胜非又道："张浚昨日有奏折呈上来，四川最近大雨不绝，地震频发，颇为诡异。四川多名山大川，都有灵气，请陛下为四川百姓计，给这些名山大川祭祀烧香，并制祝文祈福。"

赵构一哂道："四川雨灾、地震频发，难道不是因为兵祸连结，百姓被盘剥殆尽，以致怨气冲天所至？跟名山大川有何干系？为今之计，只能修德抚民，施行善政，方可平息天怒，烧香祈福能顶何用？"

朱胜非见赵构不给张浚一点面子，便接口道："陛下圣明。张浚已奉旨率刘子羽、王庶、冯康国、刘锡等人返朝，下个月当可赶赴行在。臣已按先前众宰执议论及皇上旨意，罢去了张浚宣抚司便宜黜陟之权。"

赵构只是"嗯"了一声，未再多说。

众人听在耳里，各自在心中计较。张浚在陕数年，有功有过，但以一介书生，甘冒风险，擢用新人，凭借川陕一隅之地，力挫金国数次倾力进攻。自建炎四年以来，宋金两国几次大战无不在川陕进行，除了富平一战宋军大败，接下来数战金军皆铩羽而归，江淮一带终于得到喘息之机，朝廷也借此机会大力平叛，经营东南半壁江山，总算在南渡数年之后立稳了脚跟。

然而就在张浚声望冠于天下之际，几个御史弹劾奏章一上，顿时物议满朝，皇上一纸轻飘飘的诏书，便使得张浚不得不低眉束手，仓皇而归，天威凛冽，如何叫人不惶恐。

都堂中刚才仅有的一点轻松气氛，静悄悄地蒸发了，刘光世和韩世忠脸上的笑容也消失得无影无踪。

赵构便咨问众臣及诸大将军国大事，众人一一回答，接着众宰执也问诸将调兵之事，赵构听了一会儿，觉得宰执问得切实，诸将回答也颇中肯，心中甚是满意。

聊到半上午，都堂里的气氛松弛下来，众人都畅所欲言，时不时还争论几句，赵构命内侍端上茶水点心，众臣与诸大将都谢恩。

这时,翰林学士汪藻突然站出来,道:"陛下,臣有一言,恐拂诸大将之耳,但不敢不奏。"

赵构微笑道:"即便拂朕之耳,又有何妨,你只管奏来。"

汪藻便清了清嗓子,道:"我大宋祖宗家法,扬文抑武,三衙武将见了大臣,都毕恭毕敬,快步急趋,肃揖而退,生怕有半点不合礼制之处;朝廷派遣大将出师之前,并不召集诸将商议,只需各大臣议出章程,诸将听命而已。一旦使诸将参与议论,各人都有自己的小算盘,明明是利于国家之事,只因要坏了自己的好处,便巧托借口,必不施行,即便勉强施行,也不卖力苦战,如此一来,想要克敌制胜,难矣!"

汪藻此言一出,整个都堂顿时悄无声息,不要说在座的掌兵大将,就是赵构,也觉得他说得有些过分,掌兵大将不参与战前议事,实在是荒谬不可行,当初就是因为文臣不懂军事,想当然胡乱指挥,才弄得局面一发不可收拾。

汪藻继续道:"如今金虏窥伺,国家艰难,陛下锐意进取,修整武备,自然无可非议。然则陛下见大臣不过一时三刻,见武将却能彻夜长谈,诸将都能出入于宫禁之中,而大臣却阻于宫门之外。如今武将见了大臣,径直就过来称兄道弟,议事之时,就大剌剌地一屁股坐在大臣旁边,视大臣为僚友,百般营求,不以为敬,长此以往,朝廷如何还有威严?民间为此议论纷纷,说是陛下选用人才,还要听取诸将的意见,这固然是无知妄言,但也并非空穴来风。"

汪藻说的还是沿袭已久的"文尊武卑"规矩,这规矩之前被张浚打破了。张浚为收拢人心,不惜以宰执身份,与众将同席宴饮论事,深得众将拥戴,不少文臣也纷纷效仿,汪藻对此很看不惯,认为有损朝廷威严。他这番话还没说完,在座的掌兵大将一个个已脸色铁青,只是碍于皇上在跟前，不便发作罢了。

汪藻意定神闲，继续侃侃而谈："陛下，诸大将兵权过重，自古兵权一旦旁落，时日一久，必生祸端。兵权给出去极易，收回来却极难，我朝自太祖始，对此便极为防范。臣以为兵权不可过于集中于三二人，可精选偏裨之将十余人，各领兵数千，直接听命于陛下而非诸大将，方可保长治久安。"

诸将已是听得愤怒不已，汪藻意犹未尽，接着又说了一通军中冒领军饷者极多，朝廷、百姓皆不堪重负，这个倒是实情。只是水至清则无鱼，诸大将手下都养着几万兵力，加上军属，人数更众，一旦缺粮短饷，会出大事，因此难免巧为敛财。

刘光世听汪藻所言，觉得都是冲着自己来的，耐着性子等他话音刚落，立即反驳道："汪翰林把我们这些武将说得如此不堪，却好像忘了，自宣和以来，误国的奸臣都是文臣，蔡京败坏朝纲，王黼自作聪明收复燕、云，惹出大祸！而为朝廷卖命的却都是武将，死在战场上的哪个不是武将！种师中战死太原城下，若不是你们文臣瞎指挥，他至于死得那么冤吗？"

张俊也冷冷地接口道："别人不说，就说两个大奸之辈吧，一个张邦昌，一个刘豫，都是僭了帝位的逆臣，这二人不是文臣？汪翰林只看到军中冒领军饷，却看不到粮草、军饷缺时，做将官的有多难！有些士卒缺粮短饷，甚至不得不卖妻鬻儿，一旦激起兵变，就是天大的祸事，汪翰林说话还是要接点地气。"

韩世忠粗声道："陛下是跟我彻夜议论军事来着，只是那些带兵打仗、训习士卒、修营建垒、临阵交锋之事，陛下不来问我，难不成还问你这个手无缚鸡之力的白面书生不成？"

汪藻被诸将一顿抢白，大概早在他意料之中，此时低眉肃立，不急不恼，脸上还带着一丝微笑。

赵构对这文武之争看得再明白不过了，汪藻所言，乃是为大宋江山万世计，只是如今天下未定，各路大军才略有规模，可以一战，就急急忙忙想着收兵权，实非明智之举。再看几个掌兵大将，个个满脸愠色，这些大将手握雄兵，稍有驾驭不当，起了异心，跺个脚都会地动山摇，为人主者，岂能不小心翼翼！

朱胜非见赵构沉吟不语，便出来打圆场道："如今中原未复，国势艰难，文臣武将当协心勠力，共辅朝政，方可上报天恩，下抚黎民……"

赵构瞥了一眼都堂，诸大将都板着脸正襟危坐，每人身边都带着两名亲将，只有第一次觐见的岳飞身旁立着一位少年，那少年不过十四五岁，却异常健硕，眉宇间还显出一些稚嫩，却丝毫掩不住英气勃发。

朱胜非还在引经据典，高谈阔论，赵构等他稍稍停顿，说道："那边可是神武副军都统制岳飞？"

岳飞走出来，赵构一见他身材颀长，宽肩厚背，忍不住心喜赞叹，道："岳卿以区区两千溃兵，外抗金虏，内平游寇，越战越强，为国家屡建奇功，更兼军纪严明，所至之处，于百姓秋毫无犯，殊为难得。如今岳家军已初成规模，正可独当一面，可喜可贺！"

岳飞拜谢道："此乃陛下仁德感于天地，大宋气数使然，臣何德何能，不过是生逢其时，有幸为国驱驰而已。"

赵构微微一笑，武将们上朝，都会找帐下文士学几句雅词，说得有模有样，只是多说几句就露馅了。

"前向张俊还朝，盛言卿可重用，今日看来，张俊颇有识人之明。"

岳飞奏道："臣乃驽马，愧有伯乐举荐！若无圣主在朝，贤臣秉政，臣纵有满腔报国之志，亦难免落个临渊羡鱼，蹉跎岁月。"

赵构不禁愣了一下，此人奏对何其文雅！再看岳飞神情恭谨自若，不像是鹦鹉学舌，便饶有兴致地问道："如今中原未复，外敌环伺，百姓涂炭，朕为此寝食难安，卿可有良策？"

岳飞沉声道："陛下，若要天下太平，有两句话即可。"

"哪两句？"

"文臣不贪财，武将不怕死！"

岳飞此言一出，都堂里的文武百官都为之一震，大宋立国一百六十多年，承平日久，以致文恬武嬉，不堪一击。回头望去，不贪财的文臣寥寥无几，不怕死的武将屈指可数，蝇营狗苟之辈却冠盖满朝，如此不灭国反倒没天理了。

赵构从龙椅上站起来，神色凝重地踱了两步，叹道："不曾想治国强兵之道，竟出自一行伍之人口中！"

旁边的朱胜非赶紧请罪，赵构道："此乃朝廷之幸，不须请罪。"他看了一眼岳飞，问道："岳卿生辰八字，可否告知朕呢？"

既然皇上垂问，岳飞便报上自己生辰八字，赵构一听，正与自己年龄相仿，心中不由得又生出一份好感。

其他大将也需勉励，赵构让岳飞归列，慰劳了众将一番。对于汪藻的宏论，不置一词，既未褒扬，也未贬斥。

众臣又议论了一番对金国是战还是和，这次文臣武将倒是出奇的一致：以和止战，乃是缘木求鱼，终不可得，只能以战止战，打疼了金人，才有言和可能。

这一点，赵构深信不疑，从建炎元年始，自己卑言媚词，派出多少使节，递了多少国书，换来的却是金人越来越猛烈的进攻。近两年狠狠地咬了金人几口，人家反倒派出使节回访了，可见只有实力相当,才有底气言和,否则不过是自取其辱罢了。

退朝前,赵构道:"当年汉高祖平定天下,诸将手下之兵多者达十数万,高祖信而不疑,故能成功。如今刘光世、韩世忠兵才各五万,张俊不满三万,岳飞两万出头,就担心其手下兵多,此所谓不合时宜、不知变通。"

汪藻满脸通红,众将则面有得色,赵构话锋一转,接着道:"今日用兵之时,朕当驭诸将如高祖;他日天下平定,朕当待功臣如光武。"他点到为止,并未详加细说,回去之后,在座的掌兵大将自会问帐下文士,光武帝是如何对待功臣的。

散朝后,文武百官三五成群往外走,张俊落后半步,瞅空走到朱胜非身边,寒暄两句后,张俊问道:"朱相,张某才疏学浅,不懂文章,敢问方才皇上所说'待功臣如光武'是何意?"

朱胜非莞尔一笑,道:"光武帝乃是东汉开国皇帝刘秀,这个太尉知道吧?"

张俊点头道:"略知一二,必是个明君无疑。"

朱胜非道:"光武帝平定天下后,厚待功臣,建云台,绘功臣二十八人之像于其上,史称'云台二十八将',使之安享富贵,一时传为佳话。"

张俊长长地"哦"了一声,朱胜非接着道:"天下太平后,自然要偃武修文,于是光武帝退功臣而进文吏,功臣们也识大体,交出兵权,潜心儒学,故而君臣和睦,互不猜忌。"

张俊又"哦"了一声,若有所思地看着朱胜非。朱胜非笑道:"太尉能有此问,将来必是识大体的功臣。"

张俊躬身道:"朱相明鉴。张俊虽读书不多,却不是不知进退的莽夫。"

朱胜非██道："如此则是君臣之福，社稷之福。"

朝会既散，各将都有赏赐，赵构赏赐岳飞金线战袍、金带手刀、银缠枪，还有衣甲、弓箭、马铠各一副，随岳飞觐见的是其长子岳云，年方十五，已经带甲上过战场了，赵构也赐以战袍戎器，以示鼓励。

因格外满意岳飞的战功军纪和朝堂应对，赵构还特赐岳飞一面绣着御笔亲书的"精忠岳飞"旗帜，令他行军列阵时务必树起，算是给这位声名鹊起猛将的格外恩宠。

一个月后，金国使节李永寿、王翊等九人随宋使韩肖胄等抵达临安。

李永寿身为正使，态度颇为倨傲。这也难怪，过往数年，宋朝一直在国书中自称藩属，赵构甚至声称愿意取消帝号，自称康王。如此一来，李永寿便是以上国使臣身份出使，自然要摆足天朝上国的谱。

被金国扣押数年才回的王伦听说李永寿态度倨傲，便登馆拜会李永寿，李永寿虽不拒绝，但十分冷淡，漫不为礼，连茶都不让。王伦自小便混迹于市井，见多了人情世故，打量了李永寿片刻，微笑道："上使远道而来，想必出使之前对大宋历年使臣了如指掌了吧？"

李永寿听王伦说话，竟是一口正宗的上京官话，自己反颇有不如，不禁有些气馁，便道："那是自然。"

王伦又问："可否点评一二？"

李永寿怕言多必失，推托道："同为使臣，还是不要轻易指摘的好。"

王伦一笑，道："那我来班门弄斧，点评一二，可否？"

李永寿正想听听，便点了点头。

王伦道："点评人物，岂可无茶？"

李永寿早就听闻过王伦豪放爽直，不拘一格，今日一见，果然丝毫不差，便命人上茶。

片刻后，茶水上来，王伦叹道："有酒更好，此乃驿馆，也就罢了。依王某看，大宋十几名使臣，都是知书达礼的忠贞之臣，此话差否？"

李永寿不置可否，但心底里显然是认同的，大宋使臣，无论宇文虚中，还是洪皓等人，都是饱学之士，忠义不可屈，金人也颇敬佩。

"然而，以王某看来，这些人不过是忠义为表，徒好虚名罢了。"

王伦此言一出，李永寿把喝了半口的茶差点喷出来，他忘了抹胡子上的茶水，抬头呆呆地看着王伦。

王伦不紧不慢道："何谓使臣？乃是交通两国，消弭争端，不是让你来显摆忠贞，留名后世的！挺胸凸肚、慷慨激昂摆给谁看？济得了甚事？你倒是成就了朝野虚名，却把君王之托、百姓福祉置于何地？"

李永寿明知他是指桑骂槐，脸涨得通红，却又无言以对。

王伦只装作不见，啜了一口茶，像是不经意地道："贵使远来，尽可放心，江南不比北地，人物亲和，断不至于干出拘押使臣之事。"

大宋使臣被金国拘押者甚多，李永寿此来，也怕宋朝报复，心中正没底，被王伦一眼窥破心事，又是尴尬，又是佩服，言语间早把之前的轻慢之心抛到九霄云外去了，恭敬客气了不少。

王伦便与李永寿纵谈出使心得，所谈无不恰如其分，李永寿听了深受启发。王伦道："贵使远来，无非要得实惠，何必拘于虚礼？倘若一个月后回去，大元帅问起来，难道还会问你礼节之事？无非就问江南皇帝面相、气度若何？对上国所乞之事如何应对？江南军民士气如何？如此而已。贵使不要拘于虚礼，倘若因此坏了差事，到时大元帅处不好交代。"

李永寿恍然大悟，将那虚张声势的上国架子不觉又收了几分。恰在此时，宫中过来内侍传旨，赐李永寿等人衾衣被褥等物，并特意说不必拜谢。

王伦在一旁道："这便是寻常人家，有人送衣送被，也要再三感谢，何况我大宋皇帝送来的衾褥，岂有不拜谢之理？将来史书上只怕要说贵使不知礼仪，不识好歹！"李永寿把这话听进去了，果然拜谢收下。

数日后，金使李永寿、王翊入宫觐见。

之前朱胜非及其他言官上书，建议停止土木之工，说自古兴土木者，军政必然废弛，反而会让有眼力的金使窥出虚实，赵构颇以为然。不过为了这次会见，他还是做了充分准备，命宰执们分立御座两侧，工部尚书胡松年和王伦立于东朵殿，张俊、杨沂中、刘光烈、韩世良等人立于大殿西墙边，这几个生得高大威猛，全都一身戎装，身佩宝剑，像金刚一般威风凛凛。

金使进来后，礼仪无不周全，让赵构及众宰执略感意外，两边交流了几句礼节性的话语后，李永寿谈到正题，要求宋廷归还齐国的俘虏以及所有在南方的西北士民，又要求以长江为界，江北诸州全部划归刘齐。

赵构君臣听了这些，都在意料之中，虽未明言拒绝，但也不可能应承，只是拿些虚话搪塞一通，顺便要求金使传话，请求放归二帝及宗室。

双方都在试探对方底线，没期待就此达成共识，李永寿递上国书。会见结束后，赵构命在殿门外赐酒席款待金国使者，又赐给李永寿和王翊等人金帛。

席间，王伦问李永寿："此行圆满否？"

李永寿避而不答，只一笑道："江南多礼，一如先生所言。"

金使退下后,赵构与众臣议论金使留下的国书,李回冷笑道:"看金主这意思,还不如叫我等举国投降呢!"

常同素来不服金人,道:"金使为何终于肯来?当然不是因为我朝比之前更恭顺,恰恰是因为陛下励精图治,整顿军备,金国已不敢小视于我。"

朱胜非也道:"议和不是不可以,但专意议和,则战与和主动权全在金国,人家想战便战,想和便和。要想战与和主动权在我,须得强军备,振国威,除此岂有他途!"

此时的赵构,较之建炎初年底气足了不少,微笑道:"朕方才算了算,本朝已养兵二十余万,其中大部分为可战之兵。"

众臣都附和道:"自古以来,从未听说过养兵二十万还被人欺负的!"

十月,金使李永寿、王翊辞行,赵构赏赐给他们一些鞍马器具,又命龙图阁学士章谊为大金军前奉表通问使,随李永寿等人去云中拜谒执掌军权的大元帅粘罕,并带了不少宋朝的书籍及一些特产,如木棉、虔布、龙凤茶等过去。

此次派遣通问使,宋朝国书中的口气也强硬了不少,除了提出送还二帝外,还请求金国归还河南等"祖宗故地"。

金使刚走没几天,赵构便接到川陕传来的边报,金军在凤翔一带大举集结,辎重粮草车队络绎不绝,显然正在酝酿一场大战。

紧接着,又传来消息,一度引退的兀术重被启用,担任金国元帅右都监,重新统率十几万金国西路大军。

张浚与刘子羽等幕僚已经回到行在,川陕主政者乃是新任宣抚使王似,卢法原为宣抚副使,二人在朝野均无人望,根本镇不住吴玠等人,于是赵构连下两诏,一是以吴玠统兵多年,捍御有功,加封为检校少保；二是赐三人玺书，上面写道："羊祜虽居大府，必任王濬以专征伐之图；李愬虽立殊勋，必礼裴度以正尊卑之分。"算是敲打一下吴玠，不要功高傲上。

王似命各将分守川陕各地，自秦州、凤翔至洋州，由吴玠镇守，屯兵于仙人关；自金州、房州至巴州、达州，由王彦镇守，屯兵于达州；自文州、龙州至威州、茂州，由刘锜镇守，屯兵于巴西；自洮州、岷州至阶州、成州，由关师古镇守，屯兵于武都。

这四人都称得上一时名将，王似未经战事，纸上谈兵，以为如此一布置，诸将各守其土，可保万全。

不料年底时，金军突然大兵压境，并一举攻占了颇具象征意义的和尚原，刚刚平静不到一年的川陕边境，顷刻间又是风云诡谲。

王似等人惊慌失措，不过吴玠对此心里有数，和尚原虽然地势险要，但离后方太远，补给增援多有不便，不利于大军驻屯，因此饶风关之战前，他便已逐步将军队迁至河池及其南面的仙人关，只留吴璘一部驻守和尚原，并告诫他倘若金军大举进攻，能守则守，不能守则退避他处。

仙人关地处嘉陵江东岸，为关中、天水入汉中的要地，也是陕西入川的咽喉。此地不仅地势险要，更重要的是，关前还多塘泺沼泽，不利于金军铁骑驰骋。

吴玠听说兀术占了和尚原，知道他必不甘心，定会再次深入，便征召当地民夫，在仙人关东北的长岭附近构筑营垒，修建城寨，作为仙人关的前卫，并取名为杀金坪。

不出半个月，营垒筑成，吴玠率众将前去巡视，只见杀金坪所在乃是一片缓坡，营垒便筑在这缓坡中间，营垒外面正好是一处沼泽，湿滑泥泞，既不利骑兵冲突，也不利步兵仰攻。众将都赞这战场选得好,杨政嘴快,道:"倘若当初富平大战选在这种地方,哪至于一败涂地!"

富平大败乃是张浚经营川陕五年最大的污点,吴玠由张浚一手提拔,信任有加,才有今日,自然要为他辩解几句,便道:"富平大战乃我军主动求战,必然会失去一些先机,如今我军坐守地利,专等金军前来进攻,无形中便占了两分先机,胜负之数,便在于此。为将者,切忌事后诸葛亮,强古人所难。"

杨政虽然直率,却是极聪明之人,立即躬身道:"大帅教诲的是!"

统制官田晟道:"少帅现已撤至阶州,要不叫他过来一同镇守仙人关?"

吴玠想了想,摇摇头道:"金军拿下和尚原后,必然会再次深入,我断定他们会直接西进,围攻仙人关,妄图一举击溃我吴家军,为攻入四川扫平阻碍。只是上次饶风关之战,金军千里绕行,直取金州,打了我们一个措手不及,此次要提防他们再施诡计,让吴璘率军扼守阶州,也是防番狗使诈。"

众将都点头附和,饶风关大战前,金军轻骑一日一夜奔袭数百里,直下金州,几乎使战局不可收拾,此事殷鉴未远,不可不防。

唯独杨政不以为然,道:"末将料想番狗此次进攻必定直取仙人关。"

众将都觉他话说得太满,问:"何以见得?"

杨政微笑道:"只需看一件事即可。"

吴玠素知杨政虽然大大咧咧,其实心中极有谋划,便不作声,只是眯着眼若有所思地看着他。

"大帅,此次金军主帅已非撒离喝,而是那个自视甚高的金国'四太子'兀术!"

"那又怎样?"旁边一人道,"兀术可不是庸碌之辈。"

杨政道:"我何时说此人庸碌了?这兀术颇善用兵不假,但为人却极要强,毫不示弱,撒离喝上次为避我吴家军锋锐,不惜千里绕击,你们想兀术会干这事吗?"

众人恍然大悟,越想越觉得有道理,都默不作声了。

吴玠赞道:"直夫真是目光如炬!虽然如此,还是暂且让吴璘驻扎阶州为好,总归要断了金军包抄后路的念想。"

王喜道:"阶州离仙人关,还有好几日路程,不如将这边营垒布防制成地图,命人送给少帅,让他心里有数。"

吴玠觉得有理。吴璘虽然年轻,但其胆识谋略已渐为众将折服,旁观者清,自己布阵有任何不当之处,他自会毫不避讳地指出来,于是依王喜所言绘制了一张地图派人送给吴璘。

转眼又到年底,春节将至,吴玠与众将加紧备战,时刻留意金军动静,却也不忘与将士一起过个好年。由于接连打了几次胜仗,军中缴获颇多,再加上吴玠声望地位与数年前不可同日而语,宣抚司对他麾下的吴家军也颇多照顾,拨粮调饷比其他部队要丰裕得多,因此将士们的日子也过得颇为滋润。

正月间,吴璘的书信到了,信中力劝吴玠在杀金坪后方再筑一垒,以缓冲敌势。吴玠便带众将去杀金坪走了一遭。果然正如吴璘所言,杀金坪与仙人关相距甚远,给了金军迂回空间,倘若在杀金坪后再筑一道营垒,一则将士们心里有底,二则也可挫敌锐气。

吴玠沉思半晌,脑海中将两军对阵的情形过了十几遍,觉得吴璘言之有理,便立即招募两万民夫,花了十来天工夫筑了第二道营垒。

正月十五刚过,一骑快马自北疾驰而来,人马都大汗淋漓,到了军营门口,信使也不下马,只用嘶哑的嗓音大喊:"急报——"便直入营中,一直疾驰到中军大帐才停下。

吴玠正在帐中与诸将议事,听到有急报过来,冷笑一声,对众将道:"兀术久未带兵,急不可耐地过来送死了?"

信使进来,递上急信,吴玠接过来一看,却是成州知府刘亮送来的,心中不觉诧异,扯开信封,才看了几行,便脸色大变,目瞪口呆。

诸将从未见过吴玠如此失态,都面面相觑,帐中一时鸦雀无声。

吴玠沉着脸看完信,对信使道:"信中语焉不详,你给大伙讲讲此事的来龙去脉吧,越详细越好。"说罢,突然又想起什么,命人端了一碗热酒给信使。

那信使喝了两口酒,喘了口气,才将事情始末一一道来。

自张浚被召回后,新任的川陕宣抚正副使王似和卢法原主政川陕军政,二人素无人望,又不熟悉川陕情况,难免眉毛胡子一把抓,以致各路大军的粮草补给远不如从前。关师古一部驻地较为偏远,周边又无粮仓,因此军中尤其缺粮,大年将近,将士们别说过年,连肚子都糊弄不饱,怨声载道。关师古向宣抚司请了几次粮,都杳无音讯,便想去刘豫的地盘劫粮……

吴玠听到这里,不由得叹了口气,张浚、刘子羽等人一走,接任的王似、卢法原不过是泛泛之辈,偏生运气还不好,屁股没坐热,便碰上金军大举进攻,不出乱子才怪。

只听信使继续道:关师古带兵长驱直入,突然杀向叛将慕容洧的地盘,连下大潭县和掩骨谷城,慕容洧猝不及防,仓促撤退,关师古一击得手,意犹不足,更深入至石要岭,不料中了埋伏,被杀得大败,全军被困于大潭县,进退不得。

"于是关师古羞惭不已,自觉无颜再归大营,竟然单人单骑,投降伪齐去了。"信使最后道。

众将都听得目瞪口呆,吴玠道:"关师古叛降,此事非同小可,有确实证据否？"

信使道："此事千真万确！伪齐那边都张榜了，还封了关师古的官。"

吴玠不由得着急上火，大战在即，偏偏出这么一档事，西北防线漏出一个大口子，自己手上兵力本就不足，难道还要分兵把守？

他强打精神，吩咐亲兵带信使下去歇息，又命众将各赴军营备战，等众人都出去了，自己便在帐中踱来踱去，忧思不已。

亲兵在门口道："大帅，郭统制求见。"

吴玠点点头，亲兵转身出去。片刻后，郭浩闪身入帐，和吴玠满脸忧虑不同，他满面春风，眼睛发亮，仿佛刚捡了一车金元宝似的。

吴玠知道郭浩是稳重之人，见他如此，惊奇地问道："军情诡异，你却满脸喜色，是何道理啊？"

郭浩笑道："大帅，情势越诡异，越要当有心人呐！"

吴玠心里一动，笑道："我看你脑袋里又泛起了什么鬼主意。"

郭浩敛了笑容，满脸郑重，道："大帅，关师古兵败叛降，我吴家军却因此迎来了一个千载难逢的好机会！"

吴玠皱眉问道："此话怎讲？"

"方才听那信使说，关师古单人单骑投降了伪齐，并没有带上部下，末将估摸他的部下也不愿意跟着叛降，他手下的几个统制李进、戴钺都不是见利忘义之徒，便是关师古，也并非奸邪之辈，不过是被逼上这一步罢了。"

吴玠脸上神情严肃起来，道："你的意思是……"

"大帅，我吴家军一直死死护着四川门户，这几年虽有壮大，却仍苦于兵力不足，总是不得不借着地利迎战数倍之敌，扩充兵员可说势在必行！但大帅连战连捷，声望极高，朝廷倚重之余又颇为防范，断不能犯忌讳大肆招兵买马。如今关师古一部群龙无首，大帅正好将其纳于麾下，理由再正当不过了：万一这三万人跟着叛降，则川陕局势急剧恶化；即便不叛降，一旦散作游寇，也是心腹大患。试问川陕大地，还有谁比大帅更有资望去收编关师古的部队？"

吴玠如梦初醒，一颗心不禁怦怦直跳，腾地站起来，道："事不宜迟！你率本部两千人马即刻启程，赶往大潭县，以川陕宣抚司都统制名义招纳关师古一部，并立即率军撤离险地，返回成州。"

郭浩领命，却不动身，道："末将代替大帅去招纳他们，倘若无人生事，一切便好，万一有人心中不服，借机寻事，末将没有大帅的威望，就怕弹压不住。关师古一部缺粮已久，士气低落，若能送他们些粮草，再加些赏赐，人心一顺，事情就好办得多。"

吴玠连连点头，道："此话极有道理！你带两百车粮草过去，先解燃眉之急，我再亲笔写信给王宣抚，请他从成都急拨一批粮草押往成州。另外，你此行绕道一下阶州，我在那边有一处宅院，最近几年朝廷的赏赐以及我的一些私财都存在里面，你全部带走，赏赐给将士们。"说着，从榻旁取出一张书笺，写了几行字，递给郭浩，"你把这张纸呈给看院的家丁，他们自然不会阻拦。"

郭浩拜别了吴玠，大踏步出帐，不到一个时辰，便有一队人马从营地穿过，直奔西北方向而去。

大战在即，众将见郭浩突然率军离开大营，都来大帐询问，吴玠只道："有探报说一支金军前锋部队出没，我便让郭浩去前方设伏。"众将虽然纳闷，却也不好多问。

正月底，从凤翔方向传来的消息越来越多，都是有关金军调兵的，吴玠将这些零散的消息拼凑起来，大致判断此次兀术与撒离喝合兵一处，同来的还有刘齐的四川招抚使刘夔等部，共约十余万人，在攻战和尚原、大散关之后,正沿陈仓道南下,目标直指仙人关。

众将论战时,杨政叹道:"可惜我军只有区区三万来人,不然现在便可派出一支人马,偷偷潜出去,找一处险要地,狠狠揍番狗一顿,揍完便跑,如果运气好,甚至还可吃掉番军一部,哪能让兀术如此轻易调兵!"

田晟道:"前向郭统制不是率两千人马去设伏了吗,不知为何一直没有动静?"

杨政摇头道:"两千人能济什么事,少说也得五千人。"

王喜道:"大帅,前几天见郭统制率人马出去设伏,只有区区两千人,还带了几百车粮草,末将心中当时就犯嘀咕,但又想郭统制是何等精细之人,岂能犯此大错,何况还有大帅替他把关,但如今想来,心里还是颇感忧虑,不敢不禀明大帅。"

众将也纷纷表示此举颇为轻率,弄不好会偷鸡不着反蚀把米。

吴玠见状,便向众将交了底,接着道:"……屈指算来,一切顺利的话,充道应当正率军往阶州撤退,一旦到了阶州,就会有书信过来。"

众将都兴奋不已,统制官姚仲道:"如此一来,我吴家军可以天下无敌了!只是远水解不了近渴,末将看此次兀术与撒离喝合兵,虽然还是号称十余万人,其中必有水分,但精锐却倍增,且二人都曾与我军交手,对我军虚实一清二楚,此战不可小觑。"

王俊自刘子羽被朝廷召回后,便投了吴玠麾下,也道:"仙人关地势之险要,与和尚原、饶风关不相上下,然而地形开阔,便于大部队施展,这点似乎更利于番军。依末将看,我军此次不可单打独斗,不如传檄王彦、刘锜二帅前来助战。"

杨政嚷道:"大帅已经贵为节度使,又是都统制,前向还被朝廷加封为检校少保，如今军情吃紧，如何不能传檄诸帅前来助战？"众将都点头称是。

吴玠却有几分犹豫，陕西一共四支大军，除了自己的吴家军，关师古大军新败，能平安撤离敌境便属万幸，不能做指望；王彦心高气傲，未必听自己调遣，况且上次金州之败，他被金军绕击，吃了大亏，此次恐怕只会持重坚守，不敢轻易调兵增援；至于刘锜，自己与他交往不深，此人乃将门之后，多半也是不甘人下之辈，张浚已走，他能听自己调遣？

但金军此次声势与以往颇有不同，兀术与撒离喝都是金国宿将，帐下猛将如云，兵精粮足，两军一合并，战力非同小可。和尚原他原本没打算坚守，却也没料到金军一日一夜便攻占下来，可见此次金军确是有备而来。

于是吴玠便以川陕宣抚司都统制的名义，传檄给王彦和刘锜，命他们率军前来仙人关会合。

两日后，前方又传来探报，金军先头部队攻占了凤州，离河池不过百里之遥，一场大战迫在眉睫。

情势已经非常清楚，金军此次的进攻目标就是仙人关无疑，吴玠立即派人送信给吴璘，命他率部前来增援。

绍兴四年二月，一场薄雪从天而降，秦岭内外，莽莽苍苍。一连数日，驻守仙人关的吴家军将士晚上睡觉时都能感觉到地面微微震动，北面来风之际，会有清晰的马骚味和汗臭味串入鼻孔，一切都表明，一支规模庞大的军队正日益逼近。

吴玠脸上的神情日益凝重，他刚接到探报，金军此次把将士家属全部随军迁来，以示绝不回头，凭借多年征战的经验，他感觉到这支金军无论是人马调动，还是部队行进，甚至是士气，与以往明显不同。

又过了数日，一名亲兵急急忙忙入帐禀报：金军大部人马已经开进河池。

吴玠立即率众将登上仙人关上的城楼眺望，只见河池方向上空隐隐一片浊气升腾上来，在晴朗的天空下显得分外醒目，一团黑雾盘旋在浊气周围，忽上忽下，众人细看半天，不知是些什么东西，直到一只指头大小的飞虫撞过来，才明白是冬蛰的马蝇生生被浓烈的马骚气唤醒了，兴奋地四处乱飞。

此时，仙人关内外，积雪初融，清泉潺潺，草木开始复苏，崇山峻岭间渐有葱郁之色，偶尔能看到几只走兽出没其间，一群熬过寒冬的山雀扑腾腾掠过城楼，发出几声清脆的啾鸣，给这冷峻的山岭关隘平添一丝生气。

众人忍不住留恋地多看了一眼这山色美景，他们知道，过不了几日，十几万人将在此展开一场你死我活的血战。

（第二部完）